又吉栄喜の文学世界

大城貞俊・村上陽子・鈴木比佐雄　編

コールサック社

又吉栄喜の文学世界

大城貞俊・村上陽子・鈴木比佐雄 編

目次

序

Ⅰ　又吉栄喜の現在を創造する先駆的試み

Ⅱ　又吉栄喜・小説世界の歴史的歩み

Ⅴ エッセイ

又吉栄喜の文学世界

大城貞俊
村上陽子
鈴木比佐雄
編

序

又吉栄喜の「原風景」という問い掛け

鈴木比佐雄

又吉栄喜は最近の五年間においても、二〇一九年に長編小説『仏陀の小石』、二〇二一年に『亀岩奇談』、二〇二二年に『又吉栄喜小説コレクション全4巻』（全44編）、二〇二三年に『沖縄戦幻想小説集 夢幻王国』を刊行した。この執筆力を促す精神性は、又吉栄喜の繰り返し語る「原風景」への底知れぬ探求心なのであろう。又吉栄喜に甦ってくる「原風景」は想起されるたびに、その謎が深まり様々な問い掛けがなされていき、その想像力によって重層的な基層が露出し、そこから掘り出され多様性に満ちた「原風景」になっていく。この世界には存在していなかったが、新たな「原風景」は未知の物語となって、読者が自由に入り込める「又吉栄喜の文学世界」に変貌を遂げていくのだろう。

又吉栄喜の「原風景」は、例えばキルケゴールならば、単なる追憶ではなく現在から未来に、過去である「原風景」を投げかけて未知の時間を切実に生きる「反復」の実践であるだろう。この試みは、例えば、エトムント・フッサールならば「経験的もしくは個的直観は、本質直観（理念を観て取る働き）へと転化させられる」（『イデーンI-1』渡辺二郎訳）という「事実と本質の不可分性」を物語っているのだろう。またハイデッガーが『存在と時間』で存在者の存在を問うていき「根源的な時間」を探求する、存在への驚きを記す意志なのかも知れない。さらに言うならば、又吉栄喜が「原風景」を踏み台にして飛躍する想像力は、例えばガストン・バシュラールが語った「想像力とはむしろ知覚によって提供されたイメージを歪形する能力」（『空と夢』宇佐見英治訳）という考え方に近く、それを半世紀以上も持続した強靱で本質的な文学精神を体現した作家だと私には強く感じられる。

又吉栄喜は沖縄文学を代表する芥川賞作家である。しかしすでに私にとって又吉栄喜は、受賞歴で了解させられない、たぶんそれを必要としない作家であり、本来的には沖縄・日本を突き抜けて世界文学の中で論じられるべき作家ではないかと思えてならない。又吉栄喜の今も暮らしている浦添の半径二キロメートルの「原風景」では、廃墟の中で死者と生者が交感し立ち上がってくる、どこか霊的で詩的な想像力が湧き上がる、不可思議な場所が動き出すのだろう。それは廃墟の背後から悠久の時間が押し寄せてきて、未知の世界が噴き出てきて文学的な想像力が創作力に転嫁される見果てぬ土地なのだろう。又吉栄喜の提起し実践しているこの「原風景」をどのように考えるかが、又吉栄喜の小説世界を読み解く重要な鍵になるのだろう。

テオドール・W・アドルノは、《永遠につづく苦悩は、拷問にあっている者が泣き叫ぶ権利を持っているのと同じ程度には自己を表現する権利を持っている。その点では、「アウシュヴィッツのあとではもはや詩は書けない」というのは、誤りかもしれない。》（『否定弁証法』第三部より、木田元など訳）と言い、アドルノは前言をひるがえし、「泣き叫ぶ権利」のような文学表現の存在理由を思索した。その数行後に「彼が生き続けていくためには、冷酷さを必要とする」とも言い、「それは殺戮を免れた者につきまとう激烈な罪科である」とも、生存者たちの生きるというある意味で自己保存の本能に対する罪悪感のようなものを指摘している。殺戮の後に表現できるという精神性は「冷酷さが必要」であり、「激烈な罪科」を背負ってその表現が果たされるのだろうと表現者たちの覚悟を語っている。その意味で沖縄戦後の「原風景」を「反復」し続ける又吉栄喜や、被爆地の広島・長崎、東京大空襲などで生き延びた表現者やそれを引き継いでいこうとする表現者たちには、アドルノの「冷酷さ」と「激烈な罪科」を抱え込み、決して思索を止めない『否定の弁証法』という、哲学を超えていこうとする哲学との根本的な類縁性がある。

この『又吉栄喜の文学世界』は、又吉栄喜論を書き継いでいる作家大城貞俊氏と沖縄文学研究者村上陽子氏と私の三人が編者となり、ドリアン助川、八重洋一郎、高柴三聞、呉世宗、山西将矢、関立丹、仲井眞建一、岡本勝人、栗山雄佑、柳井貴士、小嶋洋輔、郭炯徳、玉木一兵、高良勉、長嶺幸子、仲程昌徳の各氏に依頼して又吉栄喜を論じて頂いた。私たち三名の論考を含めた一九名の論考によって本書は成立している。これらの論考が「又吉栄喜の文学世界」の豊饒さを照らし出しているかは読者に問われることになる。その私たちの論考が足りない観点を補うために未知の読者の中から新たな又吉栄喜論が書き継がれることを願っている。

I

又吉栄喜の現在を創造する先駆的試み

又吉さんの目

ドリアン助川

　又吉栄喜さんは、目に光をたたえた人だ。ハルジオンの花を見つけたハナムグリのように、ぼくは又吉さんの目に吸いこまれてしまう。ぼくの中学校の美術の先生が、似た目をしていた。沖縄出身の先生だった。彼は森のはずれの陽だまりのような視線をぼくらに向けて、「人生というスケッチブックに君たちはなにを描くのか」と繰り返し言った。これは勝手な想像だけれど、盲目だったかもしれないと言われる吟遊詩人ホメロスも、又吉さんと同じような目をしていたのではないか。見えるか見えないかはともかく、その眼差しに空や海を映しながら、アガメムノンの夢やワイン色に染まったエーゲ海を語ったのではないだろうか。

　又吉さんの作品に初めて触れたのは、文庫本になってからの『豚の報い』（1999）だ。ぼくは、受賞作品も人気作品もすぐには買わない。根っからの怠け者である上、みんながわーっと群がる世間的な流れに飲みこまれてしまうのがいやだからだ。ただ、なにかの写真をきっかけに又吉さんの目にはすでに引きこまれていたので、書店で文庫本の平積みを見かけたとき、脊髄反射的に手を出していた。

　その日ぼくは一人でわーっと家に帰り、『豚の報い』を読み始めた。だが、途中で不安になり始めた。又吉さんは、登場人物のいちいちの動作や言葉を、どれくらいの重みをもって書いているのだろうかと疑問に思いだしたからだ。削ろうと思えば、かなりの部分をオミットできる文章であるように感じられた。

　大学生の正吉がアルバイトをしているスナックに突如飛びこんできた豚。女たちの一人が気を失い、魂《マブイ》を落としたことをきっかけに、スナックの一同は正吉が生まれた島へと御願に出かける。それぞれが人生に闇を抱えていたのだ。島の岩の窪みには、風葬となった正吉の父の骨がまさに風に晒された状態で残っている。物語のクライマックスは、骨と向かい合った正吉がそこに「神」を見ることであり、新たな御嶽が生まれる瞬間にある。しかし、そこにいたるまでの正吉の煮え切らない言葉も、女たちが告白する愛憎劇の傷も、飲み過ぎて二階から落ちる民宿のおかみも、いたんだモツで女たちが腹を下すシーンも、「これは必要ですか?」と問いたくなる脱力感に満ちた描写だった。余分なものはいらない主義の編集者が付いていたら、又吉さんの原稿は赤い線だらけになっていたかもしれないと思った。

だが、ぼくは読者として、あるいは作家の端くれならぬ土くれとして、淡い光の繭に包まれたような読後感のなかで思った。削るべきところなんて、どこにもなかったじゃないかと。

これには理由がある。ぼくはいつのまにか、正吉を囲む旅の一員として物語に加わっていたのだ。つかみどころのない女たちの言葉に翻弄され、弱りきった顔になる正吉を民宿の部屋の隅からじっと見ていた。つまり、又吉さんが創造した時間と空間にすっかり取りこまれていた。だからこそ『豚の報い』は忘れ得ない読書体験となったのだが、このリアリティーが受け手に生じるためには、ぼくらの普段の生活と同じで、目標には沿わない膨大な「不必要」が必要なのである。それが人間の日常というものだからだ。目標に向けた筋書きに沿って、必要な言葉や行為だけを並べても物語はできるかもしれない。しかし、ぼくはきっと、その物語と息を合わせて歩きたいとは思わないだろう。たとえて言うなら、読書という旅に際しなにに乗るかだ。時間が無駄に過ぎていくような印象がある各駅停車に揺られるのか、目標一直線の新幹線に飛び乗るかでは、見えてくる風景もぼくらの心拍数も異なってくるはずだ。

又吉さんの目がなぜあんなにも吸引力を持つのか、ぼくは一つの答えを得たような気がした。又吉さんの目がたたえていたのは、森や野の輝きではなく、泉の水面に映った二次的な空や雲から発せられたものではなかったか。

群がるのが子どもの頃から苦手だったぼくは、小学校の校庭で手打ち野球に興じるクラスメートたちの輪に入ることができなかった。休み時間になると、校舎横の小さな池に一人佇み、藻を触ったり、メダカやアメンボを眺めたりしていた。水面には空と学舎、植込みの花々が映っていた。「なんか生き物おる?」と声をかけてきた友達の顔もあった。

又吉さんの目は、あの小さな池と同じく、物語の水面が捉えるものを公平に映し出している。そこには、手打ち野球に参加すれば必要になる勝利への目標意識がない。映るものは目標抜きにただそこに在るのであり、命ある者はその生命力のままに躍っている。水面の白雲がゆっくりと風に流されていくように、自然と湧き出る力によって、みんなが物語を編んでいく。

だから、又吉さんの作品に慣れ親しんでくると、そばで登場人物を眺めているだけでは飽き足らなくなってくる。メダカたちのように、自らも物語の泉を泳ぎ始めるのだ。それは、登場人物になにか余計なことを話しかけたり、物語の細部を変えたりすることではない。見えてくるものの新しさの話だ。

たとえば、小説コレクションに収録された『ターナーの耳』（2007）である。戦闘による精神的ショックから薬物中毒者になってしまった米兵ターナーと、彼の身の回りの世話をすることになった中学生の浩志、人の弱みにつけこんでたかることばかり考えている満太郎の物語だ。切り取った敵の耳を乾燥させて保管しているターナーの挙動は恐ろしい。しかし、又吉さんの目の泉に映ってしまったがために書かかれた次の一行が、読者であるぼくに、目標を離れて泳ぐきっかけを与えてしまった。

「崖の向こう側から幾重にも白い巨大な入道雲が湧き立ち、白いマッチ箱のようなハウスにのっかっている」

ターナーの住処がどんな風景のなかにあるかを語っているこの描写が、物語に本当に必要であるかどうかわからない。だが、ぼくにとってはとても意味がある一行となった。なぜならここを読んだ瞬間から、ターナーとの距離感に悩みつつ日々を生きようとする浩志の目に、沖縄の青い空と白い入道雲が宿り始めたからである。

又吉さんは、浩志の目が見ているものは表しても、その瞳に映っているものまでは書いていない。だが、必要かどうかわからないものを盛りこんだ生命感あふれる泉のなかに入ってしまうと、受け手にはこうした現象が起きてしまう。凶暴になったターナーから逃げようとする浩志はもちろん、満太郎の目にさえ沖縄の空が映っていた。一方で、薬物で人格を失ってしまったターナーの目には幕が下りている。その微細な光景の違いを読者に生じさせるだけの力が、又吉さんが創造する泉にはあるのだ。

この現象は、「松明綱引き」（2014）のような短編でもはっきりとぼくに起きる。沖縄のある集落の、神の儀式としての綱引きを描いたこの作品は、短編であるのにやたらと登場人物が多い。群像劇と言ってしまえばそれまでだが、主人公は不在であり、次から次へと綱引きに関わる人々が刹那的に現れるのみだ。つまり、物語として見るならば、一人ずつはすべて不必要であり、でも、又吉さんの目に映った全体として、全員が必要なのである。ぼくはやはりただの傍観者にはなれなかった。又吉さんが描く人間は妖艶あり、希望あり、はにかみあり、老いありと図鑑にも似て様々であったが、ぼくはこの綱引きの横に佇みながら、すべての人々の瞳に映る松明を見ていた。書かれていなくても、泉のなかにいるから見えてしまうのである。

すなわち、又吉さんの目の泉のなかで、ぼくは新たな泉を創り出している。重なり合って一つになるのだから、これは実世界を超えているのではないかと思ったが、泳がせてもらっているぼくの足はきちんとこちら側にあるので、ぎりぎりで境界は超えていない。闇のなかで綱を引く裸女の瞳に松明を見ても、「虚」ではなく、「実」の魔法を楽しんでいるに過ぎないのだ。

ところが、このところの又吉さんの目はさらに広くなり、深くなり、泉が映すものはついに境界を超えたのではないかという印象を抱くようになった。今年刊行された『夢幻王国』の読後感からである。「沖縄戦幻想小説集」と銘打たれたこの本は6作の中短編から成っており、どの作品も「実」と「虚」を行き来する摩訶不思議なスタイルを取る。表題作の『夢幻王国』は米軍の爆撃により死に瀕した若い女性が語り手であり、彼女の現世の記憶と突如交錯し始めた過去からの言葉、琉球王国の存亡を見届けた人々たちとの交信がパッチワークのように綴られていく。

ここにやはり、又吉さんの目がある。物語としての必要条件である「筋」を大胆に破壊したのは、それ以上に目に映った世界を大事にされたからであろう。生死の境界を跨ごうとした命が見るもの、それはひょっとするとぼくらには「虚」の世界としてしか受け取れないかもしれないが、又吉さんの目は虚実を一つの結晶として映し出したのである。それは、わかりやすい物語として整理してはいけないものであり、本当の意識の在り方かもしれないのだ。

日本のみならず、この星の人間社会は今、さらなる効率主義を推し進めようとしている。選択や選抜は当たり前であり、人間の方が二進法の文明構造に擦り寄ろうとしている。新幹線からはワゴン販売がなくなり、台風で「のぞみ」が止まるくらいならリニアを早く開通させろと旅を急ぐ人たちの大合唱である。この流れはおそらく、文学そのものを不必要とするであろう。だが、ぼくらは目に映るものを知っている。不必要こそ必要である表現の世界がどれだけ大切であることか。創作者としてはその心こそが肝心である。

「いかなる時にも人を喜ばせよ、高貴たれ」

これは、『夢幻王国』のなかで、黒人の軍医が語り手の女性に語る言葉だ。もちろんこれは作者である又吉さんの創作指針であり、目の泉の底にある信念であろう。ホメロスもきっと同じ考えだったに違いない。だから「イーリアス」は生き残った。

又吉栄喜さんのこと
――「夢幻王国」にふれて

八重洋一郎

又吉栄喜さんに初めて出会ったのは、私が沖縄タイムス芸術選賞（文学部門）の選考委員になったときであった。その時の選考委員のメンバーは、大城立裕先生、大城将保《まさやす》（嶋津与志）さん、それに一番若い又吉さんで、私は詩を書いていたので、詩の分野を担当させようと、おそらく大城立裕先生が推薦したのであろう。

立裕先生を中心に議論が行われ、選考会議が終了した後《あと》、コーヒータイムを持つなどするので、年に一回ぐらいしか那覇へ出ない私にとって実に楽しい一日であった。

小説は主に大城立裕先生、それに又吉栄喜さん、シナリオ関係が大城将保さん、加えて私が詩について感想を述べたりしたのであった。後《のち》に、当日石垣市から那覇へ出て選考会をすませ一泊して翌日帰るのは少々キツイと感じたので委員を辞退した。

又吉さんとは何か縁があるようで、作品「ジョージが射殺した猪」の短評をあるところから求められた。その時、私は戦後すぐに貧しい農家の主婦が捨てた薬莢《やっきょう》を拾いに来るので、わざと薬莢を捨ててそれを拾いに来た主婦を射殺したジラード事件や、沖縄と同じく米軍基地がデンと居座っている東京福生《ふっさ》市を取材して村上龍が発表し芥川賞をとった「限りなく透明に近いブルー」について考えたことがある。その結論として又吉さんの「ジョージが射殺した猪」が格段に秀れていると思った。その作品は、いつも米軍の中にもある弱者を描いて、これまで米軍は強いと思っていた常識を逆転させた作品である、と言われているが、それだけではなく又吉さんの文体の問題もあると思う。又吉さんの文章はまるでジョージに照準を合わせているかのように鋭い文体で人間の弱い感情をえぐりだしているのではないかという主旨の評を述べた。

それは福生基地などと比べて沖縄全体の米軍による重圧

がケタ違いに大きいからであるが、それを実際に読者に感じさせるには文体の工夫が必要であり、又吉栄喜はそれを自覚、あくまでジョージから目を離すことなく、ついに悲劇を描く場面まで追求し「ジョージが射殺した猪」を達成したのである。

又吉さんの作品とはその後も不思議な縁があって短編集（二七編、三五六ページ、コールサック社刊）の巻末解説を担当するという巡り合わせもありそれを機会に又吉さんの作品を読み込んだという経緯もある。

次にその時の分類の題名と内容に少しばかり触れてみよう。

第一群。「松明綱引き」「牛を見ないハーニー」「闘牛場のハーニー」「盗まれたタクシー」。沖縄の民衆生活の活写。

第二群。「見合い相手」「冬のオレンジ」「野草採り」「ヤシ蟹油」「コイン」「村長と娘」。これは第一群の少しゆるんだ形。日常生活が思わずニヤリとするようにユーモラスに描かれる。

第三群。「潮干狩り」「大阪病」「告げ口」「マッサージ師」「訪問販売」「水棲動物」。この短編集に登場する人物たちが少しばかり日常を外れた事件（?）が語られる。

第四群。「少年の闘牛」「凧」「緑色のバトン」「青い女神」「宝箱」「サンニンの蒼」「へんしんの術」。少年少女のみずみずしい感性と思いがけない行動。

第五群。「窯の絵」「慰霊の日記念マラソン」「司会業」。複雑な現実の中で、あることを決意し、それが次第に育っていく有様について。

単独掌編。「陳列」。見知らぬ都市の見知らぬ少女たちの不思議なふるまい。

以上であるが、今回これらのキャラクターをスプリング・ボードとして、又吉栄喜がその想像力と感受性とユーモアの逆説を見事に結実させる。

彼はいつも浦添のある一点を中心とする半径2キロメートルの円の範囲内に戦後沖縄の状況が凝縮されているので、その園内の出来事を克明に描けばよいと言っているが、今度の「夢幻王国」は、それを更に深化させ、円内の地下の物語や円内上空の浮遊感覚やさらに円内の〝あの世〟についても他の雑多な物語を織り交ぜながら叙述している。しかもそれはしっかりと現実に基づいた想像力が創造した又吉栄喜の真面目なのだ。言わば彼の文学能力の全面展開であり、その記述が戦後沖縄のいつまでも変わらない変遷（?）を抉り出し、前作を更に昇華して、ついに夢幻王国までつくりあげるのだ。また時間の経過を文章構成のテクニックによって読者の気持ちを外《そ》らさず最後までひっぱってゆく。

白い少女は少しずつ自分の身の上を問わず語りに語り続けるが、そして奥深い闇の中へ静かに消え去っていく。

彼女は全滅した家族の一人で、いつまでも成仏できずして、このように現れては消えてゆく。全滅した家族の悲劇は少女の白い霊となっていつまでも読者のこころの中に浮遊する。この真実を少しずつ示しながら、読者の興味、想像力を刺激する。その時間の浮遊感覚の中で読者もその悲劇とともにいつまでも浮遊する。一族全滅、ひいては沖縄全滅はいつまでも尾を引くのである。

さて本当の現実はどうだったのか。それは言いにくいのであるが、沖縄民衆意識の完全敗北であり回復不能の状況である。この再起不能の地点で、なお己に執着する。これを作者は「夢幻」といい、なんとかどこかに手掛かり足がかりを得ようとの、復活への希望を「王国」と言っている。しかし、この夢幻王国は夢幻ではなく、人間の執着から来る、いや、執着ではなく、生きている事実から来る。執着は生命の正しい姿である。即ち生きるという希望なのである。

又吉栄喜は自身が深く関与したある本の中で次のように書いている。「…巨大な悪が見え隠れしている現代、私たちも偉大な悪人を創造すべきかもしれません」。

ところで沖縄住民ならば、この巨大な悪を眼前に見ている。例えば辺野古米軍新基地をめぐって、大浦湾に軟弱地盤が見つかったり、この分《ぶん》では時間がかかりすぎることがはっきりしているのに、新基地建設反対を掲げ抵抗している住民が大勢いるのに、それでも政府はそれを強行すると言うし、これはおかしいと裁判所に訴えると、それは正しいと最高裁判所はその訴えを退けるし、沖縄住民はいったいどうすればいいのか。判決が下るや防衛省は早速、電子部隊を新設すると言うし、もっと基地に適する土地はないかと調査を始めるし、日本国の最高裁判所ぐるみの保守勢力のふるまいを見れば、それは一目瞭然で、その巨大悪が私たちの毎日の生活に時々刻々と侵入してくる。その証拠は毎日毎日のテレビやラジオや新聞、インターネットなどの各種報道を挙げれば充分であろう。

そのような辺野古米軍基地であるが、それでもそれは、言わば氷山の一角にすぎないのであって、全沖縄住民は何十年にわたる日本国やその弱者苛めの軍事優先思想、無責任極まる、人間のすることとも思われない政治の重圧に覆《おお》われている。

又吉栄喜はこの真っ暗闇《くらやみ》の現状を、独特の文学的構想で感覚化、外在化、客観化に成功したのである。

群星《むりぶし》の輝き
──『又吉栄喜小説コレクション』をめぐって

村上陽子

はじめに

又吉栄喜は、一九四七年、沖縄県浦添市に生まれた。一九七二年まで続く米軍占領下の時代は、ちょうど又吉の幼年期から青年期に重なる。その時代の沖縄は又吉の原風景となり、作品世界の基盤となった。

又吉が二〇代の終わりにさしかかったとき、「海は蒼く」（一九七五年）が新沖縄文学賞佳作に選ばれる。その後、作家として活動しはじめた又吉は、米軍兵士や米軍基地をテーマとした中短篇を多数発表していった。第八回九州芸術祭文学賞を受賞した「ジョージが射殺した猪」（一九七七年）や、第四回すばる文学賞を受賞した「ギンネム屋敷」（一九八〇年）などは又吉の初期の傑作である。

また、又吉が四九歳の時、「豚の報い」（一九九六年）が第一一四回芥川賞に輝いた。この作品では、沖縄の文化や歴史、民俗的特色、自然や動物が鮮やかに描かれた。

しかし、又吉がおよそ半世紀に及ぶ作家活動を展開する中で、こうした大作の影に埋もれた作品も多くあった。『又吉栄喜小説コレクション』全四巻（コールサック社、二〇二二年）には長編一篇、中編一六篇、短編・掌編二七篇が収められた。いずれも又吉栄喜文学を構成する重要なパーツでありながら、単行本未収録となっていた作品である。発表年も、発表媒体も様々なこれらの作品は、個別の色に輝きながら天に散る群星《むりぶし》を思わせる。およそ半世紀にわたって構築されてきた又吉栄喜文学は、こうした群星の輝きなしには語ることができない。本稿では、コレクション各巻の内容を概観し、その特色を示していきたい。

一、異化される〈沖縄〉

第一巻『日も暮れよ鐘も鳴れ』は、長編小説「日も暮れよ鐘も鳴れ」（『琉球新報』一九八四〜八五年）一編によって成る。一九八〇年代前半のパリがこの作品の舞台となっている。主人公の仲田朋子は高校卒業後、兄の勝久と義姉の早知子を頼って渡仏し、兄夫婦の娘であるはるみの世話をしながら通訳や翻訳の勉強をしている。まもなく朋子と勝久の母もパリにやって来て、五人での生活が始まる。しかしその生活は行き違いや不和をはらみ、家族のかたちは次第に崩れていく。やがて母が亡くなり、朋子は勝久やはるみとともに沖縄に帰郷する。義姉の早知子はパリに残った。

朋子は自分の夢を追う傍ら、はるみの保護者代わりも務め、多様な背景を持つ人々の生き方に触れていく。朋子自身はまだ語るべき自己の来歴を持たない十九歳の若い女性である。しかしそれゆえに朋子は、出会う人々の話を引き出す聴き手としての役割を存分に発揮する。母は朋子を頼りにしながら沖縄での体験をパリでの生活に結び付け、なじもうと努力する。兄もまた、ワインを片手にパリで培われた人生観を繰り返し朋子に披瀝する。さらに、パリで生活する日本人の男たち、はるみの友達、アパートの管理人のマダムやその娘などが朋子の前には入れ替わり立ち替わりあらわれる。朋子は彼ら彼女らの状況を注意深く見聞きし、自らの行動を決めていく。そうした朋子のあり方によって、パリの街をたゆたいながらしたたかに根を張ろうとする人々が層を成して立ち現れるのである。

沖縄文学において海外が描かれる場合、ハワイ、アメリカ、南洋、南米といった沖縄の人々の移民・戦争・捕虜体験と強く結び付く場所が選ばれることが多かった。そうした舞台設定は、沖縄の人々の歴史や体験に濃密に結び付く作品を生み出した。それに対して、ヨーロッパ圏と沖縄を結び付けた作品は極めて稀である。又吉は、一九八三年にフランスを旅し、その旅の記憶に触発されるようにしてパリという都市の歴史を掘り下げ、そこに沖縄の人々の記憶や体験を絡めて「日も暮れよ鐘も鳴れ」を書き上げた。その結果、パリという歴史ある都市に、沖縄という外来の蔓性植物を這わせたような趣をたたえる作品が生まれることとなった。蔓をたどれば必ず沖縄に行き着くという確かな根を持っていることが、この作品の強みであると言えよう。

「日も暮れよ鐘も鳴れ」を沖縄文学として捉えるときに興味深いのは、本作が〈沖縄なるもの〉を異化していることである。読者が日常的に見慣れた〈沖縄〉をパリという文脈に置き直し、ずらし、奇異なものとして表現することがさまざまなかたちで試みられている。その結果、読者は普段無意識に選択しているオートマティックなものの見方を打ち破られ、新たに事物を捉えることを促されていく。

又吉栄喜はごく初期に、米兵の目から沖縄を見つめた優れた作品を多く生み出した。他者の目から見た沖縄をつかみ取り、〈沖縄なるもの〉を異化していくことは、当時の又吉が得意とする手法の一つであったのである。沖縄を舞台にした作品において米兵たちが〈沖縄なるもの〉を異化していったのと同様に、「日も暮れよ鐘も鳴れ」ではパリという都市に生きる沖縄出身者を描くことで〈沖縄なるもの〉が捉え直されていった。

たとえば朋子と母がパリのアパルトマンで牛肉を使ってカレーを作るとき、二人はポーク缶で作った沖縄のカレーの味と匂いを想起する。沖縄のポーク缶はパリで売られている牛肉と違って匂いがきつく、油で焼いてからカレーにしたという。こうした戦後の沖縄の貧しさは、パリの日常にはすでにない。ポークの匂いが当然のものとして漂う沖縄の戦後は異化され、パリの食や経済、流通の状況に読者の目を向けさせる。

また、沖縄的な価値観において当然視されていた、男を立てる夫婦のあり方、年頃になったら結婚をして子どもを産むという若い女性の生き方もあらためて見直されることになる。パリでは同棲や未婚の母が珍しくなく、離婚しても女性が生きていける環境がある。そうした現実を見聞きし、兄夫婦の複雑な心の行き違いを目にした朋子は、自らの生き方を定めるために性急に結論を出すことはしない。朋子やはるみといった新しい世代の女性たちの前には、多様な価値観の中で自らの生き方を模索する道が開かれている。

本作が新聞連載された一九八〇年代の沖縄において、こうした要素を有する沖縄文学は非常に目新しいものであっただろう。作者・又吉の旅の体験によって生み出された小説は、沖縄に生きる読者の価値観を揺さぶる効果をもたらしたに違いない。

二、兵士たちの傷

第二巻『ターナーの耳』には、「ターナーの耳」、「拾骨」、「船上パーティー」、「崖の上のハウス」、「軍用犬」、「Xマスの夜の電話」、「落し子」、「白日」の八作品が収められた。いずれも戦争、基地、米兵と関わりの深い物語であることがタイトルにあらわれている。

二巻の白眉は、何と言っても「ターナーの耳」(『すばる』二〇〇七年)である。ベトナム戦争期の沖縄において、米軍基地は「喉から手が出るくらい欲しい品物が数えきれないほどある」場所であった。中学三年生の浩志は、ある日米人ハウスの塵捨て場で大きな自転車を見つけて持ち帰る。しかし自転車はブレーキがきかず、米兵の運転していた車に接触する。基地の中を物色するためにうろついていた若者・満太郎が事故に気付き、米兵としたたかに交渉を始める。米兵はターナーと言い、スムーズに帰国するために事故を内密に処理したいという意向を示した。満太郎はそれにつけ込んで高額な修理代を求め、さらに浩志をターナーのハウスボーイとして雇うということで話を付ける。浩志は勤務中にターナーから人間の「耳」を見せられる。浩志は「耳」がベトナムの戦場での体験と強く結び付いていることを感じ取り、ターナーの精神状態が悪くなっていくのを防ごうとして瓶を盗み出す。浩志が瓶を盗んだことに気付いたターナーは浩志を追い、米人ガードに発砲され、拘束されることになる。

この作品に不穏な空気を漂わせる「耳」は、ベトナムの戦場における暴力の痕跡そのものである。また、浩志たち沖縄の人間からすれば、「耳」はいつ自分たちに向けられるかわからない未発の暴力性の象徴でもある。ベトナムの戦場で発動された暴力が、基地の傍に暮らす自分たちにいつ降りかかってきてもおかしくはないという思いは浩志をおびえさせる。また、浩志は「米軍基地の近くを通った人々やハウスに近づいた人が、土に埋められたのか焼かれたのか、何人かが神隠しにあったように消えている」という事実に目を向けるようになっていく。「耳」によって可視化された米兵の暴力性を意識するとき、浩志という少年は自らの生きる場所としての〈沖縄〉が持つ意味を改めて認識しなおすのである。

そして浩志が「耳」を盗み出すという本作の結末は、さまざまな含意に満ちている。浩志は、満太郎から常にターナーの家から何か盗んでくるようにそのかされていた。満太郎は米人ハウスを豊かな物質にあふれる場所として欲望しており、そこに換金性の高い富があることを信じて疑わない。米軍から実入りのいい仕事や幾ばくかの金をせしめようとする満太郎は、浩志に「それでも男か?」、「母親孝行しろ」などと発破をかける。危険と引き換えに戦果(かつて沖縄の人々が米軍基地から持ち出した物資はこのように呼ばれた)を挙げ、基地の外の暮らしに豊かさをもたらす「男」たれという価値観が満太郎によって体現されている。

しかし、最終的に浩志が盗み出したのは、まったく金には縁のない「耳」であった。この盗みによって、浩志は満太郎を狼狽させ、ターナーを激怒させ、米人ガードを混乱に陥れる。それはいわば、ベトナムの戦場における暴力を白日の下にさらけ出すような盗みであった。そのためにターナーは拘束され、浩志は他言無用と言い含められて基地から放り出されることになる。

満太郎がそそのかす盗みは、基地という存在を根底から脅かすことはない。むしろそこに基地があることを前提とする生き方を構築していくに違いない。それに対して、浩志が働いた盗みは戦場／占領の境目を攪乱し、沖縄とベトナムを一気に近接させるような混乱を呼び起こすものであった。戦争や占領といった構造の下に生きる者が誰一人として安全ではなく、死や、錯乱や、狂気と紙一重の状態にあることが「耳」を盗むという行為によって暴かれていくのである。

二巻に収められた作品の中では、「軍用犬」（『沖縄タイムス』一九八六年）も見逃せない。〈運動〉に関わる三人の若者が、軍用犬を殺す。若者たちは〈革命〉を目論むが、若者たちの行為や言葉は集落の人々の心には届かない。また、三人の若者の思いもすれ違い、やがて〈運動〉は内部から瓦解していく。

一匹の犬を殺すという暴力は、その行使者となった三人の若者を分断させ、集落の人々に不信を抱かせる。たしかに軍を構成する一部であったはずの犬は、その生命を絶たれると、死すべき命を持った自分たちと同じ存在として生前とは異なる姿を若者たちに突き付けてくる。八方塞がりの状況の中で、軍だけが無傷で永らえていく。その不気味で強固な構造を、読者もまた見つめることになるのである。

ターナーという一兵士や、牙をむく軍用犬は基地の内外で容赦なく傷つけられ、殺されていく。兵士たちの傷を感取し、その痛みに感応してしまう人々のまなざしに貫かれた作品が二巻の主軸を成している。

三、女性たちの物語

第三巻の『歌う人』には、「歌う人」、「アブ殺人事件」、「冥婚」、「凧の御言」、「土地泥棒」、「闇の赤ん坊」、「金網の穴」、「招魂登山」の八作品が収録されている。この巻には、死者の弔いや結婚といった、冠婚葬祭に結び付く作品が多く収められた。また、女性を主人公とする作品が多いのも特徴の一つである。

「凧の御言」（『すばる』二〇〇九年）、「冥婚」（『すばる』二〇一五年）はいずれも戦争によってパートナーとなる男性を失った若い女性を主人公とする物語である。「凧の御言」の主人公である「私」は、竹細工を生業とする集落に生まれ、母に女手一つで育てられた。「私」は一郎と次郎の兄弟から同時に求婚され、凧を高く揚げた方に嫁ぐことにした。勝利をおさめて「私」を娶った一郎は、短い結婚生活の後に戦死を遂げる。「私」は次郎とともに夫の収骨に向かう。しかし収骨の帰途で二人は米兵と行き会い、「私」は次郎に復讐をそそのかす。次郎は米兵を攻撃し、返り討ちにされてしまう。

「私」は、母一人、子一人という家庭環境で、幼少期から結婚を強く意識して成長してきた。結婚相手を選ぶとき、一郎と次郎のどちらに嫁ぐかを自分の意志で決めることができなかった「私」は、その決断を「凧の神」に委ねている。それは一見すると運任せ、神任せのようであるものの、実質的には高く揚がる凧を作ることのできる、確かな竹細工の腕を持つ者に軍配の上がる勝負であった。病弱な母と自分の暮らしを支えるために結婚を意識しなければならなかった「私」は、自覚のないままにしたたかな選択をしていたことになる。単に相手を好ましく思う感情によって結ばれる結婚ではなく、家柄や親戚との関係を踏まえて決められ、家族を養う手段ともなる結婚のかたちがそこにはあった。

戦争は、「私」から夫、母、義両親を奪っていく。しかし同時に、「私」を捉える古き軛としての家や結婚観も戦争によって打ち壊される可能性があった。本来心を寄せていた次郎と、誰にも遠慮することなくともに生きる道も「私」には残されていたのである。しかし「私」自身が旧来の価値観から逃れきれなかったことで悲劇が起こる。一郎を殺したのは米兵ではなく、自分を欲望する次郎なのではないかという疑いを持った「私」は、「兄の敵討、私への愛情の証」のために次郎が米兵を「殺すのが自然」だと考えてしまう。戦争で嫌というほど死を見た後に、一人の米兵の死をけじめとして求めずにはいられない「私」は、結果として次郎をも死に追いやっていくのである。

一方、「冥婚」では、そうした旧来の価値観に根ざす男女の結びつきに抵抗を示す女性の姿が描かれた。二十歳になったばかりのまさみは、集落で唯一の戦死者となった由浩との冥婚を求められる。由浩の母の真智子は、一人息子が戦死したことを受け入れられず、まさみに由浩との婚姻を強く迫り、やがて集落全体で由浩と真智子の思いを遂げさせようという動きが活発になっていく。まさみは迷った末に冥婚に応じる。しかしまさみは、冥婚式のさなかに「由浩さんは戦死しなければ、私と冥婚なんかしなくてもすんだのよ」、「戦死さえしなければ本当の結婚ができたのよ」と本音を吐露する。

冥婚は、嫁を娶らないままに死者となった由浩のため、そしてその由浩を不憫に思う母の真智子のために行われる儀式である。それは結ばれると同時に終わる結婚のかたちであるが、まさみはむしろ、冥婚によってその後の自分の人生が死者と強く結びついたものになるであろうことを予感している。そうした思いが、「戦死さえしなければ」という叫びとなる。

結婚後に夫が戦死し、新しい生き方を選べないままにもろとも死に引きずり込まれていく「凧の御言」の「私」と、戦後の集落を安定した状態に保つために死者との結婚を求められる「冥婚」のまさみは、いずれも集落や家を支えてきた価値観に強く縛られている。それを重荷に感じながらも、自らもその価値観を手放しきれずにもがく女性たちの姿が、痛ましいきしみをもたらすのである。そうした女性たちのもがき方は、たとえば結婚相手が生き延びて家庭を築くことができたとしても、いずれ直面する別の苦しみがあるに違いないことを示唆してもいるだろう。

一方、同じく女性を主人公とする「闇の赤ん坊」(『プレス沖縄』一九八八年)は、これら二作とはやや異なる趣をたたえている。黒人兵ボブと望まぬ関係を結んだホステスの千夏は、妊娠したためにボブとの結婚を決断する。だが、島の少年コウイチが千夏に好意を持ち、ボブともみ合いになったことで事件が発生する。千夏は、自分を愛してくれた男たちの死を実感し、はからずも身ごもってしまった腹の中の子どもを自分が愛する唯一の存在として捉え直していく。

「闇の赤ん坊」では、美と若さで勝負するホステスたちが米兵と関係を結び、豊かな暮らしを享受している。しかし、米軍占領下における出会いには、常に差別と分断が内包されている。ホステスたちや島の少年は黒人兵に対する差別的なまなざしを有しており、そうした差別意識が日常に亀裂を生み、時に人の命を奪っていくのである。そのような状況において、千夏は自分の子どもと「血」によってではなく「愛」によって結び付こうとする。それは、伝統的な共同体のあり方とも、占領下における痛みに満ちた性/生のあり方とも異なる関係の築き方であるように思われる。新たな関係性の萌芽は、又吉文学のごく初期の作品に胚胎されていたのである。

四、死者とともに生きる

第四巻は短編と掌編によって構成されている。「松明綱引き」、「牛を見ないハーニー」、「盗まれたタクシー」、「闘牛場のハーニー」、「大阪病」、「告げ口」、「マッサージ師」、「水棲動物」、「訪問販売」、「青い女神」、「見合い相手」、「ヤシ蟹酒」、「野草採り」、「宝箱」、「村長と娘」、「司会業」、「慰霊の日記念マラソン」、「潮干狩り」、「冬のオレンジ」、

「少年の闘牛」、「陳列」、「凧」、「緑色のバトン」、「窯の絵」、「コイン」、「サンニンの苔」、「へんしんの術」の二十七編が収められた。実に多彩な作品群であり、初出も一九八〇年代から二〇一〇年代にまたがっている。

初期の作品も魅力的だが、「松明綱引き」（『文學界』二〇一四年）や「慰霊の日記念マラソン」（『越境広場』二〇一五年）といった近年の作品には、作家としての又吉栄喜の到達点とも言える、死者の世界と生者の世界をつなぎつつ作品世界を構築するという特徴が見いだせる。

又吉は、二〇二三年に『夢幻王国　沖縄戦幻想小説集』（インパクト出版会）を刊行した。そこに収められた作品は、一言で言うと生と死の境界をまたぎ、戦前、戦中、戦後をゆるやかにつなぐ〈夢幻〉の世界の描出であった。又吉の目は、いま・ここで躍動する死者たちを見ている。祭りや行事は、そうした死者たちを集落に呼び戻し、生身の人間とたまさかの交流を築くためのうってつけの機会として、作品の舞台に選ばれている。

「松明綱引き」では、毎年九月の第三日曜日の夜に開催される松明綱引きの様子が描かれる。「生殖能力のある男」を遠ざけ、女性と子ども、老人たちのみが参加する綱引きである。子どもたちと裸女が先導する綱引き隊を見て、観衆は「ああ、迷っていなかったんだね」、「無事に着いたんだね」とささやき交わす。綱引き隊は、すでにこの世を去った者たちなのである。集落の人々はさまざまな思いを持って綱引き隊を迎え、送り出して、新たな一年を生きていこうとする。

綱引きは沖縄各地で見られる集落をあげた行事であり、通常は老若男女が参加する。しかしここでは、綱引きは女性によって司られる祭祀の世界として描かれる。死者との交流が濃密な女性たちと、現実の政治的な世界に生きる「生殖能力のある男」の間には深い溝があるに違いない。しかし、男たちが死者を見る目を備えていないわけではない。

「慰霊の日記念マラソン」は、そうした政治性に正面から向き合った一編である。まず冒頭から、マラソン大会が「地域興し」、「寿命を延ばす」といったスローガンを伴って開催されるものであり、それは「美辞麗句」をうたった戦争の変奏であることが明らかにされる。主人公の「俺」は、マラソン大会が戦跡や自衛隊基地、米軍基地が目に付かないようコースを設定され、基地問題や抵抗運動から人々の目をそらせるための装置として機能していることに気付いている。しかし、「俺」はそれを知りながら、マラソンを走りに走る。かつてこの道を逃げた戦死者たちと出会い、「慰霊の日記念マラソンをやめさせて」という声を聴き取りながらも、「俺」は、マラソンからコースアウトする道を選ぶことができない。マラソンコースが新たな戦争への道であることに気づきながら、他の参加者と同じ方向に向かって走っていくのである。

日々のトレーニングに耐え、マラソンを走り抜くことによって培われるのは、頑健な肉体と忍耐力である。それは良き兵士に求められる資質であるに違いない。多くの人々が気付かぬうちに兵士の資質が形作られる環境が整えられ、それに気付いたとしても逆方向に走ることが容易ではないという不気味な状況がここに描き出されている。南西諸島の軍事化が着々と進められ、沖縄に新たな戦前をもたらしている状況を見据えながら書かれた作品であると言えるだろう。

おわりに

復帰後の沖縄文学を又吉栄喜抜きにして語ることは到底できない。基地の街に生きる米兵・女性・少年・動物といった存在、沖縄の歴史的・文化的豊かさ、沖縄に強制連行された朝鮮人従軍慰安婦や軍夫たちなど、又吉が早くから見いだした作品のテーマは沖縄文学全体を活気づけ、方向づけていった。『又吉栄喜小説コレクション』全四巻にも、そうした又吉の魅力がふんだんに詰め込まれている。

又吉自身は、自らを「出生の地浦添を中心に半径2キロの世界で体験した出来事」(『うらそえ文藝』二二号、二〇一七年一〇月)を書く作家だと語っている。しかし、そのまなざしは広く、深く行き渡り、決して半径2キロには留まらない〈沖縄〉を映し出してきた。半径2キロに集った人々の素性をたどれば、その世界は無限とも言える広がりを見せる。たとえば米兵たちの本国での体験、在日として戦後を生きた朝鮮の人々のあり方、海外での出稼ぎ経験や植民地体験を持つ沖縄の人々の過去が、又吉の作品世界には豊かに、細やかに織り込まれてきた。

そしていま、又吉栄喜という作家は、時を遡り、死者との交歓を行おうとしている。「私が育った小さい浦添の原風景に、何かの拍子にひょこっと顔出す千年間の人々の『精神世界』が詰まっている」(「まえがき」、『ジョージが射殺した猪』燦葉出版社、二〇一九年)と又吉は語る。半径2キロの世界には千年の時が宿っている。そこには、占領下における死者、沖縄戦の死者はもちろんのこと、琉球王国時代の人々の声、果ては人間ですらない存在の声がこだましている。〈沖縄〉に跳梁する命の声が、又吉の作品世界を支えているのである。今後もまた、そうした命の声がにぎやかに、とめどなく、生み出されていくに違いない。

詩的精神が創造した思索や構想力に満ち魂の深層を救済する小説

――『又吉栄喜小説コレクション』全4巻44編に寄せて

鈴木比佐雄

1

又吉栄喜氏とは二〇二一年二月下旬頃に浦添市の米軍から返還された海辺を一望できる喫茶店で二年ぶりに再会した。午前中から昼過ぎまで辺野古で座り込みを支援している詩人神谷毅氏と一緒に、辺野古海上基地埋立ての現状を案内されていたことで時間がかかり、約束の時間を遅れてしまい小走りで店内に入ると、一番奥の窓際の午後の陽射しの中で、芥川賞作家が一人で読書をしていた。そこにはゆったりとした時間が流れていて声を掛けてはいけないようにも感じられた。

「すみません、遅くなりました」と言うと、「おひさぶりです」と顔を挙げてにこやかに話された。

その二年前の二〇一九年三月に又吉氏の長編小説『仏陀の小石』を刊行させてもらった際にも前年の晩秋頃にこの喫茶店でお会いしたことを想起した。その際には宜野湾市の小説家・評論家の大城貞俊氏も同席していた。大城氏は又吉栄喜論を何度も執筆しており二人はとても親しい友人でもあった。私が初めて大城氏とお会いしたのは、二〇一八年五月に日本ペンクラブ平和委員会主催「平和の日の集い」を沖縄で開催するため、平和委員会の副委員長だった私は、日本ペンクラブの運営委員の一人として会場の「コンベンションセンター」で、沖縄県運営委員会の事務局長だった大城貞俊氏を紹介されたのだった。当時の平和委員会委員長の梓澤和幸氏は大城氏と私を引き合わせたいと語っていた。そして大城氏の小説『椎の川』を読んでおいて欲しいとも言われていた。大城氏と名刺交換をした際には「あなたが、八重洋一郎詩集『日毒』を出版し解説文も書いた鈴木比佐雄さんですか」と驚かれたのだった。運営委員長は又吉氏であり、その後も二人のご支援を得てこの沖縄「平和の日の集い」八〇〇人以上が集まり、二部の座談会では『日毒』が中心テーマになっていった充実した沖縄文学のフォーラムになった。

その後も私は大城氏と交流を持ち、コールサック社で大城氏の山原の少年一家を描いた名作『椎の川』を文庫化し、二冊の評論集『抗いと創造——沖縄文学の内部風景』『多様性と再生力——沖縄戦後小説の現在と可能性』、一冊の小説集『記憶は罪ではない』などの新刊を刊行した。また又吉氏から琉球新報社に一年以上も連載をした『仏陀の小石』の出版を依頼された。私はなぜ大城氏や又吉氏が、小説集などの刊行では大して実績がないにも関わらず、コールサック社に任せたのかの真意を測りかねていた。お二人にさりげなくお聞きしても沖縄文学に理解がある出版社だからということだった。何か謎のように思われていたが、その理由がだんだんと分かるようになった。それは二〇一九年に刊行した大城氏の評論集『抗いと創造——沖縄文学の内部風景』のⅡ章「沖縄平成詩の軌跡と表現」とⅢ章「詩人論」の沖縄の詩人十名の評論などを編集する上で、また又吉氏の多様性のある小説を理解する上では、沖縄の詩歌の世界や詩歌の本質を理解することが重要なことであるという認識があったからではないか。つまり私やコールサック社が詩歌の専門性を持っていて、さらに沖縄文学に深い関心を持ち、例えば二〇一七年の『日毒』を始めとして二〇一九年に刊行した「おもろさうし」の琉歌から始まる『沖縄詩歌集～琉球・奄美の風～』などを企画・刊行した実行力に期待して下さったのだろう。

又吉氏とはコーヒーを飲みながら、新しい小説集の話を伺った。私はたぶん何編かの小説を新刊にしたいとの話だと予想をしていた。ところが浦添市立図書館学芸委員たちが作成した又吉氏の執筆した作品リストを見せて次のように説明をされた。

《この全ての執筆リストで赤丸を付けているのは、私が「すばる」などの本土の文芸誌や沖縄などの雑誌に発表した小説の中で、未だ書籍になっていない44篇です。実は私の書いた小説の多くの読者にはまだ読まれていません。私にとってこれらの小説は芥川賞を受賞した『豚の報い』に匹敵するものだと考えております。そこで相談があります。これらの小説の全てをコールサック社で刊行して欲しいのです。》

「選集ではなく、全てをですか？　大変な数ですね。」

「そうです。それらを全て残したいと考えております。ただ校正時に今日的な観点や表現の推敲で赤が入る箇所が数多くあると思います。」

私は一瞬、又吉氏の全てを含む構想力に驚いたが、それらの小説への愛情がとても良く理解できた。

「分かりました。その原稿のコピーをお送り下さい。三か月後位にこれらを全て収める企画・編集案を考えてお持ちしましょう。」

とそのような話をし、何とか実現したいと考えて、その日は喫茶店を後にした。

2

それから数週間で浦添市立図書館から膨大な小説のコピーの束が届いた。それらの小説群は、一編の長編小説、16編の百枚前後の中編小説、27編の短編・掌編だった。

届いた44篇を拝読して、驚かされたのは又吉栄喜という小説家がいわゆる芥川賞という枠には収まらない、長編小説・中編小説から短編小説まで多様性のあるテーマで実験的な小説に挑戦してきた作家であり、その固定観念を取り払わなければ、これらの小説群を理解することはできないのではないかと思われた。調べてみると又吉氏は七十編以上を超える小説をすでに書かれているが、その約三分の二の小説群が雑誌発表に留まり、新刊書に収録されていなかったことになり、又吉氏の読者や研究者や沖縄文学を愛する未知の読者の人びとのためにも、44編を収録する書籍を刊行すべきだという思いが深まった。

又吉氏が繰り返し語る自らの小説技法の源泉である半径二ｋｍの浦添の「原風景」では、その風景を見詰めていると、かつてそこで生きた人びとが降り立ってきて、そこには沖縄の地域文化を担った人物や沖縄戦で亡くなった人びとだけでなく、来訪した異邦人的な人物たちも含まれている。その土地を新たにしてきた生者と死者たちが過去から現在に通ずる「原風景」の中で勝手に語りだし、未来の新たな風景を生み出すように動き出す。そして幾つもの不思議な幻想のような想像力となって湧き出し「原風景」は変容していく。又吉氏はその登場人物たちが息せき切ってどうしようもない宿命を背負う悲哀に満ちた姿を追跡して克明に記述していく。又吉氏の紡ぎ出す物語は、今ここに生きている人びとに対して、沖縄の「原風景」との関係が確かに切り結ばれて迫ってくる読後感を生み出す。又吉氏はその主人公たちが生きられなかった未知の世界の宿命を見届けるためにきっと小説を創造しているのかも知れない。そこでは死者と生きる者との豊饒な世界が幻視され、その果てが透視されていくのだろう。「原風景」という場所に降り立てば、そこの地霊となった人びとと今を生きている人びとが、又吉氏の小説の言葉世界を通して立ち現れてくるのだ。

その意味でも又吉氏の望まれたように44編から選択するのではなく、全て収録し読者にその読解を委ねることが、最も相応しい編集だと考えられた。44編を全4巻の書籍シリーズにし、1巻には長編小説『日も暮れよ鐘も鳴れ』を置き、2巻『ターナーの耳』と3巻『歌う人』には中編小説16編を8編ずつ収録し、第4巻『松明綱引き』には短編・掌編の27篇を収めたいと構想した。ある意味で今まで又吉氏の小説で賞を受賞したなど書籍化されたものが陽の当たる表層的な「光」の領域であるのならば、今回の小説コレクション全4巻は又吉栄喜文学の陽の当たらぬ深層の「影」の領域に当たるかも知れない。その「光」と「影」が合わさって初めて全体像のまだ見ぬ領域が立ち上がってくるのだと構想されたのだ。

私は三か月後までにプランをまとめ沖縄で会うことにし、又吉氏からは浦添市立図書館で待ち合わせして、担当の学芸員たちに紹介したいと言われた。浦添市立図書館にはかなりのスペースの又吉栄喜コーナーがあり、いかに又吉氏が地元で愛されているかが納得できた。学芸員の方たちが丁寧な又吉栄喜作品目録の作成や小説群のコピーをして下さったことに対してその労力に心より感謝を伝えた。すぐに又吉氏と学芸員の方たちに企画・編集案の説明をしたところ、企画・編集案も『又吉栄喜小説コレクション』全4巻というシリーズの名称も気に入って下さった。それから又吉氏は「浦添グスク」に連れて行ってくれて、小説の舞台となり、きっと小説の霊感を与えられた「原風景」を案内して下さった。私は又吉氏自ら「原風景」の解説をお聞きしてとても贅沢な時間を過ごさせてもらった。このような沖縄という土地の地霊を背負った小説家の書籍シリーズに関わることができて光栄だと感じ入った。

それから五か月後の十一月には、『又吉栄喜小説コレクション』全4巻刊行員会を大城貞俊氏や俳人のおおしろ健氏たちが作り、各巻の解説者の人選や依頼をし、また広報・販売を支援して下さることになり、1巻、2巻の初校をお持ちして、又吉氏を含めた四人が那覇市内で打ち合わせをした。このような経緯で『又吉栄喜小説コレクション』全4巻は二〇二二年五月に刊行することができた。又吉氏と浦添海岸近くの喫茶店で話し合ってから一年数か月で実現できたのは、奇跡のように思われるが、この全4巻は沖縄の又吉栄喜文学を愛する人びとの総力から生み出された必然的な結果だと思われてならない。

校正紙が出た後の又吉氏は五か月間の時間をかけて全4巻44編の全ての小説に数多の赤を入れて、徹底した推敲をされた。それは印刷に回る直前の四校・五校まで続いた。きっと又吉氏は44編の「原風景」の登場人物たちともう一度生き直しているように私には感じられた。

3

大城貞俊氏は、先に触れた評論集『抗いと創造――沖縄文学の内部風景』の『四「沖縄文学」の特異性と可能性』の中で、左記のように沖縄文学の特徴を五点とさらに二点を加えた七点として解説している。

《終戦後の沖縄の現代文学（戦後文学）については、次の五点の特徴を指摘することができる。一つ目は「戦争体験の作品化」である。沖縄県民が等しく体験した沖縄戦や土地の記憶の継承をどう文学作品として表象化していくか。これが戦後一貫して流れている今日までの課題である。二つ目は「米軍基地の被害や米兵との愛憎の物語を描く」作品である。米軍基地あるが故に生まれた「沖縄文学」の作品世界の特徴である。／三つ目は「沖縄アイデンティティの模索」で、四つ目は「表現言語の問題」である。この二つの特徴は、近代文学の課題と重なりこれを引き継いだものだ。表現言語の問題は今日では「シマクトゥバ」と呼ばれる「生活言語」をどう文学作品に取り込んでいくかという課題に継承される。作品はさらに自覚化され一層広がりと深化を見せて創出されている。／五つ目は、作者も作品も「倫理的である」ということだ。このことは「沖縄文学」の大きな特徴の一つになっている。文学は虚構であることを前提に表出される世界であるが、沖縄の作者や作品には笑いやファンタジーな世界を紡ぎ出した作品はほとんどない。この特徴は沖縄の戦後がこのことを許さない過激な状況が七十二年間余も続いていることを表しているように思われる。／この五つの特徴は、戦後を二区分して「占領下の時代」と「復帰後の時代」と区分しても継続される「沖縄文学」の特徴だ。このことは、時代のエポックを記した本土復帰の一九七二年以降も沖縄社会や沖縄文学を担う基盤が本質的に何も変わらなかったことを示しているように思われる。／さらに沖縄文学の特徴を挙げれば、「国際性」を帯びた作品世界の創出と、昨今の作品の傾向から「個人の価値の発見と創出」を新たに付け加えることができるだろう。「沖縄文学」のこれら

の特徴は、本土の他地域にみられない特異な作品世界をつくっているのである。》

大城氏の沖縄文学の特徴を掬い上げてくる評論は、自らも小説や詩の実作者でありながら、研究者としての沖縄の作家・詩人たちの膨大な作品を読み込んで評論を書き続けている執筆者であり、とても説得力がある。一つ目は「戦争体験の作品化」、二つ目は「米軍基地の被害や米兵との愛憎の物語を描く」、三つ目は「沖縄アイデンティティの模索」、四つ目は「シマクトゥバ」と呼ばれる「生活言語」などの「表現言語の問題」、五つ目は、作者も作品も「倫理的である」、六つ目は「国際性」を帯びた作品世界の創出、七つ目は「個人の価値の発見と創出」と大城氏は分析する。

私は仮に八つ目があるとするならば、沖縄文学は詩歌を根底に持ちその詩的精神をエキスとして汲み上げて小説が成立するように、詩歌と小説が相互影響を与え合う関係性を持っている、という特徴があると思われる。世界的に見れば詩人が小説を書き、小説家が詩を詠むことは当たり前で相互影響の大切さが理解されている。例えばノーベル賞の文学賞部門受賞者の約半数は詩人だと聞いている。しかし日本本土では分業化が進み互いに無関心な蛸壺状態になっている傾向もある。ただ沖縄においては互いに敬意を抱いて深い交流をされているようだ。小説コレクション4巻の解説は、詩人の八重洋一郎氏が執筆しているが、又吉氏は当初から八重氏には解説文を書いてもらいたいと要望を出していたくらいに、八重氏の詩と評論の力を高く評価していた。八重氏の解説文の中で、冒頭の「松明綱引き」を論じている。その論じられて該当するだろう小説の原文と、八重氏の評論の両方を引用する。私は「与那原大綱曳」を傍で見たこともあるので、その祭に賭ける沖縄人のエネルギーを実感しているが、その人びとの熱気に匹敵するような又吉氏の筆致のエネルギーに驚かされている。

《ほどなく、背丈はまちまちだがいずれも豊満な乳房をした裸女たちは、綱引き隊の闘争意欲をかりたてようと相手を罵倒する歌を歌いながら、大きな尻を振り、しゃもじを振り回した。／「アリアリ、おまえらの形相見たら」「何か何か」「月夜の月も雲に隠れる」「イヤサッサ」「アリアリ、おまえらの声を聞いたら」「何か何か」「夜啼く鳥も落ちる」「イヤサッサ」「アリアリ、おまえらの臭いを嗅いだら」「何か何か」「草木も萎れる」「誰が誰が」「アリアリ、恥を知れ、恥を知れ、恥を知れ」「誰が誰が」「アリアリ、

「イヤサッサ」「アリアリ、恥を知れ、恥を知れ」「誰が誰が」。妙にゆったりとした節回しの文句を交互に言い合っている。／両陣営の裸女たちが顔をおおう黒髪を掻き上げ、乳房を揺らし、数歩進んだり退いたりしながら、ぶちあてるしゃもじの乾いた音は暗い夜空に響き渡った。／観衆は血を燃えたぎらせたが、綱引き隊は静かに立ち尽くしている。／存分に相手を挑発した裸女たちはしゃもじを傍らの女たちにやり、黒い縁取りのある白い旗を受け取り、まっすぐに立てた。／国王と王妃の身形をした男女が戸板から降り、綱を持ち、向かい合った。戸板を担いでいた四郎たち男も戸板を脇の女たちに渡し、国王と王妃の身形をした男女の後ろに回り、綱を握った。／戸板を担いでいた男たちの後ろの綱引き隊は全員同時に綱に両手をかけ、持ち上げた。／方々から聞こえていたざわめきが急に大きくなったが、次の瞬間、観衆は体を硬直させ、不気味なくらい静まり返った。／十人の裸女が一斉に旗を振り下ろした。綱引き隊は上半身を仰け反らし、素足を踏張り、必死に声をかける観衆には目もくれず、ひたすら綱を引いた。掛け声を発するどころか、口元も少しも動かさないが、力がこもり、首筋や手の血管が浮き出ている。》（「松明綱引き」より）

又吉氏の記した「松明綱引き」は浦添で毎年行われている「城間松明大綱引」とは異なり、しゃもじを持った各五人ずつの踊り子たちは素っ裸であり、かつての戦争が始まる前にユタたちが兵士たちにエネルギーを与えるために躍ったと言われる裸踊りが想像されている。そのことを八重氏は次のように解説してくれている。

《「松明綱引き」は沖縄の各村落の生き生きとした有様が活写されている。そして最も顕著な特徴は、若い素っ裸の女性が南北五人づつ小太鼓をたたきながら、戸板に乗った男女の隊列を誘導している場面である。これは一見、著者の読者へのサービスとも思われるが、実はこれはある歴史的事実の現代における象徴化、あるいはパロディーなのである。すなわち「女性は戦いの先駆け」と言って、戦いが始まる前に、元気のいい呪女が頭には野草の冠をかぶり全身裸になることによって霊力を高め、長い細い布切を打ち振って敵を呪詛するためにモーレツに踊り狂うのである。（八重山のオヤケアカハチの乱を討伐するため尚真王が派遣した軍船団の最前列の船上で躍り狂って征服軍を鼓舞した久米島の君南風が有名）。著者はなにげない描写の中にも、このような事実をしのび込ませ作品を活性化する。》(又吉栄喜小説コレクション4巻末解説『決意と行動による「文学的星座」』より)

「ミシゲー」は「しゃもじ」のことで、私は巨大なミシゲー《しゃもじ》でオバちゃんによる闘いが繰り広げられる浦添市の「城間松明大綱引」を見たことはない。しかし「与那原大綱曳」を傍で見たこともあるので、その祭に賭ける沖縄人のエネルギーを実感している。その際に「城間松明大綱引」と同様に先頭の踊り子たちは衣服を着ていたはずだ。そうするとこの箇所は、大昔はこのようなことがあったか、または又吉氏は浦添市の「城間松明大綱引」の「原風景」を見詰めると、このような「松明綱引き」の光景になって、素裸の踊り子たちのエネルギーが大綱を引く人びとや、それを見詰めながら日頃会えない人びとの再会を喜ぶ人びとの他愛ないが、親しい人びとへの愛に満ちた会話が癒しのように続いていくのだ。

私が見た「与那原大綱曳」の光景よりも、それを遥かに超えるような又吉氏の筆致に驚かされている。八重洋一郎氏の解説は「これはある歴史的事実の現代における、あるいはパロディーなのである」と又吉氏の試みを分かりやすく解説してくれている。あまりの見てきたかのような筆致に「松明綱引き」がこのように存在していたと想像してしまうだろうが、これは又吉氏が地域文化を深化させた想像的な創造力が生み出した文学作品であることを理解すべきだろう。

4

第1巻『日も暮れよ鐘も鳴れ』は三〇〇頁を超える長編小説で、又吉氏が三十七歳の時に琉球新報に連載したものだ。このタイトルはアポリネールの詩「ミラボー橋」の最後の二行の引用から始まっている。主人公はパリで柔道道場を開いている兄の勝久夫婦を頼ってパリに住み着き、フランス語通訳・翻訳者を目指す妹の朋子であるが、沖縄の親族・知人たちが戦争の悲劇を回想し、また戦争で壮絶な体験をした親族を持つフランス人マダムたちとの精神的な交流やフランス人の特徴を表現していく物語であり、主人以外の他者の語りも人間の深層に降りて行って語られている。最後の場面は、勝久夫婦が離婚し母の早知子に去られた娘はるみと、パリに在住していた実母を病で失い失恋もした朋子の二人が、それでもミラボー川の下にセーヌ川が変わらずに流れていることに勇気づけられて、「ミラボー橋」を暗唱する場面で終わっている。その場面を引用したい。

《朋子とはるみはミラボー橋を渡った。母がパリに来て間もない頃、私と母とはるみはこの橋を渡った。朋子は立ち止まり。下を流れるセーヌ河を覗き込んだ。朋子は記憶を繰り寄せた。去年の今頃……いえ万聖節から三週間ぐらい後だった。私はこの橋の上で、はるみに向かって訊いた。そうそう。アポリネール。「はるみ、アポリネールのミラボー橋、知っている?」／「うん」／「暗唱できる?」／「うん」／はるみは少し恥ずかし気に、しかし自信たっぷりに暗唱した。淀みがなかった／ほんとに流れるようなフランス語だった。／／

手と手をつなぎ
顔と顔を向け合おう
こうしていると
われらの腕の橋の下を
無窮のまなざしの
疲れた時が流れる
日も暮れよ　鐘も鳴れ
月日は流れ　私は残る

流れるように
恋も死んでいく
いのちばかりが長く
希望ばかりが大きい
日も暮れよ　鐘も鳴れ
月日は流れ　私は残る》

又吉氏はこの堀口大學訳のアポリネール「ミラボー橋」に触発され、ミラボー橋からセーヌ川の流れを見詰める主人公の朋子と姪のはるみに、「無窮のまなざしの／疲れた時が流れる」と、過ぎていく人生の無常を秘めた詩行に魅せられ暗唱させる役割を与える。それでも「日も暮れよ鐘も鳴れ／月日は流れ　私は残る」と、生き残った「私」は、愛する者たちの「無窮のまなざし」を背負って、語り継ぎ精一杯生きようとする定めを詩行で暗示させてこの小説の筆を置いている。

またその最後の場面の少し前には、沖縄・浦添の出身の「原風景」から発した朋子たちの物語の心のよりどころである母の骨を納める墓について、印象的な次のような記述がある。

《「おばあちゃんが入るお墓は昔、琉球の王様が住んでいたお城のすぐ下にあるのよ」／「シュノンソー城よりも大きいの?」／「ううん、お城といっても、石垣が少し残っているだけよ。あとは木や草が覆っているのよ」》

又吉氏の「原風景」には、このように幼少の頃から「石垣」を眺め入り、この地の人びとの暮らす路地の痕跡などから「原風景」を創り上げてきた存在者たちを幻視するかのようになり、またそんな人びとの精神が宿る優れた詩歌などの詩的精神に触発されて、想像的な創造力と構想力を養ってきたのだろう。私は先に触れた又吉氏から「浦添グスク」を案内された日を時々想起させられるのをなぜか不思議に感じていた。それはきっとその時に又吉氏が「朋子」になり、私が「はるみ」になっていたのかも知れない。

また又吉氏の処女作「海は蒼く」でも、主人公は「子どもの頃から詩の好きな少女」であり、老漁師に淡々と漁に出て働く意味を問い掛けていく。その海上で海を眺めての対話は、少女の悩みを聞きながら海から学んだことを自問するように発せられていく。それは飾りをそぎ落としたこの世界に存在することの本来的な意味が語られていく。私には又吉氏の小説が内面の多面的な他者との深い対話であり、自らの内省的な「原風景」という劇的空間に新たに創造的な試みをしているのだと感じられてくる。その意味で私は、又吉栄喜の小説世界は詩的精神が創造した思索や構想力に満ち魂の深層を救済する小説であると考えている。

又吉栄喜小説コレクションから又吉文学の姿を考える

高柴三聞

長編小説一作品を含む多くの掌編、短編、中編の小説からなる又吉栄喜小説コレクション全四巻は沖縄を代表する作家の一人である又吉栄喜という作家の小説世界を多面的に描き出してくれる優れた良書であると思う。

茫洋として掴みどころのない又吉栄喜小説を又吉栄喜小説コレクションの作品の世界を逍遥しながら自分なりに又吉文学とは何かを思索していきたいと思う。

先ずはこの大海の航海に望むに当たっては指針になるものを見つけなければならない。その指針とは作品世界に通底する一つの特色は何かという一種の「アタリ」をつける事である。

又吉文学に通底する一つの特色として挙げられるのは「揺れ」幅の大きさが挙げられると私は考える。登場人物たちの立ち位置や行為は死者と生者、善と悪、加害者と被害者など様々な境界を往還しながら物語が進行していく。往還の果ての結末は時として大城貞俊が指摘した「沖縄文学」の特色である「作者も作品も「倫理的」である」というあり方を大きく逸脱することとなる。

又吉栄喜コレクション第2巻の表題作である「ターナーの耳」は少年と心を病んだ米兵との出会いと奇妙な「交流」を描いた作品である。この「交流」としか言えない関係性は互いに一方通行でお互いへの相互理解は存在しない。ひょんなことから主人公の少年はハウスボーイとして様々な家事から鉢植え（おそらくマリファナの類）の世話を米兵のターナーに依頼される。少年の目に映る米兵は強者としてのアメリカ人ではない。彼は何らかのトラウマを負っているらしくアルコールと薬物そして苦悩におぼれた弱い人間であった。この米兵はある時、寝ぼけて少年をナイフで殺しかける。ターナーが深刻な精神状況であることは明白である。

そのターナーの部屋の机には瓶に入った人の耳があった。少年が発見した時、読者はこの耳の意味がトロフィーの意味合いをもつものなのか何なのかよく理解できない描写になっている。ところがこともあろうに、主人公は金目当ての友人に唆されて耳の入った瓶を盗み出してしまう。

そこから物語は修羅場のような狂乱状況を呈することになる。突然に目覚めたターナーが主人公と友人を半裸で錯乱しながらナイフを振り回して追い掛け回すのである。

又吉文学は時折淡々とした描写が続いたかと思うとカオスとしか言いようのない場面が訪れることがある。日常の常識では何があったのか把握できないような狂乱が召喚されたのだ。

ところが、この阿鼻叫喚も唐突な幕引きが訪れる。基地内の兵隊にターナーは射殺されるのである。この時点で初めて、実はあの耳はターナーの良心のよりどころではなかったかという疑念がわくのである。同時に結果としてターナーを殺すきっかけを少年たちが発生させてしまい加害性が生まれているのである。

支配的強者としての米軍人がいつの間にか沖縄の人間の犠牲者となる事態が起こるのである。（補足。ここでは詳しく触れないのだが、この作品の一つの注目点として、最後の場面でガードがターナーの「耳」を握りつぶすようにして闇に葬り去ってしまうシーンがある。それは主人公の少年の良心とターナーという一人の人間の痛みと存在の象徴を握りつぶしてしまったことに等しい。人生や国家を翻弄するほど巨大なシステムの末端は、混乱を嫌う事務的な態度の一職員の無関心窮まる態度そのものによって動いている現実をまざまざと描写してみせている。ある意味でシステムの非人間的行動原理の本質を喝破したといえるのではなかろうか。又吉の視点は常に深い本質へと注がれており、表層だけに気を取られていると気がつかないような物事の本質をしっかりと捕えてしまう抜け目なさと力強さがある。）

前掲コレクションの第4巻の表題作になっている「松明綱引き」は明確な主人公が存在しない。そのかわり、綱引きの周りに集まる多様な人々の呟きや様子が活写される。

この不思議な作品は生者と死者の境界が著しく曖昧模糊としており、死者と生者、冥界と現世の境界が入り混じったまま物語が展開する。登場人物そのものが、誰が生者かどの人が死者なのかを私は未だに自信をもって指し示すことができないでいる。恐らく筆者も意図的に曖昧にしたのではないか。この曖昧さ故に謎の深まる幽玄な怪談的世界の構築に成功したように思う。日本文学においては内田百閒が発表した「冥途」にも通じる作品となっていると私は思う。

同じく前掲コレクション第4巻「盗まれたタクシー」は、

寓話的作品である。まじめなタクシー運転手である主人公がタクシーを盗まれたことより物語が始まる。しかし、ストーリーは二転三転し最終的には主人公自身が精神病患者で彼自身がタクシーを盗んだということがほのめかされて物語が締めくくられてしまう。何回か読み返しても、狐に鼻をつまれたような読後感で、主人公自体も語り手として安心してその言い分を受け取る事が出来ない相手でもある。それ故に読み手側も「実は真実はこうではなかったか?」というような空想の余地が生じるため、どうにも不思議な読後感を残す作品でもあった。この作品の中での「タクシー」は生活基盤のメタファーであると思うが、何度も制度の変転を繰り返して、そのたびに翻弄されてきた沖縄を思うとき奇妙なリアリティーが溢れ出てくる。又吉作品においては生きる基盤もまた常に動揺するのだ。

前掲コレクション第2巻の「拾骨」においては大学生の若者たちが戦死者の遺骨を収集する様子を描いた物語であるが、慰霊の気持ちを飛び越えてしまって男女のそれも甚だエゴイスティックな感情が錯綜する物語となっている。終いにはこともあろうに語り手の主人公の女性が遺骨の入った袋を痴情の相手の後頭部にぶつけるという暴挙に至る。冒瀆と言えばこれほどの冒瀆は無い。私は、思わずこの若者たちを叱りつけたくなった。だが同時に彼ら自身も差別者の苦しみを負い、あるいはその差別を受けている人間のスケープゴートにされた苦しみを負っていることが暴露されるのである。作中、山羊を捌く人たちの一群が描かれているがサクリファイスを連想させる。他にも又吉作品ではカモや犬など読み手がサクリファイスを連想する仕掛けを持つ描写が散見されている。動物のメタファーを巧妙に使うのも又吉文学の特徴のように思える。

「拾骨」と同じ巻にある「落し子」は架空の島の禁足地でもあり同時に米軍の有害物質があるかもしれない小島に何故か足を踏み入れた青年が、自らの金玉が異常に膨れるという怪症状におそわれてしまう。語り手である村長が島の経済をまわしている軍用地料を守るべく翻弄される話である。この物語、どこか滑稽でのんびりとした感じで幕を下ろすかと思えば、口封じの殺人が実行されて物語の幕が落とされるのである。

「拾骨」および「落し子」はある種過酷でままならない世界の中で生きる登場人物たちが翻弄されつつも生きようとする意志を懸命に発露し、ついには人の道徳をも外れる結末を迎えてしまう物語である。しかし、もう少し踏み込んで考えてみると又吉栄喜は、決して悪を肯定し道徳を外れることを手放しで推奨しているわけではない。道徳を外れる結果に陥った人も悪を受け入れざるを得ない人もみんな一生懸命なのだと雄弁に語っているように私は思う。

さらに同じ巻の「白日」に至っては善悪すら超えて意味を持つことすら拒否してしまったような感がある。文字通り「善悪の彼岸」の境地なのかもしれない。

場所も終戦直後の沖縄なのだろう。日本兵とアジア人の男に、この男の肉親である女性の三人が只管《ひたすら》海岸沿いを彷徨うのだ。戦争に敗れた日本の兵隊にアジア人（どこの国の人か全くわからない描き方が恐らくミソなのだろう）が報いを与えたいらしいのだが、いっこうに何をしたいかがわからない。恐らく恨みを抱くアジア人自身が葛藤している故であろう。日本兵の方もアジア人に促されるままであり、自ら何かを意志する事すら疲れてしまっているように見える。アジア人の肉親らしい女性はただただ天真爛漫で、無邪気そのもので何も考えはないのだろうと思われた。彼らの行動原理は理論的でも建設的でもなく徘徊することそのものが目的なのかとさえ脳裏に浮かんでくる。

晴れない気持ちを抱えたまま幾らページを繰っていってもアジア人の意図が明確にならないまま、あまりに唐突な終幕が訪れる。思わず、「なんで?」と声を上げてしまうような終わり方だった。

この作品の中で私が理解できたのは、人間は自分が何をしたいかわからなくても感情は抱えたままなのであるという事くらいである。

人の意志は境界線上を超越して感情のまま動揺し、内面の苦しさと葛藤しながら肉体を抱えて生き続ける。その葛藤こそが往還そのものの運動原理の一つなのかもしれない。生の苦痛とその格闘の繰り返しは本能的で秩序や合理性を超越し、道徳すら凌駕する。土壇場の生きざまと言ってしまっていいのかもしれないし、剥き出しの人間性そのものと表現しても良いのかもしれない。

境界線を往還し動揺する立ち位置を描き続けている又吉栄喜作品が創作の上で立っている「立ち位置」の一つは、又吉が肺結核に罹りサナトリウムで生活する経験があったように思える。ひょっとした拍子で命が終わるのかもしれないという苦しみと恐怖を抱えた日々を過ごした経験は若く多感な当時の又吉栄喜に大きな影響を残したのではなかったか。又吉作品においては急に人が命を失われる場面が唐突に表れる。命は突然失われる。そんな実存主義にも似た思いが又吉の精神の根幹に強烈に刻み付けられているものと思われる。

その体験にかぶさるようにして沖縄の終戦直後の米軍統治下の沖縄の姿、本土復帰と復帰後に日米両政府の意向に翻弄される現在までの沖縄の現実を又吉は体験し続けその思索を深めていったように私は考えている。

前掲コレクション第4巻の「闘牛場のハーニー」は、アメリカ軍の軍人と生活を共にする女性の微妙な立ち位置を見つめているのだが、金のかかる闘牛が実は人の良いアメリカの軍人（ハーニーの情夫）によって賄われている現実が描写されており、沖縄とアメリカの関係性の複雑さを比喩的に描いている。又吉文学においては単純な悪人は登場しない。そのかわり大きな国家的なシステムの中で翻弄される個人を徹底的に凝視し描写しているのだ。

言い換えると又吉文学においては人種や国籍を超えて、個人を簡単に殺してしまいかねない程強力でかつ巨大な力を持つシステムの中で翻弄されながらも強く生きようとする個人がある種の共感と悲しみをもって描かれているという事だ。

もう一つの又吉文学の「立ち位置」は沖縄の生者と死者の隔たりの薄さである。先ほど述べたシステムとは人が作り出した秩序であったが、同様に自然の摂理もまた理不尽なまでに過酷である。例えば海一つとっても豊かな海は豊饒をもたらすとともに、台風の時には人の命までをも脅かす。豊饒と死という二面性が人の理とは全く違う理で人に与えられるのである。

ここで、恐縮ながら個人的な話をさせて頂くのを許していただきたい。私の父は幼い時に仲の良かった一つ上の兄を台風で亡くしている。一緒に寝ていた台風の晩に家の柱が折れて横で寝ていたその兄が梁の下敷きになって亡くなったのだ。自然が優位の環境においては、善悪を越えて自然に命を失われてしまうことがままある。その過酷さは、自然への畏怖と同時に生と死の彼岸を縮めるのだと思う。「まくとぅそーけーなんくるないさ（誠の事さえしていればあとは何とかなる）」という言葉の根底には自然の前に無力であるという事実が大きく横たわっているように思う。

相手があまりにも強大であればあるほど正直に生きて運を天に任すしかないではないか。

どうあがいても、変えられない事と対峙した時正しく生きて死にたいという願望が出るのは人の自然な感情であると思う。

今でこそコンクリートの住宅が普及した世の中であるが当時は自然の猛威は如何ともしがたい事であったに違い。自然の怖さは沖縄独特ではないのかもしれない。だが台風に命を脅かされた世代の体験は私自分も含め沖縄に生まれて育った者にとって、実は非常に親しいものである。一晩で自然に命を失われるという記憶は思想や信仰に影響を与えずにはいられない。先祖を敬うのは先祖のお陰で今の自分があるという思いの他に、この過酷な自然の中で生き延びた先人への共感と尊敬にもつながっているのではないか。

その共感と尊敬は自然と死者との対話として表現される。仏壇に手を合わせながら心の中でぽつりぽつりと言葉が浮かぶ体験は、世代によっては珍しい事ではないと私は思っている。

又吉栄喜に年代の近い私の父の体験ではあるが、又吉もまた身近な経験として自然の怖さを知っているのだと思う。又吉は自然の怖さを知っている信仰に影響を受けた人であると私は考えている。それは、死者と生者の対話の存在する世界観である。

前掲コレクション第3巻の表題作となっている「歌う人」は生者と死者との対話の姿を寓話的に描いた作品である。

主人公はある小島で食堂を営む老婆の息子である。主人公は常に仏頂面で言葉も少ない。それどころか、母親の遺骨をいつまで経ってもお墓に安置しようとしない。島の近代化を企図する若者をはじめ周囲の人間はやきもきとさせられるのだが、更に主人公の奇行が拍車をかける。

母の遺骨を首から提げて島の古い歌を朗々と歌うのだ。本来下手な歌い手であるはずが、感動して涙を流す年配者まで現れる。

観光（といってもさっぱり誰も来ないような島なのだが）のイメージ悪化を防ぎたい若者たちの意向をよそに、どういうわけだか人の家に上がり込んで歌を聞かせようとする事態にまで発展してしまう。

若者のリーダーが腹を割って話すと称して「山羊汁」（ここでも山羊のサクリファイスな意味合いが巧妙に演出されている）を持参してきたが、この「山羊汁」によって主人公は昏倒してしまい唐突に物語の幕が閉じてしまうのだ。

この作品のモチーフは近代化と観光化を図る流れと、伝統との関係であると思われる。この作品の中では沖縄の伝統の特色の一つを死者との対話であると意味付けを主人公に体現させているが、それを快く思わない人々というのは啓蒙的に島を豊かにしようとする人々である。悪意的でないにしろ結局は主人公を昏倒させてしまう結末を迎えてしまうあたりに又吉自身が開発や観光化へのある種の異議申し立てを表現したとも考え得る。

急な開発と経済化は本来的な沖縄の良さを損ねてはいませんか？　という又吉の問題提起であると言い換えても良いと思う。

又吉文学における沖縄は様々な側面で不安定さを抱えながらも、死者と生者が交錯する世界である。それは一見空想性の強い観念的な世界にも見えなくはないが、作品世界での人間そのものの定義不能な心の動きなどを眺めていると実存的な世界でもあるように感じる。このどちらとも定義づけられない曖昧さは又吉文学の「揺れ」にも通じる。この「揺れ」は同時に又吉文学の懐の深さにもつながるのではないのだろうか。私自身、今後も一読者として又吉文学に翻弄され続けるのだと思う。

そして同時にその懐の深さの中で多くの事を学んでいきたいとも思う。濃い霧のような謎めいた又吉文学の奥底には人の真実あるいは息吹のようなものが横たわっていて、私はそれに少しでも近づきたいと願っている次第である。

Ⅱ　又吉栄喜・小説世界の歴史的歩み

救いへの挑戦、或いは自立への模索

――「海は蒼く」から「仏陀の小石」まで

大城貞俊

○はじめに

芥川龍之介の書いた文学論の一つに「文芸的な、余りに文芸的な」がある。１９２７（昭和２）年雑誌『改造』に発表されたものだが、冒頭には次のように記されている。

僕は「話」らしい話のない小説を最上のものとは思っていない。従って「話」らしい話のない小説ばかり書けとも言わない。第一僕の小説も大抵は「話」を持っている。デッサンのない画は成り立たない。それとちょうど同じように小説は「話」の上に成り立つものである。(「僕」の話という意味は単に「物語」という意味ではない)。もし厳密に言うとすれば、全然「話」のないところにはいかなる小説も成り立たないであろう。従って僕は「話」のある小説にも勿論尊敬を表するものである。

芥川がこのように述べた時代から令和の今日まで、すでに90年余の歳月が流れている。敢えてこの提言を引用した理由は又吉栄喜の作品の読後に、ふとこの文学論を思い出したからだ。又吉文学を読み解くには、「話」をキーワードに、テーマとの関連性を考えることも一つの手掛かりになるように思われるのだ。

又吉栄喜の作品は魅力的である。豊かで味わい深い。テーマを容易に把握することは困難だが、作品を展開する「話」は長く記憶に残る。それが作品の魅力にもなり豊かな世界を創造する方法の一つにもなっているように思われる。

換言すれば、又吉栄喜は読者を想定し「話」を展開する。テーマを秘めたままで作品の中の登場人物は又吉栄喜の意を体現して自由に歩き出す。だがどこへ行くかは分からない。作者はほくそ笑みながらその行方を追っている。そして途方に暮れる登場人物は、やがて作者から救いの手が差し伸べられ自立の方法が示されるのだ。

又吉栄喜は「人間」が好きで「小説」が好きなんだと思う。もちろん出生の地「浦添」や「沖縄」は最も愛おしいはずだ。

1　作品の系譜

又吉栄喜の作品はほぼ沖縄が舞台である。又吉栄喜が何度も語っているように出生の地浦添を中心に半径2キロの世界で体験した出来事を豊かな想像力でデフォルメされて書かれている。又吉栄喜はそれを「原風景」と名付けているが、創作との関係については次のように述べている。[1]

> 人から聞いたり、取材したりはほとんどしないですね。たまにはしますが……。たいていは原風景をデフォルメといいますか、変形に変形を重ねて、また原風景同士をぶつけて、大昔に小惑星がぶつかって少しずつ大きくなって地球ができたという話がありますが、私の作品も原風景がぶつかりあって、次第次第にイメージが膨らんで、ひとつのいわば統一された世界になるんです。

又吉栄喜の作品は、処女作「海は蒼く」（1975年）から、このようにして作品は創出されてきたものと思われる。最近作「仏陀の小石」は例外的に舞台はインドまで広げられている。この作品の特質については後述するが創作の方法や姿勢については作者が語るように一貫して揺るがない。この方法や姿勢を検証しながら、文学賞を受賞した作品や単行本化された作品を概観してみよう。又吉栄喜の作家としての全体像を把握するために有効な方法の一つであるように思われるからだ。

(1)　「海は蒼く」1975年（第1回「新沖縄文学賞」佳作）

本作は又吉栄喜の処女作と言われている。1975（昭和50）年に発表され、第1回「新沖縄文学賞」佳作を受賞した。選考委員の大城立裕が受賞作とせず佳作としたことを選考後に悔やんだとされるいわくつきの作品だ。その真偽はともかく、作品世界のインパクトは強烈で、その後の同賞の受賞作に比しても遜色がない。私には充分に受賞作に該当する作品であるように思われる。そして作品世界には、若い作家又吉栄喜が文学への道を歩もうとする決意を主人公の少女の姿に投影して重層的に語っているように思われるのだ。

作品の舞台は「亀地」と呼ばれる「美里島」の海辺だ。又吉栄喜の作品に繰り返し登場する幼少期のころ遊んだ場所である。作品は次のように展開する。主人公である少女が生きる意欲を喪失し、その意味を探るために小さな漁村へやって来る。少女は美里食堂へ投宿し、来る日も来る日も亀地に座り込んで海を眺めている。やがて少女は一人の老漁夫に視線を注ぐ。ある日、強引にその老漁夫の船に乗せてもらい漁に出かける。その一日の船上での老漁夫と少女の会話がこの作品の読みどころである。少女は老漁夫の海を相手にした生き方に自らの生きる意味を見いだしていくという作品だ。

私はこの少女の成長譚に、それだけでは終わらない作者の意図が込められているように思われる。例えば、少女が問いかける生きることの意味は、書くことの意味と重ねて読むこともできる。すると少女は作家又吉栄喜の分身で、老人や海は文学世界の比喩となる。生きることの意味を問う少女の不安は書くことの意味を問う新人作家又吉栄喜の不安だ。作品はこの二つの問いを重層させながら展開される。書くことの意味を確認し不安を解消することで、又吉栄喜は作家としての出発の号砲を鳴らしたように思われるのだ。

もちろん、書くことの不安と少女の不安を切り離して考えることもできる。又吉文学の特質の一つに、悩める人物を登場させて、その人物に救いの手を差し伸べ、自立と解放の道筋を示してやる作品群が数多くある。それが又吉作品の類型の一つだが、ここには早くもその萌芽が見られるのだ。

文学の喩えである海や老人に、少女は次のように対峙する。「老人にめちゃくちゃにされたい」（254頁）、「老人の正面に向いて堂々と小便をしようという気になった」（254頁）、「この十九年間、何を生きてきたのでしょう」（263頁）、「退屈しないの？　生きがいはあるの？」（266頁）、「私、なんにも役に立たない自分がとても小さく、くだらない者に思えるの。こんな人間て爆弾でこっぱみじんにしたい思いがするのよ」（273頁）と。

老人は答える。「生きてりゃ、充分ろ。あれやこれや文句いうのはぜいたくもんろ」（266頁）、「海や誰のもんでもあらんろ、わしらぁかってにしちゃならんろ」（269頁）、「そんなこと考えたこともないさあ。それでいいさあ。時節が変わるようさよ、その日を生きてきただけさなあ」（280頁）などだ。[2]

これらの言葉によって少女は次のように語る。「少女をおおっていた濃い膜のところどころに穴があき、冷たい風が入ってくる感触にふとわけもなくうれしくなったりする。この海は私をずっと底まで受け入れてくれるでしょう。どこまでも決してあきずに運んでくれるでしょう」（269頁）。「私は自由なんだわ」（284頁）。「子供の頃から詩の好きな少女は詩作をこころみる。海、海、海……（中略）今度は海を歌っている歌を小さく歌う。次第に涙がにじむ。こんないい歌を作った人は、なんて素晴らしいんだろうと思いながら、何度もかみしめるように繰り返す」（286頁）。

海は蒼く、そして深い。少女は言う。「おじいちゃん、あしたも乗せてね」と。老人は言う。「ならんろ、さあ行け」と。そして作品は次のように閉じられる。

闇が老人の姿を消しかけていたので、少女は声を高くした。老人は無言だった。振り向かなかった。〈もう乗せない〉という声が頭に残っていた。少女はしかし、明日もきっと乗せてもらえると信じた。少女は目をこらして前方を注視した。闇が深く降り、老人はいなかった。

「もう乗せない」という老人の言葉と、「もっと乗りたい」という少女の思い。ここから、又吉文学の豊穣な世界は展開され広がっていくのだ。

(2)「カーニバル闘牛大会」1976年（第4回「琉球新報短編小説賞」受賞作）

作品は基地内で開催された闘牛大会を舞台にした短編小説である。ウチナーンチュの所有する闘牛がアメリカ人の自動車を傷つけてしまったことで自動車の持ち主「チビ外人」は激怒し、闘牛の持ち主を罵倒する。それを大勢の群衆が取り囲んでいるが、ただ見ているだけでだれもウチナーンチュを助けようとはしない。チビ外人へ批難の声が上がるが長続きはしない。やがて大男のマンスフィールドが出てきて、非はチビ外人の側にあることを諭すと、チビ外人は車もろとも去って行くという物語だ。原稿用紙四十枚ほどの作品だが、この事件の顛末を少年の視点から語っているところにユニークさの一つはある。

岡本恵徳は本作品について、「米人の新たな描き方の出現」だと評して次のように述べている。[3]

ここでは、同じ外人でありながら「チビ外人」と「マンスフィールド」とは対比的な存在とされていて、外人が外人として画一的に捉えられていないのだ。従来の作品が、米兵と沖縄人の対立する状況を描くとき、視点が沖縄人の側に置かれるために結果として米兵の描き方が画一的になることが多かったのに対して、この作品はその弊を免れているといえるだろう。

岡本恵徳のこの言は、その後に続く「ジョージが射殺した猪」を想定したものであろう。基地内に住む兵士は皆が強者であるという概念を壊して、気の弱いジョージを描いた作品へのコペルニクス的転換への萌芽を指摘しているようにも思われる。

岡本恵徳はさらにこの作品を「米軍統治下の沖縄の状況の暗喩」としても読めるとして次のように記した。[4]

たった一人の「チビ外人」に対して、相手の非をただすのでもなく、ただ耐えている沖縄の青年、そのトラブルを傍観するだけの大人たちの「劣等で非力」な姿を、少年の視点で描いているのだが、その外人に対して、ただ外人というだけでもって何も出来ない沖縄人の姿の向こうに、米軍統治下の沖縄人の姿を連想するのは深読みだとは言えないように思う」（150頁）

岡本恵徳のこの指摘に、私も同意する。作者又吉栄喜は、米軍統治下の沖縄の状況を巧みな比喩や象徴的技法を駆使して表出したのがこの作品であるように思うのだ。

もちろん、沖縄の状況は、チビ外人の高圧的な姿勢にただ耐える大人の姿だけに象徴されているのではない。大人たちを眺め、傍観している少年の姿にも沖縄の現状が投影されているように思う。少年は大人たちの行動の解説者の側に立ち、地団駄踏んでも言葉を発せず行動も起こさない。抑圧されている大人を体現した少年像であると言っても過言ではないだろう。

また岡本恵徳が指摘するように、外人の描き方は「チビ外人」と「マンスフィールド」を対比的に描いただけではない。それぞれの内部にも状況によって顔を変えるチビ外人やマンスフィールドがいるのだ。そうであればこそ、執拗に抗議するチビ外人の高圧的な姿と、すたこらと逃げるチビ外人の両方の姿が提示されたのであり、マンスフィールドの怒りの形相とユーモラスな笑顔を作って少年たちに向きあう二面性を提示したのであろう。

少年は次のように言う。「別人のようだ」「同一人物とはどうしても思えない」「愛用のビロウ葉性の傘の妙な不似合いさが気になった」「沖縄産の感じを急になくした」と。

二人のアメリカ人の持つ二面性こそが、沖縄を抑圧するアメリカ統治の二面性をも示唆しているように思われるのだ。そう思うことによって少年は救われるのである。

(3)「ジョージが射殺した猪」1978年（第8回「九州芸術祭文学賞」受賞作）

作品は沖縄に駐留する米軍基地の兵士ジョージと友人のジョン、ワイルド、ワシントンが、Aサインバーでホステスを陵辱する場面からスタートする。兵士たちはアメリカからやって来た新兵だが、ベトナムにいつ派遣されるか分からない。死の不安に苛まれる日々の中で、既に精神は病んでいる。兵士たちはホステスの股間を開き陰毛をライターで焼くなど暴虐の限りを尽くす。

ところが、ジョージはその仲間に入れない。仲間に入れないことによって、臆病者、弱虫と仲間からだけでなくホステスたちからも馬鹿にされている。馬鹿にされているが、仲間外れにはされたくない。それゆえ彼らの言うがままに小遣い銭をせびられることもある。ジョージには本国に恋人エミリーがいる。ジョージは弱虫でないことを証明するために、基地のフェンス沿いで薬莢拾いをしている沖縄の老人を射殺する。ここに至るジョージの心の葛藤と軌跡を描いたのが本作品だ。

作品の新鮮さは、基地の中の兵士を強者としてステレオタイプに描くのではなく、自明として疑わなかったその常識を反転させたことにある。そして心優しいジョージが老人を射殺するほどに変えられていく軍隊のシステムの闇と狂気を明らかにしたことにある。

さらに作品の持つ魅力の他の一つは、その軍隊が駐留する沖縄の悲惨さをAサインバーで働くホステスたちの姿に投影させて描いたことにあるだろう。生きるためには統治者の暴力にもへつらい、耐え、忍んでいく。彼女らに逃げ道はないのだ。この八方塞がりの悲惨な世界のインパクトも充分に強く提示されている。

また基地内の弱者と強者の構図は、基地外でも白人兵と黒人兵という差別の構図に変貌していくことをも明示する。酩酊したジョージが黒人街に迷い込む。沖縄人に対して加害者であるジョージたち白人兵は、黒人街に迷い込むと一瞬にして袋だたきに遭う被害者に反転する。基地の町沖縄の現状と人間をも変える暴力のシステムを隠れ持つ軍隊の本質に迫った作品であると言えるだろう。

ところで、ジョージに救いはあるのか。又吉栄喜の文学は絶望的な人間の苦悩を描きながらも、その救いや光明を見いだすところに特質の一つはある。ジョージについて言えば、やはり二つの示唆がある。本文に次のような記述がある。

許さんぞ。俺を無能扱いする誰も。俺は他者の生死を左右する力がある。俺のこの指に他者と他者を取り巻く数多くの他者の命運が委ねられている。まちがいないんだ。創造主がつくった人間が、おれの何気ない意志決定で、あっという間に永遠の宇宙にふっとぶ、すてきなことじゃないか、ええ、ジョージ。（38頁）

ジョージは、この認識を予《あらかじ》め手に入れ強く自覚しておれば、仲間にもホステスにも蔑《さげす》まれることなく兵士としての日々を過ごすことができたように思われる。ところが、ジョージは混乱したままでこの認識を手に入れることができなかった。手に入れるのが遅かったのである。

それでもなお、一歩を踏み出したジョージを作者は次の言葉で救おうとする。

あれは人間じゃない。ジョージは自分に言い聞かせた。獲物だ。餌を探しにきた猪、粗い毛が全身にはえ、鋭い牙を持つ獣、ぶたに似た獣に違いない。俺は猪を見たことがある。間違いない。（39頁）

ジョージが射殺したのは人間ではない。「猪」なのだ。他の場所では「黒い固まり」とも書かれる物体なのだ。作者は、ここに、ジョージに対して救いの手を伸べているように思われる。ジョージが射殺したのは「老人」ではない。あくまで「猪」なのだ。

だが、悲劇は「ジョージが射殺した猪」であるが故に増幅する。人間を猪と喩えさせ、黒い固まりと喩えさせ、人間の精神を破壊する軍隊のシステム。ここには米兵も日本人もない。弱い人間がいるだけだ。この狂気のシステムに取り込まれた米国の一兵士ジョージの物語が本作品である。

(4)　「ギンネム屋敷」１９８０年（第４回「すばる文学賞」受賞作）

作品のタイトルになった「ギンネム」については、冒頭の脚注で次のように記されている。「終戦後、戦争の後をカムフラージュするため、米軍は沖縄全土にこの木の種を撒いた」と。

本作品はこのタイトルにも象徴されるように、戦争の記憶の隠蔽と蘇生を巡る人々の物語である。換言すれば、「弱者の側に残る戦争の記憶」、もしくは「戦争を語る言葉を隠蔽する闇の力」を描いたのが本作品であると言えよう。

闇とは何か。ここでは米軍の喩えにもなるだろう。国家権力の喩えにもなる。つまり闇とは強者の側の恣意だ。登場人物の中では「私」「勇吉」「安里のおじい」が闇の力に翻弄される被害者の側にある。ところがこの三者は、それぞれが加害者にも反転する。ギンネム屋敷に一人で住む朝鮮人に濡れ衣を着せ恐喝する。ツルを捨て、春子と同棲している語り手の「私」、女を陵辱する勇吉や安里のおじいもがその役を担う。三者の存在が象徴しているのは、強い者が弱い者を虐待し、弱い者が更に弱い者を虐待する構図である。

又吉栄喜は多くの作品で弱者を描いてきたが、同時に弱者の側にある希望をも示してきた。しかし、本作品では希望の光明を見いだすのは困難だ。他者を差別するこのピラミッド型の構図から抜け出さない限り希望は語れないように思う。つまり人間の持つ本源的な闇をあぶり出したのがこの作品だと思われる。

作品は、「私」と勇吉と安里のおじいとの三人で、ギンネム屋敷に住む朝鮮人を脅して金を巻き上げに行く場面から始まる。勇吉が言うには、朝鮮人が安里のおじいの孫であるヨシコーを強姦するのを見たというのだ。そこで恐喝して口止め料を請求するという奸計《かんけい》を巡らす。朝鮮人は請求に応じて請求額を払うのだが、「私」に改めて一人で来いと誘う。「私」はそれを受け入れる。「私」と朝鮮人は戦時中に面識があった。「私」は殴られている朝鮮人に優しく対応したことがあったのだ。朝鮮人は恋人小莉（シャーリー）が慰安婦にされ、日本人隊長の愛人にされているのを見て、戦後も沖縄に残り小莉を探す。八年目にやっと探しだした小莉は売春宿にいた。朝鮮人は小莉を身請けするのだが、小莉はすっかり変わってしまって記憶さえ戻せない。逃げ出そうとする小莉を引き留めようとして過って首を絞めて殺してしまう。遺体をギンネム屋敷の隅に埋める。朝鮮人は「私」に、このことの顛末《てんまつ》を話した後、全財産を「私」に残して自殺する。やがてヨシコーを強姦したのは朝鮮人ではなく勇吉だということが分かる。私もまた戦争中に息子を失い、妻のツルと別居し、記憶から逃れるために若い愛人の春子と同棲しているのだ……。

作品は、なんともはや、やりきれないいくつもの人間模様が展開される。共通して言えることは、戦争によって刻まれた記憶から逃れるためにもがく弱者の姿であり、傷ついた人間の姿である。朝鮮人も恋人「小莉」も、「私」も「勇吉」や「安里のおじい」もそうである。私の妻「ツル」も愛人の「春子」もそうだ。戦争が終わればすべてが終わるのではない。修復することの困難な肉体と精神を抱いて戦後を生きるのだ。だれもが戦争の記憶から逃れる方法を模索し呻吟しているのである。

翻って考えるに、記憶の闇を作っているのはだれか。一人勝者の側に位置している米軍だけではない。旧日本軍を含む権力がその頂点に君臨しているのだ。そしてその闇の庇護を受けている者は、小莉を愛人にしていた隊長はじめ登場しない無数の日本軍人たちである。

安里のおじいは朝鮮人を友軍に脅されて仲間と一緒に銛《もり》で刺した記憶がある。「私」は日本兵が薄ら笑いを浮かべて朝鮮人の胸深く銃剣を刺し込み心臓を抉るのを黙って見ていた記憶がある。また六歳になる息子が岩山の下敷きになっているのを見殺しにした記憶もある。このことが原因で、戦後妻のツルと再出発できないほどの記憶となって「私」を苛んでいる。勇吉はヨシコーを強姦するほどに精神を病んでいる。そして朝鮮人は、結婚を約束した恋人小莉を殺してしまったのだ。朝鮮人は言う。「私は沖縄人を恨みません。米軍も恨みません。私たちを引っ張ってきた人間を恨みます」と。[5]（182頁）

本作品は、人間を破壊する戦争というシステムと、戦争で狂気に走った人間と傷ついた人間たちを描いた作品である。隠蔽される記憶と解放される記憶のせめぎ合いを描いた作品だ。

ところでギンネム屋敷には朝鮮人だけが住んでいるのではない。逆説的に言えば、私たちの心の内に播種されたギンネム屋敷を鋭く告発した作品だと言っていいだろう。もちろんギンネム屋敷は半径2キロの浦添市の一角にある。

(5)「豚の報い」1996年（第114回芥川賞）

本書は又吉栄喜が芥川賞を受賞した作品である。再読して本作が沖縄を描いた会心作であるという印象を今さらのように強く持った。多くの選考委員がこの作品を推薦しているが、特に「沖縄」を舞台にした作品世界に言及した四人の選考委員のコメントは共感が多く次のとおりである。[6]

宮本輝：「これまで幾つかの文学賞の選考で沖縄を舞台にした作品を何篇か読んできたが、（中略）最も優れていると思う」「沖縄という固有の風土で生きる庶民の息づかいや生命力を、ときに繊細に、ときに野太く描きあげた」「読み終えて、私はなぜか一種の希望のようなものを感じた」

河野多恵子：「作者はいっさいの顕示も思惑もなしに沖縄を潑剌と描いている。沖縄の自然と人々の魅力に衝たれて、自然というもの、人間というものを見直したい気持にさせる。作者の生きている感動が伝わってくる。沖縄を描いて沖縄を超えている、この作品を敢えて沖縄文学と呼ぶのは、むしろ非礼かもしれない」

石原慎太郎：「沖縄の政治性を離れ文化としての沖縄の原点を踏まえて、小さくとも確固とした沖縄という一つの宇宙の存在を感じさせる作品である。主題が現代の出来事でありながら時間を逸脱した眩暈のようなものを感じるのは、いわば異質なる本質に触れさせられたからであって、風土の個性を負うた小説の成功の証しといえる」

日野啓三：「作中の女性たちの描き方の陰影ある力強さ、おおらかに自然なユーモア、豚という沖縄では特別重要な動物を軸にした骨太の構成などはもちろんのことだが、私が目を見張ったのは伝統的な祭祀に対する若い男性主人公の態度である」「この作品を書いた作者のモチーフの核は、若い主人公のその反伝統的な精神のドラマだと思う」「新しい沖縄の小説である。単に土着的ではない。自己革新の魂のヴェクトルを秘めた小説である」

又吉栄喜は途方に暮れた人間を救う作家だが、ここでもスナック「月の浜」のホステス、ミヨ、和歌子、暢子、そして大学生の正吉が救われる。これらの人々を解放し自立させることは、沖縄を自立させることに比喩的に繋がっていく。それは沖縄の風土や伝統を排除することにあるのではなく、風土と一体化することにあることを、本作では一つの例として示しているように思われる。そしてこのことは、沖縄を愛し人間を愛おしく思う作家にしてはじめて成し得ることなのだ。

(6)「果報は海から」1998年（「琉球新報社掲載書評1998年5月、筆者執筆」から転載）

又吉栄喜が描く作品世界はたぶん二通りに大別される。一つは政治的にアンバランスな沖縄の現実を描く作品世界である。たとえば「ジョージが射殺した猪」や「カーニバル闘牛大会」などのように、変動する沖縄の状況を見据えて鋭く現実と拮抗する作品群である。他の一つは、歴史的な時間の中でも消え去ることなく営まれてきた沖縄の人々の特異な日常世界を描く作品群である。それは神話や民族や土着へ向かう普遍的な世界と言い換えてもよい。その代表作が「豚の報い」であった。「果報は海から」はこの系列に新たに加えられるべき作品であろう。

又吉栄喜の作品の魅力の一つは、これらの世界を描く新鮮な視点と方法の斬新さにある。「ジョージが射殺した猪」では、一人の米兵もまた被害者であるという衝撃的な世界を開示した。「豚の報い」では新しい御嶽《ウタキ》をつくる象徴性が新鮮であった。比喩的に言えば、又吉栄喜は沖縄の今日の時代の激流と、営々と流れる地下水脈とを見事に描き続けている作家なのだ。

「果報は海から」では、登場人物の行動や思考に沖縄《ウチナー》ンチュの原形を託しているところに方法の新鮮さがある。沖縄もしくは沖縄ンチュについて、難しい説明をくどくどと述べるのではない。また方言の使用に安易に凭れるのでもない。主人公和久が山羊を盗み出し、偶然知り合った姉妹の経営するスナックへ売りに行く。その行動を通して、和久の心や周りの人々の行動が描写されるが、それは実に愛すべきわが沖縄ンチュの思考や行動の原形でもあるのだ。妻の美佐子も、スナックの姉妹も、山羊も義父も、沖縄を浮かび上がらせる絶妙な存在である。百の説明より一つの描写、これが小説の力なんだろうとも思う。読後に温かい気持ちと生きる気力を起こさせてくれる贅沢な作品だ。

(7)「陸蟹たちの行進」2000年(「琉球新報社掲載書評2000年7月、筆者執筆」から転載)

陸蟹《おかがに》の象徴するものは、いったい何だろうか。群をなして行進するウチナーンチュか。それとも横這いするウチナーか。それとも繁栄をもたらす軍事基地か……。主人公正隆の母親は陸蟹を捕りに行き、月夜の晩に崖から足を滑らして死んだ。正隆の父は、陸蟹を全滅させるとアダンの茂みに毒を盛る。高校生だった正隆は、母の葬式を済ませた夜、最後に母が捕った陸蟹を涙を流しながら食べる。やがて成人し、村の自治会長をつとめる正隆にとって、陸蟹は、あるいは母を、あるいは豊かな自然を象徴するものとして映っているようにも思われる。

作品の舞台は沖縄本島北部のある村だ。そこに火葬場建設という名目で海岸埋め立て計画が持ち込まれる。主人公の正隆は、村の自治会長としてその案を了承しようとするが、埋め立て地には新たな米軍基地建設が画策されるのではないかと疑惑が持ち上がる。村人が賛成派と反対派に別れて対立し、村長のリコール運動へと発展する。今日、沖縄のどの地でも見られるような現実の風景が、作者の大きな感性でとらえられ、確かなリアリティーをもって構成される。無名の人々の対立と葛藤が、ゆったりとした時間の中で描かれる。

又吉作品の魅力は、「ジョージが射殺した猪」のように、既成の視点を逆転してみせる衝撃の世界にもあるが、このように身近な風景から、なじみ深い人物を造形し、ゆったりとした沖縄の風土や時間の中で、生きることへの共感を浮かび上がらせる物語世界にもある。早急な課題を、大きな振幅でとらえる小説の世界は、なんでもない風景が小説になることの驚きにも繋がる。この身近な物語から、私たちはたくさんのことを学ぶことができる。たとえば、些細なことのようで実は重要な物語の背景を知ることができる。逆に重要なことのようで、些細なことに過ぎない多様な視点の存在を知る。そして、なによりも今、私たちに求められているものは、実はしたたかな尺度と想像力を駆使し、目前の現実を再構成する力であることを、つくづくと思い知らされるのだ。

(8)「人骨展示館」2002年

又吉文学に共通するテーマは救いの可能性が模索され提示されるところにある。作中人物が混沌とした状況を抱え困苦している姿に一筋の光明を投げかける。あるいは茫洋とした日々を過ごしている人物に光の見える方向へ導いてやる。ここに処女作「海は蒼く」から近作「仏陀の小石」にまでに繋がる一貫したテーマがあるように思われる。さらに登場する人物に象徴される困難と救いは、時代に抗う「沖縄」や「沖縄の人々」の救いへも繋がるテーマとして読み取れる。本作品もその一つだと思われる。作品は次のように展開される。

真栄城グスク跡から、12世紀の若い女性の人骨が出土した。一年前の新聞を処分しようとしていた明哲は、その記事に引きつけられた。明哲はグスクのあるG村役場で発掘調査の指揮をとる琴乃に人骨の見学を申し込む。その人骨は推定26歳の未婚女性で神への生贄だった可能性があるという。明哲はますます人骨へ関心を持ち、琴乃と肉体関係を持ち、役場に臨時職員として採用してもらい発掘調査に加わる。人骨は「ヤマトの海賊の娘」だと言い放つ琴乃に対し、地元の人々は、自分らの祖先であり高貴な「琉球の女性」だと信じている。明哲は離婚をして村に戻ってきた地元の民宿の娘小夜子とも恋仲になり男女の関係になる。そして琴乃から離れ、小夜子が説く「琉球の神女説」に傾いていく。

小夜子の夢である「人骨展示館」を作ることに小夜子と共に奔走するが、いつまでも軌道に乗らない展示館に愛想を尽かして、小夜子は明哲からお金を騙し取り、元夫の元へ身を寄せる。明哲は小夜子にも逃げられ、琴乃にも上司との結婚を約束したと言われ、一人「人骨展示館」で怪しげな人骨のレプリカと対峙する、という物語だ。簡潔に言えば、グスクに出土した人骨を巡る一人の男と二人の女との関係を風刺とユーモアを交えて描いた人間喜劇とでも喩えられる作品だ。

ところで、ここに救いがあると考える理由は、琴乃も小夜子も自らの考えに囚われて八方塞がりの状況にある。琴乃は本土出身の母親と沖縄の男との間にできた出自を持ち、人骨を「大和の海賊の娘」だとして検証しようとしている。小夜子は自分の出自を人骨に繋がる高貴な人々の末裔だと言い張る。この二人の間に塾講師の明哲がやってきて物語は動き始めるのだ。

この三人の関係を鈴木智之は次のように述べている。[7]

隠喩的に言えば、古堅明哲は「骨抜きにされた存在」である。「本土系」の予備校の講師であった彼は、同僚に騙されてマンションを奪われ、失業している。ごく素朴な寓意的解釈として、「本土」の収奪によって「無力」な存在となった「沖縄」の男が、どうやってこの境遇から抜け出すのか、というモチーフがあると言えるだろう。「人骨展示館」は「骨抜きにされた男」が「骨を探す」物語である。

（中略）こうしてみると、女たちはそれぞれに、容易に実現されない課題を抱えて、前に進めない状況にあった。その彼女たちの人生を前に推し進めるためのプロセスとして、明哲との出会い（再会）、この「男」と「人骨」をめぐる奪い合いがなされていたことが分かる。

鈴木智之の評は、作者又吉栄喜の作品の系譜を考えて見ると容易に理解できるし共感できる。

翻って、作品は他の視点からもその特徴を考えることができる。例えばその一つに表現の特質として風景描写が詳細でその描写に「沖縄」が宿っているようにも思われる。ディテールに宿る文学の力というものを考えさせられる。

二つめは思わず笑いがこぼれるユーモラスな表現だ。三者のやり取りの中でもそのユーモアは遺憾なく発揮される。他の人物の描写の中でも多く散在する。沖縄文学が状況に対して倫理的でやや硬直した表現世界を有している特質を突き破り切り拓いていく新鮮な作品世界が顕示されている。

三つめは、対象を多様な視点で考えることの大切さを示唆してくれることだ。琴乃も小夜子も独自の世界に固執しムキになっている。この世界を揺るがす人物が明哲だろう。八方塞がりの沖縄や沖縄の状況を考える時に、横断的な視点を有することは大きな力になるはずだ。このことが本作品に見られる救いの構図である。

四つめは、生き続ける人間の姿への作者の優しい視線だ。何かに情熱を燃やさずには生きていけない人間の姿は、距離を置いて観察すると独尊的でおかしいものである。しかしこの姿は弱い人間の常態でもあり愛おしむべき存在でもあるのだ。琴乃や小夜子や明哲、その他の人物に注がれる作者の視線は限りなく温かいものに感じられる。この特質は又吉文学すべてに共通するものである。

ただ私には、主人公明哲への違和感は最後まで拭えなかった。また明哲の人間像もうまく結ぶことができなかった。二人の女性が魅力的であるのに対して、明哲には魅力を感じなかった。大金を二度も騙されて取られるのだが、二度も簡単に提供するからには裕福な出自があるのだろうか。具体的な生活者としての人物像が描けない。出会った女とは同じS高校の同窓生とはいえ、次々に肉体関係を結ぶ明哲の行動は理解しがたく嫌悪感さえ覚えるものだ。ここに隠された比喩があるような気もするが後日の課題にしたい。

(9)「呼び寄せる島」2008年(「琉球新報社掲載書評2008年、筆者執筆」から転載)

又吉栄喜は、やはり一筋縄ではいかない作家だ。幾つもの顔を持っている。デビュー当時の「ジョージが射殺した猪」や「ギンネム屋敷」、そして「豚の報い」などでは、衝撃的な純文学の作品を書きあげて高い評価を得た。また近作「夏休みの狩り」では、少年少女の瑞々しい世界を描き、大人の世界が喪った「感性」や「憧憬」を対比的に浮かび上がらせた。いずれも同時代を考える貴重な作品である。

本作品はそのいずれの領域をも越える新しい試みの作品だ。喩えて言えば、大人のためのエンターテインメント小説とも言えよう。琉球新報社の夕刊小説として2005年4月から一年余に渡って連載されたものを改題して単行本にしたものである。主人公諒太郎を中心とするドタバタ騒ぎであるが、なんともはや味わい深い。

諒太郎は、脚本家志望の青年で那覇に住んでいる。故郷湧田島で民宿を買い取って、そこを訪れる人間を観察し脚本のモデルにしようと目論んで島へ渡る。その諒太郎に力を貸そうと集まってくる幼なじみの修徳、秀敏、島の長老たち、あるいは島にやって来る若い女性たち。これらの人々が織りなす半年余の顚末記がこの作品だ。

作品に登場してくる人物は、だれもが皆、夢を持って一所懸命に生きている。しかし、その一所懸命さが何とも滑稽で危うい脆さの上に成り立っている。このことが明らかになっていく構成だけでも、シニカルな寓喩性を感ずる。しかし、それ以上に登場人物の言動には人間が生きていく日常の悲喜劇がある。それを作者特有の風刺の効いたユーモアと、風土の生み出した温かい視点で優れたエンターテインメント小説を生みだしているのである。

又吉栄喜の作者としてのスタンスは、人間を公平に捉えるところにあると常々思ってきた。それは、絶望も希望も、滑稽さも真面目さも、そのようにして捉える視点にも繋がっていたのだ。

本作品は時代とどのように対峙するのか。作者の目論見を想像しながら、さらに新聞小説であるがゆえの多くの仕掛けと幾つもの隠し味を今一度、単行本で味わうのも読書の醍醐味であろう。

2 「仏陀の小石」の世界

「仏陀の小石」が出版されたのは2019年3月22日。その前年を含め一年余に渡り、地元新聞社に連載された作品を作者が加筆修正して書籍化したものである。地元新聞二社への書評は、東京在の沖縄文学研究者伊野波優美と、地元在の歌人小説家佐藤モニカが執筆し掲載された。

伊野波優美は本作品を「又吉文学の集大成」と位置づけた。特に第16章「奇妙な講演」で学生を前に語る老小説家の小説作法の開示は「自身の沖縄文学論を世に晒す又吉氏自身の覚悟を感じずにはいられない」とした。そして「原風景という客観描写できない時空間を『沖縄的宇宙』として纏う又吉文学が辿ってきた道とそしてこれから向かう先を、悠久な時を自覚したようなガンジス河の深い流れに重ね合わせた無常さに、沖縄文学を可能にする本作の真骨頂がある」と評した。[8]

また佐藤モニカは、「この一冊を読み終え、本を閉じたときに、人が生きるということの意味を感じ、また希望のようなもの、光のようなものをうっすらと感じることができるだろう」とし、「魂の救済の旅、これこそが著者が描きたかったものなのだ」と断じている。[9]

伊野波優美や佐藤モニカの指摘は、なるほどと肯われる。私の感慨もほぼ重なるのだが敢えて私の言葉で述べれば、本作品は大別して三つの特質を有している。一つは「救いへの挑戦、あるいは自立への模索の深化と広がり」であり、二つめは「なぜ書くかと問い続ける又吉文学の姿勢の堅持と展開」であり、三つめは「半径2キロの原風景の揺さぶり」である。

一つめの「救いへの挑戦、あるいは自立への模索」については、又吉栄喜が処女作「海は蒼く」から一貫して持続してきたテーマである。本作ではその模索に「深化と広がり」が見えるのだ。「救い」や「自立」は個の課題であると同時に、沖縄という土地の課題でもあり、ひいては沖縄で生きて書くことへ挑戦している多くの表現者らの課題でもある。

「海は蒼く」の迷える女子大生は、漁を生業とする老人に救われ海に救われる。「海」は「文学世界」の比喩だと私は考えた。「カーニバル闘牛大会」の少年や、「ジョージが射殺した猪」のジョージも救いを求め自立を模索している。少年の模索は沖縄の自立の模索であり、ジョージの模索は軍隊という組織からの自立である。

「ギンネム屋敷」は戦争で傷ついた人々の戦後を生きる自立を模索した物語であり、その葛藤を描いた作品として読める。また芥川賞受賞作品「豚の報い」もホステスや正吉の救いと自立の物語であり、「人骨展示館」も二人の女とその間で揺れ動く男の救いと自立の物語だ。

又吉文学のこれらの作品は、作者が登場人物へ救いの手を伸べ自立の道筋を示す「希望をつくる作業」が生みだした作品群だと思われる。ここに又吉文学の真骨頂がある。この「救いへの挑戦」と「自立への模索」がさらに深まり広がりを見せた作品が「仏陀の小石」のように思われるのだ。

例えば若い小説家安岡と妻希代の苦悩は「海は蒼く」の女子学生のように一つの重荷だけではない。安岡はわが子を亡くした罪の意識と、書くことの意味を求めて呻吟する。希代もまたわが子を亡くした絶望と夫の不倫に悩まされる複数の苦悩を抱えている。そしてその苦悩は観念的ではなく生活の現場でだれもが体験する苦悩として描かれるのだ。

また苦悩と自立の模索は二人だけのものではなくツアーに参加する全員がそれぞれに背負っているものだ。そして苦悩を際立たせる対立の構図は、時には先鋭的であり時には緩やかな日常の中でたゆたう苦悩である。対立の構図はより複眼的になっていると言っていいだろう。沖縄の古い習俗なども取り込みながら、聖と俗、この世とあの世、生と死、男と女など、いくつもの構図が同時進行的に展開されるのだ。老小説家をはじめ、それぞれの苦悩に焦点を当てると、ユーモラスな描写の背後に多様で複雑な模様が浮かび上がってくるはずだ。

二つめの特質として、「なぜ書くのかと問い続ける又吉文学」の姿勢は、作者の分身と思われる老小説家と若い作家の問答の中に遺憾なく発揮される。なぜ書くのかという問いは何を書くのかという問いに連動し、沖縄で生きることの意味に連動する。又吉栄喜の分身だと思われる二人の作家の小説作法と問いかけは、作品の至る所に散在するが、沖縄の若い書き手たちを刺激し鼓舞するものとして充分に示唆的であるはずだ。

また、二人の作家は小説作法を開示することで光明を見いだそうとしているようにも思われる。それは同時に書く作業に呻吟している表現者の閉塞した状況に波紋を広げる一擲の礫《つぶて》のようにも思われるのだ。これらの言葉を並べると、刺激的な文学論になり小説作法になるだろう。その幾つかは次のとおりである。

「わしも、わしの人生という素材を活かしていない。深めていない。だが、ほぞをかむ中で、どうしようもない淋しさの中で、書くことだけがわしの最期の仕事だと決めて、書き続けるよ。いわば、わしの小説はわしの遺書だ」（30頁）

「安岡は沖縄ソバの具はネギと蒲鉾《かまぼこ》だけでもいいと思う。文章も書きすぎると焦点がぼやけるのと同様、具も入れすぎると味が曖昧になる。極限状況をシチュエーションにした小説も悪くはないが、沖縄ソバのようにありふれた日常の中からいかに人生の味を出すかは、小説の根幹にも関わる」（１２０頁）

「とにかく自分以外の誰かに踊らされないように自分の『目で、足で、口で、心で』人生を歩めるよう、沖縄の小説家や演劇人は読者や観客に何か指標のようなものを与えられるなら与えるべきだ」（１８８頁）

「見えないモノが沖縄文学と言えるのではないかな。だれにもまねのできない一人一人が背負っているモノが沖縄文学だよ」「理性や医学からできる限り離れなければならない。これが小説創作の秘訣だよ」（１９８頁）

「小説は現実のコピーではなく、新しい現実世界だと言えます。わしらは現実をはっきり見ているようですが、実は曖昧模糊とした、虚実入り交じった世界を見ているに過ぎません。現実には夾雑物が多すぎ、わしらの思案、洞察、観察を曇らせています。小説は完結した世界です。狭いが深く、研ぎ澄まされている。だから正体の把握が可能なのです。訳のわからない、無秩序の、弛緩した現実に秩序、緊張、必然性、因果関係、本質を与え、新しい現実を作り出すのが小説だと言えます」（２１４頁）

「小説は自分を書くべきだ。例えば、あの牛の糞を頭に載せた少女たちがいくら魅力的でも感動的でも本質的には他人には書けないだろう。他人を書くべきではないんだ。自分には自分の魂しかわからないんだ。自分が生きてきた魂の軌跡を書くべきだ」（２７６頁）

「大きい体験、事件を書くよりも何でもない小さい日常を書くべきではないだろうか。大きい事件も氷山の一角に過ぎず、海面下は何気ない日常の積み重ねではないだろうか」(278頁)

「例えば、父母の水死を書けば、僕はどれほどかは知らないが、救われる。しかし、全く知らないリリアンの赤ちゃん殺しを書いても、僕は少しも救われないだろう。自分が生きた証を残したいという願望が僕に小説を書かせた」(299頁)

これらの提言を読むことは読者にとって至福の時間になる。又吉栄喜は惜しげもなく小説の書き方について示唆しているのだ。『うらそえ文藝』第22号(2017年10月)では、さらに次のようにも述べている。

例えばギリシャ神話などが朽ちずに、現代人にもちゃんと届いているというのは、それが人間の普遍性、今の人たちにも全く変わらない共通性があるからだと思います。二五〇〇年前の人たちのいわば深い「感動」が二五〇〇年後の現代人を「感動」させているわけです。沖縄も、例えばエイサーとか、シーミーとか、そういうものには普遍的な「核」があると考えられます。エイサーやシーミーの表面的なものを書いても、なかなか沖縄の深い精神というのは見えません。エイサーやシーミーの醸し出すもの、伝えるもの、精神を見つめてほしいと思います。これはなかなかすぐには発見できないかも知れませんが、ずっと凝視すると、ある日突如何かが浮かび上がってくるはずです。辛抱強く挑んでいただきたいと思います。(42頁)

さて、三つめは「半径2キロの原風景の揺さぶり」だ。だれもが一読すれば分かることだが、作品の舞台は沖縄とインドを往還する。これまでの又吉文学には海外を舞台にした作品は少なかったように思う。それゆえに極めて異例のことだ。この作品が異例のままで終わるのか。あるいは沖縄から普遍的な作品世界の構築を目指す又吉文学が舞台を海外にまで拡大していくのか。新しい展開の萌芽を示しているようにも思われるのだ。

又吉栄喜は自足しない作家だ。本作品に挿入されたエピソードの一つにアメリカ人女性リリアンの悲劇がある。しかし、記述は抑制され展開は中断されている。又吉栄喜は世界史のみならず世界文学にも造詣が深い。本作品が又吉文学の集大成となるのか。ここからさらなる飛躍を見せるのか。興味のあるところだ。

3　又吉栄喜文学の特徴

又吉栄喜文学の特徴については、「仏陀の小石」に現れた特徴以外にもいくつかを示すことができる。もちろんそれは「仏陀の小石」にも通底する特徴でもある。

その一つは全方位的スタンスで人物を造型することにある。日本人もウチナーンチュも米兵もインド人も、又吉栄喜は登場するすべての人々を一個の人間として公平に描いている。人種や地位や職種等を排除して、一個の人間としての強さや優しさ、悲しみや苦しみを描いている。それゆえに私たちの共感は大きいのだ。

二つめに、ウチナーグチを安易に使用しないことが挙げられる。又吉栄喜ほど沖縄を愛している作者は珍しい。前述したように「仏陀の小石」を例外として、多くが沖縄を舞台にした作品だ。沖縄（浦添）という土地に腰を据えて沖縄の歴史を見つめ、古代や未来に思いを馳せている。個の体験を紡ぎながら世界を見据える普遍的な作品世界を作り上げている。この文学的営為を登場人物の思考や行動パターンで描こうとしているのだ。実際、又吉栄喜の作品では行間から登場人物の特性が滲み出てくる。それは又吉作品のもつ文体の魅力であり力であろう。

三つめは、作品の舞台が日常生活の場所から離れないことだ。この場所から、生きること、書くことの意味が持続的に問われ続ける。それは登場する人物十人十色の問いかけである。場所も時間も人種も違えばそれぞれが個別的な問いになる。この個別的な問いを普遍の問いに高める力が又吉文学の魅力の一つである。

四つめは生誕の地浦添から飛翔する作品世界の魅力である。又吉栄喜は浦添の地での少年期の体験を小説を生み出す母胎とし「原体験」と呼んでいる。生誕の地を軸にして半径2キロを大切にする原体験の世界から想像力を駆使して放たれる作品世界は魅力的である。半径2キロの世界には浦添城趾があり米軍基地がある。また先の大戦で激戦地になった前田高地があり目前には豊かな海がある。ここには、聖も俗も過去も未来も自然も文化も凝縮されて存在しているのだ。

さらにもう一つ、又吉栄喜文学の際だった特徴がある。この特徴こそが又吉文学の大きな魅力になっている。それは登場人物の魅力である。喩えていえば田中実のいう「了解不可能な他者」との出会いである。

田中実は、小説の再生に向けて挑発する作品論を発表し続けている研究者である。大学教員でもあり国語教育に関する論文も数多く発表している。その著書の一つである『小説の力』（２０００年）を読んだときの衝撃は大きかった。ロラン・バルトの『物語の構造分析』を日本の読者は誤読したのではないかと指摘し、「作者の死」や「容認可能な複数性」というキーワードで、助長した「アナーキーな読み」を批判したのだ。

特に小説作品の本文中に「了解不可能の他者」を発見し、その他者との格闘が読者を変革していくとし、これこそが「小説の力」になると提唱した論考は、長い間、私の読書の拠り所となった。例えばその考えは次のように記述される[10]。

> 読者にとって〈本文〉は到達不可能な《他者》であり、分析され、理解されることを拒否しながら、その拒否する〈本文〉との葛藤、対決が読者主体の殻をきしませ、変革させていくのであり、そこには〈自己内対話〉を超えた〈本文〉との対話が始まっているのである。私の言い慣れた言い方をすると、主観的な〈本文〉とは〈私の中の他者〉にあり、この〈私の中の他者〉を倒壊させることで、読者の主体である〈私〉は了解不能の《他者》、〈私〉を超えるもの、客観的対象としての〈本文〉に向かっていくのである。（19頁）
> （中略）そうであれば、読むことは発見した自己が倒壊し、さらにその自己がいかに超えられていくかが目指されるべきものとして見えてくるはずである。私にとって新しい〈作品論〉の試みとは、既存の自己が倒壊され、自己発見によって新たに見えてきた自己をさらに倒壊していく過程であり、自己変革が要請されていると思う。「小説の力」とは、自己発見から新たな自己へと自己変革を促し、既存の文化のコンテクストに対峙し、新たな文化、世界観を産み出していく可能性を秘めているのである。（20頁）

やや長い引用になったが、実は田中実が述べている「了解不可能の他者」は又吉文学には数多く見いだせるのだ。換言すれば作者である又吉栄喜は「了解不可能の他者」を読者の前に数多く生みだし続けているのである。時にはヌエ的な存在として、時には不可解な行動を悠然と行う人物として登場する。読者にとってその人物との格闘が又吉文学の魅力の一つになっているように思われるのだ。

4　沖縄文学の可能性

又吉栄喜の著書に『時空を超えた沖縄』（２０１５年）がある。唯一のエッセイ集で創作の秘密や過去の記憶を紡いだ興味深い著書である。その著書について沖縄タイムス社から依頼があって書評を書いた。タイトルを「原風景から飛翔する力」と題したが、又吉文学の魅力をまとめた私の見解にもなっている。参考までに左記に紹介する。

※

芥川賞作家又吉栄喜の小説作品は実に味わい深く、読むのが楽しい。登場人物は一所懸命生きているのだが、どこか滑稽でいとおしい。多くの作品からはウチナーンチュの風貌が楽しく想像される。デフォルメされた人物や物語に託された隠し味はいつも絶妙だ。

又吉文学の特徴は、沖縄を描くのに安易にウチナーグチに凭《もた》れないことや、すべての登場人物を公平に描くニュートラルな視点にある。これらの方法は普遍的な作品世界に到達する根拠にもなっている。本書はこれらの特質を解き明かす鍵を提供してくれているように思う。

県内外の新聞雑誌等に発表されたエッセイの中から、辣腕の編集者が66編を選び8章に分けて構成したのが本書である。初のエッセイ集だというが、どれも小説と同じように面白い。小説と違うところは、小説の生まれる体験や出来事を「原風景」として慈しむように語っていることだ。少年の視点で自らの体験を無邪気に推測した過去のエピソードには思わず笑みがこぼれる。

「少年の頃のアンバランスな体験は、時々今の状況とぶつかり、鮮やかによみがえったりする。私は少年の頃の体験を再現するのではなく、体験の中にある衝撃や感動を引きずり出そうと考えている」「私は小説を書く時、このような原風景を核にしている」「原風景を凝視すれば真実に近づける」と。

このような矜持から「豚の報い」や「ジョージが射殺した猪」などが生まれたのだろう。もちろん小説の原風景だけでなく、取り上げられる題材は「自然」「戦争」「米軍基地」「祈り」など多彩である。私たちは本書から沖縄のこと、文学のことを考える多くのヒントを手に入れることができる。作者又吉栄喜の温かな人柄も伝わってくる。（以下省略）

※

又吉文学の特質は、これら以外にも視点を変えれば数多く浮かび上がってくる。これらは同時に沖縄文学の可能性を牽引するものだ。例えば特質の一つである「原風景」からの飛翔力は沖縄で表現活動をする者すべてにとって勇気づけられる提言だ。沖縄の土地は先の大戦の悲劇を記憶している。それぞれの土地に埋没した記憶を呼び起こし、死者たちの声を聞くことは文学の成し得る普遍的な営為に繋がるはずだ。唯一無二の物語が、そこから紡がれる。この方法に沖縄文学の可能性の一つを示しているように思われるのだ。

又吉栄喜は原風景と創作について（注1に紹介した言葉に続いて）さらに次のように述べている。[11]

又吉：（前略）例えばカーミジを書く場合はカーミジに生えている植物に限らず、そこで蠢いている生物を残らず書き出すんですよ。そして一つ一つに注目して、そのものが持っている何か本質を膨らませて、極端に言えば人格化というか、人間に付与できないかを考えるんですね。ですからある意味では、このような一つ一つの事象がどんどん分裂していって、別の意味ではいろいろな側面をいくらでも書けるという、そういう形式といいますか法則になっているんだと思います。（35頁）

又吉栄喜は惜しげもなく小説作法を明らかにしているが、このような方法による作品の創出は、沖縄文学の可能性を示唆するものだ。

また、又吉文学に持続されているテーマの一つである救いへの挑戦、或いは自立への可能性を求める姿勢は沖縄文学の大きな課題でもある。同時に人間の自立や文学の自立は世界文学の永遠のテーマでもある。自由や自立こそが古今東西の表現者が追い求めてきた課題であるからだ。

又吉文学に登場する人物は、作者が述べているように、ややデフォルメされて不可解な言動をとる。しかし、矛盾を抱いた予測不可能な人物の言動にこそ多くの可能性を秘めた作者の意図が含まれているように思われる。

さらに、又吉文学には人間の生きる姿の多様性の提示と寛容さがある。困難時にも泰平時にも人間は生きている。その常態を又吉文学は貴重な命を拾い上げるように掬いとっていく。もちろんそれは「豚の報い」のホステスたちであり正吉である。また「カーニバル闘牛大会」の少年であり、それを見守るウチナーンチュである。さらに他の作品に登場する数多くの人物であり「仏陀の小石」の登場人物たちだ。

又吉栄喜は人間が好きで小説を書くのが好きなんだろう。つくづくそう思うが、このことは実は容易なことではない。このことを持続する又吉文学の世界に沖縄文学の可能性を見いだせるように思うのだ。また私たちが培うべき姿勢のようにも思われるのだ。
さらに又吉文学を通して考える沖縄文学の可能性の一つに、沖縄の地で生まれて表現活動をしている者の共通のテーマである記憶の継承の方法がある。「ギンネム屋敷」もその一例だと思われるが、先の戦争の記憶をどう継承していくか。表現者としてこの土地に生きる苦悩は、反転して大きな僥倖にもなる。この土地の固有の体験をどう文学作品として定着させるか。これこそが沖縄の土地で生まれた表現者の大きな課題である。又吉文学はこの課題に答える多くの示唆を与えてくれているように思われるのだ。

○おわりに

２０１７年10月発行の『うらそえ文藝』は又吉栄喜特集を組んでいる。そこに収載されているインタビュー「又吉栄喜の原風景」はとても興味深い。聞き手は『うらそえ文藝』編集長の大城貞武で、実に和やかに進行してくれている。又吉栄喜はそこで創作の背景を忌憚なく語っているが、この中で文学への関心は次のように示される。

私はどっちかというと家庭の風景、あるいは恋愛関係、そういう要するに日常にあるドラマを書くというより、何か社会性とか世界性とかね、時事性とか、そういうインターナショナルなものが入り込むような空間を好んで書いてきたような気がします。日常を書いても、例えば『豚の報い』でも、ホステスと男子大学生が厄落としとしての旅に出るストーリーなんですが、その四、五日間で書きたかったものは、豚を通して、あるいは祈りを通して、ずっと奥に沈み込んでいる沖縄の千年間の空間というか、時代というか、そういうのなんですよね。ですから時間的にも空間的にも広くて深いものに興味がありますね。それは大学で歴史を特に世界史を学んだことが無意識に染み込んでいるのかなと思うんですけどね。（38頁）

（中略）いずれにしても、作風とか、テーマとか、表現方法とか、人物の造型とかは、変わっているかも知れませんが、本質は先ほど言いましたように沖縄の深いものを掘り出してアジアとか世界に広げたいという、そういう何といいますか、覚悟というか、視点の取り方というか、そういうのは全く変わりません。

（中略）『人骨展示館』は、先ほど言いましたように、家から2キロの中にある浦添グスクの中で発見された人骨をモチーフにして書きましたが、その中にはアジアの問題、琉球王国が交易していた日本本土とか、そういうイメージ等も出てきますし、イメージの琉球王国時代も出てきます。だから、半径2キロなんですけど、けっこう多く語ることができるんですね。書くとき、また書きながらイメージが東南アジア、韓国、中国とかに広がっていくような、そういうことを意図しました。

沖縄を舞台にした又吉栄喜の作品にアジアや世界への視点が導入されていることを考えるのは痛快なことだ。戦後74年、「軍事基地の要石」と称されてきた沖縄が「文化の要石」として機能し、アジアのみならず世界平和へ貢献する未来を夢見るのは、又吉栄喜一人のみではないはずだ。

本稿では、特に又吉栄喜の小説作法を手掛かりにして又吉文学の世界を俯瞰してきたが、当然両者は連動する世界である。幸いなことに又吉栄喜は自らの小説作法を躊躇することなく開示している。そこには後輩を育て沖縄の自立を夢見る又吉栄喜の期待があるのだろう。幾つかの文学賞の選考委員を引き受ける姿勢にもこのことが表れているように思う。

かつて英国を代表する気鋭の批評家テリー・イーグルトンは、「文学とは何か」とアポリアな命題を課し、多くの文学理論を紹介してくれた。その一つにロシアフォルマリストが提唱した文学の定義がある。私は読後に、文学を自明なものとしていた自らの無知を恥じ、目から鱗が落ちるが如く驚愕した記憶がある。彼らは文学について次のように考えていた[12]。

文学とは偽装された宗教でもなければ、心理学でも社会学でもない。それは言語の特殊な組織体である。文学はそれ独自の法則、構造、方法をもっており、それをそれ自体として、つまりなにかに還元することなく研究しなければならない。文学作品は思想を伝える道具でもなければ、社会的現実を反映するものでもないし、ましてや、なんらかの超越的真実を具体化したものでもない。文学は物質的事実そのものであり、その機能は、機械を調べるのと同じように分析することができる。文学を作り上げるのは言葉であって、対象とか感情ではない。したがって、文学の中に作家の精神の表出を見るのは間違っている。（5頁）

私はこの考えに驚いた。この直前には「文学とは、日常言語に加えられた組織的暴力行為」であるや「日常言語を変容させそれを凝縮するのが文学である」とか、また「日常的な言語から逸脱するのが文学である」（4頁）などと論述されている。このことについては肯うことができるが、「文学作品は思想を伝える道具でもなければ、社会的現実を反映するものでもない」とする考え方にはどうしても疑義が残り驚くだけだった。

しかし、今は明確に彼らの言説を否定したい。文学は豊穣な世界を有している人間を描くことができるのだ。また人間の根源的な苦悩や喜びを描き、土地の記憶を紡ぎ、希望を語ることができるのだ。少なくとも沖縄文学は、明治期からおよそ一世紀を経た今日にもその努力を続けているように思われる。そして今日、又吉栄喜は沖縄文学のその王道を歩いているように思われるのだ。

〔註〕

1 『うらそえ文藝』第22号、2017年10月31日、浦添市文化協会文芸部会、34頁。

2 本文中の頁は、『パラシュート兵のプレゼント』1996年1月18日、海風社）に収載された作品の頁である。

3 岡本恵徳著『現代文学にみる沖縄の自画像』1996年、高文研、151頁。

4 同右

5 又吉栄喜『ギンネム屋敷』1981年1月11日、集英社。

6 『文藝春秋』芥川賞発表3月特別号、1996年3月1日、文藝春秋。362頁。

7 鈴木智之「骨を探して―又吉栄喜『人骨展示館』の物語構造と現実感覚」／法政大学『多摩論集』第35巻、2019年3月収載）

8 『琉球新報』2019年3月24日書評欄掲載。

9 『沖縄タイムス』2019年5月11日書評欄掲載。

10 田中実『小説の力』2000年3月1日、大修館書店。

11 『うらそえ文藝』第22号、2017年7月。又吉栄喜特集。インタビュー。聞き手：大城貞武。

12 テリー・イーグルトン『文学とは何か』大橋洋一訳、1989年10月22日、岩波書店。

〔補足〕

本稿は『多様性と再生力――沖縄戦後小説の現在と可能性』大城貞俊（2021年3月28日、コールサック社）に収載した論稿を、一部表現を修正して転載した。

Ⅲ　又吉栄喜・長編小説の文学性と思想性

人と人／文化と文化を織り上げる〈語り〉の世界

与那覇恵子

はじめに

『日も暮れよ鐘も鳴れ』のタイトルはギョーム・アポリネールの詩「ミラボー橋」（一九一二年発表）の一節から採られている。「ミラボー橋」は、マリー・ローランサンとの恋と別れを謳った詩として名高い。冒頭や文中、そして最後にも詩句が引用されている。「花の都」「恋の街」パリを舞台とした本書は、そんな〈恋〉を背景とした小説と見做すことができるだろう。しかし、この作品で描かれるのは甘い恋の物語ではない。ミラボー橋の下を流れるセーヌ川が「流れるように／恋も死んでいく」。戦争や苦い経験を経た大人の入り組んだ不可解な恋愛心理と、未だ恋の何たるかに惑う少女の揺れる心理をモザイク状に織り上げた、まさに「いのちばかりが長く／希望ばかりが大きい」恋物語なのである。そこでは沖縄人、日本人、フランス人など、多様な歴史を負った世代の異なる人々が登場し「自分」を語る。登場人物たちの語る物語には、それぞれの人生観や哲学、思想、現在の立ち位置が映し出されており、恋と人生模様が展開されている。

中心となる人物「語り手」は十九歳の仲田朋子。生や性に揺れ動く少女の感性を持つ一方で、周りを観察する視者であり話を聞く者でもある。そして彼女は、他者の語りに反応し「私は男の人を愛せるかしら」「戯れに恋をしたのかしら」「私はほんとに恋の体験はないのかしら」と自問する。その問いは読者にも向けられている。つまり読者との対話を求めているかのような表現方法が、この小説の最大の魅力といえるのである。

小説の現在時は一九八三年から八四年。朋子は沖縄の高校を卒業した八三年四月に渡仏。既に七年間をパリで過ごしている兄・勝久とその妻・早知子、娘のはるみが住むパリのアパートに居候しながら通訳、翻訳者を目指し学校に通っている。十一月には朋子を追うように母・志津も訪れ、一緒に暮らすようになった。新年には姉・祐子と夫・仲松潔も旅行で訪れる。だが、その年の十月末に母は急逝する。二年近いパリ生活で朋子は、文化背景の異なる様々な人々と出会いつつ沖縄の家族の新たな顔にも出会う。〈通訳者・翻訳者〉朋子を通して、二五〇〇年の歴史という多層な時間〈記憶〉の連なりがパリの中で並置され交差していく。

混淆する文化

この小説は恋愛小説を基調として多様な読みの可能性をはらませている。その一つは歴史・文化小説としての側面である。朋子は気晴らしに単独で、時には観光気分で友人や家族とパリの街を歩く。さらにパリ市民の一大イベントであるバカンスでノルマンディーに滞在する。街の通りの名や建物の由来、出会った人の話を通してパリ、フランス、さらにヨーロッパの歴史にも触れていく。アンリ四世、ジャンヌダルク、普仏戦争、ロシア革命、アウシュヴィッツ、ノルマンディー上陸作戦、アルジェリア戦争……、そこからは宗教問題、権力闘争、革命、亡命、戦争など、悲惨な殺戮の歴史が浮かび上がってくる。その歴史を背負って人々は生きているのである。

一方で文化都市パリについては、多くの芸術家や物語中の人物名によって言及されている。アベラールとエロイーズーの悲恋物語。通りの名として何度も登場するエミールゾラ。革命の英雄ヴィクトル・ユーゴー。さらにモンパルナスのカフェやモンマルトルの「洗濯船（ハリー・ラヴォワール）」に集い芸術談議や文学談議に花を咲かせた芸術家たちの面影も垣間見える。スペイン戦争に関わりパリにも滞在したアメリカの小説家ヘミングウェイ。乳母に預けられ寄宿舎に入れられ母に愛されずに育ったバルザック。恋と絵に夢中だった母に見捨てられ祖母に押しつけられアル中になったユトリロ。アポリネールとマリー・ローランサンの恋と破局。モジリアニとジャンヌ・エビュテルヌの同棲と死。ヴェルレーヌとランボーの保護者と被保護者というような奇妙な関係。これら歴史上の人物たちのイメージは『日も暮れよ鐘も鳴れ』の登場人物たち、例えば勝久と早知子、祐子と潔の夫婦関係に微妙な形で投影されている。

勝久はフランスで柔道を教える資格を取り、パリで柔道道場を開いている。ある意味で安定した生活だが、早知子は勝久の「匂い」が自身の身体になじまないという理由で新しい恋を求め、はるみを置いて家を出る。勝久は「あれはフランス人になった」と突き放す。潔は教師をしながら作家を目指しているが、彼の文学論は周りから嘲笑の的であった。詩作を試みていた祐子は、「彼には創作の才能はない」と考えつつも、まだ「開花」してないだけではとも思っている。潔に「〈この子は小説家以外なら、どのような仕事につけてもいい〉」と言われたというバルザックの習作時代のエピソードが重ね合わされている。三十歳を過ぎても「本物」の芸術について熱く語る潔には、モンマルトルで議論する未だ芸術家になりえていない若者たちの姿も投影されているのだろう。祐子は十一歳年上の既婚者であった潔と結婚し、仕事を辞め家事を担う「小説家の妻」となった。

伊藤と小暮はパリで挫折した者たちを象徴しているのだろう。伊藤は岡山の桃園の息子で映画監督を夢みて三年前にパリに来た。北支で戦った祖父のように「強くならなければ」と考えているが思うようにいっていない。「アルコールを飲むと人間らしい人間になる」とアルコールを飲みながら朋子に恋心を綴った手紙を書き、それを投函してアメリカに渡った。小暮の母は男と出奔。その後、父は病死。小暮は妹と共に親戚に引き取られたが、妹は中学卒業後アメリカ兵のオンリーになったという。三十四歳の小暮は労働許可証を取得できず「もぐりの通訳」の収入と、金持ちと再婚した母の送金で何とか暮らしている。フランス娘パスカレットと屋根裏部屋で同棲しているが、関係はうまくいっていない。アポリネールやユトリロの人生が透けて見える二人である。

女たちの人生

歴史上の人物たちと作中人物を重ね合わせて読むのも本書の楽しみの一つだが、女の身体性への言及やジェンダーの視点、さらに世代の異なる女性たちを通して〈女の一生〉が語られる点も興味深い。

女の身体性については、性体験のない者と結婚し出産した経験のある者に大別できる。前者はフランスの小学校一年生であるはるみ、小学校高学年で第二次性徴期を迎えたらしいキャロリーヌ、そして朋子。胸のふくらみなど、彼女たちの微かな差異が描写されている。後者の女性たちの体験は様々だ。小説内で語られているようにフランスでは「結婚する前に同棲」して相手との相性を確認することが行われているという。そのために「未婚の母も多い」。しかし「社会保障がしっかりしている」ので「子供がいても平気で離婚する」。さらに「強制売春」は禁止されているが個人の意志による売春の行為は認められ合法化されている。女性の身体も性欲動は起こるし、結婚していてもなくても子供を産むことはありうる、と認識されているのだ。「性」に関する出来事を個人の「自由」と見做しながら、何か問題が起こった時にはその「自由」を援助するシステムも考えられているのである。

四十三歳のアパートの管理人アニー（マダム）は五人の女の子を産んでいるが、夫以外の男性との子も含まれている。暴力を振るう夫と別れ、一番下のキャロリーヌを手元に残し、四人は里親に預けた。結婚した四番目の娘ジネットは親にも夫にも依存しない意思を持つ。女性の「経済的な独立」を重視し「収入の少ない男性を選んだ責任は自分にある」と考えている。朋子のアルバイト先のクレールも未婚で子供を産み育てている。はるみにセーターを編んでくれた八十代の一人暮らしのダニエルお婆さんは、クリスマスイヴに独りひっそりと死んだ。遺骨の引き取り手もいない。彼女は孤独に死んだのか、それとも家族の絆に縛られずに生きたのか。その問いは、志津の死と表裏を成す。志津は三十七歳の時に受けた避妊手術の影響なのか異常に太り、はるみの失踪事件の心労から倒れ、パリの病院ではあったが家族に感謝され看取られながら六十歳間近で生涯を終えた。子供や夫に尽くしてきた人生だったともいえるが、遺骨は沖縄の家族の墓に葬られることになった。

ダニエルお婆さんと志津の最後には、個人の生き方を尊重する文化と家族の絆を重視する文化の相違が読み取れる。それはバカンスの過ごし方にも表れている。「陽の射さない石造りの高層アパートに住む人間たち」が病気にならないために出かけるバカンスは、妻・夫や母・父という役割から「自分」を解放する期間でもある。多くの者は家族と共に過ごすが、夫や妻が家族と離れてひと時のアヴァンチュールを楽しむこともある。家族より自分の楽しみを優先するのを互いが認めてもいる。アパートや公園、街で見かける独りで佇む老人たちの晩年の姿は、家族より〈個人〉を尊重した者の在り様を示していると言えるだろう。一方、沖縄のバカンスと言えば死者も生者も集う清明祭《シーミー》ではないだろうか。その場所には家族、一族が集うのである。

個人か家族か。小説ではどちらがいいとは語られていない。朋子を通して社会的・文化的影響のもとにあっても自分自身の体験に根差した妻や母という役割、個としての女を体現する年上の女性たちに注目させながら、選択できない朋子の揺れる心と逡巡をも同時に描く。未来の選択は朋子を含め、まだ何も語らないキャロリーヌやはるみ、そして読者に委ねられているのである。

〈語り〉の妙味

既に述べたように『日も暮れよ鐘も鳴れ』の読みどころは作中人物たちの個人語りと読者へ向けた語りの方法である。人は自分が体験してないことや実際には見ていないものも、言葉で紡がれることによって自分が体験したような、あるいは自分のイメージで物や人を出現させる空間を創り出すことができる。小説はその最たるものである。小説の前半で朋子と早知子を前にして勝久が語る早知子との行き違いのストーリーは、すべて仮想空間に存在するものである。とはいえ、早知子との間に思い描かれた会話や想起した身振りや表情は、早知子との関係性を強調しながら、朋子や読者にストーリーの解釈も迫っている。

また朋子は幼少の頃、勝久兄さんの語る沖縄戦で死んだ「〈旧盆の少女〉の寝物語」を聞いて、あたかも自分がその現場にいるような衝撃を受けた。この小説には小・中学生の頃の朋子の健一君への思いや勝久兄さんの「〈中城公園の話〉」など、過去の出来事や記憶を伝聞という形式ではなく想起し語る場面が多い。記憶は、他者の体験ばかりでなく自分の体験さえも自由にイメージを飛翔させて再構成されるものだが、この小説でさらに特徴的なのは、その場を幻視しているかのような朋子の視線と語りで表現されていることである。そこには聞いた話からでさえ、その場所にいたかのように感受するリアリティある身体が伴われている。それは人と人、異なる文化と文化を繋ぐ通訳・翻訳者としても象徴されている。しかし作者は、他者の体験を自分のことのようにイメージし共感する身体性は、すべての人間に備わっているとも語っている。朋子の母の沖縄戦の話を聞いたマダムの反応にそれはよく示されている。

互いの言語に精通していない志津とマダムは、朋子の通訳を通しお互いの立場を分かり合っている。朋子の通訳の仕方は独特だ。もちろん正確を期すためだろうが、朋子は母が話した沖縄戦と母の妹が体験した米兵との遭遇をフランス語に翻訳しながら物語のように纏めていき、それをマダムに語る。一九四五年クリスマスイブに闇を抱えたような米兵と遭遇した妹の話は一編の小説のようにマダムの心に響く。そしてマダムも「外国の占領軍に裸にされた」母たちの体験だと断りながら「冬だったのですよ。寒さは感じなかったけど、みんな一人残らず白い肌に赤味がさしていましたから」と、自身の体験のように語る。ここに描かれているのはマダムの母の話がマダムの身体に刻まれ、マダムの体験として甦っている〈言葉〉である。この語り〈言葉〉は、歴史の継承者としての表現ともいえる。

朋子の翻訳と通訳を介して志津とマダムは全く異なる戦

争の話を、人間性を踏みにじる悲惨な出来事として認知し理解し合う。しかしいつしか朋子の介在なしで、二人は語り合っている。作者は、言葉だけでなく身体による理解の方法もさりげなく挿入しているが、どちらかと言うと〈言葉〉の喚起力に重点を置いているようである。それは勝久が幼いはるみにある状況や物事を理解させようとするとき語る「想像してごらん」という言葉に表れている。発せられた言葉から、その状況を想像、イメージするのである。物事を理解する上で想像力がいかに重要かが示されている。潔の「イメージは人間を変革する」「詩人は世界を変革する」という言葉は、作者から読者に向けられたメッセージとして読むことも可能だろう。

この小説では、会話ではない「手紙」もまた自分を、そして他人を解き明かすための物語であり語りとなっている。弱い自分を綴った伊藤から朋子への手紙。恋と性への憧れや怯えを悲恋の物語として記した朋子から伊藤への手紙。さらに情熱を失くしたような伊藤から朋子への手紙。勝久から離れ小暮に引き寄せられていった早知子の勝久への手紙。それぞれの手紙が自身と向き合った「自分自身」との対話の物語の産物であり、自分自身を翻訳した翻訳書といえる。その手紙（翻訳書）を受け取った者は、その内容を自身で解釈するしかない。それは一方的に他者に理解を委ねているともいえるが、そこには確かに「自由」と「自立」を志向してあがく「私」が残っている。

おわりに

この小説は、パリの街とその近郊の情景や四季の変容を靄や樹木の微妙な雰囲気で見事に捉えている。パリに旅したことのある人は旅した人なりに、そうでない人も石畳道を歩いてカフェやマルシェ、公園、美術館を訪れている陽気な気分に浸ることができる。もちろん、アパートに来た「見知らぬ男」、地下鉄の中の物乞い、オートバイの盗難といった不安な気持ちにさせるパリの怖さも十分に堪能できる。さらに〈エコール・ド・パリ〉と呼ばれた詩人や小説家、画家、亡命家にも関心を持つようになるだろう。

又吉氏は一九八三年に実際にパリを訪問しており、小説中のパリの情景は、その時の体験が元になっているという。様々な資料や自身が撮った写真、記憶などを駆使して描いたのであろうが、当然のこと又吉氏が捉えたパリのイメージが生かされているのだろう。小説の舞台が又吉作品でお馴染みの沖縄や浦添をイメージさせる場所ではないパリに設定されたのは訪問した地であるという要件以上に、「自由」と「自立」を志向する人物たち、とくに女性を描くのに適していたからだと考えられる。小説の最後、パリで生きることを決意する朋子。「たゆたえども　沈まず」存在するパリは、未来の朋子の姿を示しているといえる。「月日は流れ」ても「私は残る」のである。

『又吉栄喜小説コレクション1　日も暮れよ鐘も鳴れ』は、一九八四年十月二十五日から八五年七月十日まで琉球新報に連載された同名の小説を大幅に削除、改稿したものである。新聞連載では登場人物の戦争体験も多く語られていたが、ロタ島での戦争場面などは削除された。しかし、全編を貫く戦争のエピソードは、自由と自立を阻む影としてはっきりと描きこまれている。また伊是名島、那覇市、浦添市などをイメージさせる沖縄の場は架空の名称に変更されており、小説の舞台はパリが中心となっているが、歴史の流れは沖縄とも深く重なっている。

◇本稿の初出は、二〇二二年五月刊行の『又吉栄喜小説コレクション1　日も暮れよ鐘も鳴れ』「巻末解説」。

シュルレアルか、さもなくばエロスか

――又吉栄喜「海は蒼く」を読む

呉　世宗

1．はじめに

又吉栄喜は、一九七五年のデビューから今に至るまで、実に多彩なテーマで作品を発表し続ける多作の小説家である。又吉の次の発言は、多作にも関わって、その文学的手法に触れたものとして注目に値する。

大きな現実・素材というものは想像力を狭めかねない。小さな現実・素材に大きな想像力を働かせたらどうだろうか、と私は近頃、考えたりする。大きい現実・素材というのはいくとおりにも書けるが、小さな現実・素材というのはひととおりにしか書けないような気がし、すると自分のほんとうの部分が入り込める隙ができる。／無防備のまま、無策のまま、小さな現実と必死に戦う時、自分なりの作品が形を現すような気がする。[1]

又吉にとっての「小さな現実」とは、この作家が自らの原風景と呼ぶ、浦添城址やギンネム林、カーミジといった浦添周辺である。自身にとってのその「小さな現実」を凝視し、そこに「大きな想像力」を働かせて物語を生みだすことが、まずは又吉の手法と言えよう。ではその際、いかなる想像力が働いているのか。それに関しては二〇二二年に出版された『又吉栄喜小説コレクション4』（コールサック社）が参考になる。

同書は単行本未収録の初期作品を多く収めており、又吉文学の全体像をつかむうえで重要な役割を果たしている。それら初期作品群を読むと、その多くがいわゆる「シュール」な作風であるのに気づく。[2]例えば作品「盗まれたタクシー」（一九八二年）は、タクシーを盗まれたと途方に暮れていた男もまたタクシーを盗んでいた、という不可思議な結末の内容となっている。

つまり又吉作品における想像力の働かせ方の特徴としては、少なくとも初期作品においては、自明であるように見える「現実」をシュルレアリスム的に問う、というのが挙げられるのである。どこか幻想的な雰囲気であったり、不安や不穏さが満ちているのもその特徴ゆえである。「小さな現実」をシュルレアリスティックに扱い、「現実を食い破る」[3]ようにして「大きい現実」へ向かう道を拓くこと。まさにシュルレアリスムといってよい手法が又吉作品には見られるのである。

他方、自明な「現実」を問い直し不可思議さを醸し出すその手法は、又吉の独特なエロティシズムを生む原動力にもなっている。その場合のエロティシズムとは、露骨な性描写というよりも、どこかつかみどころがなく満たされないままに留まる、あるいは禁止されているかのようにして欲望が現れるという様相を持つ。不可思議なエロティシズムと言ってもよい。例えば「崖の上のハウス」(一九八三年)の謎の女と清人の関係や「窓に黒い虫が」(一九七八年)のミッチーと僕の関係に見られるように。これに関わる又吉の発言を引いておきたい。

沖縄の女性というのは、割と世帯を背負って心が座っているところがありましてね、ちょっとしたところに深い歴史的な要素が出てくるんですね。知識として頭で考えたものが出るというよりは、ずうっと昔から伝わってきた血の中にあるものが温かい日常の要素としてでてくるんで、そういうものを女性は持っているんですよね。〔…〕それで〔…〕僕の作品の中には堂々と前面に女性が出てくるものの方が多いんですね。[4]

引用中にある「堂々と」にはいくつも注釈をつける必要がある。しかし強調しておきたいのは、又吉が描く女性は、個別の身体を超えて、「伝統」であったり「風俗」であったり、ときに「歴史」であったりを背負う／背負わされようとしており、それが性的欲求とは別に満たされるべき濃密なエロティシズムを漂わせる。その点においてエロティシズムもまた、現実の問い直しとともにある。

してみれば又吉栄喜の作品には、「シュールさ」と「エロス」の現れがあり、いずれも現実を「食い破る」ものとして機能しようとする。だが両者は同じ手法に由来するとしても、作品を仔細に分析するならば区別しうるものである。また新城郁夫が、又吉作品においては女性に「自然のアニミズム的世界観を体現」させる男の欲望が通底している、と鋭く指摘しているのを踏まえると、[5]なおさら両者の区別は明確になされなければならない。

本論文の主張は次のようなものとなる。「(小さな)現実」をシュルレアリスム的に再規定しようと試みる又吉の手法は、意図通りに成された場合には別の現実、別の歴史を浮上させるが、しかしその試みが困難に直面し、それほど成功しなかった場合はエロティシズムが代理的に働く、というものである。したがってシュルレアルとエロスは、ともに一つの手法の結果としてあるものの、後者は前者を浮上させることの困難を示すものとして位置づけられる。以下、シュルレアリスム的な観点から又吉栄喜の初期作品、とりわけデビュー作である「海は蒼く」(一九七五年)について論じていきたい。

2.「超現実」・「非現実化」と「海は蒼く」

シュルレアリスムについてはすでに膨大な研究蓄積があり、またアンドレ・ブルトン、フィリップ・スーポーの協働作品『磁場』(1920)に象徴的に見られるとおり、複数性がその活動や表現の特徴としてあるのを想起するならば、シュルレアリスムとは何かを包括的に定義することは困難である。とはいえM・ブランショが言うように、シュルレアリスム運動が終結した後も、その世界的な波及ゆえにそれは「いたるところにある」[6]のであり、又吉栄喜も影響から免れていない。それゆえ本論文では、又吉の初期作品を読解していくうえで必要となる、シュルレアリスムのいくつかの特徴についてのみ簡略的に取り上げ補助線としたい。まずA・ブルトンが一九二四年に示した、よく知られているシュルレアリスムの定義を引用しておきたい。

> **シュルレアリスム**。男性名詞。心の純粋な自動現象《オートマティスム》であり、それにもとづいて口述、記述、その他あらゆる方法を用いつつ、思考の実際上の働きを表現しようとくわだてる。理性によって行使されるどんな統制もなく、美学上ないし道徳上のどんな気づかいからもはなれた思考の書きとり。
>
> **百科事典**。(哲)。シュルレアリスムは、それまでおろそかにされてきたある種の連想形式のすぐれた現実性や、夢の全能や、思考の無私無欲な活動などへの信頼に基礎をおく。他のあらゆる心のメカニズムを決定的に破産させ、人生の主要な諸問題の解決においてそれらにとってかわることをめざす。[7]

前半の辞書的定義が自動記述などで具体化されるシュル

レアリスムの方法を述べたものだとすれば、後半の百科事典はシュルレアリスムの目指すところを示す、倫理的な「定義」と言える。これらからするとシュルレアリスムとは、「夢」といった一般的には非現実的とされるものに立脚し、理性的な枠組みによる統制や合理的な秩序あるいは社会的道徳の拘束から脱しながら、自身の思考を書き取ろうとする構えでありそのための独自な手法の実践となる。シュルレアリストたちが詩を書きつつ反文学の立場であったのも、文学が美的な規範の管理統制の下にあると見なされていたからだ。そのような抵抗の構えと実践によってシュルレアリストたちは世界と生の変革を試みようとした。

その実践において重要となってくるのは、目指されるものとしての「シュルレアル」、すなわち「超現実」とは何かである。巖谷國士は、「シュルレアル」の観念は「けっして現実を超えた彼方にあるのではなく、まさにこの現実のただなかに見出される内在的な高次の現実、あるいは「絶対的現実」を意味している」と言う[8]。つまり此方／彼方という二項対立の一方（彼方）に「超現実」があるのではなく、此方の現実に潜在するそれを想像力によってイメージ化し、可視的現実と綜合ないし合一することで啓示されるのが「超現実」なのである。「絶対的現実」という言葉も、そのような合一としての「超現実」を指す[9]。

とはいえ、そのような論理的合理性から逃れて現実を超える現実を奪還しようとするのがシュルレアリスムであるとき、「超現実」の現れは、それ自体が常に合理的認識から逃れさる痕跡的なものとならざるを得ない。そこからあらためて捉え返すならば、シュルレアリスムは「超現実」の現実化を目指すというより、現実を「非現実化」する試みだとするF・アルキエの主張は妥当だと思われる[10]。想像力を駆使して詩が書かれ、絵画が描かれるのは、現実を非現実化し「超現実」に向かう余地を開くためということである。つまり、G・ドゥルーズの優れたアルキエ『シュルレアリスムの哲学』書評の言葉を引くならば、「超現実」とは、「再発見すべきものではなく、規定すべきもの」なのである[11]。

以上のシュルレアリスムについての議論を踏まえて、又吉栄喜「海は蒼く」を見ていきたい。一九七五年発表のこの作品は、次のような背景のもと書かれた。結核で入院していた又吉は、退院後、浦添にある自然海岸「カーミジ」を訪れ、満潮時と干潮時の様相の一変や色鮮やかで多様な生物の出現に驚嘆するが、そのとき「少年の頃の自分が「現出した」ように感じ」、それが表現の衝動となって「海は蒼く」は書かれた[12]。「小さな現実」としての「カーミジ」をシュルレアリスム的に昇華させた作品なのである。

この作品は、「十九歳の大学生（「少女」）が都市生活で生きることの意味を失い、倦怠感に押されて美里島に行って、そこで自然のままに生きる老人に接して生きる自信を回復する」という内容だ、とさしあたり言いうる。[13]だがもう一方でこの作品を構造的に捉えるならば、主人公の「少女」による「海」の「正体」の発見とそれとの合一の試みを描いたものと規定できるのである。[14]それに際し「老人」と彼の「舟」は、「海」と「少女」を媒介する役割を果たす。シュルレアリスムの観点から言い換えるならば、「少女」は「老人」の「舟」に乗りこむことで、従来的な海を非現実化し、その「正体」すなわち「超現実」としての「海」を自身の言葉で規定し、それに重なり合おうと試みる。ただし作品は、というより「少女」は、「海」の「正体」を見出し、見失い、また見出すといったプロセスを経ており、その過程で「超現実」が啓示されたり、しかしそれが果たされずに性に向かったりするのである。

美里島に来た「少女」は「亀地《カーミジ》」と呼ばれる岩の上で海を眺め、一日の大半を過ごす。ゆうに二〇日間が過ぎている。

海は単調にみえた。いつまでたっても何ら変化のない、寄る波、返る波《ママ》。この規則正しい運動が毎日毎日そして永遠に続く。少女は気が遠くなる思いをしていた。私はあと五十年も生きながらえなければならないのか。少女はしきりに溜息をついた。年月よ速やかに過ぎ去って！　私はすぐにでも老人になりたい。[15]

「亀地」の上では何の変化もなく、時間だけが過ぎる。引いて寄せる波に見られる「永遠」は、読まれる通り「少女」に「老人」への移行を求めさせてもいる。ここでの「永遠」は「少女」自身と彼女が生きる日常の変わらなさと同義だが、若さも老いも結局は刹那でしかないからである。またこの時点では「海」と「少女」の間に断絶があるだけで、両者の合一は示唆されない。ただし「海は蒼く」において最重要となる用語、「単調」がすでに表れているのには注意を払っておきたい。この「単調」は、「海」の「正体」が現れるにつれ意味合いを変えていき、それによって日常に対する認識も変化するのである。

「少女」が「海」との合一を試みるには、「老人」の「舟」が必要となる。だからこそ「少女」はさらに一〇日間悩んだ末、「老人」の「舟」に無理やりにでも乗り込むのを決意する。陽が昇るまえの暗い浜辺で「少女」は漁に出る「老人」を待ち構え、彼の「舟」を沖に押し出すのを無理やり手伝い、明確な許可を得ないまま乗り込む。

首尾よく「舟」に乗り込むと、「少女」は「亀地」から眺めていたのとは様相を全く異にする「海」を体験する。夜明け前の暗闇を突き裂くように進む「舟」の上では、「海」は得体のしれない巨大なものとして迫る。「少女」は「何か巨大な固いものにぶちあたりはしないか」気が気でなくなり（二四一頁）、波の満ち引きの反復とは異なった「永遠」、圧倒的な夜を体験する。そうこうして二時間、ようやく朝の「海」が出現する。

> 前方に水平線が急ににじみ、あたりが淡く肌色がかってきた。〔…〕灰色の海面は次第に舟の近くの暗さを追いはらっていく。遠い海面が薄黄色に染まった。水平線に低くのびていた薄暗い雲の上方に強い黄金色のふちどりが明瞭になってきた。かと思うと、鋭い白光があらわれた。〔…〕陽から舟に向って海面を一直線にのびていた黄金のうろこに似た輝きが徐々にせばまっていく。それに従い、黒い海面は次第に青色づいてくる。〔…〕大海原が一面、まっ青になっていた。少女は体ごと首を回し、みわたした。何の濁りもない無尽蔵の水量が重々そうに小さく波うっている。（二四二頁）

浜辺では見られない真青の海面、重く波打つ「何の濁りもない無尽蔵の水量」は想像を絶する重量を直に感じさせる。海岸に打ち寄せる波は、この重みの余技でしかない。陽の光の下「少女」に訪れるこの濃密で美しい描写が、現実を超える現実としての「海」の最初の出現となる。加えて「少女」は、陽に白く照らされた水面の輝きで眼が痛くなり「目がさめた」状態になるが（二四二頁）、これは「超現実」的な「海」が現れることで、彼女自身の身体も非現実化したのを意味する。「海」の現れによって、彼女自体にも「超現実」に向かう余地が生じるのである。

日が昇り、時間が立つにつれ「海」の姿はより明確となる。そして「少女」は徐々にその「正体」を摑み取りはじめる。

> 海はどこまでも拡がっていた。何の障害もなかった。そして静寂であった。動きも音も変化もない、単調な壮大な平面。〔…〕〈過密〉や〈雑踏〉が全くない。〔…〕この単調さの中には微妙な、そして、偉大な調和がある。〔…〕次第に少女は、〔…〕みんなと仲よくなれる気がした。（二四三 - 四頁）

「現実」としての海は、いたって「単調な平面」としてある。しかし読んで分かる通り、この「単調」はすでに意味を変えている。「〈過密〉や〈雑踏〉が全くない」というのは、それらがありえないというのではなく、それすら「偉大な調和」のもとにあるということである。「〈過密〉や〈雑踏〉」を含みこんだ「静寂」としての「調和」、それが「少女」が受けとめた「単調」である。加えてこの「単調」が新たな評価軸となって「〈過密〉や〈雑踏〉」で満ちる人間世界が相対化され、「みんなと仲よくなれる」という意識を「少女」に持たせるに至っている。つまり「超現実」としての「海」は、「少女」だけでなく、彼女が生きる日常も揺るがしているのである。

　もちろんこの「単調」はあまりに圧倒的であるため（「壮大」）、逆説的に「少女」は「海」が単なるつまらない物質に思えたりする。しかし「老人」が魚を釣り上げ始めると、「海」のその「正体」が「少女」によりはっきりと浮かび上がる。

> こんな単調な無機物の中から生きものがでてくるなんて……。私の知らない世界には正体不明のものがぎっしりつまっている。少女は身ぶるいした。〔…〕水中に住んでいるものは怪物でも幽霊でもない。私が日常茶飯にみている何の変哲もない魚だ。少女は〈正体〉がみえた気がした。〈正体〉は単純なのだ。私達人間がわざと複雑にしているのだ。〔…〕こんなに明るいのに中は真暗だなんて考えられない。ふと、少女は自分と海の間に板一枚しかないことに気づく。（二六三頁）

「海」の「正体」とは、生物は現れるときには現れ、そうでないときは静寂であるという、静と動、明と暗、現れる消えるといった二項対立が、しかも「板一枚」に読まれるとおり生と死も含み込んで、単純に調和的に綜合されたものだということである。やや抽象化すると、可視的（明、生）と想像的（暗、死）が綜合された空間が「海」なのである。複雑にするとされる人間への批判は、裏返せば単純さの希求に他ならない。現実を超えた現実としての「海」の「正体」を、「少女」はそのような「単調」としてつかむ。

「海」の「正体」を言語化することで「少女」は、「私は何かできるのかもしれないと自信」を覚える（二六五頁）。繰り返せばそれはこの「超現実」としての「海」の出現によって日常および彼女自身が非現実化され、再規定の可能性が生まれたからである。そしてその再規定は、「単調」を目指すものである以上（「私達人間がわざと複雑にしている」）、「海」とは向かうべきところ、合一されるべき場所となる。

作品終盤、あたかも突然のように夕日が出現し、「やりおえた充実感」を覚えた「少女」を乗せた「舟」は浜に帰る。これは一方で、一度その「正体」を摑んだはずの「海」と離別し、現実に戻っていくことである。「少女」が「帰りたくない」と言うのもそのためである（二七〇頁）。だが、もはや一人で「亀岩」に座りはしないと作品最後に記されているように（二七四頁）、この帰還は非現実化された日常へのそれなのである。

しかし「海は蒼く」では、「海」との合一から逸脱するように性的な合一の欲求が立ち現れる。

3．合一の行方――「老人」と「少女」

シュルレアリスムにとって「愛」というテーマは、常に高い地位を占め続けてきた。愛は理念的なそれとして前提とされず、現実の、目の前の、この女性こそが「愛すべきもの」だというふうに、此岸から発明されるべきものであった。イデア的愛を前提にしないからこそ、「美は痙攣的なものだろう、それ以外にはないだろう。」という『ナジャ』（1928）のよく知られたフレーズも生み出された[16]。此岸からの愛・美の探究が、理念的なそれを揺さぶる、すなわち「痙攣」させるからである。そのようなシュルレアリスムにおける理念的な愛からの女性の解放もまた、無意識的な欲望の解放と結び付けられており、「愛」は現実を揺るがし社会を変革するための中心的な手段の一つであった。現実の非現実化のために愛が使われたわけである。

この愛の手段化はまた、基本的に男性中心的なグループであったシュルレアリストたちが、今からすると驚くほどの性差別、ホモフォビア、人種差別的な立場から愛や性を語り、共有した理由ともなったはずである。例えば「白人以外のどんな女性とでもいいが、ただし黒人女性はいやだ」（ブルトン）、「男っぽいレスビアンには非常な嫌悪を感じるが、女らしさを保ったレスビアンにはとても魅力を感じる。男同士の関係は大嫌いだ、精神を歪めるものだから」（P・エリュアール）などといった目も当てられない発言のようにである[17]。

そのような両義的なシュルレアリスムと愛・性に関しては、やや精神分析学理論に引き付けすぎるきらいがあるものの、シュルレアリストの詩や絵画を幅広く取り上げて分析した、グザヴィエル・ゴーチエの仕事は参照されるべき見取り図を示している[18]。『シュルレアリスムと性』には、シュルレアリストの絵画作品を大きく善き女、悪しき女として分析するパートがそれぞれある。シュルレアリストたちが善き女を描くパターンとしては、とりわけ性器をバラとともに描くのが挙げられる。女性が自然化されるのである。またそれは彼女たちを新鮮で、輝きがあり、純潔、素朴、生命そのものに仕立て上げるが、そのような形で女性の若さを称賛するのは、子どもとして扱うものだとゴーチエは述べる。かくして自然と一体化させられた女性は、大人＝男たちの秩序から排除されつつ、しかし彼らに依存する存在と化す。彼女たちは、大人＝男たちのために別の世界を伝える「見者」となり得はするが、しかしあくまでも自らが発見されるのを待機する受動的な存在なのである。「花の女は待っている。移動力に恵まれて世界の上を歩きまわる存在の到来を待っている。征服者を待っているのだ[19]」。

シュルレアリストたちが女を悪しきものとして描く場合も、基本的な結論は同じである。バラとして描かれる女性性器は、もう一方で男たちに滅びの魅惑を与えるようにも表象される。男たちを惹きつけつつ怯えさせる点で、女性に対し能動的な攻撃力が与えられてはするが、しかしその能動性は、男たちを待機しつつ発動されるものである以上、根本的には受動的に留まる。加えて、悪しき女、すなわち「《美しき獣》としての女性は、依然として野蛮で、《本能的》な存在のまま」[20]だとされ、結局のところ自然化された存在であるのに変わりない。彼女たちは善にしろ悪にしろ「永劫の受動性」[21]のもとにあるのである。この批判が妥当だとすれば、シュルレアリストは、女を自然的で受動的な存在として表象し、彼女たちとの結合を通じて現実の壊乱、社会変革を実現しようと試みたことになる。では「海は蒼く」の「少女」と「老人」の関係はどうだろうか。

「少女」が「舟」に乗り込んだ後、作品構造的に「老人」は「海」に重ねられていく。そして彼女は「老人」との合一が「海」との融合であるかのように振舞うことになる。そのとき当然のごとく性的な描写が登場するが、それが「少女」を自然化する試みとなる。ここに又吉のエロティシズムの萌芽を見てもよいだろう。

作品をよく読むならば、海に出る以前から「少女」の性的願望はすでに姿を見せている。「少女」は、「老人」が部落の漁師たちの中でどこか孤立しているように感じ、自分と気が合うのでは、味方になってくれるのではと空想する。それにとどまらず、「老人が私を裸にして獣欲をとげようと一向に私はかまいやしない。〔…〕老人は私から奪っていい。〔…〕征服されている疑似状態に少女は言いしれぬ快感と安心をみいだしたりする」のように、征服されたいという願望さえ抱く（一二三四頁）。しかもこの願望は、すぐ後でより露骨な形となる。

老人なら私を救ってくれるかも知れない〔…〕。老人に我身を支配されたい気持も強まっていた。〔…〕性の妄想が若い女の肉体から生じていた。〔…〕私の白い体。彼の黒い体。私の柔らかい体。彼の固い体。私のしとやかさ。彼の獰猛さ。（二三六頁）

読まれる通り、明確な二項対立のもと「少女」は受動的に「老人」と関係づけられ、対立を超える合一が性的な形を取って露骨に伝えられている。言うまでもなくこれは、「海」の「正体」が二項対立の綜合・調和であったのとパラレルな幻想である。そこからすると「少女」の性的願望は、「老人」と「海」を重ね、その男と関係を結ぶことで現実を超える現実（「正体」）と合わさりたいと願うものであったと言える。

この幻想は「少女」自身によって打ち消されはする。しかし彼女の願望は、本質的に「海」との合一という目標に根差すものであるため消え去ることはなく維持される。「少女」が発する「老人」へのいくつもの問いかけをまず見たい。

「おじいちゃん、毎日、飽きないの？」／「そうよ、だって、海は単純なんでしょ」（二五〇頁）

「おじいちゃんは毎日、このような単純な生活をしているの」／「退屈しないの？　生きがいはある？」（二五二頁）

「おじいちゃん、幸せ？」（二六〇頁）……

この問いかけは一方で、「少女」が都会生活で喪失してしまった主体性の回復に関わっている。引用中の「生きがい」は喪失した主体性に関わっていよう。だがもう一方で、「飽きないの？」や「単純な生活」とあるように、この問いかけにおいても「老人」が「海」の「単調」と重ねられているのは明らかである。もちろん海の巨大な「単調」を前にすると、「老人」さえ小さきものだという自覚は二人にある。そのうえ「少女」は「老人は未完成だ」とさえ思う（二六四頁）。しかし、「海」という巨大な「単調」を前にしては「老人」でさえ「未完成」だとしても、「少女」の目には自分の「尺度では計りがたい」（二五七頁）ほど海と重なり合った者として「老人」が認識されている。

海をささえているのは確かにこのような老人達なのだと少女は思った。私達が教室で細かい海洋理論などにむつかしい言葉を翻弄している間にも、切れ目なく、これらの老漁師達によって海はささえているのだ。
（二五二頁）

教室が理論による対象分析とそれによる合理的な秩序化の場であるのに対し、「老人」と「海」は分節困難なままに密着し、現実を揺さぶる未知なる何かを与え受け取る関係にある。「海をささえている」とされるのは、現実を震撼させ、理論を更新する何かが両者の間で生じているからである。「老人」は「海」に対して受動的だとしても、両者はそれほどまでに密着している。このような気づきのもと、「老人」の「単純」な生活は「海」の「単純さ」と重なり合っていき、「少女」が求める合一は海上で明確に二重化する。「海」と合一するために「老人」と合一するというようにである。

この合一のための合一の希求が、性的願望の形で具体化していく。まず尿意が催す場面が来る。「少女」は何も隠れる場所がないなか、「老人」に排尿するのを大声で告げる。続いて、「海」の「正体」が「単調」「単純」だと言語化することで自身の身体も非現実化されたのち、「少女」はふと「海の青さの中を素裸になって泳いだらきれいだろうなと考え、真白い自分の胸やお尻を思い浮べ」、「私は一人前の大人なんだわ。裸になってみせたい」（二六四・五頁）と、非現実化によって開かれた身体を性的な方向に向ける。そして「年をとっているとはいえ、この老人とて男に違いないのだ。老人は女に興味がないのだろうか」と疑問に思い（二六七頁）、「少女」は暑いからと服を脱ぎ始め、裸になるに至る。性的合一の希求はそのように形をなしていく。

結果的に言えば老人との性的な合一が果たされることはない。漁を終え浜に上がったのち、「少女」は「老人」の家まで行こうとし、さらに明日もまた手伝いたいと伝えるが、明確に受け入れられはしない。要するに「少女」は「海」の「正体」をつかむことで「超現実」の一端に触れるものの、しかしその先は「老人」との合一の夢想がそれを代理するように現れ、そして挫折して終わる。「海」があまりに「大きな現実」であるため、「小さな現実」の「老人」に向かったとも言える。だが作品には、もしかしたら「少女」が向かったかもしれない、代理されず浮上しかけた別の「超現実」が、作者本人も伝えきれないまま、あたかも残余のように書き込まれている。それが逆説的に合一のための合一（代理）の契機ともなるのである。

4.「超現実」の残余としての歴史の浮上

シュルレアリスムの思想が広く戦争と関連しているのは、つとにシュルレアリストたちによって証言され、また研究上も指摘されてきた。シュルレアリスムにおいてフロイトの「無意識的欲望」が大きな役割を果たしたのはあらためて言うに及ばないが、ブルトンがフロイト理論の概要を知ったのは、医学生として動員された第一次世界大戦、一九一六年のことであった。またシュルレアリストたちの共通の理念と言える「非順応主義」——既存の合理的秩序や論理、道徳などへの反抗——は、「戦時の残虐行為〔…〕によっても治らなかったブルジョワの無気力症状に対する嫌悪」から由来するものであった。[22] なによりも戦争がもたらす惨事は、まさに現実を超える現実に他ならず、後にシュルレアリストとなる者たちを震撼させる脅威であったはずである。この文脈のもと次の言葉は読まれるべきだろう。

〔第一次世界大戦での〕あの容認しがたい殺戮、あの極悪非道のペテン、あれ以来というもの、私は確信するにいたったのです。書かれた詩は単に人を魅惑する手段であるばかりでなく、生に——あえて言えば感性的生だけにでも——作用し、何事にせよ常軌を逸したり我慢できないと思えることに対しては、のっけから介入の意志を明白にすべきだと。[23]

ブルトンは、現実への介入という実践的な面からも詩に高い価値を置いた。というのも詩は現実を非現実化し、「超現実」を出現させることで社会変革を導きうる力を持つとされたからだ。そしてそのような認識を生んだ背景には戦争という現実があった。

第一次世界大戦後も、一九二五年のモロッコ戦争はシュルレアリストたちを政治へと向かわせる契機となり、ブルトンがマルチニック島でエメ・セゼールと出会ったのは、第二次世界大戦中、亡命先のアメリカに向かう途中でのことであった。そのようにシュルレアリスムは戦争に敏感に反応して形成され、鍛成された思想であった。

このことは、主として一九三〇年代以降シュルレアリスムの原理の一つとなる、「客観的偶然」にも関連していると考えられる。客観的偶然とは、想像的に形を与えられた欲望のイメージが現実的な出来事と偶然一致し、主観的イメージと客観的出来事が綜合されることで現実が非現実化され、「超現実」が現れでることである。「一致」とは言われる。しかし、ブルトンが「客観的偶然」を「偶然とは、人間の無意識に道を開いて進む外的必然性の顕現形態[24]」と定義したのを見ると、それは無意識的欲望に意味を与え、去っていった外的な何かとの「一致」とも言え、したがって「客観的偶然」として提示されるもの――例えばフロッタージュ――は「一致」したその何かの痕跡である。だがその何かは去ってしまっている以上、「痕跡」なのかさえ確定困難なまま残された欲望のイメージが客観的偶然ともみなしうる。

これに関して、医者の卵であったブルトンが一九一六年、第一次大戦時に精神病センターで出会った男が、「戦争は模擬戦にすぎず」、「砲弾らしきものは危害を加えることなく」、「傷はメーキャップ」であり、解剖室の死体が戦場に配置されているのだ、と確信する者であったのは興味深い。[25]ブルトンはこの男を「現実僅少論序説」(1924) において、不可視の存在を浮上させるのが詩だという論述のもと登場させている。そこからするとこの男の欲望のイメージは、それが妄想的であったとしても「詩」だということになろう。それとともに過ぎ去った外的な何かの「痕跡」、すなわち客観的偶然について男は語っているとも言え、この原理のアイデアの萌芽をそこに見てとってもそれほど間違いではないだろう。[26]

「海は蒼く」には戦争に直接関わる記述は現れない。しかし、右に戦争と客観的偶然を取り上げたのは、「海は蒼く」にも客観的偶然的な表現が見られ、それは後の又吉作品における戦争などの描写にも通じていく、死にまつわるものだからである。そしてその死にまつわる表現こそが、又吉文学における困難を予感させるものとしてである。この場合の困難とは、客観的偶然的な表現が過ぎ去った外的な何かを「超現実」として暗示しつつ、しかしその表現自体がその何かに向かうか引くかの境界線となる、というものである。「海は蒼く」の場合を見ていきたい。

第二節で論じたように漁に出ることで「少女」は、日常的に飼いならされた表象とは異なる「海」の「正体」に触れる。しかしそこで明確に把握されずに留まるのは、「海」が抱える歴史的とも言える側面である。これについては、実は作品最初の方、「少女」が夜明け前に「老人」を待ち構えている場面ですでに示唆されていた。夜の浜辺、視線の少し先に「淡い火」がぽつぽつ現れる。漁師たちが灯すカンテラの火だが、「少女」にそれは「人魂。海で溺れ死んだ人の魂がさまよいでた。死ぬのはいやだと気も狂わんばかりに叫びながら死ななければならなかった遺恨をもった人の火玉」に見える (二三七頁)。明らかなように「海」が抱える歴史的側面とは、人々の死である。「海」とは生が充溢するだけでなく、死も同じぐらい満ちた場なのである。

「海」が生と死を抱えた調和空間であったのもすでに見た。

しかし「少女」が「海」を「単調」だと捉えた際、死は想像の浅い領域で思い描かれているのみであった（「板一枚」）。だが「海」が抱えるその死が、「少女」に具体的に到来するに至る。それは、彼女が繰り出していたいくつもの質問に対する「老人」の返答からである。


「わしゃ、こう竿を握ってると何か安まるさあ。底から、おやじや弟が話しかけてくるようでやあ」

〔…〕

「〔…〕この海や、おおくの死仏でささえられているんやあ」

少女は不気味さを感じ、鼓動が激しくなった。

〔…〕このような時、現われ出る幽霊とはどのようなものか？（二五四‐五頁）

このようにさり気ない形で、死は具体性を持って到来する。加えて「熱病」で亡くなったとされる「老人」の父親と弟は、魚を捕って生きてきた以上「魚の餌になるのがあたりまえ」「海の中が一番の天国」というこの男の理屈で「水葬」に付されたことも明かされる（二五五‐六頁）。そういった話を聞かされた結果、「少女」の目に「海」は不気味さを帯びはじめる。言うまでもなく引用の「幽霊」は、その不気味さを形象化したものである。そしてその不気味さは濃青の水の色を黒に変え、「老人の話した死者達が水面すれすれに浮びあがり、ゆらめいている」（二六五頁）ようにさえ思わせる。さらに「海」の不気味さは、「少女」が昔蛸取りをした経験と合わさってより具体的な幻想と化す。

毛のない巨大な頭だけしか海面には出さないといわれる海の妖怪。舟と数米の距離をたもち、黒い入道頭を波の間に見え隠れしながら、舟と一緒についてくる、この魚の化け物。（二六七頁）

「妖怪」「化け物」ともあるが、ここで重要なのは不気味さが主として「幽霊」のような「見え隠れ」する形をとっていることである。そのように生と死、現実と非現実のはざまにある「幽霊」が用いられるのは、ただ怖いものを登場させたいからではなく、別のもの・ことを伝えようとするためである。これに関わって又吉栄喜は次のような発言をしている。

又吉「僕は社会をゴースト化するというか、シュール化したいというふうな気持ちがあって〔…〕」[27]

又吉「ただ、ゴーストといっても本当に幽霊話になると、もうこれは目も当てられないんで、人間の不可思議なものとか不条理なものとか、結果が、現実からずれたところで表現されているものですね。〔…〕ちょっと現実ではないんだけれども、何か人間の深層に潜んでいるような怪奇性ですね[28]〔…〕。」

「現実からずれたところ」を暗示する「ゴースト」とは、完全に現実ではないがそれと密接であり、したがって幻視であれ想像であれ、実在性を一定程度与えられたイメージである。その意味で「ゴースト」とは、主観的であり客観的―対象的な「存在」、つまりは想像的に形を与えられた欲望のイメージと現実的な出来事とが偶然重なり合った「客観的偶然」と言い換えうる。

そのように理解するとすれば、「ゴースト」が伝えようとするのもまた、現実が震撼させられることで啓示される、「超現実」に他ならない。つまり具体化された死は不気味さを醸成し、「少女」に「海」のさらなる非現実化、すなわち「単調」という「超現実」の向こうに潜む「超現実」を開示するのである。そのように「少女」は「幽霊」を妄想的にイメージし、死者たちが満ちる「海」という別の「超現実」に若干触れる。だが「海」が「単調」だという規定が逆説的に死を制圧し、かつそのことが「少女」に性―生の自由を覚えさせることで（裸になろうとする）、「化け物」が暗躍するイメージは払拭されてしまう。それはまた彼女の覚えた恐怖や不安も消し去り、逆に自信を芽生えさせ、「少女」の中で先に見た性的願望をむくっと立ち上がらせる。「超現実」に向かう彼女の志向はその先に進まず、急カーブを描いて「老人」との合一の期待に代理されてしまうのである。

漁が終わり、浜に帰る途中、「少女」は夜の海に「怪物」は出ないかと問う。「老人」は「黒っぽい奴」が「月の晩に限って出るろ」と冗談か本気か分からない感じで答える。「少女」は「老人」のその答えを、何か詳細に話せない理由があり、「海の怪物の話はタブーなのだ」と自分の内で結論付け受け入れる（二七一‐二頁）。「怪物」は再度啓示されるのを待機している。しかし怪物話が「タブー」とされることで、奥に潜む「超現実」への志向は、性的願望に代理されたまま作品は閉じる。これがこの作品の構造的な結末だが、言い換えれば客観的偶然的表現それ自体が「タブー」を生み、そしてそれは超えられなかったのである。

「海は蒼く」については、その後、何度か本人よって言及されている。例えば「私は未完成〔…〕の処女作「海は蒼く」を完成させるために小説を書き続けているのではないだろうか」[29]や「私も少年の頃、海に心を奪われたから、今小説を書いている。あの「感動」から邪悪な（と私が感じる）「現実」に立ち向かう力を得ている」[30]のようにである。「未完成」や「「現実」に立ち向かう」は謙虚さや決意表明かもしれない。しかし論じてきたように「海は蒼く」は、現実の非現実化を試みた作品ではあるが、「タブー」が超えられなかったために本質的に「未完成」に留まる。「現実に立ち向かう」や「未完成」という又吉の言葉は、この意味で受け止められなければならないのである。

5．おわりに

見てきたように、「海は蒼く」は、「海」の「正体」を表すことで、別の現実、別の歴史を浮上させている。しかしこの作品では、浮上したものの先にさらに進み込んでいかず、「少女」の性的願望を描くことに流れて行ってしまう。その際、「シュルレアル」を現す客観的偶然的表現が、「タブー」としての境界線として機能していた。この禁忌を超えるか否かが、又吉作品の行き先を「シュルレアル」と「エロス」とに分かつことになろう。又吉のシュルレアリスム的な手法は、他の初期作品にも用いられており、例えば「ジョージが射殺した猪」（一九七八年）や「ギンネム屋敷」（一九八〇年）といった強い政治性を帯びた短編などは、「ジョージ」や「猪」と見なされた老人、朝鮮人、彼の許嫁とされた女性を通じて別の現実の浮上をより精緻に描いている（禁忌を超える）。他方、「捨骨」（一九八一年）のように、沖縄戦で亡くなった人々の遺骨収集という現実を歴史的に問うテーマが、収集作業の過程で沖縄の男が「本土」の女性をレイプに至る残念な作品もある（禁忌の手前に留まる）。そしてそのような分岐をもたらす又吉の手法は、初期作品のみならず、近年の作品にも貫かれているとみなすことができる。二〇二三年に出版された『沖縄戦幻想小説集　夢幻王国』（インパクト出版会）のタイトルにある「幻想」や「夢幻」が示すようにである。したがってシュルレアリスムの観点から又吉栄喜文学を検討することは、個々の作品を評価するうえでも、またその総体的な研究のためにも一つの課題となろう。そして本論文で扱った「海は蒼く」は、初期作品のみならずこの作家の核を形作る原初に位置づけうるのである。

〔註〕

1 又吉栄喜「大・小の現実」『文芸季刊誌　すばる』一九九〇年一二月、一四三頁。

2 又吉は「わりと初期のころはシュールなのが好きで〔…〕」と述べている（又吉栄喜・新城郁夫・星雅彦「鼎談　沖縄文学の現在と課題――独自性を求めて」『うらそえ文芸』八号、二〇〇三年五月、三〇頁）。

3 又吉他前掲鼎談、二六頁。

4 又吉栄喜・照屋京子・星雅彦「鼎談　小説・映画。演劇を巡って」『うらそえ文芸』四号、一九九九年四月、一二頁。

5 又吉栄喜・新城郁夫・星雅彦「鼎談　沖縄文学の現在と課題――独自性を求めて」『うらそえ文芸』八号、二〇〇三年五月、二〇頁。

6 モーリス・ブランショ「シュールレアリスムへの反省」『完本　焰の文学』（重信、橋口訳）紀伊國屋書店、一九九七年、一〇八頁。

7 アンドレ・ブルトン『シュルレアリスム宣言・溶ける魚』（巖谷國士訳）、岩波文庫、一九九二年、四六頁。

8 巖谷國士『シュルレアリスムと小説』白水社、一九七九年、二四二頁。

9 フェルディナン・アルキエ『シュルレアリスムの哲学　新装版』（巖谷國士、内田洋訳）河出書房新社、一九八一年、四四頁を参照。

10 アルキエ前掲書、一九八頁。アルキエの古典的ともいえるこのシュルレアリスム論は、ブルトンの思想を中心に議論されており、シュルレアリスム運動の複数性はあまり議論されていない。またデカルトやカント哲学との近接性という主張も問題となろう。

11 ジル・ドゥルーズ「フェルディナン・アルキエ『シュルレアリスムの哲学』」『ドゥルーズ書簡とその他のテクスト』（宇野他訳）河出書房新社、二〇一六年、一六〇頁。

12 又吉栄喜「処女作の舞台」『うらそえ文芸』一一号、二〇〇六年五月、一三頁。

13 又吉栄喜、岡本恵徳ほか「沖縄の文学を語る　土着の情念と焦燥と」『沖縄タイムス』一九七六年一月一日付。岡本の発言。

14 「少女」が一九歳の大学生だという設定については、中学生の方が雰囲気としてよかったという指摘もある（又吉、岡本ほか前掲「沖縄の文学を語る」。岡本の発言）。たしかに大学生の女性を「少女」と呼ぶのは、一般に異和感を覚えさせる。しかしこの作品において重要なのは、合一に向けて連関していく時間である。作中のいくつかの時間を読み取るならば、第一に「少女」そのものが時間を示す形象としてある。第二に同じく時間の形象として「老人」がいる。この「少女」と「老人」の間で、合一がなされようとし、そこにも時間が生じる。第三に「海」がその姿を変えていくのも時間の現れである。第四に太陽の運行がある。これは作品内ではそれほど前景化しないものの、右の三つの時間を包み込み、合一を可能にも不可能にもするものとしてある。そのような時間とそれらの連関という観点から「少女」は検討される必要がある。

15 又吉栄喜「海は蒼く」『新沖縄文学』三〇号、一九七五年、二二九頁。以下、この作品の引用は同雑誌からであり、直後に漢数字でページ番号のみを付す。

16 アンドレ・ブルトン『ナジャ』(巖谷國士訳)岩波文庫、二〇〇三年、一九一頁。

17 アンドレ・ブルトン編『性に関する探究』(野崎歓訳)白水社、一九九三年、順に一一二頁、一九九頁。

18 グザヴィエル・ゴーチエ『シュルレアリスムと性』(三好郁朗訳)朝日現代叢書、一九七四年。なおゴーチエへの反論としては次のものがある。Annie Le Brun,*Lâchez tout*, Le Sagittaire, Paris, 1977.

19 ゴーチエ前掲書、一二九頁。傍点はゴーチエ。

20 ゴーチエ前掲書、二一二頁。

21 ゴーチエ前掲書、二一三頁。

22 パトリック・ワルドベルグ『シュルレアリスム』(巖谷國士訳)、河出文庫、一九九八年、二二頁。

23 マドレーヌ・シャプサル編『作家の仕事』(朝比奈誼訳)晶文社、一九七三年、三七頁。ブルトンの発言。訳文一部変更。

24 アンドレ・ブルトン『狂気の愛』(笹本孝訳)思潮社、一九九四年、

25 アンドレ・ブルトン『ブルトン、シュルレアリスムを語る Entretiens』(稲田・佐山訳)思潮社、一九九四年、三五頁。

26 もちろん一九二四年に「客観的偶然」はまだ明確に意識されていない。だが、『ナジャ』(1928)、『通底器』(1932)、『狂気の愛』(1937)といった「愛」をテーマにする作品を基に論じられることが多い客観的偶然は、戦争と深くかかわっていると考える。

27 又吉栄喜・新城郁夫・星雅彦前掲鼎談、三一頁。

28 又吉栄喜・仲里効「又吉栄喜ワールド」『EDGE』創刊号、一九九六年二月、四七 - 八頁。

29 又吉栄喜「処女作」『うらそえ文芸』一九号、二〇

一四年六月、一〇頁。

30 又吉栄喜「薩摩芋」『うらそえ文芸』一四号、二〇〇九年五月、七頁。

又吉栄喜「海は蒼く」論

——暗く静かなところへの旅——

山西将矢

一、出発

一九七三年のことである。沖縄本島北部の結核療養所に二〇代半ばの青年が入院した。それまではスポーツ青年、冒険青年として闊達な日々を送る彼だったが、病によって体を上手く動かすことができず一年間静養の日々を過ごすことになる。単調な毎日にメリハリをつけるために本を読み、雑文を書き始め、次第に自らの精神世界に深く身を沈めていく。退院した彼は真っ先に生まれ故郷浦添にある亀岩《カーミージー》を訪れ、少年時代の思い出に浸り、当時の体験を元に一篇の小説を書きあげた。原稿用紙にして一三〇枚ほどの短すぎも長すぎもしないその小説は、第一回新沖縄文学賞の佳作に選ばれ雑誌『新沖縄文学』一九七五年一一月号に掲載された。作品の題は「海は蒼く」、作家の名は又吉栄喜という。

冒険青年が文学という大海原に舵を切った瞬間である。

二、「海は蒼く」の位置

又吉栄喜の「海は蒼く」は『新沖縄文学』に掲載後、『パラシュート兵のプレゼント 短篇小説集』（海風社、一九八八年一月）と『ジョージが射殺した猪』（燦葉出版社、二〇一九年六月）に収録された。浦添を舞台に、都会から来た一九歳の「少女」と地元漁師の「老人」の交流を描いた、あらすじらしいあらすじのない作品である。少女が沖縄に来た理由や登場人物の名前などは作品世界から排され読者の想像に委ねられている。老人と若者が小舟に乗って漁に行くというあらすじは、あたかもヘミングウェイの『老人と海』をなぞったかのような筋書であるが、アメリカの国民的作家が描く「強いアメリカ」に象徴されるマッチョな世界観とは無縁である。

新沖縄文学賞の選考委員の一人であった島尾敏雄は「三人の選考委員が一致して推すことのできるような際立ってすぐれた作品の見当たらなかったことは残念」だったと賞全体の印象を振り返り、「海は蒼く」は「へんな用語の使用や誤字当て字などが多く、文章も冗長な箇所を少なからず持ちながら、最も素朴な文学的な資質と文章のふくらみとが惻々と感じられた」ため「敢えて推挙した」と述べている。[1] 仲程昌徳は「「海は蒼く」の少女は、まさしく「モラトリアム」的状態にあったといっていいのだが、老人との応答を期に、そこから脱していくにちがいない様子が描かれていたといっていいのである」と小此木啓吾『モラトリアム人間の時代』を援用し論じている。[2] 大城貞俊は少女が問う「生きることの意味」と又吉自身の「書くことの意味」を重ね合わせて「少女は又吉栄喜の分身」、「老人や海は文学世界の比喩」とし、「生きることの意味を問う少女の不安は書くことの意味を問う新人作家又吉栄喜の不安だ」と叙述している。[3]

以上のように、デビュー作ということもあり、新進作家としての不安や可能性に焦点を当てられてきたことがわかる。しかしいずれも梗概程度の分量であり、まとまった作品論とは言い難い。

併せて「海は蒼く」が又吉の初期作品群のなかでどのように位置づけられているのかも概観してみよう。

岡本恵徳は一九七六年に第一回琉球新報短篇小説賞を受賞した「カーニバル闘牛大会」を「又吉のその後の創作活動の出発点」に措定しているわけだが、その際発表時期が先行する「海は蒼く」を等閑視している。[4]

マイク・モラスキーは世代論的観点からのアプローチを目論んだ。一九四七年生まれの又吉や一九五九年生まれの上原昇らを「沖縄戦も収容所も経験していない新世代の作家」、そのような作家が書いた作品を「「占領世代」の文学」と呼び、「沖縄戦以前の状況を直接体験した東峰夫のような旧世代とはひと味違う」世界観を有していると論じた。なぜなら、幼年期をまるごと「アメリカ占領下」で過ごした作家たちは、「浦添やコザの米軍居住区近く」で育ち、米兵やその家族との日常的な接触により「占領者に対する独特の気安さ」を身につけたからである。モラスキーは東作品のアメリカ兵が「アメリカと男性性とを漠然と象徴する」だけであるのに対し、又吉作品では「女性も含むアメリカ人の内心が、沖縄の人物のそれと同様によく語られている」と評価する。しかし言及されるのは「豚の報い」（一九九六年）と「ジョージが射殺した猪」（一九七八年）だけである。[5] 同様の視点は、又吉を「沖縄戦の傷が生々しく残る時代を生きてきた世代」に数える村上陽子もまた共有している。「朝鮮人」「戦争」「アメリカ」という切口から「ギンネム屋敷」（一九八〇年）を論じる文章なかで、村上は「ジョージが射殺した猪」などの「ごく初期の作品において、米軍占領下沖縄の植民地的状況を積極的に描いていた」と書いている。[6]だが「ごく初期の作品」である「海は蒼く」において「米軍占領下沖縄の植民地的状況」は見出せず、ここで指示されている作品が「カーニバル闘牛大会」や「ジョージが射殺した猪」、「ギンネム屋敷」という限定的な作品群であることがうかがえる。

　先行研究を紐解いて明らかになるのは、初期又吉作品は専ら「米軍占領下沖縄の植民地的状況」を描いたものとして読まれてきたということである。だが裏を返せば、そのような「状況」を描いている作品のみが積極的に読まれ評価されてきたということでもある。それは恣意的な作家像の創造へと繋がる危険を内包している。だからこそ、予め定められた解釈格子に頼らず、従来顧みられることのなかった本作を虚心坦懐に読み解くことで、後に続く又吉作品全体を貫く問題意識を抽出したいと考えたのだ。

　本稿の目的は作品の精読を通して見えてくる、小説に内在する可能性を最大限引き出すことである。それにより、本作がまぎれもなく又吉栄喜の「出発点」であることを明らかにする。

三、亀が眺める海／少女が眺める海

「海は蒼く」は次のような文章から始まる。

　珊瑚礁が化石になった狭い通路は満潮になると水深四、五十糎の底に沈み、全身をくまなく食い削られた大岩は、浜から切り離され、ぽつんと水面にとりのこされる。地元の漁民たちが「亀地《カーミージー》」と呼ぶこの岩は遠望すると亀の形をしている。

「遠望すると亀の形をしている」「亀地《カーミージー》」という冒頭のこの描写によって、「海は蒼く」の舞台が浦添であることが示されている。未来に残したい浦添市の原風景として、二〇一四年に浦添八景のひとつに選ばれたカーミージー（亀瀬、亀岩、亀地）は、又吉自身にとっても「原風景」にほかならなかった。又吉においてカーミージーとは「少年時代、皮膚がむけ、再生し、またむけ、というほど直射日光の下、遊んだ海」であり、「あのころの自分を思い起こし」「海は蒼く」を書き上げたのである。[7]しかし当時の浦添にはアメリカの影が落ちていた。

戦時中、浦添は首里への到達を妨げる最後の橋頭堡だったため「沖縄戦最大の激戦地」となった。一九四五年四月二五日から五月三日にかけて前田高地にて戦闘が行われ、戦死者は当時の浦添の人口約九二〇〇人のうち、四一一七人にまで上った。兵隊だけでなく一般市民も雑務に駆り出され、その多くが犠牲となったのである。[8]

戦争が終わってからも浦添に平穏が訪れたわけではない。『浦添市史』によれば「戦後の浦添の大きな特徴の一つ」に「都市化」が挙げられるそうだが、都市化の主な要因の一つが米軍基地の建設だという。「戦後、焼けた人家や田畑の跡にまず最初にできたのは米軍基地であった」という記述の通り、[9]浦添の復興と興隆は米軍基地と不可分な関係にある。

又吉自身の言葉も見てみる必要がある。

> 英祖王は琉球王国二代目の英傑の王と言われていますが、城跡や墓の周辺は沖縄戦の激戦区でした。終戦後何年も、焼けただれたような岩と岩の間ギンネムしか生えていない、この高地に米軍がテント幕舎を設営し、戦時中方々に避難した住民が収容されました。テント集落の時代は、四、五年間のようですが、一九四七年生まれの私の生誕地もこの一張りのテント幕舎です。[10]

ここで言われる「英祖王」の「城跡や墓」とはカーミージーと同じ浦添八景のひとつ「浦添ようどれ」のことであり、一九四七年生まれの私の生誕地もまた「沖縄戦の激戦区」であった。

以上のように、沖縄／浦添は戦後においてもアメリカの影に覆われていたのである。しかし「海は蒼く」からは戦争の痕跡が巧妙に消去されている。

これは焦点人物の視点に拠るところが大きい。浦添と又吉、双方の「原風景」を眺めるのは「都会の雑踏のまっただ中で、なんの想念もなく、空虚に時間がたっていくのをとろんとした目でみつめていた私」である。つまり、浦添民、沖縄民にとり自明であるはずの戦争の跡が、都会育ちの少女の眼には映っていないわけである。マイク・モラスキーが又吉のことを「沖縄戦も収容所も経験していない新世代の作家」と形容したように、彼は戦争の当事者ではない。同じように、少女もまた沖縄という場所／歴史の当事者にはなることができない。「静けさを求めてこの島に来た」少女からすれば浦添の歴史などには関心がなく、ただ寄せては退いていく波の動きを眺めていれば事足りるのである。

ここで注目したいのは「少女はちょうど亀の甲羅と首の真ん中に坐り、一日の過半をすごした」と書かれていることである。常に浦添の歴史を見てきた「老いた亀」と、「亀の甲羅と首の真ん中」に座ってほとんど同じ風景を眺めているにもかかわらず異なるものを見、そのなかに潜む歴史を見逃す都会の少女という、微妙な視差より生まれる違和を読み取るべきである。そしてこのような視差が明らかになるのは亀のように年を取った老人との交流を通してである。

老人と出会う前、少女が眺める海は次のように描写されていた。

海は単調にみえた。いつまでたっても何も変化のない、来る波、帰る波。この規則正しい日常が永遠に続く。少女は気が遠くなりかける。私はあと五十年も生きながらえなければならないのかしら。

少女が海に見るのはただ「単調」さだけである。「都会の雑踏のまっただ中で、なんの想念もなく、空虚に時間がたっていくのをとろんとした目でみつめていた」のと同じく、「海」を見つめる視線もまた冷めている。「都会の雑踏」と「来る波、帰る波」は「単調」な点において重なっており、少女からすれば両者に違いはないのである。

少女にとって海とは「〈南海漂流記〉を読んで、海上での水や食品の重要さを観念としては知っていた」という程度のものである。また、「何がわかるというか」／「本を読んでいるのよ」／「六十年は海に出てるろ」という老人との会話にもあらわれているように、少女が持つ海のイメージは「本」から得た「観念」にほかならない。「観念」をただ現実の海に当てはめていたために、「都会の雑踏」と同じ「単調」さしかそこに見出せないのである。「動きも音も変化もない、単調な平面」としてのみ、海は少女の意識に浮上する。

この「単調な平面」の底知れない深さに気がつくのは、先にも書いたように老人との会話によってである。少女は船酔いした際、時間が経過するにつれ「徐々に「現実」をとりもどしてきた」と認識するのだが、同時に「自分の細い肩を荒々しくつかんでいるもの」に気がつく。それは「老人の固い、節くれだった左手」である。滑らかな海の、その限りない柔軟さに反するような老人のごつごつと「節くれだった」「固」い手によって、「現実」は再び少女のもとに戻ってくる。そして老人は観念の海で戯れる少女を次第に現実の海へと導いていくのである。

老人は「おじいちゃん、毎日、飽きないの?」、「そうよ、だって、海は単純なんでしょ」、「毎日、単純じゃ飽きるでしょ」という少女からの矢継ぎ早の質問に対し、「なあに、おもしろいことも多いろ」と答える。さらに「おもしろいことって?」という問いに対しては「……毎日、変るんろ」と、「海の色が変わるの?」という問いに対しては「色ん変るし、魚んや……第一、どんな魚がくらいつくか楽しみろ」と答えている。この場面は少女と老人それぞれの海への態度の差異が可視化する瞬間であり、また少女が現実の海に目を向ける契機でもある。少女にとって海とは来る日も来る日も変化がなく、単純ですぐに飽きてしまうような場所であったが、老人にとって海とは絶え間なく変化し続けるおもしろい場所なのである。老人のこのような認識は六〇年間航海した末に辿り着ける境地であって、一九歳の少女がすぐに理解できるものではない。しかし少女は「私は、この十九年間、何を生きてきたのでしょう」、「何にも愛情を感じず、自然の秘密のおもしろさに気づかれなかった私」と自分の人生を顧みて、現実が持つおもしろさに気がつかなかった自分の気持ちに気がつくことはできる。「私には、もう先が見えるの！　やる前から、その結果が手にとるようにわかるの！　だから、ばからしくなるのよ！」と少女は言う。彼女は、寄せては退いていく波のように「単調」なものとして人生を考えていたのである。だが「単調な平面」であるはずの海が実際には変化に富んだ場であることを知り、人生や自然に関する考え方もまた変化していくのだ。

　老人が何を残すのか、よくはわからない。でも、海を持ち堪えているのはこの老人達なのだわ。私達が教室で細かい海洋理論を翻弄している間にも、切れ間なく、これらの老漁師達が海を持ち堪えているのだわ。

　少女がいくら考えようと老人のことは「よくわからない」が、少なくとも、少女が教室で「理論」を「翻弄」している間にも老人たちは現実の海に繰り出しただひたすら漁に勤しんでいたことは確かである。いくら理論をこねくり回しても到達しえない事実に少女は気がついたのだ。だからこそ彼女は、老人が「六十年も生き続けている事実」を「とてつもなく偉大に感じ」るわけである。

　先行研究で示された「生きることの意味を問う少女の不安」（大城）、「モラトリアム」（仲程）からの脱出は、このような、現実との遭遇と相即している。身につけていた「膜」を剝ぎ取って、文字どおり裸体を現実に晒すことで少女は自分の〈肉体〉を自覚することになるわけだが、それでは少女が出会った海、観念でも理論でもない現実の海とはいったいどのようなものなのか。

四、海は蒼くなければならない

少女の海への観念的な理解は、必ずしも一九歳ゆえの未熟さから来るものではなく、また世間から遊離した非現実的な空想でもない。当時、沖縄という場所自体が観念的なイメージにより表象されていたことを確認しておこう。

多田治は「青い空、青い海」「赤いハイビスカス」「南の楽園」「米軍基地」「沖縄戦」、あるいはまた「〈海〉〈亜熱帯〉〈文化〉といった今日の沖縄イメージは、復帰前後の七〇年代に誕生し、海洋博を通して確立したのである」と述べている。[11]沖縄の復帰は一九七二年のことであり、ここで言われる海洋博とは、正式には沖縄国際海洋博覧会のことで、一九七五年七月二〇日から一九七六年一月一八日まで行われた、沖縄返還／復帰を祝う記念事業である。施政権が復帰した沖縄を世界にアピールするために開かれた、多分に政治的な意図を含んだ催しであることは言うまでもない。しかし田仲康博によれば「海洋博は沖縄の風景から「政治」を捨象し、そこに「自然」や「文化」を書き込んだ」という。[12]つまり今日流通する「沖縄イメージ」とは沖縄の風景から政治を消去するために要請された、極めて人工的な観念にほかならない。「青い海」や「青い空」といった抒情的なイメージにしろ、「戦争」や「米軍基地」といった叙事的なイメージにしろ、それらは現実に起こる政治を隠蔽するために用いられたわけである。無論それらが現実に存在しないと言いたいのではなく、問題は美化や歪曲を通した「イメージ」への還元によって捨象されてしまう現実である。

都会の生活に疲れた少女が「〈過密〉や〈雑踏〉が全くない」沖縄を訪れ、そこで「素朴」で「純情」なおじいちゃんと出会い、「不安」、「モラトリアム」から脱け出すという図式は青春ドラマにありがちなプロットではあるが、ともすれば独り歩きする「沖縄イメージ」の再生産に繋がりかねないし、逆オリエンタリズムとも言うべき危険性を内包している。「沖縄イメージ」創成の契機である沖縄国際海洋博覧会と同じ年に発表された本作を、先行研究から離れて読み解くことで、「イメージ」を脱構築する潜勢力を引き出したい。

少女は海を「単調な平面」でしかないと認識しつつも「この広大な世界に魚だけが住んでいるとは思えない」、「何かいるはずだ」と予感し、「この単調さの中には微妙な、そして、偉大な調和がある」ことをほのかに感じとっている。

少女は水面をみる。こんな単調な無機物の中から生きものがでてくるなんて……。私の知らない世界には正体不明のものがぎっしりつまっている。（…）そのうち変わった観念が生じた。（…）水中に住んでいるものは怪物でも幽霊でもない。私が日常茶飯にみている何の変哲もない魚だわ。少女は〈正体〉がみえた気がする。〈正体〉は単純なのだわ。私達人間がわざと複雑にしているのよ。

少女は一心に水面を見つめ、「単調な無機物」でしかないはずの海から「生きものがでてくる」ことを発見する。そして同時に「私の知らない世界」に潜む「正体不明のもの」が単なる魚であることにも気がつく。「水中に住んでいるもの」は「怪物」でも「幽霊」でもなく、生命感に満ちた魚である。〈暗い水の中でも、小さい魚もかよわい魚も、みんな精一杯生きているんだ〉と感動しているが、それは一方では「観念」と記述されており、この無邪気すぎる喜びに冷や水をかけるかのようなある感覚に襲われてもいる。

……ふと、少女は自分と海の間に板一枚しかない事実に気づく。舟板はたかだか五糎の厚さだ。小さい船はどこをみわたしても、陸地のぼかしさえみえない広大な海面を漂っている。私の〈生〉は、ありふれたほんの板切れにのっかっている。この板に小さい穴でもあけば、私はあっというまに死んでしまう。理屈ではわかっても、しかし少女には実感できない。

魚にとっては生命を輝かせる場所にほかならない海も、人間にとってはそうではない。海において〈生〉は「五糎」の「板切れ」によって担保され、次の瞬間には舟の転覆や天候の変化によって「死んでしまう」かもしれない危険を内包している。一連の叙述が意味しているのは、〈生〉と〈死〉との間には「板一枚」ほどの差しかないということであり、海とは〈生〉と〈死〉が複雑に混淆した場所だということである。だが少女はそのような事実を「理屈」ではわかっていても「実感」することはできない。言い換えれば、頭のなかで観念としては理解できても現実としては理解することができていないのである。なぜなら海とは「単調な平面」でそこに複雑さや奥行きはないはずだからだ。しかし老人は知っている。〈生〉と揺蕩う無数の〈死〉を。

少女からの「ねえ、おじいちゃん、おじいちゃんのお父さんや弟さんは海でなくなったの？」という質問に対して、老人は「……おおくの仲間んやあ。海や、おおくの死者の霊でささえられているんやあ」と答えている。海は精一杯生きている魚たちだけでなく、そのような死者たちによっても支えられている。戦争体験者の老人にとって「おおくの仲間」、「おおくの死者の霊」とは単に老人の父親と弟、あるいは漁師仲間を指すだけでなく、かつて戦争で亡くなっていった者たちのことも含んでいるに相違ない。

しかしより重要なのは、老人によって示される、〈生〉と〈死〉が循環しているという認識である。すなわち、「わしらや魚を食って生きてきたんだし、死んじまえば受けた恩に報いるのはあたりまえだろがな」という言葉である。これを少女が考えるような宗教や迷信、風習に帰してはならない。老人が言っているのはもっと単純なことだ。つまり、〈生〉と〈死〉は簡単に切り離せるものではなく、お互いがお互いのなかに深く染み込んでいるということである。人は死んだ魚を食べて生き、死んだら魚のえさなる。こうして循環は保たれる。換言すれば、そのようなサイクルにおいて〈生〉のなかには〈死〉があり、〈死〉のなかには〈生〉があることを意味している。そして老人が言うように、それらを包みこむ海それ自体が生きている。変転極まりない海を媒介に生死は目まぐるしく循環するのだ。

少女はまだそのような海の複雑さを知らない。だから老人の話を聞いても、ただ「水面をみる」ことしかできない。しかしそうすることで見えてくるものがある。

少女は海面に視線をおとしつづけていた。濃青の水の色が少女には黒にみえた。老人の話した死者達が水面すれすれに浮かびあがり、ゆらめいている気がした。

この場面において、少女は「濃青の水の色」が「黒」に見えるまで「海面に視線をおとしつづけ」ていると、「死者達」が「水面すれすれ」に「ゆらめいている気」がしてくる。先述の場面では「水面をみる」ことで「正体不明のもの」が「精一杯生きている」魚であることを発見したが、今度は反対に〈死〉を見ている。「暗い水」、「濃青の水」、「黒」といった深さを暗示する言葉により示される海の暗部を直視し、そこに潜むのが生命力に富んだ魚だけではないことに思い至るのである。表層的なイメージである「青い海」の深層を穿つ少女の視線がここでは描かれているのだ。

ここで「青」の奥に透視される色こそが題名にも据えられている「蒼」であるに違いない。少女は「きりがなく拡っていた」空を「深い蒼さ」と表現しているが、作中、

「蒼」という言葉が使われているのはここだけである。平板に見えながら、しかしきりのない広さと深さを持った空を「蒼」という色で表現しているのだ。それでは、「空は深く、青い」、「水の色は深い青だった」、「海と空は果てしもなく広がり、静かで、動きがない」というように、空と同一視されて語られる海の「蒼さ」とはいったい何だろうか。

　思うに、海の「蒼さ」とは、少女のように「青い海」に「視線をおとしつづけ」ることで見出される深さのことであり、その限りない深みには「おおくの仲間」が沈み、「おおくの死者の霊」が漂っている。言い換えれば、「蒼さ」の発見とは、水面下、きりもなく拡がっている海の底に眠る膨大な死者の存在／不在に想いを馳せることを意味している。

　ゆえに、海は蒼くなければならない。

五、死者たちは水底で語る

　冒頭で物憂げに海を眺める少女は、自分の体の重々しさから「中学生の頃の理科の実習を思い浮かべる」。それは友人から水銀を手渡されるというささやかな思い出であるが、「一番重いものは鉄か石だという先入観があった少女は思いもかけない重量に驚いた」。取り立てて注目すべき挿話のようには思えないが、老人との旅を終えて海から帰還した少女の次のようなエピソードと併せて考えると異なる意味が見えてくる。


　老人は横に首をふり、「これ、やろ」と一匹の大きな青い魚を袋から取り出した。「おい」少女の顔面につきだす。

「いいの」

「ああ」

　少女は生臭いものを素手で握るのが嫌ではなかったが、気軽に受けとれない。この魚は老人が懸命に遠い深い海からつりあげたものだ。食べると永久になくなってしまう。このような妙な感覚があった。

「遠慮やいらんやろ」

　少女は受けとった。手が勝手に動いた。全身にずっしりした重さがしみこんだ。

　ふたつの場面における「重さ」への感受性は正確に対応している。「一番重いものは鉄か石だという先入観があった少女」が水銀の「思いもかけない重量に驚いた」ように、受け取った魚から「ずっしりした重さ」を「全身」

に感じる。短いながらも濃密な「遠い深い海」の旅を終えた少女は、海の遠さと深さ、そしてたった一匹の魚にも内在する「重さ」を知ったのである。

　それは同時に、自分の身体が持つ「重さ」への気づきでもあった。常に性的な妄想を伴って想起された「女」としての身体、つまり「他者の様態でふたたび[encore]（そして肉体をもって[encorps]）練り歩いている男のセックス」[13]としての身体でなく、「腰が痛くなったり、足がしびれたり、魚の尾びれに人差し指を痛め、小さく出血したり、軽い日射病にかかりかけたり」する、煩わしくてままならない自身の〈肉体〉への目覚めである。それは「ふくよかな形のよい胸」、「腰のくびれ」と女性の身体的特徴により表現されているが、大事なのは少女がそのような身体をありのまま受け入れたということであり、男とか女とか関係のない、切れば血が出て重みに痺れる身体の存在に気がついたということである。生きていくとはこのような痛みや重みを受け入れることであったのだ。

　老人は生命に内在する「重さ」を経験的に知っていたがゆえに、一生懸命生きる一匹一匹の生命と向き合うために、「網漁」ではなく「一本釣り」にこだわってきたに違いない。ただ一言「網漁」は「ひきょうろ」と言うだけであるが、それは報いるべき「恩」を蔑ろにするため「ひきょう」なのである。「海が元どおりになるには千年も万年もかかるんろ。魚ん一匹一匹釣りあげにゃらんど」と言うとおり、老人にとって漁とは一匹一匹の魚の「重さ」を通して〈生〉と〈死〉の循環を感じ取ることにほかならず、「網漁」はそれを断ち切ってしまうものだと考えているのだ。

「魚も生きてるし、わしゃあんたも生きている」と老人は言う。しかし「重さ」のあるものはやがて海の底へと沈んでいく定めにある。

　少女の「おじいちゃん……死ぬ時は海に沈むの？」、「恐くない？」、「……だって一人ぼっちで」という質問に、老人は「……おおぜいいるろ」と言葉少なに答える。それでも満足できない少女は続けて「でも、死んじゃうとお話もできないんでしょ？」と問いかける。それに対して老人は答えるのだ。「ゆっくり休めるんだ……深くいってや、暗く静かなところで……」と。「おやじと弟や裸にして沈めたんさあ。片足にひとつずつ大きい石くくりつけてやあ」と語る老人もまた、少女が問うたように死ぬときは海に沈む。そして「暗く静かなところで」仲間たちとゆっくりと語り合うのだ。

　作中何度も「海」が「時」に譬えられていることから、「深く」、「暗く静かなところ」とは必ずしも即物的な海底だけを指すものではないだろうことがわかる。時の流れとともに忘却にさらされる歴史や記憶といった「海」の、一見「単調」に思えるそのような「海」の底にある「暗く静かなところ」に「視線をおとしつづけ」、かつて沈んでいった「重さ」を描き出すことが又吉栄喜にとっての倫理なのではないだろうか。

六、亀岩、この永遠なるもの

又吉は『ジョージが射殺した猪』（二〇一九年）のあとがきで「古希を迎えた私は今後「海は蒼く」のような作風に戻るのでしょうか」と述べている。[14]「「海は蒼く」のような作風」がどのようなものを指しているのか具体的にはわからないが、ここでは端的に「原風景」の浦添、そして亀岩への回帰であると考えていいだろう。実際、又吉は古希を迎えた二〇一七年以降、『仏陀の小石』（二〇一九年）で浦添生まれの小説家を登場させ、『亀岩奇談』（二〇二一年）では亀岩そのものを物語の中心に据え、『沖縄戦幻想小説集　夢幻王国』（二〇二三年）では浦添を含む沖縄の戦争を回顧的に描き出している。また、いつか書くつもりの自伝小説では、亀岩が大きな紙面を占めるだろうと予測している。なぜなら、「二十代の時、亀岩のとりこになり、情熱を燃やし、一気に仕上げたが、古希が過ぎた今はあの時よりもさらに亀岩に愛着がわいているように思える」からだ。[15]又吉にとって亀岩は作家生活の出発点であるとともに、何度でも回帰すべき帰着点でもあるのだ。

さて、ここで注目したいのは『仏陀の小石』、『亀岩奇談』と「海は蒼く」の連続性である。この三作はいずれも浦添を舞台に亀岩を登場させている点で類似性を指摘できるわけだが、共通点はそのような表層的なものに留まらず、より深層的な部分において繋がっている。すなわちそれは又吉栄喜の文学世界を貫通する一本の水脈を形成している。約四〇年の歳月を隔てて執筆されたこれらの作品を並べて見ることで、「海は蒼く」で提示された倫理がその後どのような深化を遂げたのか明らかになる。

『仏陀の小石』は「疎隔された鶏」という小説でデビューした作家安岡義治を主人公に、沖縄を舞台にした過去とインドを舞台にする現在のエピソードが並行して語られる構成の小説である。沖縄／過去では主に妻との出会いや師とする「老小説家」との交流が、インド／現在では子の哀悼のために訪れたインドでの心の葛藤と同行者との交流がそれぞれ描かれている。焦点を当てたいのは「老小説家」である。この小説家は「海と女子大生」という小説でデビューし、しかもその小説の「ヒロイン」に「早く歳をとりたい、と言わせている」という。おそらくこの作品は「年月よ速やかに過ぎ去って。私はすぐにでも老人になりたいの」と願う少女が主人公の「海は蒼く」を指していることだろう。それに加え前田高地のテントの中で一九四七年に生まれた点、「原風景を基に小説を書いている」点も又吉と同じであるが、大事なのは両者を完全に重ね合わせることではなく、又吉と瓜二つの老小説家を通して語られる言葉に耳を傾けることである。

「例えば、疎隔された鶏が海の埋め立てを阻止できるか」

「じゃあ、ヘミングウェーの老人と海なら阻止できるんですか」

「老人と海の読者は、海を大切にしなければいけないという決意が潜在意識にすり込まれるよ」

老小説家にとって文学は「海の埋め立て」を阻止する力を持っていなければならない。『老人と海』――説話論的には「海は蒼く」を、題名的には「海と女子大生」を連想させる――が読者に「海を大切にしなければいけないという決意」を刷り込ませるように、ヘミングウェイ同様広大な海を主題化して描いた「海は蒼く」、また海を直接は描いていない他の又吉作品もまた同じような「決意」を読者に抱かせるものだと暗に表現しているように思える。ゆえに老小説家の言葉は『老人と海』を通した「海は蒼く」評のようであり、また又吉自身が今まで書いてきた小説の隠れた主題を露わにする決意表明のようにも読めるのだ。つまり、現実でも観念でもなく想像力によって世界と対峙しようとする確固たる意志の表れである。

『仏陀の小石』で語られた「海の埋め立ての阻止」、「海を大切にしなければいけないという決意」は、「海の埋め立ては戦争のように人の命を奪わないが、かけがえのない何かを壊す」と記述された次作『亀岩奇談』でより先鋭化する。

『亀岩奇談』はひょんなことから「赤嶺島」の自治会長に立候補することになった青年和真を主人公に、選挙をめぐって生起する出来事を描いた小説だ。この作品の中心にあるのは亀岩である。選挙運動中に、母の思い出の場所である亀岩を爆破し周囲の海の埋め立てをするという話を聞き、和真は母との思い出、そして沖縄の記憶が染みついた亀岩の爆破を阻止するために奔走することとなる。

はじめて亀岩を訪れた和真は「生前の母から何度も聞かされた亀岩だが美しくも力強くもない、ただの岩に見えた」と述懐している。形はありふれていて神々しくも輝かしくもなく、遠くに見える「奇岩」、「通り岩」、「キノコ岩」に比べても「見劣り」するように思えるからだ。しかしその後和真は次のように考える。

しかし、他の海の岩に僕の魂が震わされないのは僕の母と無縁だからだろう。亀岩は母が亡くなった今、止まった時間の中にポツンと立っている。昔と変わらない形をちゃんととどめているが、母とともに生き続けている。このようなよくわからない感慨がわいた。

たとえ亀岩が他の岩と比べて見劣りしても、和真にとっては母とのつながりがある点で、ただその一点において特別なものだ。いくら寄せては帰る波に洗われて、時の流れにさらされて風化しようと、亀岩は堂々と屹立している。それは「止まった時間の中」で「昔と変わらない形」のまま立つ、思い出の中で眠る母への道標である。亀岩があることによって和真は母との追憶をありありと想起することができ、今でもなお母は「生き続け」ることができる。亀岩はただの思い出などではない。それ自体、一人の人間が生きた証なのである。それは端的に「かけがえのない何か」としか言いようのないものであるに違いない。

だからこそ「亀岩も辺野古と同じように埋め立てられるという予感」は和真を「身震い」させる。「母の時間が凝縮した風景が永久に消える」ことで、「母を思い出す僕の力も消えてしまう」ように思えるからだ。注意しなければならないのは、亀岩がなくなることで失われるのは、「思い出」そのものではなく、母を思い出すための「力」と言われていることである。記憶は次第に消えていく。単調な時間に運ばれて遠い意識の彼岸へと流される。やがては深く暗いところに沈んでいき、誰もがその存在／不在に想いを馳せないまま忘れ去られていく。このような忘却に抗うためには「力」が必要だということだ。言うまでもなくそれは単なる記憶力を指しているわけではない。

「亀岩が破壊されるという噂は？」

（…）

「間違いなく完全に破壊される。村人は喉から手が出るくらい金を欲しがっている。金のためには海はもちろん心の埋め立ても辞さないんだ」

なぜ老小説家が言ったように、文学は「海の埋め立て」を阻止できなければならないのか。それは現在生きている人々が過去に生きていた人々から引き継ぎ、そして未来に生きる人々へと託す記憶を、そしてそれを想起する「心」

を「埋め立て」ないためである。無数の〈生〉と〈死〉が戯れ、数えきれないほど多くの記憶が染みついた海を埋め立てることとは、そのような者たちを思い出すために「暗く静かなところ」へと遡行する「心」を「埋め立て」ることに繋がる。ゆえに「海の埋め立て」とは「心の埋め立て」にほかならない。決して忘れられてはならない、忘れてはならない記憶を「心」に留めるために「埋め立て」を阻止し続けるのだ。

時とともに遠くへ運び去られ、深く沈んでいこうとする記憶を牽引し、いつでも手元に手繰り寄せるための「力」とは、あるいは亀岩のように屹立する文学によってこそ可能になるのかもしれない。文学はすでに失われた過去を、想像力によって今／現在に蘇らせるのだ。

このような「かけがえのない何か」を守るために、又吉栄喜は今まで書き続けてきて、そしてこれからも書き続けていくことだろう。

〔註〕

1　島尾敏雄「選評」『新沖縄文学』一九七五年一一月、引用は『島尾敏雄全集第一五巻』晶文社、一九八二年九月、二七二〜二七四頁

2　仲程昌徳『沖縄文学の魅力 沖縄の作家とその作品を読む』ボーダーインク、二〇二二年二月、二八一頁

3　大城貞俊『多様性と再生力――沖縄戦後小説の現在と可能性』コールサック社、二〇二一年三月、六七〜六八頁

4　岡本恵徳『現代文学にみる沖縄の自画像』高文研、一九九六年六月、一四七頁

5　マイク・モラスキー『占領の記憶／記憶の占領 戦後沖縄・日本とアメリカ』鈴木直子訳、岩波現代文庫、二〇一八年七月、三八二〜三八三頁

6　村上陽子『出来事の残響 原爆文学と沖縄文学』インパクト出版会、二〇一五年七月、二〇六頁

7　又吉栄喜「まえがき」『ジョージが射殺した猪』二〇一九年六月、五〜七頁

8　『浦添市平和ガイドブック』二〇一五年、六頁

9　『浦添市史 浦添のあゆみ 第一巻通史編』浦添市教育委員会、一九八九年三月、一七一頁

10　又吉栄喜「まえがき」『ジョージが射殺した猪』前掲、五頁

11　多田治『沖縄イメージの誕生――青い海のカルチュラル・スタディーズ』東洋経済新報社、二〇〇四年一〇

月、一頁～一四頁、引用に際しコンマ・ピリオドは句読点に変更した

12 田仲康博『風景の裂け目 沖縄、占領の今』せりか書房、二〇一〇年四月、一八四～一八五頁

13 ジュディス・バトラー『ジェンダー・トラブル フェミニズムとアイデンティティの攪乱』竹村和子訳、青土社、一九九九年四月、三八頁

14 又吉栄喜「あとがき」『ジョージが射殺した猪』前掲、二九九～三〇〇頁

15 又吉栄喜「まえがき」『亀岩奇談』燦葉出版社、二〇二一年六月、五頁

〔付記〕

本文引用は『ジョージが射殺した猪』（燦葉出版社、二〇一九年六月）に拠った。なお引用に際しルビ、傍点等は省略した。

植民地・部族・アイデンティティ

――『巡査の首』を読む

関　立丹

『巡査の首』は、『群像』二〇〇二年九月号に掲載され、二〇〇三年二月には単行本が出版されている。作品は全十章で構成されている。そのうち第二章から第四章までは謝名元島での話であり、全体としては垂下国の話が多い。

終戦直後、華僑が政権を握った垂下国は「日本国と国交を断絶する」と世界中に高々と宣言し、観光や文化・経済の交流団などの行き来を厳しく禁じたが、国境の島のせいか、垂下国が島国だからか、五十六年間、戦争や紛争がなく互いに気を許しているからか、言葉や習慣も違う垂下国を、戦前のように垂下島と謝名元島の人々は呼んでいる。[1]

垂下島は、日本に植民地にされたことがあり、終戦直後、日本との行き来を厳しく禁じたが、垂下島と謝名元島はお互いに気を許しているような関係になっていた。

一、台湾を作品舞台のイメージに

『巡査の首』は、台湾を作品舞台のイメージにした作品である。

星　いわゆる『巡査の首』の中で垂下国、あれは台湾ですよね。自分たちのイメージの中での台湾…。
又吉　そうですね。
星　謝名元島は与那国ですか。[2]
又吉　そうですね。

又吉栄喜と新城郁夫、星雅彦との鼎談である。垂下島と謝名元島は、それぞれ台湾と与那国島をイメージしていると言明されている。

克馬と早紀兄妹二人は、祖母のタキおばあの遺言で謝名元島から垂下国へ向かう。祖父の功一郎おじいは阿族の蜂起を鎮圧した巡査として、五十六年前に、垂下国で首狩りされた。振り返ってみると、この五十六年間、功一郎おじいは人殺しだと言い続けられて、家族のみんなは、謝名元島でひどい嫌がらせを受けてきた。自分の遺骨を夫の功一郎おじいの亡くなった垂下国に一緒に埋め、恥を晴らしなさい、という遺言をタキおばあは残した。村の人々はタキおばあの遺骨を持ち出されることを嫌がっているが、克馬たち二人は無視した。

垂下国は、人口が減少傾向にある。阿族と琉球人村の血を引いた渉春一という現地の人の案内で、二人は山の奥にある阿族の村に向かった。三日間ぐらいかかった。

阿族は、部族長の引率を受けている。五十年前、この山奥で、日本の長期にわたる搾取と差別に耐えられなくなった阿族と日本人巡査との間に正面衝突があった。カミノキの樹皮で煎じた「カミノキ」という興奮剤のような濃縮液で戦闘力を高め、多くの日本人巡査の首を切った。日本人巡査といっても、謝名元島から来ている琉球人村の者が多い。内地の巡査から差別を受け、危険な境地に立たされたのだ。功一郎おじいは、今の部族長に首狩りされた巡査の一人である。阿族は、それ以来、外の世界との接触を最大限に拒絶し、カミノキで元気づけている。それによって、性欲が旺盛になり、体力の低下を引き起こし、人口増加は捗らなくなった。村には五世帯二十二人しかおらず、村全体が消えかねない状態に陥っている。部族長の案内で、克馬と早紀は功一郎おじいの首塚に辿り着いた。

垂下国について、次のように設定されている。

> 戦前戦中二十余年日本に領有されていた垂下国は戦後、独立を宣言したが、国際的にはいまだに認められず、現在、一つの自治領国家になっている。[3]

垂下国という地域の植民地の歴史の設定は、五十年程度日本に植民地にされた台湾とずれがあるが、日本に植民地にされた歴史と与那国島との今までのつながりにおいては、類似点がある。

また、地理、慣習において次の通りになっている。

> 日本の四国の半分ほどの大きさの垂下島は謝名元島の西南百六十キロにある。元々の名称はジャカル島だ

が、阿族が両手に下げていた生首を戦前日本人が西瓜と見間違え、「西瓜島」と名付けたのが、いつのまにか「垂下島」に転じたと言われている。[4]

日本最西端の与那国島は、台湾と一一一キロ程度離れている。謝名元島と垂下島との位置設定は、これをイメージしているらしい。実際、『巡査の首』のイメージ形成のために、二〇〇一年三月、又吉栄喜は、講談社の編集者と与那国島に飛んだが、着陸できず断念したことがある。[5]

また首狩りについてである。阿族が両手に下げている首を西瓜に見間違えたことによって、西瓜島と名付けられたのである。作中に、大正時代、沖縄の漁師がこの島で首狩りされた話がある。

大正の末、沖縄本島南部の五人の漁師が漁の帰りに台風にあい、垂下島に漂い流れ着いた。足に怪我を負った若い漁師をアダンの木の下に一人残し、方々さまよった末に山の中に入った四人は阿族に首を狩られた。

日本人が阿族に首を持っていかれてもおちついて観察していた日本軍だが、この時は事件直後に軍艦を垂下島に派遣し、すばやく漁師たちが漂着した海岸に四名の鎮魂碑を建立した。[6]

首狩りは、台湾先住民の昔の慣習だと言われている。時代と人数は違うが、琉球王国時代末期にあった琉球人遭難事件(台湾遭難事件、牡丹社事件、宮古島民遭難事件)を想起させる。

ところが、翌一八七二年(明治五)にはいって、琉球問題は急速に明治政府の関心を引くこととなった。それは前年末、琉球船が台湾に漂着し、乗組の宮古の人たち六九人のうち五四人が、その地の原住民(高砂族)に殺害されるという惨事が発生し、このことが同年四月十三日(太陽暦五月十九日)清国駐在公使柳原前光から外務省へ報告されてきたからである。

これを機に、政府内ではにわかに琉球のとりあつかいをめぐって議論された。議論の要点は、琉球の〝日支両属〟の状態をどう是正するか、および日本への統合の順序及び方法をめぐってであった。[7]

この事件は一八七一年十二月に起きた。明治政府は大いに利用した。「第1に、琉球民が日本国民であるという前提に立って、宮古島民遭難事件にたいする報復措置として、台湾出兵を画策し、実行した。第2に、台湾事件をステップとして明治政府は本格的な琉球処分に着手」[8]した。

漂流民は、首を切られて惨死したのだ。[9]台湾南東部八瑶湾に漂着した宮古船には、平良の頭忠導氏玄安ら六十九人が乗っていたが、事件で五十四人程が惨殺された。[10]パイワン民族によるものである。[11]事件で馘首された琉球人の頭部が、五十四人のうち四十四個が回収送致されたことは確實である。[12]

有名な首狩りの事件として、台湾では霧社事件があった。一九三〇年十月二十七日、台湾霧社で過酷な強制労働や差別待遇、婦女侮辱などへの怒りで、高砂族[13]が武装蜂起し、一三〇人程の日本人を殺傷した。十一月に台湾総督府は飛行機、毒ガスまで使って鎮圧したが、千人の死者を出した。[14]

琉球大学法文学部史学科卒である又吉栄喜にとって、以上の事件は意識の中にあったと考えられる。

二、部族の在り方

阿族は首狩りをする部族である。ここで、又吉は部族長という人物像を作り出した。

このわけのわからない乖離はどうしたんだろうか。孤高の精神はどこに消えてしまったのだろうかと考えているうちに、子供の頃の、族長を中心に独立し、統制がとれていた組織を思い出した。[15]

沖縄の現実に問いかけている。一九七二年五月十五日は、「沖縄返還」の日だが、沖縄側の要望「核抜き・本土並み」は実現できなかった。核兵器の撤廃及び本土との基地負担における格差の解消のことである。一九九五年に米兵による少女暴行事件があったが、米軍は犯人の起訴前の身柄引き渡しを拒否した。一九九七年、駐留軍用地特別措置法の改正によって、契約更新手続きの代行は内閣総理大臣が直接行えるようになった。頭と体の離れたような実態である。

そこで、ちゃんと部族の引率できる部族長を、又吉栄喜は考え出したのだ。初期の創作として、又吉栄喜には「パラシュート兵のプレゼント」という短編小説がある。一九七八年の作品である。グループのまとめ役を務める「ヤッキー」という十七歳ぐらいのガキ大将が登場し、堂々と米兵と交渉をしている。大人の部族長のような役割を果たしている。[16]

族長は大人にも米兵にも物怖じせずに何事にも堂々

と対した。「琉球人のあるべき姿」とまでは思わなかったが、この族長を膨らませ、「阿族の部族長」を作り出した。[17]

子供の頃の族長は、米兵に堂々とした態度を取ることで又吉に評価されている。『巡査の首』も、同じように子供時代の経験を踏まえた作品になっている。

このような世界と、今の沖縄の現実がぶつかり、「阿族」を思いつき、独立独歩、闘争心、孤高の精神など沖縄の人々の有り様を投影した。

最初、琉球民族が建国した誇り高く独立心に富む「阿族」の村の話を書こうと思ったが、時代との関わりが薄く、なかなか長編に発展しそうもなかったから点景に後退させた。[18]

沖縄の現実にぶつかり、誇り高く独立心に富んだ阿族の村の話を又吉は作り出した。人数においても、武器においても、阿族は日本軍に及ばない。勝てるはずが無い。しかし、搾取と差別に耐えかね、民族の誇りから立ち上がった。

刀や弓矢や小銃しかなかった阿族が、戦車や機関銃を持っている日本軍に勝てるとは万に一つも考えてはいませんでした。ですが、民族の誇りから立ち上がったんです。日本人や琉球人は首狩りの野蛮人だと言ったが、どっちが野蛮ですかね[19]?

渉春一の話である。当時、阿族の陥った境地が読み取れる。阿族は首狩りの野蛮人と言われているが、日本軍は戦車や機関銃を使って阿族の人々を殺している。両方とも同じ野蛮な行動をとっている。

同じ人間なのに、昔の風習のために毛嫌いされたり、恐れられたり。このままだと阿族は一人もいなくなってしまいます。一つの民族が地球上から永遠に消えてしまいます。首狩りは恐れるけど、大量虐殺の爆弾を落とす人は恐れられないのですか。阿族の何千倍も人殺しなんですよ。なぜですか。逆でしょう。違いますか[20]?

昔の風習で民族の優劣を判断すべきではない。大量虐殺の爆弾を落とすことは、首狩り以上に恐ろしいことであり、阿族以上に野蛮な行動であるという判断である。

人間は戦争で変わる。阿族はまた首狩りをしたのだ。

あんな首の狩り方は初めてだった。みんな戸惑ったが、日本軍が空からガスをまくという情報が入ったから、わけがわからんうちに済ませた。だが、今でも狩った気がしない。[21]

部族長の話である。戦争ではいろいろな噂が飛び回る。狂乱状態に陥りかねない。阿族の人々は、普段はおとなしくて従順だったが、何かの拍子に日本兵よりも凶暴になる。日本人にひどく差別されていたので自分の弱さを隠すために暴れたのだ。[22]例えば、部族長は、阿族を地球上から永遠に消さないために、首狩りした。振り返ってみると、気の狂ったような行動をとったと彼は気が付いた。又吉はこういう人物像を通して戦争の恐ろしさを表明しているのだろう。「毒をもって毒を制すと言うわけではありませんが、巨大な悪が見え隠れしている現代、私たちも偉大な悪人を創造すべきかもしれません[23]」と又吉は主張している。『巡査の首』は、又吉二十年前の一つの創作実践だと言えよう。

阿族と日本軍との衝突は、一九四三年のことである。部族長が巡査の功一郎おじいの首を狩った後、急に日本軍は垂下島から南洋諸島に全軍引き上げた。南洋諸島が援軍を要請していたからである。[24]

三、沖縄人巡査のアイデンティティ

功一郎は、タキと同じように沖縄謝名元島の出身である。戦時中、巡査として垂下島で勤務していた。背の高い青年で、タキと初対面の日に、白い制服を着て馬に乗っていた。また、戦闘服を着て、鉄砲を片手に持ち、腰に軍刀を下げ、勇ましく立っている写真がある。タキおばあの誇りになっている。

功一郎には、旧満州国で巡査をしていた又吉の父親のイメージがある。

> 矛盾した立場にある沖縄の警察官を主人公に何か書きたいと前々から思っていた私は、白い制服を着け、サーベルをさし、馬に乗った父親の写真が額に入れられていたという祖母の話を思い出し、巡査を米軍ではなく日本軍に結びつけた。[25]

戦前から昭和二十年代にかけ、又吉の父親は琉球警察の警察官だった。[26]拳銃の携帯は許されず、拳銃を向ける凶暴な米兵に素手で立ち向かったり、民衆運動が激化した頃、沖縄人の取り締まりをしたりして、当時、警察官としての立場はいろいろ難しかったらしい。矛盾した沖縄の警察官を主人公にしようとしたと、又吉は書いている。[27] 祖母の話によるイメージ作りである。沖縄戦と米軍基地建設で又吉一家は故郷の村には戻れないでいる。これで父親のこの写真は紛失したのであろう。

又吉は、功一郎を自分の父と同じような難しい立場に立たせた。阿族の村に赴任したばかりの頃、「阿族にも全く公平で、日本人と平等に裁いた。あんな男はいない[28]」と部族長に評価された。しかし、内地出身の上司は阿族のことを無視した。

沖縄出身の若い新任巡査に阿族支配の鉄則を指導する一方、琉球人村にある警察本部に出向き、内地出身の上司に阿族のための学校と診療所の建設や戸籍の整備などを要請した。しかし不要という返答しか得られなかった。[29]

阿族の生活条件の向上を図ったが、上司に断られた。阿族は差別されていたのだ。

戦火は功一郎を一変させた。戦火を交えてから功一郎は別人のように働いた。阿族に対する態度は逆転したのだ。沖縄人の巡査は阿族の村では支配者の立場にあるが、内地人からは差別を受けてきたのだ。

沖縄人は内地の阿族だと陰口をたたかれていたのをあなたのおじいさんもよく知っていましたよ。老いた養母が一目養子の功一郎の顔を見に垂下島に訪れてきたのに、あなたのおじいさんは養母の手の甲のハジチ（入れ墨）を隠すために暑い日も手袋をさせたんです。養母はショックからかまもなく垂下島で亡くなりましたよ。[30]

功一郎は、内地人に陋習と見られる入れ墨を恥じて夏なのに養母に手袋をつけさせた。日本人になろうとしたのだ。台湾の植民地時代、沖縄出身者たちは、「一等国民は内地人、二等国民は琉球人、三等国民は本島人」といわれていた。差別を回避するために、出身地を偽ったり「改姓改名」したりした沖縄出身者もいた。[31] 日本人にならないと出世する道はなかったのだろう。

日本人社会の風習や習慣に溶け込むように暮らした功一郎巡査は、阿族の村駐在所にいる沖縄出身の巡査に沖縄の風習の改善を命じた。そのうえ、沖縄出身の何人かの巡査に、巡査の県人会を作ろうと持ちかけられた時、馬鹿も休み休み言いたまえと叱り飛ばし、自分たち沖縄人は日本人だと言い張っている。

日本人になろうとする功一郎は、阿族を劣等民族だと差別してしまう。

日本の最高行政機関主催の運動会に何人かの阿族の代表も呼ばれた時、わしも行ったが、わしらと同じ席に座らされた沖縄人の来賓が椅子を蹴って主催者の日本人に屈辱だ、許しがたいと抗議していたな。戦争が始まる前の話だが。[32]

部族長の話である。沖縄人は内地人と対等な人間だと主張している功一郎は、阿族と同席することで、強い屈辱を感じたのだ。「日本人が先住の人や阿族を沖縄人と同じように扱うと、沖縄人は日本人であり、先住の人や阿族は野蛮人だ、と抗議して」[33]いた。人類館事件[34]と似た話である。それだけでなく、死ぬ前に、「日本は栄えよ。垂下島の人はハブに咬まれよ」[35]という辞世の句まで残した。内地人から差別を受けているが、一方で阿族を差別するようになったのだ。

あなたのおじいさんが日本軍の手先になったのは不思議ではないですよ。私も同情できます。徹底的に差別されていた琉球人が阿族の村の権力を一手に握ったんですからね。阿族を労役に使って、手間賃もわずかしか出さないような優越感は私にも想像できます。[36]

沖縄人としてのコンプレックスをもっているが、阿族の上に立つことによって優越を感じ、功一郎は被害者から加害者に転じてしまった。しかし、日本軍に差別される運命は変わっていない。

手を焼いた日本軍は沖縄県人の巡査や兵士に阿族と同じように小銃や短剣だけの軽装備をさせ、体あたり戦を命じた。内地人から非常に低く見られていた彼らは「内地人と対等になるんだ」と目の色を変え、密林に分け入った。[37]

内地人になろうと、沖縄県人の巡査や兵士は前線に派遣され、阿族を鎮圧したのだ。ところが、阿族は、三百五十年前、謝名元島から逃げてきた琉球人の子孫だと言われている。功一郎たちは阿族の人々と同じ祖先をもっていることになる。阿族を攻めることは、自分たちの同胞を殺すことになる。人類の間の虐殺も似たようなものである、と又吉は高い普遍性の視点から創作している。

沖縄にいる人々にも、日本人になるために、侵略戦争に加担したり集団自決で親族まで殺した体験がある。沖縄の差別されてきた歴史を振りかえっている又吉の目線が感じられる。

四、架空か現実か

又吉栄喜は、一九九九年三月に浦添市役所の仕事を終えた後、何回か中国を旅している。『巡査の首』の創作前後である。一九九九年五月、シルクロードのトルファン（新疆ウイグル自治区）に『西遊記』の舞台を見学しに行った。また、二〇〇二年三月、漢詩ゆかりの湖北省武漢市にある黄鶴楼に登り、半年後の九月（『巡査の首』を発表した月）、旧満州の映画資料館（吉林省長春市）で「李香蘭」を見学した。その年末には、エッセイ「満州と軍歌」を『すばる』に発表したのだ。[38]

旧満州というと、戦時中、又吉の父親が巡査として働いていた土地である。人格も運命も百八十度違うが、又吉は父親を『巡査の首』のモデルにした。[39]「満州国」は一九三二年に日本によって作られた傀儡政権であり、実質的な植民地である。戦時中、旧満州との関連として、沖縄は、一九三九年から龍江省（現黒龍江省の一部）に開拓団員を何回か送り出している。また同時に、満蒙開拓青少年義勇軍も送り出した。[40]

台湾に沖縄人が多く移住していた。一八九五年、台湾は、日清戦争の割譲地になり、日本の植民地になった。沖縄とは地理的に近い。一九四〇年、沖縄からの移住者は一四、六九五人にのぼり、在台日本人の二・五六％を占め、一位になっている。[41] 敗戦後、軍人や戦時中の疎開者、南方からの引揚者を含めて、在台沖縄人は、三万余名であった。[42]

沖縄は台湾と歴史的に密接な関係をもっているが、台湾を舞台にした沖縄の小説は数えられるぐらい少ない。

沖縄の作家が書いた台湾を舞台にした小説といえば、古くは池宮城積宝の「蕃界巡査の死」、新しいところでは、又吉栄喜の「巡査の首」といったのがあるが、そう多くあるとは言えないだろう。[43]

「蕃界巡査の死」は、一九一二年十二月二日の『琉球新報』に掲載された池宮城積宝（一八九三―一九五一年）の作品である。内地の女に逃げられた沖縄出身の巡査が「生蛮人」に首を馘られた話を書いている。ごく短い短編小説である。[44] 内地の作家としては佐藤春夫（一八九二―一九六四年）が、一九二五年三月に「霧社」を『改造』に発表している。霧社の日本人が蕃人の蜂起のために皆殺しにされたが、事件のあとに霧社周辺を回って見たことをリアルに書いている。[45]霧社事件を題材にした作品は他に、大鹿卓（一八九八―一九五九年）の「野蛮人」（『中央公論』一九三五年二月号）、中村地平（一九〇八―一九六三年）の「霧の蕃社」（『文学界』一九三九年十二月号）がある。どちらも写実的な作品である。霧社を題材にした内地の作家の共通の特徴として、どれも「日本人男性――原住民女性」という二元対立の図式をとっていることが挙げられる。[46]これに対して、『巡査の首』は違った視点での創作であり、沖縄の土台のもとでの創作である。

『巡査の首』は、架空の物語であり、台湾を舞台のモデルにしているが、首狩りの発想などは、沖縄の現実と結び付けている。

　近年の沖縄の現実は誰かに「頭」をとられてしまい、考える隙も与えられずに体だけがあっちに行ったりこっちに来たりしているように思える。[47]

不合理な沖縄の現実に追われて、思考と行動が一致していない沖縄の現状を指摘しているのだ。

先ほど言いましたけど発想というのは全く幼い頃の体験に依拠しています。首刈りも頭蓋骨を転がして遊んだ経験がありまして、また、それを本当に首みたいに思っている友達もいまして、そういうところから想像がどんどん膨らんでいったんです。[48]

沖縄という特殊な地域で暮らしている人間として、又吉は幼い頃の体験に依拠しているところが大きい。沖縄戦で現地住民の死者は十数万人を数えた。頭蓋骨はあまりにも多く散在しているため、戦後長い間、そのままにされていた。それによって想像がどんどん膨らんだようである。『巡査の首』は特に歴史事件を背景にしていないと、又吉は言っている。

星　そうすると、あそこの中に出てくる事件は、台湾であった霧社事件を象徴している部分があるんでしょうね。
又吉　そうですね、あの事件の本質はよくわからないので、特に意図した形では入れてないんですが、[49]

歴史の勉強をしていた又吉は、歴史事件を参考にしているが、それには拘らず、作品において作者としての想像力を最大限に生かそうとしているのだろう。「原風景を現実の底に沈め、水面に浮かび上がってくるものをわしづかみに」[50]したのだ。
もっと沖縄の現実を書いてほしいという意見があった。二〇〇二年十月の『群像』に掲載された『巡査の首』についての創作合評である。[51] しかし、架空の物語こそ、象徴的な意味の豊富な作品になるのであろう。一九九六年の芥川賞受賞作である『豚の報い』と同じように、架空の意味はそれなりに大きい。

〔註〕

1 又吉栄喜『巡査の首』講談社、二〇〇三年、五頁。
2 又吉栄喜・新城郁夫・星雅彦「鼎談　沖縄文学の現在と課題」、『うらそえ文芸』第八号、二〇〇三年五月、十四頁。
3 又吉栄喜『巡査の首』講談社、二〇〇三年、五頁。
4 又吉栄喜『巡査の首』講談社、二〇〇三年、五頁。
5 浦添市立図書館『又吉栄喜文庫開設――すべては浦添からはじまった』浦添市立図書館、二〇一七年、六頁。
6 又吉栄喜『巡査の首』講談社、二〇〇三年、一六三頁。
7 新里恵二、田港朝昭、金城正篤『沖縄県の歴史』山川出版社、一九九一年、一五三頁。
8 「琉球処分」、沖縄大百科事典刊行事務局『沖縄大百科事典』下巻沖縄タイムス社、一九八三年、八八二頁。
9 又吉盛清『台湾支配と日本人』同時代社、一九九四年、二〇〇頁。
10 「宮古島民遭難事件」沖縄大百科事典刊行事務局『沖縄大百科事典』下巻沖縄タイムス社、一九八三年、五九九―六〇〇頁。
11 日本順益台湾原住民研究会『台湾原住民研究概覧 日本からの視点』風響社、二〇〇一年、三九五頁。
12 又吉盛清『大日本帝国植民地下の琉球沖縄と台湾―これからの東アジアを平和的に生きる道』同時代社、二〇一八年、三〇一―三〇三頁。
13 高山族のことである。台湾の山地に住む先住民の総称。日本植民地時代は高砂族と呼ばれていた。霧社事件は、その一支のタイヤル（泰雅族）が起こしたものである。呉春明「跨文化视野下台湾原住民的族群认知与「族称」」、『台湾研究集刊』、二〇〇九年十二月、六二頁。
14 高莹莹「再论雾社事件与台湾少数民族的抗日活动」、

『台湾历史研究』、二〇二二年四月、三八―三九頁。朝尾直弘、宇野俊一、田中琢『新版　日本史辞典』角川書店、一九九六年、一〇二四頁。

15　又吉栄喜「『巡査の首』のモデル」、『本』、二〇〇三(三)、二二頁。

16　「パラシュート兵のプレゼント」、又吉栄喜『パラシュート兵のプレゼント』海風社、一九八八年。

17　又吉栄喜「『巡査の首』のモデル」、『本』、二〇〇三(三)、二一頁。

18　又吉栄喜「『巡査の首』のモデル」、『本』、二〇〇三(三)、二二頁。

19　又吉栄喜『巡査の首』講談社、二〇〇三年、一六六―一六七頁。

20　又吉栄喜『巡査の首』講談社、二〇〇三年、一五一―一五二頁。

21　又吉栄喜『巡査の首』講談社、二〇〇三年、一九八頁。

22　又吉栄喜『巡査の首』講談社、二〇〇三年、一九三頁。

23　又吉栄喜「巻頭言」、又吉栄喜、大城貞俊、崎浜慎『沖縄文学は何を表現してきたか　なぜ書くか何を書くか』インパクト出版会、二〇二三年、七頁。

24　又吉栄喜『巡査の首』講談社、二〇〇三年、一七七頁、一九七頁。

25　又吉栄喜「『巡査の首』のモデル」、『本』、二〇〇三(三)、二三頁。

26　又吉栄喜『時空超えた沖縄』燦葉出版社、二〇一五年、一六四頁。

27　又吉栄喜「『巡査の首』のモデル」、『本』、二〇〇三年(三)、二二―二三頁。

28　又吉栄喜『巡査の首』講談社、二〇〇三年、一九九頁。

29　又吉栄喜『巡査の首』講談社、二〇〇三年、一七〇頁。

30　又吉栄喜『巡査の首』講談社、二〇〇三年、一七一頁。

31　大浜郁子「沖縄出身者の台北師範学校における台湾教育経験と沖縄の「戦後」復興への取り組み」、松田利彦、陳姃湲『地域社会から見る帝国日本と植民地――朝鮮・台湾・満州』思文閣出版、二〇一三年、五五七―五五八頁。

32　又吉栄喜『巡査の首』講談社、二〇〇三年、一九四頁。

33　又吉栄喜『巡査の首』講談社、二〇〇三年、一九三頁。

34　一九〇三年、大阪天王寺で日本政府主催の第五回内国勧業博覧会が開かれた。その「学術人類館」の展示に、学術研究資料という名目で朝鮮人・アイヌ人・台湾高山族・ジャワ人・トルコ人・アフリカ人と一緒に、沖縄から連れられてきたジュリ（遊女）二人が「琉球の貴婦人」として見世物にされた。沖縄から激しい非難と抗議があった。沖縄大百科事典刊行事務局『沖縄大百科事典』中巻沖縄タイムス社、一九八三年、五〇六頁。

35 又吉栄喜『巡査の首』講談社、二〇〇三年、一〇九頁。

36 又吉栄喜『巡査の首』講談社、二〇〇三年、一七一頁。

37 又吉栄喜『巡査の首』講談社、二〇〇三年、一六六頁。

38 浦添市立図書館『又吉栄喜文庫開設―すべては浦添からはじまった』浦添市立図書館、二〇一七年、五―六頁。

39 又吉栄喜、新城郁夫、星雅彦「鼎談　沖縄文学の現在と課題」『うらそえ文芸』第八号、二〇〇三年五月、一五頁。

40 財団法人沖縄県文化振興史科編集室『沖縄県史』各論編第五巻近代、沖縄県教育委員会、二〇一一年、四五三―四五九頁。

41 財団法人沖縄県文化振興史科編集室『沖縄県史』各論編第五巻近代、沖縄県教育委員会、二〇一一年、四〇七頁。

42 又吉盛清『大日本帝国植民地下の琉球沖縄と台湾　これからの東アジアを平和的に生きる道』同時代社、二〇一八年、三八六頁。

43 仲程昌徳『もう一つの沖縄文学』ボーダーインク、二〇一七年、一一九頁。

44 佐藤春夫他『コレクション戦争と文学十八　帝国日本と台湾・南方』集英社、二〇一二年。

45 『定本　佐藤春夫全集』第五巻臨川書店、一九九八年。

46 簡中昊「「蕃婦」形象中的二元對立與殖民地問題」、柳书琴主編『東亞文學場：台灣、朝鮮、滿洲的殖民主義與文化交渉』、聯經出版事業股份有限公司、二〇一八年、二三八―二三九頁。

47 又吉栄喜「『巡査の首』のモデル」『本』、二〇〇三（三）、二二頁。

48 又吉栄喜、新城郁夫、星雅彦「鼎談　沖縄文学の現在と課題」『うらそえ文芸』第八号、二〇〇三年五月、十四―十五頁。

49 又吉栄喜、新城郁夫、星雅彦「鼎談　沖縄文学の現在と課題」『うらそえ文芸』、第八号、二〇〇三年五月、十四頁

50 又吉栄喜「『巡査の首』のモデル」『本』、二〇〇三（三）、二三頁。

51 秋山駿、井坂洋子、室井光広「創作合評　『巡査の首』又吉栄喜　『死者の日　デイア・デ・ムエルトス』山口由美」、『群像』、二〇〇二年十月、四一〇―四一一頁。

又吉栄喜『巡査の首』論
――「椰子の木陰」に死者と安らう

仲井眞建一

一、「男」＝「父」の物語

又吉のテクスト、特に二〇〇〇年代以降のものを取り上げるとき、花田俊典と新城郁夫の批判を念頭に置かずにはいられない。花田俊典は[1]、「豚の報い」以降のテクストの傾向について、「「沖縄」エキゾチック・ツアーの案内《アナウンス》めいた説明文」が散見されることに加え、それまでの又吉作品にあった「沖縄戦や基地に関する要素」が「姿を消している」と述べた。さらに、同時期、新城郁夫は[2]、又吉作品が「女性」の類型化に加え、「数多くの女性のおよそ奉仕的な自己投機を介して」、主人公が「父」＝「男」となる、主体化の物語を反復してきたと述べる。新城の指摘する物語構造は、おそらく花田の指摘する自己オリエンタリズム的な構造と連関していて、「女性」の類型化はユタや神話や伝承といった「エキゾチック」な設定、非歴史性に依存している。

本論では、二〇〇〇年代のテクストから二〇〇二年九月『群像』に発表された『巡査の首』[3]を取り上げる。そこでは「男」＝「父」が、さらに国家への同一化と重ね合わされる。植民地・戦争責任を背負った戦死者の追悼・祭祀が、どのようにして可能かということを争点に、さまざまな登場人物の主義主張が戦わされる。特に登場人物の克馬は、「男」＝「父」、すなわち中心を求め、それを主体＝国家の回復と重ねて語る。その上で、もはや国家および「男」＝「父」の不可能な場が、一瞬、創出される。その場では「男」＝「父」への欲望は、国家とともに忘れ去られる。本論は、この瞬間を読み取ることによって、花田・新城の批判から、『巡査の首』を救い上げることを企図する。いずれにせよ、その差異を示すのは読みの実践以外にはない。

　沖縄県・謝名元島で生まれ育った克馬と早紀の兄妹は、祖母・タキの遺言によって、その遺骨を祖父の首の隣に埋葬するため垂下国へと向かう。祖父・功一郎は、戦中、垂下国で巡査をしていたのだが、そこで少数民族の阿族に首を切り落とされた。日本の敗戦後、垂下国は日本政府に対して謝罪と補償を要求したが政府はこれを拒否、両国が断交したため、功一郎の遺体が返還されることはなかった。そんな中、功一郎が「裏切り者」だから阿族に首を切られたのだという噂が島に流れ始める。死の間際まで噂に苦しめられたタキは「あとは私がやるからね」と、克馬と早紀に自分の遺骨を垂下国へ埋めるよう遺言し、息を引き取った。一方克馬は垂下国に渡って、自分の祖父が「英雄」であったと証明し、自分たち家族の「名誉」を回復することを目論んでいた。垂下国でガイドの渉春一に案内され、阿族の部族長に出会う。部族長は克馬と早紀のために宴を催す。その翌朝、克馬らは首の埋葬場所に案内されるも、無数の頭蓋骨があり、どれが功一郎のものかわからない。さらに妹・早紀は阿族の血を絶えさせないため、垂下国に残ると言い始める。克馬は、功一郎とタキを「二人きり」にしようといい、なんとか早紀を説得し、来年また垂下国に二人で訪れること、そしていつか祖父母のために「小さいけれども立派な碑」を建てることを約束する。

　ひとまずテクストのあらすじを、克馬と早紀が祖母の遺骨を、垂下国で祖父の首の隣へ埋葬しようとする物語、と大略することができる。ところが『巡査の首』では祖父母の埋葬をめぐって、何人もの登場人物が議論を交わし、戦争責任、植民地責任、歴史認識、少数民族の衰亡などの問題が並列され、それらに結論や正誤の判断が下されず、投げ出されていく。『巡査の首』が発表された翌月の「創作合評」の中で、評者からは「中心は何？」という疑問が提出され、「中心」の捉えがたさに評が集中していた。[4]功一郎（戦死者）を評価する枠組みは理解されながらも、議論自体が拡散したまま投げ出される。

　本稿は、「男」＝「父」の構図、そしてそれを中心化する力学が、『巡査の首』においては徹底的に失敗に追いやられていると論じる。もちろん、執拗に言及されているので、一見『巡査の首』は「男」＝「父」の中心化にとりつかれているようにも思われる。しかし、その不可能性を自らの言説の内部で表出し、またその不可能になった場を創出することによって、さまざまな他者が行き交う場を描き出す。それは「男」＝「父」への欲望を描くことによって、テクストが自家中毒を起こすかのようだ。

　まず、功一郎の追悼・祭祀を追及してきたタキが、それを断念するまでを確認する。タキは功一郎を通して、戦死者の追悼・祭祀の不可能性に行き当たる。次に、タキの遺言によって、垂下国に渡る克馬と早紀を検討する。克馬はまさに「男」＝「父」への同一化を希求するものである。克馬にとって祖父・功一郎は、植民地を統治する支配者、理想の家長である。しかし、祖父を直接に知らない克馬はこうしたイメージを、国家＝日本の植民地統治を正当化する理屈から備給していく。祖父の名誉に、国家の名誉が重ねられていく。克馬は祖父と国家を重ね合わせ、「男」＝「父」への同一化を果たそうとする。克馬の欲望は、渉春一という垂下国のガイドとの議論、功一郎＝国家の植民地・戦争責任を問うものとの議論で浮かび上がってくるだろう。一方で、妹の早紀は、タキの遺言を引き受けつつ、新たな共同体の創出を図る。その早紀の計画を可能にするのが、阿族とその長・「部族長」の共同体の在り方だ。二人の兄妹は、タキの放棄した共同体を模索する。しかし、テクストは最後にさまざまな共同体の論理をすべて停止させる。死者をどのように埋葬すべきか、想起すべきか、誰かの主張が選び取られることはない。証拠に、誰の主張も採用されず――つまり、誰ひとり埋葬されず、物語は閉じられる。ここに一瞬、立ち現れる死者を解き放つ場、新たな弔いの場が創出される。

二、共同体に許されない埋葬＝遺棄

テクストには垂下国と阿族という架空の国と民族が設定されている。又吉栄喜は「大人にも米兵にも物怖じせずに何事にも堂々と対した」「族長」と呼ばれる少年をモデルに「阿族」を造詣したと述べる。[5] それに加え、明らかに又吉盛清の『日本植民地下の台湾と沖縄』[6] が参考にされている。それは「大和化」した沖縄人が、次には率先して「新附の民」となった台湾人に「大和化」を強いたという問題意識に貫かれており、「沖縄人巡査」についても一章が割り当てられている。参照先の台湾が踏まえられつつ、垂下国は、日本政府に対して謝罪と賠償、植民地責任を一貫して求め続ける国家として構成される。そのため、それぞれの登場人物が植民地・戦争責任を経由して、戦死者の追悼・祭祀を思考しなければならないという構図になっている。

追悼・祭祀とは死者をいかに祀り、その死をどのように想起するかといった共同体の文化である。それは死者をどのように意味づけていくか、どのように評価するかという枠組みであり、謝名元島と日本は戦争を経由しつつ、その枠組みを何度も設定し直してきた。注意しておかなければならないのは、追悼・祭祀はあくまで、一つの共同体の枠組みであり、個人の死者を思う気持ちはそこに影響されても、決定されないということだ。共同体によらない弔いの次元、死者の、その存在の喪失を思い知るということは、追悼・祭祀とは区別される。タキは功一郎の追悼・祭祀を考え抜く中で、同時に戦死者の追悼・祭祀までも検討していく。ここでは、タキが到達した功一郎（戦死者）の弔いを追っていきたい。

　戦争末期、植民地・垂下島の琉球人村で暮らしていたタキは、功一郎の訃報を受け取る。阿族に首を切断されたと知ったタキは、国家＝軍という共同体が功一郎のために復讐してくれると確信している。即座に「日の丸の鉢巻き」を締め、阿族討伐のため琉球人村を扇動してまわる。軍（＝共同体）はしかし、こうした行為を「日本国の恥」として、「兵士の戦意」も鑑み、拒否する。軍によって謝名元島に送還されたタキは、そのまま敗戦を迎え、遺骨を取り戻すこともできなくなってしまった。

　タキは米軍占領下にて、戦前から続く檀家祭祀を行おうと思い立つ。しかし、「遺骨のない仏壇」に向かって「一時的に駐屯していた神父」が執り行う檀家祭祀のパロディのような情景で、もうかつての祭祀は機能しなかった。

　さらに謝名元島自体もかつての英雄・功一郎の追悼・祭祀を拒絶していく。戦中から戦後にかけて兵士の扱いが転換したのは有名な話だが、それは戦死者も同様だった。[7]戦争協力者で植民地・垂下国の巡査、功一郎も共同体から切り離されていく。だが、それは戦死者の植民地・戦争責任が問われたわけではなかった。謝名元島の「有力者」は、「同じ巡査」であった「兄《シージャ》」が、功一郎に殺されたと主張する。功一郎を「裏切者」と非難する「有力者」は、敵／味方の区分を謝名元島の内部に持ち込み、垂下国に言及しない。これを島民が採用するのは、自分たちの植民地・戦争責任から目を逸らすことができるからだ。謝名元島は、戦中、まさしく「「大和化」への道のノウハウを」垂下国に「強いる強力な助っ人」[8]となったはずだ。首の切られた功一郎の死体は、その自分たちの加害性を、無視できない形で突きつけるものであった。だからこそ、克馬と早紀が垂下国へ渡ろうとすると、「垂下島の人たちにも過去を思い出させてしまう」というのだが、それは自らの「過去を思い出させてしまう」ものであっただろう。住人たちは、首の喪失という有徴を抱えている功一郎に、その加害性を限定する。功一郎を共同体から切り離すことは、謝名元島の住人たちが戦中を忘却し、抑圧するために不可欠であり、また謝名元島の戦死者（功一郎以外）の追悼・祭祀のためにも必要であった。
タキは謝名元島で抗議を繰り返しつつ、「沖縄全戦没者追悼式典」において功一郎の追悼・祭祀を代行している。しかし、慰霊の日に行われる「全戦没者」（軍人と民間人）を対象にした式典も、タキが自らの死期を意識する中で、考慮にいれられなくなっていく。タキは、「沖縄全戦没者追悼式典」の翌日、足をくじく。この出来事以後、タキは自らの死後の処理を語りながら、同時に功一郎の弔いへの考察を深めていくのだが、それは追悼・祭祀の拒絶として表現される。たとえば、「人が死ぬとき残された者は四十九日まで毎日仏壇の前に座っていなければならない」のはおかしいと、うわごとのように語る。従来の追悼・祭祀が共同体やその共同体の規範に則った献身を必要とすることに不満を漏らす。

「克馬も早紀も若いから、死んだ者に振り回されたらだめだよ。もっと楽しみなさいよ。法事は何もしなくていいからね。父さんや母さんがなつかしくなったら、遺骨のあるお寺の方向に手を合わせなさい。誰かがウサギムンを持ってきたら、追い返しなさいよ。とにかく、あんたがうちの遺骨と位牌を垂下島のおじいの所に持っていってくれたら大満足だよ。うちがおじいの噂話もみんな垂下島に持っていくから。あとは自分でやるからね」

タキは自らの追悼・祭祀にどんなものであれ共同体がかかわることを拒否する。唯一、克馬と早紀に自分の「遺骨と位牌」を「おじいの所」に埋葬することを頼むのだが、「法事」や「ウサギムン」をする必要はなく、「死んだ者に振り回され」てはいけないと語る。

密入国をして「垂下島だったら浜でも丘でもどこでも」埋めてほしい、しかし「必ずうちの隣におじいがいないといけない」と願うタキの要求は、埋葬のようでありながら埋葬ではない。タキが望んでいる垂下島は、垂下国政府にも、日本政府にも認可されない埋葬場所である。タキは、自分を遺棄してほしいと要求しているのだ。

タキの要求は、功一郎の追悼・祭祀へのタキの認識とあわせて理解されなければならない。功一郎の追悼・祭祀を軍、檀家祭祀、謝名元島は拒絶し、失敗し、また否認した。ここで、「沖縄全戦没者追悼式典」まで拒絶するとき、タキは個人的な枠組みだけで功一郎を追悼・祭祀することを企図している。いずれの代替案も拒絶するかのように、功一郎とともに許されない埋葬を望むということは、それは功一郎（戦死者）を追悼・祭祀する共同体が、どのような形であれ、その包摂・意味付けに失敗しているとタキが認識していることに他ならない。「あとは自分でやるからね」というタキの遺言とは、功一郎のために、一緒に共同体から零れ落ちることで、決して功一郎を一人にはしないというものなのである。

しかし、その計画は必然的に他者を必要とする。遺言の実行は、克馬と早紀に委ねなければならない。タキが遺棄を望もうとも、二人は、それぞれかかわりを残そうとし、埋葬の形を取ろうとする。克馬は位牌を島に残していくし、早紀は祖父母の遺骨を持ち帰ろうとする。二人は、それをタキの追悼・祭祀と見做すだろう。そうした余地こそが、タキと共同体の接点となる。テクストはその接点で、死者の追悼・祭祀にまつわるさまざまな主張を登場させることになる。

さらに、功一郎の隣にというタキの要求は、戦前の日本軍および阿族の追悼・祭祀を前提にし、遺体が保管されていることを前提にする。タキは「首は切られてしまったけど、体は日本軍が建てた立派な塔に祀られているようだから」、「功一郎おじいの首は今でも阿族が大切に保管しているよ」と遺体が日本軍と阿族、それぞれの場所で保管されていると考えている。タキの「おじいの隣」に埋めてほしいという要求は、こうしたことを前提にしなければならない。しかし垂下島で「日本軍が建てた立派な塔」はどこにも見当たらず、阿族も個人を特定できる形では首を保管していなかった。

タキの埋葬（＝遺棄）は共同体の拒絶であるが、しかし、その達成のためには共同体を前提にしなければならない。さらに、遺言を実行する克馬は共同体（＝国家）を希求する。早紀は、この世界に功一郎の追悼・祭祀が可能な共同体を創出しようとする。二人の兄妹においては、いまだ共同体による追悼・祭祀の可能性は捨て去られていない。さらにいえば、最小単位とはいえ、タキと功一郎という夫婦の共同体を想定しているだろう。テクストはタキの遺言をきっかけに、死者の追悼・祭祀とそれに伴う共同体を問題化する。その中で、克馬は最も強く共同体を希求する。

三、国家と戦死者の名誉

「裏切り者」の家族と誇られてきた克馬は、功一郎の「真実」を確かめ「英雄」であったことを証明しようとする。ここでいう「真実」とは功一郎が「英雄」であるという評価である。「日本」には戦中の価値観を保持しているものがいるはずとして、「日本本土」にいる「元巡査や元日本兵」なら功一郎を「「英雄」と今だ《マ》に《マ》尊敬している人もいるだろう」、さらに植民地の阿族も功一郎を「英雄」だと思っているはずだと考える。こうした歴史認識は、概ね戦中のものと一致する。たとえば、一九三五年に出版された『靖国神社忠魂史』[9]の、台湾の「生蕃」を「征伐」したという歴史認識に基づけば「初め官命に従わなくて反抗した蕃人等」であっても、「帰順して有り難がるものがだんだんと多くなり」、「蕃人教育を始めとし、殖産工芸の道」も発達したということになる。典型的な植民地正当化だが、克馬のレトリックはこうした「日本」と、功一郎を重ね合わせるところにある。たとえば、垂下島に日本との類似点を読み取ると、それを功一郎の功績へと接続していくし、垂下国の近代化（と克馬がまなざすもの）に功一郎のかかわりを見出していく。それだけでなく、その名誉は、克馬自身の名誉とも結びついている。克馬は毎夜、「寝入る前」に、「国のために身命をなげうって戦った」功一郎の「雄姿」を夢想し、それを「真実」と接合する。タキの遺言も、自らの文脈に引き付けて解釈する。「真実」と「功一郎おじいの骨」を垂下国で確認することとが、結びつけられる。

　克馬はうなずいた。功一郎おじいの名誉の回復と、自分が人殺しの末裔ではないという証明をするためには金に糸目をつける気はなかった。タキは「頼んだよ」と念を押し、安心したように目を閉じた。

　克馬は功一郎＝国家とまなざし、同一化を図ることで自らの名誉を確保しようとする。それは新城が指摘したように、家長としての「父」＝「男」への同一化であり、国家による主体形成の願望である。この欲望を挫くのが、阿族の村へ案内するガイドの渉春一である。

　物語の大部分を占めるのは、渉春一と克馬による功一郎の植民地／戦争責任についての議論である。「阿族と沖縄人の混血」である渉春一は、郷土研究を趣味とし、フィールドワークや文献調査などを背景に、克馬の「英雄」像を反転させていく。阿族の元へ克馬と早紀をガイドしながら、功一郎が自ら沖縄人であることを否定し、母のハジチ（手へのいれずみ）を恥ずかしがったというエピソードを語っていく。渉春一の戦略は、克馬が「英雄」像を構築するために採用する功一郎＝国家（「日本」）に対し、功一郎＝沖縄人を採用するところにある。その場合、功一郎が国家（「日本」）のために尽くした、行動したというエピソードはすべて、本来の沖縄人の文化を否定すること、「日本」に従属することでしかなくなる。克馬が同一化しようとしていた「男」＝「父」は、自らの意思を失くした従属的な主体でしかなくなる。克馬はそのために、「とにかく俺の祖父は違う。日本軍の手先でもないし、過酷な最前線でも逃亡など微塵も考えなかった。阿族を討伐したのは自分の信念です」と急場しのぎで国家から功一郎を切り離そうとまでする。渉春一は、さらに「日本人」から、功一郎に投げかけられた差別的な言葉(「琉球人が日本人ならメダカもクジラだと陰口をたたいていましたよ」「沖縄人は内地の生蕃」)を引用するが、これは単に引用であるというよりも、渉春一が純血主義を前提にしていることを証し立てる。

渉春一の反論の基点は、それぞれの「民族」と「文化」の一致である。「日本人になるために自分たちと同じ祖先をもつ阿族を殺そうとした」、「日本人に操られていた」と主張を展開していくとき、純粋、本物の「民族」=「文化」を志向している自身の価値体系をさらしている。渉に希求されているのは「日本人」や「琉球人」、「阿族」の固有性であり、その欲望は特に阿族に向けて発露されていく。阿族を語るとき、その文化をステレオタイプ化(固定化)して価値付けていくことになる。

こうした暴力性は、阿族の文化・習俗を守るための「科学的、医学的に計算された」「保護センター」という構想にもっとも強くあらわれているだろう。「保護」することで「文化」が守られると語る渉春一は、集団を血統によって規定し、自分の観察した範囲における「文化」を維持・復活するために純血種の増産を目論んでいる。その暴力性は、部族長の「わしらは動物か?」という言葉に十全にあらわされているだろう。

渉春一と克馬は対立しているように見えるが、実はともに中心を希求するという議論の様式を共有している。渉春一は純粋な「文化」や「民族」、「伝統」が失われたと訴え、克馬は自らのイメージ(「英雄」)と一致する「真実」があらわれることを求める。二人の欲望は、自らの主体形成と深くかかわっている。しかし、渉の論理は変化した阿族の「文化」を劣化した不純なものととらえてしまう。そのために阿族を「保護」すべきだという暴力的な認識をさらすし、そしてそれはまた自らの存在(阿族と沖縄人との間に生まれた子)を不純なものと定義してしまう。

克馬と渉春一の議論は、「男」=「父」の名誉を、国家の植民地・戦争責任を通して議論するものであったが、その中で「部族長」がテクストで唯一「男」=「父」の名誉を体現するものとしてあらわれる。

阿族は墓を造らない。「墓なんかない。死んだら、どこかに埋める」と語る「部族長」に、克馬は「草が生えたらわからなくなるのでは」と問う。「部族長」は「わからないほうがいい。生きている者の長生きを考えればいい」と答える。「部族長」は死者を、限りなく死体に近い次元で認識している。それは風化し、消えていく物質の側面をもつ。阿族の墓のようなものは、草が生えるまでは存在するのだろうが、やがて消えていく。そもそも垂下国は「土饅頭」にたとえられていた。新谷尚紀によると、「土饅頭」とは、「埋葬としてのち一定期間の死者の存在を示すものであると同時にそこへの関係者の来訪を予定している」ものだ。さらにそれは、「風雨に晒されやがて朽廃していくものであり、特別保存の手立てはなされない」消えゆく墓なのだ[11]。

「部族長」は、訪れた兄妹が功一郎の頭蓋骨を回収しにきたとは思わず、自分の首を「狩りにきたのか」とたずねる。克馬は死者である功一郎の名誉を回復することによって、自らの名誉を確保しようとしていたわけだが、「部族長」は、あくまで生者の範囲でしか、名誉の問題を考えない。名誉は生者が自ら復讐を果たすことによって確保される。それはあくまで生者の名誉である。

克馬と渉春一は、功一郎（戦死者）の評価を議論する中で、死者の名誉を問題化してきた。克馬の論理は、渉春一に挫かれ、渉春一も自らを不純なものとみなす理屈によって、同様の失敗に陥る。その意味で、名誉を所持し、示すことができているのは、テクストでは「部族長」、ただ一人である。早紀は、この「部族長」に功一郎を重ね合わせていく。さらに阿族そのものを、功一郎のための共同体に作り替えようとする。次に阿族と沖縄人が「似ている」ということを巡って、克馬と早紀の間にかわされるやりとりを検討する。

四、「どこか沖縄の人と似ている」

「部族長」は「私が殺したものの孫がやってきた」ことを喜び、カミノキという植物性の幻覚剤で宴会を催す。酩酊状態に陥った克馬の目の前に「急に変わった風景が現れ」ていく。克馬は「幻影」を見ることによって、自らの「英雄」イメージそのものを対象化する。

万国旗がはためき、「女の子たちが全体体操をしている」。「男の子たちは日の丸の扇子をゆらしながら舞っている」。笑みを浮かべた渉春一が「克馬さんが来たから、急いで飾ったんですよ」と言う。そこで功一郎の頭蓋骨も売られている、というのでついていく。ところが、そこにあったのは「頭蓋骨ではなく、生首だった」。克馬はそれが「幻影」だと知っているのだが、目をそらすことができない。体験しているのは、克馬の「真実」を誇張したもの、人々が国家と同一化を果たした世界である。しかし、過剰であるがゆえに独立したものとして立ち現れ、克馬はその「真実」の「幻影」性、つまり、一つのイメージでしかないということを認識せざるを得ない。イメージは、別のイメージから、また次のイメージへ、絶え間なく変化していく。

　克馬はぼんやりと阿族の青年たちの「澄んだ黒い瞳はどこか沖縄の人と似ている」と感じる。また阿族の太鼓の音を「余所者」「首落せ」と聴き取り、冷や汗をかく。阿族の言葉を聞き取りつつ、「余所者」という立場に立つ克馬の場所は、阿族でも沖縄人でもない。酩酊した克馬が感知するのは、阿族と自分は「似ている」ということだ。一致しているわけではないが、全く別であるわけでもない。

フーコーは「類似《ルサンブランス》」と「相似《シミリチュード》」との違いについて、「類似《ルサンブランス》」が「母型《パトロン》」を想定し「自己から発して順序づけ、序列化する」と述べる。一方で、「相似《シミリチュード》」は「始まりも終りもなくどちら向きにも踏破し得るような系列」であり、それは「いかなる序列にも従わず、僅かな差異から僅かな差異へと拡がってゆく系列」である。つまり、「類似《ルサンブランス》」には参照すべきモデルがあり、遡及すべき起源、中心がある。一方「相似《シミリチュード》」はただ似ているだけで、どちらが起源ということはない。

　克馬は、功一郎という「母型《パトロン》」の「類似《ルサンブランス》」を求めている。功一郎が「日本」と重ね合わされ、「父」＝「男」＝国家が結ばれる。功一郎という「母型《パトロン》」、ひいては国家という「母型《パトロン》」に同一化することによって、自らの名誉を確保しようとしていた。しかし、ここで克馬の出会うイメージは、帰一すべき場所をもたない。「幻影」は、どれが中心に近いかという問いを不成立にする。

　座っている克馬の前に若い頃の部族長が、巡査の制帽をかぶった首を置いた。鼻の下に立派な髭をたくわえ、目は鋭いが、どこかに何ともいえない優しさを宿している。周りに立っている女たちの赤い花柄のパラソルが功一郎おじいの首に影を落としている。竹製の大きなパイプをくわえ、チョッキのような上着を着た成人の男たちも見下ろしている。男は一本の首輪を、女は何本もの首輪をはめている。女は耳飾りをし、男は腕飾りをしている。克馬は何か叫んだ拍子に気を失った。

イメージがイメージへと際限なく接続し、序列関係が壊れ、統合すべき「母型《パトロン》」を忘れる。克馬の視線は中心を見失い、周囲を移ろっていく。さまざまなイメージの中、克馬は最終的に阿族の耳飾りや腕飾りに視線を奪われ、ハレーションを起こしたかのように気を失う。酩酊状態から醒めた克馬は早紀の前で、功一郎の「真実」を求める態度を放棄することになる。早紀の共同体を否定するため、自分が同一化しようとしていた功一郎はイメージ、それも断片だったと語っていく。その一方で、こうした「似ている」ということを基点に、共同体を構想するのが早紀だ。

早紀は一貫して、タキの遺骨を手離すことに難色を示す。あくまで家族という共同体の枠組みで、タキの追悼・祭祀を行おうとする。だが、阿族の村で催された宴会の直後に変化が起きる。

宴会後の朝、克馬は、「白い朝靄の中から」、「誰か」が歩いてくるのを見る。「克馬は一瞬功一郎おじいだと思い」、「おじい」と声をかけるのだが、あらわれたのは「部族長と、どうしたわけか早紀」だった。克馬の視点を通して、「功一郎おじい」と部族長とが混同され、さらに早紀との性的関係が仄めかされる。ここを境に早紀は遺言通り、垂下国にタキを埋めようと語る。さらに「タキおばあと功一郎おじいが一緒になって満足した姿を見届けたい」ので、阿族の村に残りたいと告げる。

早紀の目論みとは、功一郎・祖父の妻として自分が参入できる共同体を、新たに創出することである。つまり、早紀は祖父母の夫婦のみで構成され、かつ自分がそこに妻として参入できる共同体を志向している。

「カミノキを飲んだ時、幼い頃のいろいろな風景が目の前に浮かんで、とても懐かしくなったの。隣にいた阿族の人たちが、若い頃のタキおばあにほんとによく似ていたの」／「カミノキの催眠作用だよ」／「違うわ。どこがどうというわけではないけど、たしかに感じたの。間違いないわ」

早紀は、「功一郎おじいの幻」から、メッセージを読み取り、村に残ろうとする。「タキおばあ」に似ている「阿族の人たち」がいるそこは、「懐かしし」い場所なのである。また、別の場面で早紀は、「部族長の飄々とした姿は写真の功一郎おじいが年を重ねた姿とダブるわね」と、功一郎と部族長とを重ね合わせる。祖母が複数の「阿族の人たち」に似ている一方、功一郎は部族長にだけ「ダブる」。つまり早紀は部族長＝功一郎を中心化しつつ、その周縁に複数の「若いころのタキおばあにほんとによく似て」いる「阿族の人たち」を配置していく。

「阿族の人たち」を「タキおばあによく似ている」というとき早紀は、タキと功一郎の夫婦「二人きり」の範囲を、乱婚と近親姦のイメージによって拡張する。「阿族の人たち」と部族長とが実際に性的関係をもっている必要はない。あくまで、祖母のイメージを複数化することが重要であり、そこに自分を参入させることが大切なのだ。早紀は阿族を使って、祖父母をともに弔うことのできる共同体、タキと功一郎、二人に似た人たちだけで構成された共同体のイメージを作り上げる。

一人の夫と複数の妻からなる共同体は、単に一夫多妻制の社会なのではない。早紀が「似ている」というとき、祖父と祖母といった「母型《パトロン》」が参照されていることは明らかだ。それは「類似《ルサンブランス》」によって秩序づけられた共同体なのだ。その共同体に、早紀は部族長の妻として参入しようとする。こうした早紀の身振りは、ある意味で、功一郎を追悼・祭祀できる共同体は存在しないというタキの認識を十全に把握していたといえるだろう。つまり、共同体がないからこそ、その創出を目論むのだ。

早紀の共同体は、周縁に「タキ」(「阿族の人たち」と自分)を配置することによって、最も強く「男」(「部族長」)を中心化する。ここで新城郁夫[13]が指摘していた又吉作品の構造、女性を類型化し、その女性たちの「およそ奉仕的な自己投機を介して」、主人公が「父」=「男」となる物語を、「阿族の人たち」と「部族長」との間に見ることはたやすい。早紀は「部族長」に功一郎を重ねたわけだが、これは阿族の文化を固定化する渉春一のオリエンタリズム的視線から備給されてもいるだろう。そうした早紀の共同体が、克馬の視点から対象化される。

この意味で『巡査の首』は、新城の指摘した又吉のテクスト構造を、テクストの内に組み込んでいるのである。そうした早紀に対して、克馬は説得を試みるが、その過程ではからずも「父」=「男」となる物語を自身で否定することになる。

五、「椰子の木陰」

カミノキの宴会の翌日、克馬と早紀、そして部族長と渉春一は、頭蓋骨が埋められているという場所に向かう。しかしそこには無数の頭蓋骨が埋められており、いったいどれが功一郎の骨なのかわからない。克馬は適当に頭蓋骨を見繕い、タキの遺言を達成したと見なそうとする。そんな中、「功一郎おじいの幻」の言葉に従って、早紀が阿族の村に残るという。

「私、功一郎おじいの幻を見たと言ったでしょう?兄さん。あの時、功一郎おじいがとても切ない目で私に一緒にいてくれと言ったの」/「早紀も俺も写真の功一郎おじいしか知らないのに……また三十三回忌もとっくにすんで功一郎おじいは成仏しているはずなのに……目を覚ませよ」／「私は六十年も離れ離れになっていたタキおばあと功一郎おじいが一緒になって満足した姿をしばらく見届けたいのよ」

克馬は、二人が「写真の功一郎おじい」を知っているだけで、功一郎本人を知らないし、また知ることはできないと述べる。克馬はここで、二人が、その喪失を「夢想」や「幻」によって補塡したことをいう。つまり、功一郎はすでに失われ、自分たちの所持しているのは「写真」、一片のイメージでしかない。早紀の同一化を否定するとともに功一郎＝「男」＝「父」、そして国家への同一化という自らの欲望も否定してしまっている。

克馬は早紀を説得するため、まず、「俺たちは二人きりの肉親」と家族の単位を主張する。しかし、早紀は「似ている」祖父母を発見しているので、これを受け入れない。克馬も代用可能であり、すぐに兄に「似ている」ものを発見することができるはずだ。克馬は次に「三十三回忌」を主張して説得しようとするが、これも受け入れられない。早紀がようやく耳を貸すのは、功一郎とタキを、「二人だけにしようよ」という言葉で、「新婚」の単位を示すことによってである。

「六十年ぶりに会えたんだから、二人だけにしようよ」／「……二人だけに？」／「タキおばあの遺骨をあの花崗岩の下に埋めよう。功一郎おじいと一緒に安眠させよう」／「………」／「少なくとも一年間は二人だけにしよう。六十年ぶりの新婚生活だ。俺と早紀はいったん引きあげよう」／「私たちに会いたいんじゃないかしら？」／「まあ新婚生活に飽きた頃には」／「………」／「この垂下島は金さえあれば密入国も簡単だから、生きている俺たちはいつでもタキおばあと功一郎おじいに会えるよ」／「……兄さん、退職金でこの丘と、あの椰子の近くに小さくても立派な碑を建てましょうよ。いいでしょう？　兄さん」／「造るよ」／「少なくとも年に一回は来ましょうね」／克馬はうなずいた。

「二人だけにしようよ」という言葉は、克馬と早紀が立ち入ってはならない秘密の場所がそこにあることを示す。「新婚」という単位は、タキと功一郎、「二人きり」の場の正当性を確保し、余人が立ち入ってはならないという訴えとなる。

それはしかし、あらゆる介入を拒否したものではない。「新婚」の「妻」や「夫」というカテゴリーは、容易に「母」と「父」に変化するだろうし、「家族」という共同体を創出する契機をはらんでいると考えなければならない。早紀もその可能性をくさびのように打ち込む。「立派な碑」を建てよう、「少なくとも年に一回は来ましょう」と話す早紀は、垂下島に訪れるたびに新たな共同体を創出する機会を確保している。克馬の言葉はほんのわずかな時間を確保したに過ぎない。テクストは早紀によって示唆された新たな共同体を可能性とも危機とも価値付けず、留保する。

花崗岩の前にしゃがんだ早紀が線香に火をつけ、克馬に手渡した。／容赦なく二人の頭上に暑い陽が照りつけている。／椰子の木陰に渉春一と部族長は手足をのばし大の字に寝ている。／「タキおばあ、暑いでしょう」／早紀は鈍く光っている花崗岩の前から骨壺を持ち上げ、椰子の木陰に置いた。回りの雑草が波のように動いた。風が椰子の葉の回りに吹いている。葉がゆれ動き、太陽の光が仰向けになった克馬の目を刺した。

早紀はタキの遺骨を「椰子の木陰」に置く。渉春一と部族長が「手足をのばし大の字に寝ている」場所、克馬は同じ場所に「仰向けに」なって「太陽の光」と「葉がゆれ動」く様を感じている。この場所には、束の間の休止のように、死者を意味づけようとする、どの力も働いていない。早紀と克馬、兄妹の関係はいつでも解除されうるものとされているし、地域共同体も、国家共同体も拒絶されている。早紀の示した新たな共同体の可能性も一時的にではあるが、停止している。渉春一、部族長、早紀、克馬、そして骨壺のタキが「椰子の木陰」に並べられている。

もし、どこかに埋葬されたりしたら、どれか適当に見繕った頭蓋骨とともに埋められたり、その途端タキは功一郎の隣に埋葬されたと見做されるはずである。その場所に「立派な碑」は建つだろうし、それが共同体の契機にもなるだろう。そしておそらくテクストに続きがあるとすれば、埋葬はすぐに行われるはずだ。

しかしこの時、この場所で示されるのは、功一郎の遺骨は所在不明であり、また判別不能であるということだ。遺骨は永遠に回復することのできないほど、長く放置されてきたのである。個人を特定することはできず、追悼・祭祀も見做すことによってしか成し得ない。この不可能性の開示こそ、戦死者が長い間、遺棄されていた時間を明かすのだ。

一方、タキに即していえば、功一郎が追悼・祭祀できないということ、そのために自らの追悼・祭祀も不可能になるということが最後に示されている。結果的にタキは、生前の目論みとは別の形で、功一郎と同じ立場に立つことができている。本当に遺棄されるのだ。こうしてテクストは遺棄され続ける死者を一人にしないためには、ともに遺棄され続けることによってしかできないということを、タキの追悼・祭祀の失敗によって示す。

一度、この休止状態が解除されてしまえば、タキの追悼・祭祀が達成されてしまうだろう。テクストが確保した「椰子の木陰」はだから失われたもの、喪失への思考を促すための場所であり、わずかな時間のことである。弔いとは、喪失を思い知ることであり、それはなにを、どのように失ったか、死者との距離がどのようなものであるかを測り続ける試みである。この場所は遺骨という対象物が決定的なまでに失われ、永遠に回復が不可能であることを示す場所である。

『巡査の首』には、さまざまな共同体の死者を意味づける力が描かれ、またその逃れがたさが書き込まれていた。しかし、最後に「椰子の木陰」というすべての力が休止する場所を一瞬だけ確保する。その一瞬に、回復不能な喪失を顕現させる。死者を意味づけようとする生者たちから解放された死者は、この場所で生者とともに安らうかのようだ。そこで生者は、死者と生者を隔てる時間を確認するのである。

※引用中の「／」は改行を示す。

〔註〕

1　花田俊典「自画像と他画像の問題（二）―沖縄現代文学とオリエンタリズム―」（『沖縄はゴジラか―〈反〉・オリエンタリズム／南島／ヤポネシア―』花書院　二〇〇六年五月　※初出は、「Problematique Ⅲ〈文学／教育2〉」二〇〇一年七月）

2　新城郁夫「「女性」称賛の政治学」『沖縄タイムス』二〇〇一年八月（『沖縄文学という企て　葛藤する言語・身体・記憶』インパクト出版会　二〇〇三年一〇月）

3　初刊『巡査の首』講談社　二〇〇三年二月／本論はこれを底本にしている。

4　依田由紀子「又吉栄喜『巡査の首』――「沖縄」を語るということ」（『現代文藝研究』二号　現代文藝研究会　二〇〇五年三月）は克馬の追い求める「真

実」を「沖縄人のアイデンティティ」と定義し、それを「中心」と定義する。最終的に克馬がいきあたる「複数の「首」」の存在は、語られていない「「真実」がまだあること」を示すという。依田は、「中心は何？」という問いに対し、失われた「沖縄人のアイデンティティ」であると反論を加えているといえるだろう。

5 又吉栄喜「『巡査の首』のモデル」『本』講談社 二〇〇三年三月

6 又吉盛清『日本植民地下の台湾と沖縄』（沖縄あき書房 一九九〇年一〇月）／又吉は明言していないが、日本人と高砂族の間に生まれた下山一（中国名：光林明）をはじめ、さまざまな証言者たちの証言、さらに又吉盛清の見解などが、渉春一および部族長のセリフに参照されている。

7 浜井和史『海外戦没者の戦後史：遺骨帰還と慰霊』（吉川弘文館 二〇一四年五月）は戦後遺骨に対する一般国民の扱いが、「疎略な扱い」に変化したと述べている。

8 又吉盛清『日本植民地下の台湾と沖縄』（沖縄あき書房 一九九〇年一〇月）

9 「第一篇 台湾理蕃」『靖国神社忠魂史』第五巻 靖国神社社務所 一九三五年九月

10 一方で克馬の父は、「垂下国の漁師」のように「おとなしく」、「頭蓋骨をひどく怖が」るものとして表象される。その意味で克馬の父は、克馬が同一化すべき「父」＝「男」とは見なされていない。また克馬の父は垂下国の漁師と近しいものとされ、妻も阿族だとされる。

11 新谷尚紀「墓じるし」（編著：新谷尚紀／関沢まゆみ『民族小事典 死と葬送』吉川弘文館 二〇〇五年一二月）

12 ミシェル・フーコー（訳：豊崎光一、清水正）『これはパイプではない』哲学書房 一九八六年七月

13 新城郁夫「「女性」称賛の政治学」『沖縄タイムス』二〇〇一年八月（『沖縄文学という企て 葛藤する言語・身体・記憶』インパクト出版会 二〇〇三年一〇月）

『仏陀の小石』に見る「トランスクリティーク」の一視点

岡本勝人

（1）又吉栄喜の「トランスクリティーク」

『仏陀の小石』という又吉栄喜のタイトルに接して感じたことは、かつて柄谷行人がカントを通じてマルクスを読み、マルクスを通じてカントを読み直し基礎づけた「トランスクリティーク」の認識の類似性だった。つまり又吉栄喜はインド・仏陀の仏教世界を通じて沖縄の現実や精神世界を問い直すような「トランスクリティーク」を試みたように思われる。そこには、アジアの混沌の中で多様な差異を横断する移動そのものがあった。又吉栄喜の小説が浮きあがらせているものこそ、様々な現代の困難を抱えた魂を救済しようとする独特な「トランスクリティーク」な認識であろうか。

というのは、従来の沖縄の作家が書きとどめた「沖縄文学」については、奄美・沖縄・宮古・八重山の四つの諸島をその文学領域とし、日本的標準語で書かれた「近代文学」から「現代文学」となった以後も、大城立裕などの自覚した作家をはじめ、大きな難問があることは誰も知ることである。それは、本土である日本列島との政治的・社会的・文化的な接線に基づく文化摩擦や差別も含むものである。

それを詳細に辿ることは専門家の領域であるが、本土の薩摩（鹿児島）との長い歴史があった。明治維新後の近代国家をめざす本土との関係がある。第二次世界大戦では、太平洋戦争として沖縄戦が戦われ、アメリカ軍の占領と長い間の統治が続いた。その後、沖縄の返還がなされた後においても、基地の問題や米軍兵士の問題など、さらには沖縄本島と周辺の島々との関係も歴史的に大きな問題が横たわり、いまなお懸案の現代的問題であることには変わらない実情があると言える。

車は高速自動車道の沖縄南を下り、ゴヤ十字路に進んだ。ビリヤード、レストラン、スナック、カフェ、クラブなどの横文字の看板が、どこかの西部劇に出てくるような広い車道の両側に建ち並んでいる。「美女募集」というスナックの立て看板もある。ハワイアンバーも見つかった。（第十七章　ハワイアンバー）

そこには、米軍基地やバーやスナックなどの「琉米文化」として、現代では歌姫などの歌手の活躍で知られる強いアメリカの影がある。当然そこには、現在進行性の入れ子的な米兵と回想のベトナム戦争との関わりにまで至る描写が続く。そうした共時論的な視点が、作家のエクリチュールの中心として伏在していることに視点を定めてみよう。

著者の又吉栄喜は、他の沖縄出身の作家と同じく、あるいは本人の独自性としての差異をもちつつ、沖縄という存在を自己言及の中心に据えて語る作家である。今回、この作家が書いた長編小説『仏陀の小石』をどのように読むか。そこに表現された現象的な問題をどこに求めるか。またそこに表現された表象的な風景とともに、「首里G町の、石垣の影に座り、キセルをくわえている、痩せた小柄な老女に車は近づいた。安岡は目を凝らした。老女の足元の藍地の巾着からタバコの箱が顔をのぞかしている。」（第四章　怪人ヨネ）と書かれる沖縄人にとって、現在が抱える本質的な問題とは何かである。さらには、この作家が考える沖縄という存在が、普遍的で存在論的かつ思想的な意味合いをどのようにもつことができるかを考えていくことも重要であろう。

（2）長編小説の構成力

この長編小説『仏陀の小石』が抱えている問題には、多岐に渡るものがある。

主な登場人物は、七人である。舞台は、沖縄在住の一般人が参加する、インドの「聖蹟巡りツアー」だ。

登場人物のひとりである沖縄の小説家で主人公の安岡義治とその妻。二人が結婚したときの新婚旅行は、「インド周遊」だった。その妻は、現在の夫の浮気と過去の娘の死によって、「仏陀の小石」を探し出し、沖縄の「平和祈念公園」に埋めたいと願っている。妻の姉は沖縄人と結婚したが、アメリカ人の恋人とのもつれで、すでに亡くなっている設定になっている。主人公は結核にかかり、「疎隔された鶏」によって、或る文学賞を受賞していた。その父は、軍用地料を得ていて、裕福な身分として問題が設定されている。主人公に結核療養所で出会い文学的な影響を与える存在が、主人公とともに作者の分身と思われる老小説家である。

小説に登場する参加者は、その他、瞑想好きな武島と体重を気にしている保母の中松律子を脇役とし、インドツアーの添乗員で沖縄に仕事をもつインド人のバクシは、インドの紹介者の位置にある。

作者の言によれば、長編小説はテーマを決めて書き始める短編ではなく、書きながらテーマも内容も構成されていく小説であるが、ここには七人の多元的・複数視点をもつ小説としても構成されている点が構成力と関わっている。

船は一文字の波よけとテトラポッドの間から小さな港に入った。十数名の、多分この集落出身の人たちと一緒に安岡と希代は少しふらつきながら船を下りた。島は港の近くに十数件の赤瓦葺きの家や、コンクリート二階建ての家が寄り集まり、家々の周りには防風林のフクギやガジュマルが生えている。

（第十五章　山上の死者たち）

沖縄にとって、歴史を考える場合のさまざまな「トランスクリティーク」がある。江戸時代になって薩摩藩による支配がおよぶと琉球王国は、明・清との両属の支配が続いた。明治時代になると、江戸の琉球王国へと遡る歴史がある一方で、現在と関わる太平洋戦争後のアメリカ占領と復帰以後も見えざる現在性の抑圧と隠蔽がある。他方で、本土との関係から文化的差異をどのように考えるか。アニミズムやシャーマニズムと天皇制と文化的な象徴として集約される本土の混合的文化は、確かな差異として沖縄の首里王朝やアニミズム、シャーマニズムの宗教や食文化などの言及性を培っている。両者にある差異の知覚こそ、日本文化に紀州を対峙させる中上健次のように、作家にとっての自己を見つめることであり、それは自己言及的な形式としての劇中劇的な入れ小細工や言葉の生成、作品の構成から文章の生成へとつながるものである。

（3）インドという存在

僕はなぜインドを書こうとするのだろうか。沖縄文学がアジア文学、世界文学に飛翔する何かヒントがインドにはあると考えている……。（第十一章　喜捨）

作者の又吉栄喜は、琉球王国の発祥の聖地である浦添城跡（グスク）の近くで生まれている。さらにそこは沖縄戦での敗北後、米軍の支配のもとにテント生活が続き、そこで作者は1947年に生まれたという存在論的な経緯をもつ。伊波普猷は、この作者の生まれた浦添について、『古琉球』の「浦添考」のなかで、首里の存在の前に大きな勢力をもって琉球王朝に影響をあたえていた「浦々」を支配する土地の名であると、言語の歴史と「おもろそうし」の考察によっておこなっている。

『仏陀の小石』では、「聖蹟巡りツアー」とそこに至る参加者の沖縄での生活が遡行的に語られる。逆に言えば、七人のそれぞれの沖縄での生活が、「聖蹟めぐりツアー」で大団円となる。「聖蹟」にこそ、「仏陀」の存在を明示しつつ、時間差を持ちながら、沖縄が語られているのだ。「読者は観光バスのツアー客となり、登場人物になる。僕の観光案内がいつの間にか深刻な人生案内になる。インドと重ね合わせ、沖縄の歴史や状況も案内する。」（第十一章　喜捨）というように。

「仏陀」は、紀元前565～485年頃とも紀元前463～383年頃のひとともいわれ、インドの東北部のガンジズ川の麓のルンビニーに生まれている。ブッダガヤで出家して悟りを開いた人である。初めて説法をしたのが、サールナート（鹿野園）であり、その後ラージャグリハ、ナーランダーの霊鷲山で説法したが、最後は、ヴァイシャーリーから西に向かいクシナガラの地で、八十歳で亡くなったと言われている。（『ゴータマ・ブッダ――釈尊の生涯――原始仏教1』・中村元）

「聖蹟めぐりツアー」の一行は、インド東北の地方都市であるパトナに着くと、初日の午後、ラージギール（マガダ国の王舎城）へ向かった。翌日、「あれがくちばし、あそこが顔、羽は下の方。ここは大昔から霊鷲山とよばれています」という、仏陀が説法をした小高い丘の霊鷲山を訪れる。そこで、「聖なる石」を拾って多くの戦死者が祀られている沖縄の平和公園にもって帰るのだ。午後、バスは竹林精舎跡に向かい三日目には、ブッダガヤからスジャータ村へ。そして四日目の最後には、ベナレスの町に着く。

しばらく牛の糞を頭に載せたふたりの少女の面影が漂ったが、安岡は窓から霊鷲山を見続け、牢獄の窓からわずかに見える霊鷲山の仏陀を思い浮かべ、心を癒やしたというビンビサーラ王に思いをはせた。

バスは走り続けた。インドの大地と沖縄の島は全くかけ離れている、と安岡は思った。大陸と島の違いではなく、戦争や米軍基地や米兵が全く違う。

（第十九章　竹林精舎）

小説に書き込まれている表現の根拠には、詩人の吉増剛造がインドで知らされたと言った、牛の目の形こそ、宇宙の形である時空にあることである。沖縄文化圏で暮らす生活者たちが、「仏陀の小石」をひとつの志向性とし、インド文化圏でのものの見方や感じ方、それに感応する生活者の心と身体の態度の変化に至る、「トランスクリティーク」がある。

小説の要点は、自らの生存のトポスに対峙する歴史的な琉球王国の存在と本土という明治維新以来の近代国家日本との対立と対比、そして沖縄の宗教と文化と対比されるインドの宗教文化というトリアーデに見られる。そこに、又吉栄喜が背負っているものが見えるようだ。沖縄の地域が含みもつ、政治的、経済的、文化的ないし宗教的な事象として、それを差異の反復するものへの問いかけとして、小説の素材としている点を指摘できる。

（4）沖縄の「原風景」とインド

沖縄出身の作家にとって、沖縄という存在が存在意義の要であることは言うまでもない。作者はそれを沖縄の原風景とした。みずからの内的な文学発生の場所としての記憶を、現地の沖縄の原風景として取り出したのである。『文学における原風景　原っぱ・洞窟の幻想』（奥野健男）によれば、外在的には、縄文に通ずる沖縄の海洋文化や自然の豊かさの光景に通じるものがあり、内的には、精神分析的な沖縄人に塗り込められてきた敗北の構造の記憶からの想起がある。「近代文学のリアリズムは、明らかに風景の中で確立する」と書く『日本近代文学の起源』（柄谷行人）の明治二十年代に発見された「風景」とは、当時の認識的な布置であったが、そうした深層のなかからどのような内在的な構成力をもとめていくかということが、この長編小説を支える精神分析的な構造である。そこに『抽象と感情移入 ―― 東洋芸術と西洋芸術 ――』（ヴォリンゲル・草薙正夫訳）も、現実の事象と抽象表現としての書くことと関わる文章論として作用して存在する。この小説が「ブッダの小石」というテーマの設定を可能としたものこそ、そうした「トランスクリティーク」である。

周知のように、インドの北東部で生まれた仏教は、その後、北西部のガンダーラでヘレニズム文化と出会い、仏像文化の形成とともに西域のインド系のひとたち、龍樹（ナガールジュナ）の「空」から無着（アサンガ）と世親（ヴァスバンドゥ）による「唯識」の思索を経て、「律」や「論」として変容していく。また、これらが伝えられて、西域から中国、中国から朝鮮半島を経て、日本に伝わってくる。これらは、日本の古層としてのアニミズムや神道と習合した大乗仏教である。

いま作家が目指している聖地は、「ブッダそのものに帰れ」といわれる仏陀の聖地であり、原始仏教あるいは初期仏教と言われる悟りを目指す信仰の世界である。（『バウッダ［佛教］』中村元・三枝充悳）

安岡も瞑想に入ろうと目をつぶった。風を呼び集め、カラカラとなる、乾いた不思議な葉音を聞きながら、この菩提樹の下から、俺が座っている、まさにここから盂蘭盆会、聖徳太子、奈良の大仏、祇園精舎、アジア諸国の石窟仏、仏画、ガンダーラ、空海……何千、何万という歴史の事象が始まったと安岡は実感し、身震いした。（第二十九章　ブッダガヤの菩提樹）

インドは、現在ではその風土と歴史の中で、ヒンズー教の文化にくりこまれている。しかし、パーリ語に近い地域語で話したブッダが初めて説法したのは、鹿野園と言われるサールナートの地であった。そこは、「仏教歴史地図」や「仏跡要図」で見ると、インド人にとっての聖なる土地であるベナレスのほんの近くにある場所である。

だいぶ空が明るくなった。ガンジス河に近づくにつれ、まだ裸電球の灯った店頭に儀礼用の大小さまざまな仏具を並べた、巡礼者向けの土産物屋が増えてきた。土産物屋に挟まれた石畳道をどこからともなく湧いたように現れた人々が埋め尽くしている。

（第三十二章　河の女神ガンジス）

私たちは、この時、遠藤周作の晩年の小説『深い河（ディープ・リバー）』に思いを馳せることができる。遠藤周作もこの長編小説『深い河』を書くために、何度か準備作業としてインドを訪問した。直接性としてのインドのベナレスに辿りつくと、ガンジス河畔のヒンズー教徒の火葬や水葬について、小説はえがいている。神は、ヨーロッパの教会やチャペルだけではなく、ユダヤ教徒にも、仏教徒にも、ヒンズー教徒にも、聖なるものの存在としてそこにおられるということになる。小林秀雄がいち早く透視したように、安岡章太郎が遠藤周作の仲立ちで晩年にカソリックに入信した。インドを訪れた晩年の遠藤周作について、安岡章太郎は遠藤さんはカソリックを捨てなくてよかったという言葉を漏らしている。そこで遠藤周作は、インドの文化圏に触れ、ベナレスの沐浴を見て、生と死の輪廻転生としての「仏陀の小石」を手にしたのである。しかし、遠藤周作は日本人としてエルサレムの地のイエス・キリストを捨てることはなかった。『沈黙』から『深い河』へと遠藤周作が辿る精神史には、昭和の初めの八年間を満州の大連で過ごした経験があった。遠藤少年には、そこから帰ってきた暗い歴史がある。

作者の又吉栄喜も、おそらくインドに行って、「仏陀の小石」を拾ったことであろう。にもかかわらず、仏教にはいることができるかは難しい問題である。なぜならば、日本の本土の仏教は、北伝による多仏による救済を主とする大乗仏教であるからだ。沖縄の母系制の原理にある宗教の中で、大乗仏教がどういう位置にあるかという問題は、本土の宗教と沖縄の宗教との差異そのものである。島尾敏雄は、「そのときの私には奄美大島は上古の霧にとざされていた。仏教も儒教もこの島を覆うことができなかったと考えられた。」(「名瀬だより」)と書いている。又吉栄喜が、インドの直接性としての「ブッダ」を原始仏教や初期仏教の「小石」として提出して書いたと言う現実だけでも、「トランスクリティーク」となっていることが論点になる。

さらには、日本の権力は、父権制ではなく、母系制である。母系制による南島の沖縄本島と周辺の島々との宗教的、政治的、社会的、経済的差異にこそ、「この南の島々を通して日本文化が展開して行ったのか、あるいは古代日本がふくらみ、あふれ出て、ここに定着し、日本自体が変貌して行ったあとも、ここにはかつての純粋な姿が残ったのか。」(「結語」)と書く岡本太郎の『沖縄文化論』の直接性と、「沖縄、と私は書いてきたが、実は琉球孤ということばをこそ使いたいと思っている。沖縄本島とその周辺を意味するせまい沖縄のほかに、奄美や宮古、八重山の島々をも、私は沖縄のことばにかさね合わせて考えているからである」と書く島尾敏雄の『琉球孤の視点から』のヤポネシア論の問題や、「巫女論」や「母制論」や「対幻想論」による吉本隆明の『全南島論』とも関わる事項になる。さらに私たちは、本土の研究者でかつて沖縄に強い視線をもった柳田國男の「海上の道」による「北方説」や折口信夫の「マレビト論」、柳宗悦の「民藝運動」、谷川健一の「南島文学発生論」などの考察による実り豊かな仕事を「外部」の思考として見ることができる。

(5)「沖縄」に生きる作家

作家として存在することは、作品を「書く」ことである。作家と老小説家のふたりにとって、小説の中の「文学論」はもうひとつのコンテクストであった。主人公にとって、知識人が読者に現実を語るための構成力と現実を異化する描写力が必要である。平板な現実を高次のリアルに語るための構成力が必要となる。そこに入れ子的な構成面も散見できる。これらは、小説の中の小説（小説内小説）の重層的取り組みとも言える。

問題は、どこまで生身の人間が生きる生活そのものの時間の差異から共時論的な差異を見出すことができるかにかかっている。その差異は、作家に自己言及として言語の生成となって表現されるからである。そこに「ブッダの小石」は、登場人物の生活の連続としての「聖蹟巡礼ツアー」という物語の構造と想起されるストーリーの展開である前に、沖縄人の言語による「沖縄文学」が、現在性をあらわにしている様子を探ることができる。

「三線はとても不思議だと思いませんか？わずかな弦だけで、喜劇も悲劇も表現できますから」と三線男は言った。どの弦楽器でも同じだと安岡は思ったが、何も言わなかった。

「三線は極限すれば、三線の音と共に沖縄の人は生まれ、亡くなる、そんなイメージを私は持っているんです」

（第九章　三線男）

かずかずの現地語の固有名詞が沖縄にはある。日常に使用されている沖縄の固有名詞と方言だ。琉球方言による沖縄の古代文学の抒情文学は、三線に合わせて謡われる。「沖縄」という固有名に対する対比的な周縁諸島の「島々」があり、他者性としての「本土」の宗教と文化と言語があり、同じように差異としての「インド」の存在がある。そこに発生する思考こそ、相互作用性としてひとつの局面と他の局面を思考の媒介でつなげる「トランスクリティーク」であろう。

インド人は「確かに」生きている。死を何とも思わず――何とも思わないというのは信じがたいが――むしろ謳歌しない生を恐れている。妙な感慨を安岡は抱いた。混沌とした風土と人々からあふれ出る力が高度な美しい教えを間違いなく生んでいる。

（第三十一章　ベナレスの町）

『万葉集』の「万葉地図」には、東北以北の「蝦夷」（北海道）の地は入っていない。同様に、九州以南の「奄美」から「琉球」の沖縄諸島もそこにはないのだ。それらのことは、周知のことである。

そうした偏差にこそ、意味の始まりとしての沖縄の差異を見るべきである。この差異には、違いを埋めるべく語られる多くの物語が「沖縄文学」としてあるはずである。それが、差異を記述する又吉栄喜の自己言及性へと生成する「原風景」であろう。作品には、多くの琉球王国への憧れも、アメリカの支配に対する抗議も、インドの「仏陀」に対する精神世界の志向性も描かれているにしても、それは本質的な問題とはならない。むしろこうした規定性からの差異を自己言及として超えていくものを考えない限り、サイードの言う「オリエンタリズム再考」はないのである。沖縄へのオリエンタリズムとは、本来の存在の価値や人間が生まれ育ち老いて死ぬという大衆の原像を沖縄人としての作家として、知識人批判を込めた形での文学にその芸術存在を求めなければならないだろう。

思考する批評的作家に対して、地元出身の評者からは、『土地の記憶に対峙する文学　又吉栄喜をどう読むか』（大城貞俊）のように、作家又吉栄喜に対するオマージュを捧げる立派な書物も上梓されている。それは、地元出身者としての差異を作家との同一性として評価するものである。柄谷行人の「トランスクリティーク」を敷衍して語れば、あくまでも沖縄を書くことでインドを書き、インドを語ることで母系制を原理としている沖縄を語る。そのことが同時に、「私小説」と「物語」を踏まえて、日本の本土について重層させて語ることに通ずるものとして、世界文学として認識される「沖縄文学」の評価はないと思われる。

現在の沖縄は、中国との関係を脱して一八七九年になると琉球藩が廃止され、沖縄県が設置されたことをひとつの始まりとしている。明治政府からの引き続く沖縄と沖縄人に対する差別の中で、太平洋戦争の開戦となった。その後は、戦後史の中でのアメリカ軍の占領と復帰による現在の沖縄の姿が浮きぼられる時点まで、時間が経過してきた。そこには、変化する沖縄の市民社会がある。軽い表現をとりながら伝統や宗教や民族、文化に至る。そして現在の遺骨収集や新聞記事、多様な社会現象をも注視しながら、重い表現で執拗にアメリカの影を記述していく作者又吉栄喜の姿が見えるのだ。

作家又吉栄喜の「トランスクリティーク」が、沖縄を中心として、日本および普遍的な文学として結実するのは、沖縄人の原風景を掘り起こし、沖縄の文化と言語も含めた「沖縄文学」を可能とする領域である。それは、文化の共時論的視点に立った理解でありかつ思索ではあるが、そうした出来事の記述は、作家又吉栄喜のエクリチュールによる書字行為の事後的に浮かび上がってくるものである。ラカンがフロイトから発見した「事後性」には、その発生の初動が、あくまで作家の表現としての言語の分割以前の原エクリチュールにかかっているということである。立ち向かうのは、その時見えてくる文化の時空の意味の始まりとしての差異を歴史的に統合する共時論的世界である。そこに本土の人もアメリカ人もインド人も認める文化論としての「沖縄文学」の再考のカギがあるように思える。

この小説『仏陀の小石』には、そうした事柄が事後的に表現されていることを通じて、作家又吉栄喜の現在性との格闘を見ることができるようだ。

Ⅳ　又吉栄喜・中編、短編小説の「原風景」の反復と深耕

〈闘争〉を求められる檻の中で

――又吉栄喜「カーニバル闘牛大会」論

栗山雄佑

1、はじめに

近年、近現代日本語文学における動物の位置付け、人間との関係を問う研究[1]が旺盛に行われている。その成果を見るとき、動物を描く文学の検討する研究、あるいは動物に対する人間の倫理を問う研究を含め、沖縄県における闘牛、闘鶏に関する文学に対する眼差しを向けたものが少ないことに気付く。例えば、近現代沖縄文学全体を見通すような動物描写と人間の関係、さらに焦点を絞れば目取真俊が闘牛（「マーの見た空」『季刊おきなわ』一九八五年九月〜三月、原題は「マー」）や闘鶏（「軍鶏《タウチー》」、『文學界』一九九八年一月）、あるいは闘魚（「闘魚《とーいゆ》」、『世界』二〇一九年一月）に込めた、沖縄県をめぐる情勢に対する、所謂〈沖縄の怒り〉についてては充分な着目がなされなかった。

かつて新城郁夫は、「軍鶏」の同時代評のなかで、作品を大城立裕「恋を売る家」（『新潮』、一九九七年九月）、又吉栄喜「カーニバル闘牛大会」（『琉球新報』、一九七六年一一月）と併せ、「いよいよ、現代の沖縄文学に闘牛・闘鶏の系譜（?）と言うべき道筋が辿れるような気もしてくる[2]」と記した。それは、目取真が描くアーマン（「魂込め《まぶいぐみ》」）や蟹（「風音」）、テラピアを筆頭とした魚類（「魚群記」など）への着目をした新城の論考へと続くのだが、蝶や蜘蛛などの虫（「群蝶の木」、「蜘蛛」など）の意味を総合的に問う論考、あるいは又吉の「豚の報い」を起点とした、沖縄表象としての〈豚〉を検討するものとしても、発展が期待されるものでもあろう。この状況を踏まえつつ、本論が考えたいのは又吉の「カーニバル闘牛大会」である。

その前に、又吉による闘牛に対する言及をいくつか確認しておこう。一九九二年に刊行された『闘牛・沖縄ガイドブック』（沖縄タイムス社）に、又吉は「なぜ牛は自分の力を信じられるのだろうか、と私は考える」とした上で、闘牛が持つ角を「無敵の象徴」であり「目はますます澄む。遠くの何か一点を見ている。〈武器はひとつだけでいいよ。ひとつのものをくりかえし磨きなさい〉と語りかける」[3]と記している。また、一九九七年に書かれたエッセイ「沖縄の楽天性」（『月刊ＭＯＫＵ』一九九七年二月号）には「私は以前よく闘牛が出てくる小説を書いた。[4]闘牛は沖縄の人々のキャラクターと似ていると考えた」と記した上で、又吉は次のように記している。

> 沖縄の人々も特に本土復帰前は五万人結集集会やデモやストが盛んに行われ、ベトナム反戦・祖国復帰・米軍基地撤去などの闘争に血眼になった。しかし、闘争の中でもゆとりを見つけた。沖縄の人々は闘牛場にも何万人も集まり、牛の美しく、過酷な闘いに熱中した。必死に現実の闘争をした人々が、非日常的な感じのする闘牛場にどっとくりだした。このようなゆとり（闘争の手をぬいたわけではないが）が何度かみまわれた過酷な歴史の渦の中でも革命とか反乱とかに走らなかった理由のひとつかもしれないと考えられる。[5]

この引用にある、「ベトナム反戦・祖国復帰・米軍基地撤去」から、一九九五年九月四日に発生した米兵による少女暴行事件に端を発する大規模な反基地運動に至る「現実の闘争」と、「ゆとり」としての「非日常的な感じのする闘牛」の対比について立ち止まってみたい。

以上の観点は、闘牛とは沖縄の群衆が「現実の闘争」において抱き続けてきた／いる、言語化が困難な様々な〈怒り〉が牛に仮託され、闘牛の闘いとは〈アメリカ〉〈日本本土〉を筆頭とした仮想敵への抵抗の一端であると認識されていることを示すだろう。一方、『沖縄文学は何を表現してきたか』の巻頭言において、又吉は「沖縄文学のキーワードの一つに「対立」があります」とした上で、「カーニバル闘牛大会」において六つの対立を書いたと記す。

> ①「米軍基地」の戦争のイメージと「闘牛」という平和のイメージ、②牛（原初、生命体）と車（近代、人工）、③牛（沖縄の土地の力）とカーニバル（外来のアメリカの力）、④黙ったまま取り巻いている沖縄の群衆と喚いている一人の米兵、⑤大柄の白人将校と小柄な南米系下級兵士、⑥牛は戦わず、人間が戦う闘牛

大会[6]

確かに六つの対立の構図の姿は、作品の中に認められる。だが、作品が提起しようとしたものは、又吉が記したような単なる沖縄――アメリカといった構図に収斂しないのではないか。

作品は、一人の「チビ外人」と一頭の闘牛とその「手綱もちの若い男」である清ニイサンの緊張感漂う〈闘い〉を描き出す。ただし、その闘牛大会とは米軍基地内でのカーニバルの一環として開催されたものである。さらに、清ニイサンと争う「チビ外人」と、両者の争いを調停したマンスフィールドをめぐる国籍アイデンティティは、作者による提示を待つまでもなく同じ〈アメリカ人〉と括ることができないものとして設定されている。これに限らず、作品において一人の少年から語られる闘争の模様は錯綜し、又吉の言葉、あるいは後述する先行論にあるような闘牛を介した沖縄とアメリカの対立、といった見立てては読み進めていく中で攪乱されていく。

このような作品構造を踏まえた上で、本論は闘牛に傷付けられた自動車の弁償を訴えたことで、周囲の沖縄の群衆の怒りを買い、最終的にはマンスフィールドに懐柔される「チビ外人」と名指される人物が、主人公の少年のみならず周囲の沖縄の群衆が危惧した発砲を筆頭とした暴力に走らない、という設定を起点に置く。その上で、幾度も予期される暴力が起きないまま終結していく作品において、「予期された行動をとらな」[7]い闘争の中で各人物に内在する〈怒り〉が誰によって統御されていくのか、を明らかにする。その上で、清ニイサンやマンスフィールドによって調停された闘いが、いかなる欲望によって企図されたのか、その欲望が充足されないことにいかなる意味があるのかを提示する。

二、「チビ外人」なる「ヤナ、アメリカー」

まずは、米軍基地内で開催された闘牛大会[8]において偶発的に発生した、「人間が戦う闘牛大会」という設定からも伺える作品内の攪乱について見ていきたい。一九五八年、北中城村のキャンプ・ズケランにて米軍カーニバルが開催され、キャンプ内の瑞慶覧体育館横では闘牛大会が催されようとしている。大会を見物しようとした少年は、闘牛を操る清ニイサンが「チビ外人」に怒鳴られている光景を目にする。周囲の群衆の話によると、清ニイサンの闘牛が「チビ外人」の車を傷付けたという。双方の英語と沖縄方言の不通によって膠着する空間は、少年をはじめとした沖縄の群衆の不満に満ち、少年は牛が再び「チビ外人」の車を傷付けることを期待する。この膠着状態を打ち破ったのは、集落に住むマンスフィールドであった。彼の懐柔によって「チビ外人」と清ニイサンは和解し、事件が解決したかのように作品の幕が閉じる。

　ここにある最大の攪乱は、清ニイサンを筆頭とした沖縄人と「チビ外人」の対立において、米国―沖縄の二項対立を体現する〈外人〉―「チビ外人」と沖縄人―牛との闘いが果たされないことであろう。沖縄の群衆が作中で直接行動として反発の意を示さないことの意味は後述するのだが、その一方で「石を牛に投げ、暴れさせ、外国車を壊してやろう。徹底して壊せば、もはやチビ外人も文句を言わないはずだ」、「ヤナ、アメリカーグァー、タックルセー（いやなアメリカ人をやっつけろ！）」と、少年をはじめとした沖縄の群衆に憎悪を向けられる「チビ外人」という人物もまた、沖縄への群衆の怒りを言葉や「靴で扉を続けざまに蹴っ飛ば」すといった行動で示し、「発砲するんじゃないか」との少年の予期を裏付けるような暴力を群衆に行使しなかったことの意味を考えたい。

　その前に、作品に関する論評を確認する。岡本恵徳は、少年の目に映った闘牛の行為と周囲の沖縄人の沈黙の差異を基に、「こういういかにも「劣等で非力にみえ」る人間達に対比して、表面はおだやかだが闘うべきときには敢然と戦う秘めた闘志を持つ牛を美しいとみる少年を描いた」点に、「当時の沖縄の現実に対する批判をみることも出来るはず[9]」と評している。川村湊による解説でも同様に、「占領地、あるいは半植民地の支配する側と、被占領、被植民地側の人々との緊迫した一瞬は、すぐさま暴力的な場となっても不思議ではない[10]」といった指摘が行われた。

　両者の指摘にあるように、作品が米軍カーニバルという基地のフェンス内で開催された闘牛大会を描いたことは着目すべきであろう。また、一頭の闘牛が引き起こした事件は、いやがおうにも「占領地、あるいは半植民地の支配する側と、被占領、被植民地側の人々との緊迫した一瞬」を喚起させるだろう。その中で、時折「ヤナ、アメリカーワァー、タックルセー」などと声を上げながらも、実際行動に出ることがない「劣等で非力にみえ」る沖縄人の群衆と、その中の一人でもある少年が空想する、「飼い主が立てといえば立ち、坐れといえば坐るという物知り牛」が少年たち沖縄人の〈怒り〉を汲み取り再び相手の自動車を破壊する光景を夢想するといった対比は、一九五八年の「沖縄の現実に対する批判」として読み得ることには首肯できる。

　一方、柳井貴士は「本作品で重要なのは〈少年〉にとっての〈大人〉の存在だといえる」とした上で、前述の二人と同様に作品に登場する〈大人〉が「劣等で非力」な存在として眼差されているとする。ここに、作品内時間の一九五八年以前の沖縄民衆の非暴徒化と一九七〇年のコザ暴動の民衆の暴徒化の差異を踏まえつつ、柳井論は「占領自体の違和感と、自らの内部への違和感を〈少年〉の視座が看破」するという題材を描くことで、又吉が「ベトナム戦争における米軍の後退、コザ騒動における民意の暴発、それらを〈経験〉した後だからこそ、戦後の沖縄史を客観視しうる視座において、内部への違和感としての感触を持ち得た」[11]と結論づけている。岡本、川村論に見られるような闘争への期待に対する一定の留保が行われているものの、柳井論においても沖縄―アメリカという図式、あるいは〈大人〉に対する違和感として表出される闘争という予期されうる行動が行われないことの意味は曖昧なままに置かれている。

　この三者の先行論を踏まえつつ考えたいのが、「チビ外人」なる人物が見せる様相である。沖縄の群衆は、「チビ外人」に「ヤナ、アメリカーワァー、タックルセー」と罵声を浴びせている。同様に、少年は「やけに鼻が大きい、その鼻さえ見なければ沖縄人と見まちがう」とし、彼を「南米系らしい小柄な男」と評すのだが、「アメリカ人は、このような場合、激怒はする。しかし、弁償の事務手続きか、あきらめるかをすぐになす。このチビ外人は怒りたかったのかもしれない。本当の怒りではないような気がする。いつもはいじめられているのではないだろうか」[12]と、彼が「南米系」であるが故に背負うもの[13]を想起しつつも、結論として「チビ外人」を「アメリカ人」というアイデンティティの中に幽閉してしまう。

　確かに高嶺朝一は、当時の米軍基地において「キューバ、プエルトリコ、コロンビア、トリニダード・トバゴなど」の「中米出身者」が配属され、彼らが「軍隊内で、そして戦場で、黒人兵士が体験したのと同じく、少数民族としての悲哀をなめさせられ、反軍意識を高める」[14]と記している。高嶺の記述は、作品内時間より後の沖縄の姿であるのだが、同様の人種間差別構造が一九五八年の米軍基地内外においても存在していたことは容易に想像できる。この状況を踏まえるとき、「少数民族としての悲哀をなめさせられ、反軍意識を高め」た〈米軍兵士〉が、その〈怒り〉を米軍基地内で発露することが出来ただろうか。

　この問題を考えるとき、ここに後年に発表された「ジョージが射殺した猪」(『文学界』一九七八年三月号)を援用することが出来るだろう。「カーニバル闘牛大会」の二年後に発表されたこの作品には、ベトナム戦争の前線基地であった沖縄に駐留する一人の米軍兵士ジョージの目を通して、基地内外に存在するあらゆる規範がいかにジョージの心身を束縛していたのか[15]、その規範から逃れることがいかなる〈痛み〉を伴う行為と化しているのかが描かれている。ジョージが作中で直面するのは、白人兵士のコミュニティ、あるいは黒人兵士のコミュニティ[16]のどちらにも安住できないといった問題である。作品が、「アメリカの兵隊の目をかり」ることで、米軍兵士が抱える「米国なり、米軍の巨大な固まりみたいなもの[17]」を描出するとの企図を持つなかで、ジョージの精神衰弱が他の米軍兵士への攻撃、あるいは沖縄の民衆への暴力行為ではなく、基地内へ薬莢拾いのために侵入した老人を射殺するといった任務を遂行することで発散されることに、「米国なり、米軍の巨大な固まりみたいなもの」への抗いがいかに困難なものとして一個人の前に立ちはだかっていたかが窺えるだろう。

　この状況の中で、「チビ外人」の発砲は、米軍がカーニバルに寄せた米琉親善といった企図を崩壊させるものとして排除されていく。『戦後沖縄生活史事典』内「ペリー来航一〇〇年祭で幕を開けた米琉親善」を見ると、一九五〇年四月二九日にはシーツ米軍政長官によって米琉親善が公的行事として行われることが表明され、五月二六日にはペリー提督沖縄上陸を記念した「米琉親善の日」と宣言があり、同時に琉球列島米国軍政本部特別布告第三五号「琉球諸島及北緯三十度以南の隣接海域の全住民に告ぐ」が読み上げられたという。もちろん、この項には「しょせん、米国と沖縄は支配者と被支配者の関係であって、親善も対等な関係から生じたものではなく、〝演出された親善〟でしかなかった[18]」とある。この状況を前提とするとき、米軍カーニバル内で闘牛大会が行われることには、島ぐるみ闘争に対し予期される抑圧と同時に、一度は「「動物虐待行為」と「琉球人の集団行動禁止[19]」」として禁じていた闘牛を通じ、〈琉球文化の理解〉という米軍による懐柔の姿勢[20]が見受けられるのだろう。

　以上のことを踏まえれば、「カーニバル闘牛大会」とは、基地内での見せかけの米琉親善のために企図、実行されようとしていたのであり、その中で「チビ外人」が起こした事件は米琉親善とは相反した行為と見做される。そのとき、少年が観察する「本当の怒りではないような気がする」との見立ては、人種をめぐる米軍内の差別構造に起因する鬱屈を〈劣等〉の沖縄人にぶつける、といったものと同時に、闘牛に自身の自動車を傷付けられたという些細な怒りによって「米軍の巨大な固まりみたいなもの」が企図する懐柔を破壊することが、「南米系らしい小柄な男」である

「チビ外人」自身の立場をより悪化させていくことへの予期としても表れているのだ。

　この闘牛を介した米琉親善の企図は、事態を仲裁したマンスフィールドの姿からも垣間見える。後年、『傑作短編小説集　ジョージが射殺した猪』に収録された際に、マンスフィールドには作者の改稿によって「白人将校」とのアイデンティティが付されたが、「近隣村内の闘牛大会に常時、巨大な姿を見せ、闘牛開始前、終了後、少年達を集め、頭上高くさし上げたり、肩車をしたり、腕にぶらさげたり、珍しいおもちゃをくれたりする」行為、「手綱もちの言葉をまねして、正直にくりかえ」して観客の「爆笑」を誘う行為、闘牛が傷を負う姿に「オー、カワイソー、モウ、イヤ、ヤメテーと頓狂に叫」ぶ〈アメリカ人〉の行為は、決して「闘牛好きで、少年たちの人気者であり、又ユーモアの持ち主」「牛が傷つき血を流すのに耐えられない気のやさしい人物」という「少年の好意を寄せる対象」[21]との人物像のみに収斂しない。

　確かに、彼が見せる言動は岡本が見出す「動物虐待行為」だとして闘牛を禁じた支配者としての米軍兵士ではない、闘いによって傷を負う闘牛に対するシンパシーを表明する人物である。しかし、少年が抱く彼の沖縄文化理解が前述した米軍カーニバル内での闘牛大会に潜在する意図と結びつくとき、それは米軍による沖縄占領に対する民衆の感情を懐柔する行為と見ることが可能ではないか。

　このように見るとき、「チビ外人」と清ニイサンの争いに介入してきたマンスフィールドが発した「チビ外人」の「あやまり」を質す「流暢な英語」は、作中において翻訳されないまでも、前述の企図を基にした懐柔であったことは容易に想起できる。そのために、「チビ外人」は「白人」のマンスフィールドに対し、「ふいに大きく二、三回うなずきながら、笑い、手をさしのべ」、その後自身の怒りを「アクセルをやけに高くふかし、排気ガスと土けむりをたてて、乱暴な運転で去」ることでしか発散できないのだ。

　以上の観点より、「チビ外人」が抱く「本当の怒り」が、米軍内の人種構造、さらには米軍基地内で行われる闘牛大会の背後にある米琉親善の意図を破壊するものとして、作中から排除されていることを明らかにした。作品最終部において、少年は「乱暴な運転で去」っていく「チビ外人」と「目があったと感じ」、その姿に「ふいにチビ外人がかわいそうになった」との印象を持つ。同時に少年は、「両手を挙げたり、肩をすくめたりする、おおげさないつものマンスフィールドさんの癖が偽物にみえた。どこかぎこちなかった」との印象を持つ。ここで記された、〈敵〉であったはずの「チビ外人」への憐憫と、「少年たちの人気者」であったマンスフィールドへの違和感にこそ、沖縄―アメリカの対立に内包された〈米軍〉内の人種差別という「当時の沖縄の現実」の一端があるのであり、沖縄の群衆から発せられた「ヤナ、アメリカーワァー、タックルセー」との痛罵が、いかなる他者理解の回路を断ち切っていたのかを発見する端緒ともなり得ただろう。そのとき作品は、発砲という暴力を行使できない「鼻さえ見なければ沖縄人と見まちがう」〈アメリカ人〉の姿を通して、米軍基地内で勃発した「人間が戦う闘牛大会」に付帯した〈暴力〉がいかなる欲望を充足させていくのか、を感知する手立てとなるのだ。

三、予期された〈暴力の場〉を攪乱するために

ここまで、「チビ外人」との名を付された人物のアイデンティティから、作品がいかなる構図を攪乱させようとしていたのか、その一端を確認した。それは同様に、少年の失望を買う「何も文句を言わず、手を出さず、じっとしておお」くという態度を取る周囲の民衆にも見られるものである。清ニイサンと闘牛への助太刀を期待されつつも闘いを傍観し続ける〈大人たち〉は、少年によって「劣等で非力」と断罪され、「表面はおだやかだが闘うべきときには敢然と戦う秘めた闘志を持つ」という闘牛に対する期待が高められていく。だが、少年の失望を買う〈大人〉の傍観であるが、ここにおいて彼らが自身に宿る「ヤナ、アメリカー」に対する怒りを統御することで「チビ外人」に対する優位を示している、との見立てができないだろうか。

作中において、「チビ外人」は「我を忘れ、靴で扉を続けざまに蹴っとばし」、「同じ文句を何度も繰り返」す人物として描かれている。その一方で、「ヤナ、アメリカーワァー、タックルセー」との「早口」な言葉以外に抵抗の態度を示さない沖縄の群衆に対しては次のような描写が行われている。

> 少年が考えるように人々は傍観しているわけではない。(…) 何も文句を言わず、手を出さず、じっとしておけば、すべてが丸くおさまる。これは絶対の自信となっている。自分が耐えればうまくおさまる。手綱もちも耐える。周囲の人々も耐える。何も苦痛ではない。

この記述にあるように、清ニイサンと周囲の民衆は「何も文句を言わず、手を出さず、じっとしてお」く抵抗を通じて、「手綱もちがたえているのを実感」し「無言で通じ

あ」う。ここにおいて、少年を含む沖縄の群衆の怒りは、清ニイサンが見せる「闘いたくて、首を振ったり、顔を上げたり、胴体をゆすったり、尾を回したり、四肢でかわいた土をかき上げ、土けむりをぼうとあげたりする牛」への手綱さばきに同調するかのように設定されている。一見、「何も文句を言わず、手を出さず、じっとしてお」く行為、あるいは自身の身体の動きを清ニイサンと同調させる群衆の姿は、先行論で示されているとおり、米軍占領に対する抵抗を示さない無力さとして示されているかのように見える。しかし、この描写において描かれているのは、「何も文句を言わず、手を出さず、じっとしてお」く行為を通じて「チビ外人」に抗議の意を示すと共に、眼前の「チビ外人」の姿を通じて沖縄人の暴徒化が空間にいかなる欲望を呼び込むのか、その欲望をいかにして回避し攪乱しうるか、といった課題への対峙ではないだろうか。

もちろん、この行為を阿波根昌鴻の非暴力による反基地運動の実践と重ね合わせることは容易だろう。また、フランツ・ファノンが述べる「自己の政治的意識をまだ熟させていない原住民、抑圧を斥ける決意をいまだ固めていない植民地原住民の義務は、文字どおり、ほんの僅かな身振りしかやつらに奪いとらせぬこと[22]」の実践、ハンナ・アーレントが述べる「好むと好まざると、自発的結社を満たしている精神と同じ精神にしたがって形成されている」「市民的不服従者[23]」の姿を重ねることも出来よう。その上で踏まえなければならないのは、前章で示した「万遍無く全島に巣くっている米軍基地の重いゲートが沖縄の住民に解放され」た空間で、支配への反抗の芽となる集団行動として禁止された闘牛を行うという奇妙な構図を通じて、米軍によって当時の沖縄の現実とは乖離した米琉親善なる欲望が発動せんとしていることである。

では、その欲望を打破する手法として、あり得たかもしれない「暴力的な場」への変貌は、いかなる未来を引き寄せるのだろうか。史実を引用するまでもなく、米軍占領下の沖縄において民衆の抗議運動は、占領への抵抗の意を示す以上に米軍に更なる統制の口実を与えることになる。そのとき、柳井が「施政権返還による米軍統治時代への客観視」と指摘したように、作品から一九五八年の米軍占領下における民衆の抵抗の一端を見出すことを欲望する行為は、闘牛を観戦するがごとく一九七二年の本土復帰後の地点から作品を読む読者にしか許される欲望でしかない。

この観点を踏まえるとき、少年が夢想する「清ニイサン、知らんふりをして牛をけしかけてやれ」といった期待に応えることは、米軍が想定しない琉球民の基地内における抵抗となり得ただろうし、米軍の偽善を逆手に取る抵抗の手段として位置付けられただろう。しかし、それは繰り返すように論者を含む読者にだけ許された夢想であって、幾度も弾圧されてきた基地の外部における抵抗運動とは比べものにならない弾圧、圧制を招き入れる。故に、作品内時間において「何も文句を言わず、手を出さず、じっとしてお」くという行為は、「米軍統治下の沖縄の状況の暗喩[24]」であると同時に、それがこれまでの経験に裏打ちされた「絶対の自信」であるからこそ、周囲の沖縄の群衆は彼の意図に「無言で通じあ」うことが出来るのだ。このようにして、清ニイサンの手綱さばきに同調する群衆の非暴力抵抗は、非日常的空間での闘牛に予期された暴力に結びつけられていく米軍、あるいは一九七二年以後の地平に立つ読者が沖縄に向ける闘争への欲望を攪乱していくのだ。

以上、カーニバル内で勃発が予期された「人間が戦う闘牛大会」がいかなる意味を内包し、それを統御せんとした手綱もちが暴力を回避した意図を明らかにした。このような空間において、事件の端緒を作った闘牛もまた、清ニイサンによって行動を統御されている。その姿を見ながら、少年は「外人が闘いをいどむなら、いつでもうけて立つという牛の内心」、「もしかしたら、アメリカ人のものと知って、わざとしたのかも知れない。物知り牛だからな」と、闘牛の心情を代弁していく。ここで考えたいのは、同じ清ニイサンに行動を統御される沖縄の群衆と闘牛に構築されようとする、米軍支配に抵抗する主体としての連帯が、いかにして構築可能か、との観点である。

ただし、それは少年が行うように「アメリカ人のものと知って、わざとしたのかも知れない」と闘牛の言葉を代弁し、その身体を介した抵抗の意志表明となってはならない。確かに謝花勝一が、「又吉栄喜氏が、七〇〜八〇年代にかけて闘牛を小説の題材にしている、その小説は牛の心理描写まで踏み込んで、なかなか読みごたえがある[25]」と作品を評価したように、作品は少年の視点を借りながら事件の推移を見守る人間の心情を推測すると同時に、傍らに立つ闘牛の心情をも推測する。この構造にあるのは、人間のみならず闘牛を含めた動物も米軍によって統治されている存在であることの示唆ではないか。それは、ピーター・シンガーが「本書はむしろ、どこであれ抑圧と搾取に終止符を打たなければならないと考えている人々、利害への平等な配慮という基本的な倫理原則の適応範囲はヒトのみに限られるべきではない、と考えている人びとのために書かれたもの[26]」として著書『動物の解放』を位置付けたことにも連続する観点である。

だが、この視点は少年による「アメリカ人のものと知って、わざとしたのかも知れない」との見立てとは、必ずしも接続しない。作中で、闘牛を操る清ニイサンの説明がなされているが、それを闘牛の立場に置き換えた場合、「戦意のない」状態から清ニイサンら手綱もちによって「何度もじだんだを踏」まれ、「ハイー、イャーイャーイャー、ヒャーッと悲鳴のようなヤグイをかけ」られ、「叱咤し、ぶ」たれた結果「無理矢理闘わ」されている、と読み替えることが出来よう。このような読み替えは、決して闘牛を〈動物虐待〉[27]として指弾するものではなく、この闘牛の姿を、前述した作品に見出されるアメリカと沖縄の間に存在していた／いる占領——被占領に付帯する〈怒りの発露〉としての暴力が、誰によって欲望され、かつ読み替えられてきたのかを考える起点とするものである。

村上克尚による『動物の声、他者の声』の序章には、「日本の近代では、労働搾取、植民地化、戦争、ジェノサイドなどさまざまな場面で人間の《動物》化が行われてきた」のにも関わらず、「《人間》と《動物》の政治的関係という関係から、日本の近代文学史を再検討しようという試みはいまだに現れていない」とある。その上で村上は、戦後作家が「《動物》の圏域」に着目した理由として、「戦争の非人間的な暴力を克服するためには、《人間》という理念を無批判に称揚するのではなく、《人間》と《動物》のあいだに設定された政治的な境界線を根本から問い直す必要があるという認識[28]」の存在を指摘した。

ここにある「《人間》と《動物》のあいだに設定された政治的な境界線を根本から問い直す」とは、前述したように米琉親善のために用いられる闘牛という動物や、「万遍無く全島に巣くっている米軍基地の重いゲート」によって区切られた土地に棲む動植物を含めた視点から、現在にまで至る沖縄の米軍占領を問う、との観点を呼び込むものである。それは、比嘉理麻の「奪われても「闘わない」という動物たちの非暴力実践」から「人間と動物たちの「奪われる」という経験の共通点の発見」し、「沖縄戦後史のなかで培われた人間たちの非暴力実践[29]」へと接続されていく観点であろうし、新城が述べる「軍事的政治的覇権という暴力の構造を自らに既に取り込みつつ[30]」、「住むこと居座ることが即ち抵抗」となる生の範囲にはあらゆる動植物が含まれていくだろう。

ただし、動植物の〈声〉とは言語化が為されないために、少年のように人間の言語活動によって〈代弁〉されていく、といった問題もまた存在することは事実である。そのとき立ち返りたいのは、奇妙な捻転を続ける作品空間を観察し語る少年が、闘牛に寄せる眼差しである。岡本、柳井は、作品が少年の視点から描かれていることを、「従来の作品の米人の描き方に対する作者の批判[31]」を示す手法、あるいは「占領自体の違和感と、自らの内部への違和感」を「〈少年〉の視座が看破[32]」する試みと評価している。同時に、少年の眼差しは闘牛で活躍する牛と同時に、「闘牛で負けた牛、傷ついた牛を飼い主はすぐ、つぶして食べてしまう」ことにも向けられている。柳井は、この観点について「〈少年〉の憧憬対象に近い闘牛に対する〈大人〉の仕打ちへの違和感」として位置付け、「牛を支配する〈大人〉を、さらに支配する米国人への屈折した感情として表れる[33]」と指摘する。

確かに、少年は「チビ外人」への反感と周囲の大人達への不満を解消するために、「牛よ闘え」といった期待を闘牛に向け「アメリカ人のものと知って、わざとしたのかも知れない」と闘牛の代弁者として振る舞ってもいる。だが、その未熟さは同時に米軍占領といった現実を語る上で「闘牛で負けた牛、傷ついた牛」の姿がもたらす被傷性《ヴァルネラビリティ》を明らかにする。そのとき、手綱もちにけしかけられ闘い、傷を負っていく闘牛の姿を通じて、同じく米軍支配に抵抗する主体を立ち上げる中で、「人間が戦う闘牛大会」なる闘争がいかなる傍観者の欲望を充足し、いかなる主体性の消尽[34]が行われていくのか、を発見する手立てにもなる。そのとき、少年が「チビ外人」に立ち向かう闘牛と同時に、闘いに負け「つぶして食べ」られる闘牛の姿を見出すことにこそ、「人間が戦う闘牛大会」として展開していく人間同士の争いに挿入されていく欲望の存在とともに、その欲望によって争いが消尽されていくことを回避する術をいかにして導入することが出来るのか、といった課題が読者に提示されていくのだ。

Ⅳ、おわりに

以上、本作品における「チビ外人」なる主体、あるいは米軍と沖縄の対立の最前線に立つことになった清ニイサンが、少年や群衆が予期した暴力に走らないことの意味を明らかにした。それは、双方の立場から米軍基地内で闘牛を介して構築されようとした米琉親善、それへの抵抗を起点とした新たな抑圧の〈予感〉を関知するものである。その上で、予期された群衆の暴徒化なる見立てを攪乱する手法としての、「何も文句を言わず、手を出さず、じっとしてお」く抵抗がいかなる可能性を持ちうるかを提起した。

冒頭において、又吉による「〈武器はひとつだけでいいよ。ひとつのものをくりかえし磨きなさい〉」との言葉を引用したが、作品に見出される武器とは、闘牛が持つ「無敵の象徴」としての角に見出される〈暴力〉ではない。ここにあるのは、自身に課せられる抑圧を呼び込む直接暴力ではなく、集団で〈何もしない〉という態度が、沖縄の民衆の無力さではない、自身に到来する暴力を反復しないための武器となり得ることである。同時に、〈何もしない〉ことを通じて、作品は「チビ外人」と名指される〈アメリカ人〉の背後にあるもの、あるいは闘牛という動物の姿を通じた新たな米軍占領への抵抗を行う主体の在り方もまた表出していく。そのとき、沖縄における闘牛、闘鶏、闘魚から立ち上げられる米軍占領への抵抗の暗喩といった見立ては問い直されていくのであり、声を奪われる主体としての動物との見立てもまた、問い直される。この観点にこそ、近現代日本語文学における動物に関する研究と併走する、近現代沖縄文学における動物の位置付けを再考する試みへの端緒が生まれていくのだ。

（作品引用は、それぞれ「カーニバル闘牛大会」『傑作短編小説集　ジョージが射殺した猪』燦葉出版社　二〇一九年六月に拠った。引用文中の省略は（…）、改行は／と記し、漢数字は算用数字に、引用文の旧字体は新字体に改めた。断りのない限り文中の傍点は論者による。本稿は、二〇二二年九月二日に行われた世界文学・語圏横断ネットワーク　第一五回研究集会での発表予稿を基に、大幅に改稿したものである。）

〔註〕

1　村上克尚による『動物の声、他者の声　日本戦後文学の倫理』（新曜社　二〇一七年九月）、あるいは江口真規『日本近現代文学における羊の表象　漱石から春樹まで』（彩流社　二〇一八年一月）、鵜飼哲（編著）『動物のまなざしのもとで　種と文化の境界を問い直す』（勁草書房　二〇二二年六月）などが挙げられる。

2　新城郁夫「現代沖縄文学時評三　目取真俊「軍鶏《タウチー》」」『沖縄文学という企て　葛藤する言語・身体・記憶』インパクト出版会　二〇〇三年一〇月　一六一頁（初出は『琉球新報』一九九八年二月）

3　本稿では、又吉栄喜『時空超えた沖縄』（燦葉出版社　二〇一五年二月　一八一〜一八二頁）に拠った。

4　例えば、『パラシュート兵のプレゼント』（海風社　一九八八年一月）においても、「闘牛場から帰ってきた日は、痛ましく、たくましい闘牛が頭の中を動き回り、私の日焼けした皮膚は寝返りをうつたびに固い茣蓙にこすれ、一晩中目が冴え、始末をつけなければしょうがない、何度も思いました」（「あとがき」三〇三頁）との言葉とともに、「島袋君の闘牛」、

「憲兵闖入事件」、そして「カーニバル闘牛大会」が収録されている。

5　本稿では、又吉栄喜『時空超えた沖縄』（燦葉出版社　二〇一五年二月　一八八～一八九頁）に拠った。

6　又吉栄喜「巻頭言」又吉栄喜・大城貞俊・崎浜慎（編）『沖縄文学は何を表現してきたか　なぜ書くか、何を書くか』インパクト出版会　二〇二三年五月　六頁

7　ジュディス・バトラー・聞き手：ジル・ストウファー（西亮太：訳）「平和とは戦争への恐ろしいまでの満足感に対する抵抗である」『現代思想』二〇〇六年一〇月臨時増刊号　青土社　九頁

8　作品はキャンプ・ズケラン内のカーニバルで行われようとする闘牛大会が描かれているが、又吉による「家の近くのキャンプ・キンザー」においても「アメリカ独立記念日（七月四日）前後に毎年カーニバルがあり」、「このような原風景から「カーニバル闘牛大会」は生まれ」たという。（又吉栄喜「あとがき」『傑作短編小説集　ジョージが射殺した猪』燦葉出版社　二〇一九年六月　三〇〇頁）

9　岡本恵徳「米人の新たな描き方の出現」『現代文学にみる沖縄の自画像』高文研　一九九六年六月　一五〇頁

10　川村湊「解説」『現代沖縄文学作品選』講談社　二〇一一年七月　二五七頁

11　柳井貴士「又吉栄喜初期作品における〈少年〉をめぐって――施政権返還後の沖縄文学の動向」『現代沖縄文学の研究―〈戦争〉表象を中心に』早稲田大学博士論文　二〇一六年　六八～七〇、七二頁

12　二つの作品引用内の傍点は論者による。

13　ここで使用する〈沖縄人〉なるカテゴリーもまた、本島から奄美、宮古、八重山への蔑視、あるいは近代から現代に至る東アジア諸国から沖縄に渡った人々を排除しかねないものであることを断っておきたい。

14　高嶺朝一『知られざる沖縄の米兵』高文研、一九八四年五月　一六一～一六二頁。さらに、杉井信「米軍統治下沖縄からフィリピンに渡った女性たち――そのフィリピン定着についての一考察――」『沖縄研究ノート』（第二三号　宮城学院女子大学キリスト教文化研究所、二〇一四年三月）において、沖縄の米軍基地にフィリピン出身の兵士が配属されていたとある。

15　この観点については、拙稿「眼前のフェンスを〈攪

乱〉するために――又吉栄喜「ジョージが射殺した猪」論」『〈怒り〉の文学化《テクスト》　近現代日本文学から〈沖縄〉を考える』（春風社　二〇二三年三月）にて論じている。

16 「照屋は黒人兵の〝聖域〟になっていて、一帯を取りしきっていた〝ブッシュ・マスター〟の特別な許可がなければ、白人の記者でさえ入域できなかった」（宮城悦二郎『占領者の眼』那覇出版　一九八二年一二月　三四八頁）との言葉にあるように、沖縄内の白人兵士と黒人兵士のコミュニティは区別されていた。

17 又吉栄喜（聞き手　仲里効）「又吉栄喜ワールド　アメリカの影と沖縄の基層」『ＥＤＧＥ』創刊号　ＡＰＯ　一九九六年二月　四四～四五頁

18 「ペリー来航一〇〇年年祭で幕を開けた米琉親善」川平成雄・松田賀孝・新木順子（編）『戦後沖縄生活史事典』吉川弘文館　二〇二二年九月　二二七、二三〇頁

19 一九四六年五月に石川市（現うるま市）の東恩納闘牛場にて、途中に米軍憲兵が闖入し大会中止を命じた事件が発生した。（参考文献：「闘牛」沖縄県教育庁文化財課資料編集班（編）『沖縄県史　各論編第九巻　民俗』沖縄県教育委員会　二〇二〇年三月　六八五～六八六頁、広井忠男「沖縄の闘牛　牛オーラセー」『日本の闘牛』高志書院　一九九八年四月　一四頁）

20 作品時間である一九五八年に行われた独立記念日カーニバルにおいては闘牛ではなくロデオが行われていたが（「賑わうロディオ大会　米国独立記念日を祝い」『琉球新報』一九五八年七月五日　五面）、一九六三年五月二四日から開催された琉米親善コザまつりにおいては、「琉米親善コザ祭の呼びもの闘牛大会は、二十六日午前十時からコザ市中之町の総合グラウンド横の新設された闘牛場で、ベテラン新鋭二十二頭を集めて行われ」た。（「琉米親善コザまつり　きょう花やかに幕開く」『琉球新報』一九六三年五月二四日　六面）

21 注9に同じ。

22 フランツ・ファノン（鈴木道彦・浦野衣子：共訳）「植民地戦争と精神障害」『フランツ・ファノン著作集三　地に呪われたる者』みすず書房　一九六九年一一月　一七一頁（原書は一九六一年発表）

23 ハンナ・アーレント（山田正行：訳）「市民的不服従」『暴力について　共和国の危機』みすず書房

二〇〇〇年一二月　九一頁（原書は一九六九年発表）

24 注9に同じ。

25 謝花勝一『ウシ国沖縄　闘牛物語』ひるぎ社　一九八九年五月　一八頁

26 ピーター・シンガー（戸田清：訳）「一九七五年版への序文」『改訂版　動物の解放』人文書院　二〇一一年五月　一三頁

27 この観点は、近年の闘牛に対する〈動物虐待〉との批判の主眼にあるものであろう。本論における闘牛に対する是非は、「「ウシオーラセー（闘牛）シンポジウムin北部」（主催・北部、本部闘牛組合）が三月二九日、沖縄県今帰仁村の仲宗根公民館であった。動物愛護団体などから闘牛・闘犬への法規制強化を求める声がある中、伝統文化としてどう守っていくかを考えた。」（「闘牛は動物虐待なの？　愛護団体から法規制強化の声　どう守る沖縄の伝統文化」『沖縄タイムス』二〇一七年四月四日）との記事の紹介に留めたい。

28 村上克尚「序章　なぜ動物なのか？」『動物の声、他者の声　日本戦後文学の倫理』新曜社　二〇一七年九月　一六、二三頁

29 比嘉理麻「これは、政治じゃない――〈生き方〉としての基地反対運動と命の民主主義」『文化人類学』第八七巻一号　日本文化人類学会　二〇二二年六月　五九頁

30 新城郁夫「「掟の門前」に座り込む人々―非暴力抵抗における「沖縄」という回路」『沖縄に連なる―思想と運動が出会うところ』岩波書店　二〇一八年一〇月　一四四頁

31 注9に同じ。一五一頁

32 注11に同じ。七〇頁

33 注11に同じ。

34 例えば、作中において女性の姿は群衆の中に僅かであり、かつ後方に追いやられている。広井は、闘牛と女性の関係について、「今では夫に代わって妻が女闘牛士としてヤグイをかけるくらいですから、闘牛の女性の禁忌はいわなくなりました」としつつも、かつては「試合の当日、闘牛場に向かう途中に女性にあうと縁起が悪いといって、一度牛舎に戻り、再出場したこともありました」と記している。（「沖縄の闘牛　牛オーラセー」『日本の闘牛』高志書院　一九九八年四月　九頁）

〈耳〉をめぐる生者と死者の対話の可能性／不可能性

――「ターナーの耳」論

柳井貴士

一、はじめに

　又吉栄喜は「豚の報い」[1]による芥川賞受賞（第一一四回、一九九五年下）後に、仲里効によるインタビュー[2]を受けており、そのなかで、「ベースの金網」や「闘牛」を挙げながら、「原体験」の重要性を語っている。また沖縄にある文化の「基層」の再認識について、「僕らが大学生の前後なんですが、ベトナム戦争が激化していた頃は沖縄の純粋な民俗的あるいは神話的な原風景というのが押さえられて」おり、「なくなっていたわけじゃなく、押さえられていて、米兵のものが（自らの作品に――引用者注）ストレートに出たわけですが、いったん米兵のものが遠ざかると、今後は押さえられていた沖縄の総体的なものが出てきた」[3]と指摘する。ここでの「原体験」と時間の推移における主題の変容は、又吉栄喜の記した作品を読む上での一定の指標になるが、一方で、これらは混在しながら又吉作品の核となっている。

　それは二〇一五年九月に浦添市立図書館で行われた講演「小説の舞台を育んだ浦添の風景」においても確認できる。ここで又吉は「今まで書いた小説は全て、私の家から半径2キロ以内の場所や人、出来事を書いている」[4]と述べており、郷里浦添市の半径二キロを「原風景」とした物語創造への言及は、二〇一八年の佐藤モニカとのトークショー[5]でも行われる。「原体験」をもたらした「原風景」からの想像力は、又吉の重要な核であるといえるだろう。

　先のインタビューで仲里効は、このような半径二キロを「原風景」とした作品形成における「作品を動かし特徴づける眼差し」を四点指摘する。〈一つ目〉は「少年の目」

とし、「カーニバル闘牛大会」「パラシュート兵のプレゼント」「島袋君の闘牛」などを挙げ、「大人の世界や当時の沖縄がおかれた社会相を照らし返していく」とし、〈二つ目〉に「アメリカ占領下のバーやキャバレーなどの風俗を生きる女たちの生きざまによって、アメリカと沖縄、男と女の関係などがあぶりだされていく系列」（「ジョージが射殺した猪」など）を挙げる。〈三つ目〉の「青年の目」（「豚の報い」「シェーカーを振る男」など）では「より複雑な関係がある距離をおいて眺められている」と述べ、〈四つ目〉に「外部」の目を取り込み、「基地のフェンスがこちらの世界とあちらの世界を隔てているとするならば、そのフェンスを越えて、フェンスの向こうからこちらを見るとどのような世界の見え方をするのか」を問うたとしている。[6] これはもちろん、芥川賞受賞作「豚の報い」と、それ以前の作品についての評価であるが、とりわけ〈四つ目〉は本論でとりあげる「ターナーの耳」においても有効な評価である。

「ターナーの耳」は『すばる』二〇〇七年八月号に発表された短編小説である。[7] 本作は、戦場から帰還した米兵ターナー、そのターナーの運転する自動車と不意の接触事故を起こした浩志、浩志を利用して米兵から金をとることをもくろむ満太郎を中心人物として登場させ、「少年の目」あるいは二十歳の満太郎の「青年の目」を用いながら、米軍基地という「外部」との往還の過程で築かれる関係性や、ターナーが戦場で被った心的外傷を描いた作品だと言える。

本論では、ターナーが戦場から持ち帰った〈耳〉をめぐる物語に注目し、心的外傷後ストレス障害、〈ケア〉、「喪の仕事」といった観点から作品を考察する。また、〈耳〉そのものが待つ意味をとらえ、沖縄戦とターナーが体験したベトナム戦争の戦後の〈痛み〉への対話や共苦の可能性／不可能性を考えていきたい。

二、「ターナーの耳」をめぐって

大城貞俊は、又吉作品をめぐる評価において「一筋縄では括れない」としつつ、「三通りの大別」を示す。一つ目は「沖縄戦」をめぐる「記憶の継承のテーマ」（「ギンネム屋敷」など）とし、二つ目に「基地を題材にしながら政治的にアンバランスな沖縄の現実を描く作品世界」、三つ目に「歴史的な時間の中でも消え去ることなく営まれてきた沖縄の人々の特異な日常世界を描く作品群」を挙げている。[8] 又吉作品を俯瞰した重要な視点であり、「ターナーの耳」はここでは二つ目の括りに入るのだが、例えば浩志の母親の耳が聞こえないのは「沖縄戦の終戦一週間前に爆風を受け、耳が聞こえなくなった」とあるように、テーマの重なり合いが本作や他の多くの作品に見受けられるのもまた又吉の特徴となる。

本作の時代設定であるが、この浩志の母親が「戦後まもなく、「体より心が大事」と求婚した隣村の工員と結婚し、浩志を生んだ」とあり、浩司が作品の現在、中学三年生であることから、一九六〇年代前半だと思われる。沖縄はアジア・太平洋戦争における沖縄戦の惨禍を味わいながら、戦後は米軍統治下にあり、朝鮮戦争や中華人民共和国の成立などを受け「太平洋の要石」、重要な軍事拠点とされた。本作のターナーが関わった戦争は一九五五年から始まるベトナム戦争であり、沖縄は攻撃の重要な出撃地点とされた。戦後に生まれた浩志は、沖縄戦の体験を身体に受ける母親と、ベトナム戦争からの心的外傷を受けるターナーを通して、〈ここ〉にはない戦争の痕跡を感知する存在なのである。

キャンプ・キンザー[9]を想起させる「金網の中の広大な米軍補給基地」の近隣で生活する浩志は、基地に「喉から手が出るくらい欲しい品物が数えきれないほどあるが」「どうしても忍び込めなかった」。そこで「崖の下の凹地にある米人ハウスの塵捨て場に向かった」浩志は、「大きな自転車」を発見して持ち帰る。浩志は「チェーンが垂れ下がった自転車」から「宝物の重み」を感じるが、この移動範囲を拡張する装置としての自転車が、ターナーとの接触事故を誘発する。

> 向かいから白い埃を舞い上げながら一台の赤銅色の外車が走ってきた。／浩志は自転車を降り、外車をやりすごそうとしたが、ブレーキが利かなかった。強い日差しが外車のフロントガラスに反射し、目が眩んだ。急ブレーキをかけた外車のタイヤの軋む音が浩志の耳に飛び込んだ。自転車が傾いた。すぐガグッと痩せた体に衝撃が伝わり、自転車もろとも硬い地面を滑った。
> （五頁）

「長ズボンをはいていたからか、受け身がうまかったのか、体のどこも痛くなかった」浩志は、「ふと、車を弁償させられたら大変だと思い、目を閉じ、全身の力を抜き、気絶したふりを」する。ここには、基地周辺で生活する少年の、米軍属との関わり方の所作があらわれており、禁忌される他者としての米兵が認められる。

この事故現場を偶然見かけたのが「子分に次は何を盗ませようかと基地の中を物色しながら金網沿いを歩いていた」二十歳になる満太郎であった。浩志に「絶対に動くな」と指示を出し、ターナーと交渉する満太郎が用いるのは「ブロークン英語」であった。

満太郎は男に何か言っている。ブロークンな英語は通じないのか、相手は黙っている。だが、満太郎は話し続けた。／少しも痛くないのに寝続けているのは不自然だと思った浩志は背中を起こした。「寝ておけと言ったのに」と満太郎が舌打ちした。（六頁）

「ブロークン英語」によるコミュニケーションの試みによってターナーとの交渉が一応成立し、十ドルの修理代とハウスボーイの仕事をとりつける。「身の安全」の確保を条件にアルバイト料の半分を要求する満太郎は「おとなしい軍人は要注意」であり、「基地は働く所ではないよ。盗む所だ」と子分に吹聴している。その理由は戦争に由来する。すなわち「我々の敵国だったアメリカ人の物を盗むのだから気持ちを大きく持ち、罪悪感を抱かず、むしろ誇りに思え」という思考により米国を対象化するのである。

満太郎は戦時中に生まれ、三歳前後に終戦を迎えている。戦後の米軍統治や米国の対外戦争を目の当たりにしつつ、中卒の二十歳で働き口を探しもせず、「親善」＝相手を「丸め込む」「物を得る」とうそぶきながら、少年の集団の〈大将〉として存在する。浩志に対してバイト代の半額を要求し、米兵に対しても隙を見ては搾取を試みる満太郎は、又吉の「半ば作りもの、半ば体験」に基づく次のエピソードを想起させる。[10]

同じ集落の十八歳の青年が広大な米人ハウジングエリアを囲っている金網の底に数十センチの穴を開け、中から金目の物（時々は何に使うのかわからないがらくたのような物も）を盗んでいた。私は海に釣りに行く時、（人通りの多い道は一キロあまりも遠回りになったから）よくこの道を通った。（中略――ある日、「私」は穴の近くで米人の飼う犬に激しく咬まれた――引用者注）／集落の青年たちに話を聞かれた後、私は赤チンキをぬり、青年たちや（金網に穴を開けた青年も）区長と一緒にゲートのガードを通し、犬の飼い主の米人に抗議した。しかし、飼い主は金網から入ってくる泥棒を咬ますために犬を放したという。私は痛みがなかなかおさまらず、米人や犬ではなく、私の海への通り道に沿う金網に穴を開けた青年をいまいましく思った。だが、前に鳥籠を作るのを手伝ってもらったから許してやろうと考えた。しかし、穴を開けた張本人なのに、米人に人一倍くってかかる青年が

（もちろん米人は誰が穴を開けたのか知らなかった）
情けなくなったり、恥しらずと思ったりした。（七四〜七五頁）

「原風景」と「原体験」において感知された青年の姿が満太郎に投影された可能性がある。そしてここには、自分を犠牲者の位相に閉じこめず、受け身的でありながらも、金品に敏感な青年の姿が見てとれるだろう。沖縄の戦後を生きるしぶとさというものが表象されている。これらの要素が本作の人物創作に関わっていると思われる。

本作はターナーが戦場から持ち帰った〈耳〉をめぐる物語である。同時に、又吉における「原風景」や「原体験」としての記憶の痕跡が見出され、少年という視点を用いながら、戦場で受けたPTSDと向き合う米兵と沖縄の少年との融和の可能性／不可能性が示されていくのである。

三、「沈黙」「内心」からのコミュニケーションの試み

浩志はターナーの米人ハウスで仕事を始める。「米人と会う時は必ずプレゼントを持って行かなければならないと」考える浩志はアメリカ煙草を持参してハウスへと向かう。「崖の下」で塵拾いをしていた浩志は、ここで「崖の上にあるターナーのハウス」へ向かうのである。上下が逆転する場へ進む浩志の視界に広がるのは「白」であった。「余所行きの白い開襟シャツ」を着た浩志は、「崖の向こう側から幾重にも白い巨大な入道雲が湧き立ち、白いマッチ箱のようなハウスにのっかっている」のを見る。「屋根も外壁も白く塗られたハウス」があり、「白いバスローブ姿のターナー」が出迎える。「白いズック」の浩志は、部屋の「真っ白いシーツ」を目の当たりにする（他に「黒いソファー」「灰色のタイル」「銀色のスプーン」も感知される）。「白」は純白、純粋さを象徴しながら、一方で〈空白〉という意味を作品に生成している。

米兵は壁や棚に戦争の武勲メダル、トロフィー、軍服姿の自分の写真を必ず飾ると満太郎から聞いていた浩志は、周りを見回したが、何一つなかった。（一六頁）

初日の仕事でターナーが「急に頭を抱え」苦しみだす。二度目の仕事の日、ハウスに入ると、「紫がかった白い煙が顔に迫」るのを浩志は感じる。「山羊の毛を焼く時の臭いに似ている」煙が「ターナーの顔から蒸気機関車のように」噴き出しているのだ。

浩志は窓を開け、外気を入れようとした。／「ノー」とターナーが白い壁に取り付けられた冷房機を指差した。／浩志はターナーに近づいた。オレンジ色のガウンから金色のモジャモジャの胸毛が覗いている。顔は赤らみ、くもりの取れた眼鏡の奥の目は、生気がないのか、法悦に浸っているのか、トロンと半開きになっている。だが、鼻の両穴からはスパッスパッと勢い良く煙が出ている。（一八頁）

「麻薬」であることを疑う浩志は、いくつかの質問をするも、ターナーは沈黙する。簡単な英語による会話は成立せず、仕事としての靴磨きも遅延される。やがてターナーは、部屋の物置にある七つの鉢植えを示し、枯らさずに育てるよう指示する。葉がひまわりに似ていることから、浩志が「アメリカひまわり」と尋ねるが、やはり「ターナーは黙っている」。この場面でも、ターナーは浩志の質問には、「黙っている」か「答えな」い。沈黙するターナーの姿を通して、浩志は自分の理解を進める。以前、宮城中学校の運動場拡張工事の際に、「全面無料奉仕をした米軍の五人の代表に感謝状を手渡」され、そのなかに「一人だけ能面のような顔の米兵がいた」のを浩志は覚えており、それがターナーであったと思っているが、言葉が難しくまだ確かめられていない。浩志のなかで、「能面のような顔の米兵」と、沈黙する米兵としてのターナーは重なっているのだ。沈黙は言葉によるコミュニケーション不全のためでもあるようだが、浩志はそのことでターナーに不信感は抱かない。なぜなら沈黙は、浩志と満太郎との関係においても反復されているからだ。「給料日に僕に会いに来るのが筋だろうと浩志は内心文句を言ったが、小さくうなずいた」、「満太郎のブロークン英語より発音はしっかりしていると内心言った」とあるように、浩志は満太郎の発言を許容しない場面で、それを声にせず「内心」において言葉にしている。ここでは、声として表出されるコミュニケーションよりも、「内心」や「沈黙」をめぐるコミュニケーションのあり様を理解する浩志が見出せ、それは、母親の耳が聞こえないことによるコミュニケーションの取り方へと接続していく。

母親の「もう寝なさい。自転車は逃げないから」という大きな声と手振りに耳を貸さず、長い間、玄関の壁に立て掛けた自転車に見入った。（四頁）

自転車への愛着を示す浩志は、現在は耳の聞こえない母親の「大きな声」に「耳を貸さない」。仮に返答しても耳の聞こえない母親には声は届かないだろう。そのような、声によるコミュニケーションが不通であった母子関係から、「沈黙」や「内心」への感受性をもった浩志が見出せるのだ。

一方で、満太郎は浩志の家を訪ねる際に、浩志の母親に姿を見せないようにあらわれるが、これは浩志への罪悪感の隠蔽のようにも思える。〈ソウシジュ〉の下に浩志を連れ出す満太郎は、家で米兵の衣服のクリーニング仕事をする耳が聞こえない浩志の母親と向き合わないのである。子分への要求を、言葉として発して相手の行動の制御を試みる満太郎の声によるコミュニケーションとの差異がテクストにはあらわれているのである。浩志は、ターナーとのコミュニケーションのために「身振り手振りで大丈夫のようだ。言葉はいらないよ」と述べて、満太郎の「ブロークン英語」の教習を拒否する。

ターナーとの取り決めである「アメリカひまわり」の栽培をつづける浩志は、麻薬である可能性を心配する。

> 麻薬だったら、僕にハウスの庭に植えさせたりしないのではないだろうかと思いながら玄関のドアをノックした。繰り返したが、返事はなかった。静かに開け、ターナーを呼んだ。静まり返っている。室内の煙は先週より少ないが、吸っているうちに芳ばしい香りに変わり、少し頭がボーッとしてきた。／リビングルームのソファーにターナーの姿はなかった。隣の寝室を覗いた。うつぶせに寝ている。立っている時よりさらに長身に見えた。／ターナーは窒息死していると浩志は思った。体を仰向けようと肩に手を置いた。ターナーはガバッと上半身を起こし、勢い良く右手を振った。浩志の顔すれすれを鋭い風がよぎった。／浩志は思わずのけぞり、ベッドの脇に尻餅をついた。ターナーは大きいナイフを握り、浩志を見つめている。ナイフをベッドのどこに隠していたのか、いつのまに摑んだのか、全く分からなかった。ターナーの虚ろな目に光が差してきた。／「声をかけてから私の体には触れたまえ」／ターナーはゼスチャーを交え、言った。／浩志はしばらく立ち上がれなかった。（一二五頁〜一二六頁）

ターナーは明らかに戦争による〈心的外傷後ストレス障害（ＰＴＳＤ）〉を負っている。ＰＴＳＤは厚生労働省のＨＰ・ｅ―ヘルスネット[11]によると、「生死に関わるような体験をし、強い衝撃を受けた後で、その体験の記憶が当時の恐怖や無力感とともに、自分の意志とは無関係に思い出され、まだ被害が続いているような現実感を生じる病気」であり、「災害や事故・犯罪被害などで「もうこのまま自分は死んでしまう」「どうすることもできない」状況に直面して強い恐怖や無力感を体験した後で、その記憶が何度も思い出され、その場に連れ戻されたように感じ、その時と同じ感情がよみがえることがあ」るとされる（侵入症状＝再体験症状）。ターナーは戦場を追体験する苦痛から、麻薬だとされる「アメリカひまわり」の煙の中に解放を求めつつ、頓挫を繰り返しているようである。

身体に呼びこまれる「アメリカひまわり」の煙と、浩志に託されたその栽培・育成はターナーの心的な〈ケア〉の希求である。「紫がかった白い煙」によりターナーは〈生きている〉。だが、ここでの心的外傷への〈ケア〉は、麻薬によってのみ行われているのではない。ターナーが大切にしているものに〈耳〉があるのだった。

四、〈耳〉をめぐる生者と死者の対話の可能性／不可能性

> もしかするとターナーはアメリカひまわりを巻いた煙草を吸いながら敵と戦ったのではないだろうか。頭が朦朧としていても投げたナイフは敵の体に命中するはずだから、ちゃんと戦える。／ターナーが煙草をふかしながら近づいてきた。手にガラスの瓶を持っている。／ターナーはソファーに座り、テーブルに置いたガラス瓶の蓋を開け、乾燥椎茸のようなものを取り出し、カラフルな皿に載せ、浩志の方に押しやった。／浩志は顔を近づけた。思わず仰け反った。耳だ。生きた人の側頭部にくっついている耳より少し小さいが、形ははっきりしている。／中学校から感謝状を贈られるほどの誠実な兵士のターナーが、人間の耳を乾燥させ、ガラス瓶に保管しているとは信じがたかった。
> （二二六〜二二七頁）

ターナーが見せた瓶のなかに〈耳〉がある。この〈耳〉をめぐり、浩志は自分でも意図せずにターナーに微笑んだり、いくつもの質問を投げかける。だがターナーは「苛立ったようにスパスパと煙草をふかし」黙っており、「言葉を発する気配はなかった」。そして目を閉じたり開けたりを繰り返しながら、〈耳〉を指差して「私がこの男を殺した」と静かに述べるのである。戦場で殺した「たった一人」の〈耳〉を供養のために持ち帰ったのかと浩志は疑う。

ターナーは自分の赤らんだ耳に手をやり何やら言っ

た。声は細く、聞き取れなかった。／浩志は聞き返した。／「……ジープが突進してきた。撃ちまくったら、あの男の体に無数の穴が開いていた。私は恐くなって、号泣した」／あの（ハウスの外まで聞こえたターナーの――引用者注）悲鳴に似た声は泣き声だったんだと浩志は思った。／「夢だよ、ターナー」／浩志は息苦しくなったが、妙に平然と言った。／二度寝してしまったんだろう？　恐ろしい夢を見るよと内心言った。（三〇頁）

ターナーは火をつけた煙草を口にくわえ、足をふらつかせながらサイドボードに寄り、観音開きの小さい扉を開け、ガラス瓶を取り出した。／瓶の中の耳を見つめ、また笑った。妙によく笑うようになっている。／今度は招き猫のように浩志を招いた。浩志は逃げたかったが、リビングルームに入った。／ターナーはソファーに座り、煙草を吸いながらうっとりと耳を眺めている。（三一頁）

　ターナーは戦場においての突発的な出来事のなかで銃の引き金を引き、相手の男を射殺した。生きるか死ぬかの戦場において、ターナーの「号泣」は意外なものかもしれない。だが、ここでは自らが射殺したという行いへの恐怖が涙を誘発する。また射殺したゆえに、相手の男との対話の可能性が遮断されたことになる。もちろん、戦場において対話は不可能な行為であるだろう。しかし、ターナーは、男の身体から〈耳〉を切り取り、大切に保管する。したがって〈耳〉は、ターナーの対話の回路の象徴であり、死者との和解の可能性を含んだ「喪の仕事」の重要な装置となるはずである。

　フロイトが「喪とメランコリー」（一九一七年）において提唱した「喪の仕事」概念は、人間が愛着ある対象を喪失した悲哀を受け、その対象からいかに離脱するかの心理的過程を問うたものである。秋丸知貴は、フロイトの挙げた「正常な帰結」概念を受け、「健常な人間は、いつでも愛する相手との別れを受け入れる自制心を持ち、（中略）人間は報われない古い愛は捨て、新しい愛を生きるべきである」[12]とまとめたうえで、必ずしもそうならない心性を受け入れる。「つまり、一定の期間を超えても喪失対象への愛着を失わないことは、必ずしも病的悲哀や現実適応への失敗ではなく、喪失対象との関係を結び直[13]」す機会となりうると指摘するのである。

　ターナーと死者は一回性の関係にあり、そこには愛着の不在が認められるだろう。同時に、〈耳〉という聞く器官の所有は、男への語りの結実を目指すものでもある。ターナーが恐怖した戦場での殺人という行為は、彼自身を救う行為でもあっただろう。だが、それだけで納得できるものではない以上、沖縄に帰還した後も、〈耳〉を通して、語りの可能性が試みられている。同時に、聞く器官としての〈耳〉のみの所有は、ターナーの思い／言葉の一方通行を示すものでもある。語りはターナーにあり、〈耳〉は聞くことの可能性を含有しながら、対話の可能性を持たない。相互性の不在が、ターナーの〈空白〉を拡張していくことになるのである。

したがって、ターナーの身体があらわす「沈黙」や虚ろな表情、あるいはハウス内の装飾品の欠如は、〈空白〉でありつづけるターナーと関連するだろう。死者に対する対話の可能性は、戦場にあっての予期せぬ殺人行為の是非、非／正当性、他の可能性の有無についての語りをもたらすかもしれないし、それがあるいはターナーの〈正常〉を呼び戻すかもしれない。だが、〈耳〉は、あくまでも聞くための器官であり、応答をもたらさないのである。

聞く〈耳〉との対話の不可能性が、「アメリカひまわり」による一時の解放を欲望させる。この循環において、ターナーは疲弊していくのである。

一方で、〈耳〉は自分が犯した行為をターナーに問い続ける実存でもある。

ターナーはもう話しかけるなというように目を閉じた。／ターナー、耳を処分したら？　僕が手伝うよ。弔ったら耳の主を早く忘れられるよと浩志は呟いた。／浩志の声が聞こえたはずはないのだが、ターナーは、絶対に忘れてはいけないと言った。／殺した人を忘れないために耳を保管しているのだろうかと浩志は思った。考えられなかった。／切り取った耳を男の側頭部にくっつけるわけにはいかないように、殺した男を生き返らせるわけにはいかないんだよ、ターナー。恐ろしい過去は忘れるべきだよと浩志はまた呟いた。耳を丁寧に埋めたら悪い夢も見なくなるのではないだろうか。野原に小さい墓を作ってあげようと思った。／浩志は瓶の中の耳に土をかける真似をし、手を合わせた。／「耳が消えたら夢なのか現実なのか、自分が生きているのか、死んでいるのか、分からなくなる」／浩志はターナーの英語を何とか日本語に訳したが、ターナーが何を言いたいのか、分からなかった。（三二一〜三三頁）

浩志はここで思いを「呟く」が、それが言葉上のコミュニケーションを成立させているかはテクストは不透明なままにする。手を合わせる「真似」を通して、ターナーは解答をもたらすが、浩志に真意は通じない。平敷武蕉は、「耳の収集という猟奇趣味からではなく、明らかに殺した死者を供養し、自分の罪を忘れないためのようである」[14]と述べ、〈耳〉を所有しつづけることが、死者の供養にあたると指摘する。罪の忘却を回避することが自己の存在の意味にまで広がっているターナーは、死者への供養にまで達していかないようにも思えるが、あるいは死者への語りが後悔を含むとき供養の可能性は示されるかもしれない。

一方的な語りを聞く〈耳〉とともに在り続けることは、死者との〈共苦〉の可能性を示す。〈耳〉との対話は不可能でありながら、所有に拘るのは、そこに死者との了解し得ない思いが在り続けること受け入れているからだろう。ターナーは病的な症状を示しつつも、「喪失対象との関係を結び直」す可能性を捨てていない。

一方で、満太郎は親しくする「不良米人」からターナーに関する情報を仕入れ、浩志と共有する。「敵を殺すのは当たり前」の戦争において「耳は戦果」なのだと満太郎は主張する。ターナーと関わることは、金になる。浩志から金を搾取することをもくろむ満太郎は、「何よりも母親の耳だ。治療に金をかけたら聞こえるようになるんだ。浩志、今こそ、母親孝行しろ」と述べ、「アメリカひまわり」の窃盗を促す。[15]〈耳〉に拘り、煙を吸うターナーに対して、満太郎は「ターナーはやっぱりおかしいよな、浩志。兵隊はみんな何十人何百人殺しても、軍隊を離れたら知らんふりをするのに」と語りかける。沖縄戦や戦後の米軍による土地接収問題をふまえるとき、満太郎の指摘には首肯できる部分もある。ここで浩志は次のように「ブツブツ」言う。

忘れないから頭がおかしくなってしまうんだ。なぜ忘れないように毎日耳を見つめるんだ。／アメリカひまわりは悪い草だから盗んだらターナーは救われるし、母親の耳を治療できると自分に言い聞かせた。（四六頁）

これから犯す盗みに対して、ターナーの救済の論理を確立し、そこに母親の活路も見出される。「僕が埋めるか焼くか、耳を供養したら、人を殺した事実がターナーの頭の中から消え、楽に生活できるようになるのではないだろうか」、「耳を捨ててしまえば、人殺しを忘れられるんだ。／アメリカひまわりなんか吸わなくてもいいんだ。アメリカひまわりを盗もうとする罪悪感がどこかにあるのか、浩志はターナーの身を案じた」。浩志は、ターナーのハウスに盗みにむかい、眠っているターナーの近くにあったガラス瓶から〈耳〉を盗む。「〔…〕赤黒い耳が、耳の聞こえない母親を嘲笑っているように錯覚し」、「母親を弄んでいると思った」浩志は、〈耳〉と「二本のアメリカひまわり」を土ごとバケツに入れる。ターナーの〈耳〉と「アメリカひまわり」をめぐる循環を断ち切ることを口実に浩志は実行するのである。だが、その行為はターナーに見つかり、浩志は、基地内に侵入していた満太郎と合流し、逃走をはかる。ここで浩志は、ターナーが〈耳〉に拘泥していると認識する。二人がゲートボックスまで到達したとき、米人のガードが、威嚇射撃をするも、「銃声を聞いたターナーはさらに興奮し、ナイフを振り回した」ために、「米人ガードがピストルの引き金を引」き、ターナーは「腹を押さえ、アスファルト舗装の地面にうずくまった」。隣町出身の小太りのガードも居合わせ、米人ガードの詰問を受けるも、満太郎の嘘によって解放されることになるが、ターナーに〈耳〉を返却したい浩志が小太りのガードに〈耳〉を渡す。「この耳の件は軍の機密だ。軍に知れたら大変だから、俺が処分する。耳の話は絶対誰にもするな」と言われ、〈耳〉の存在は無化されて物語は終わる。

〈耳〉と「アメリカひまわり」との循環により疲弊するターナーは、一方で自分の存在への問いを持ち続けられた。一方で、浩志は母の〈耳〉の治療＝親孝行という行為を肯定するためにも盗みを働く。そこで「アメリカひまわり」だけでなく、〈耳〉を奪うという行動は、聴力を失った母親への〈耳〉の奪還をめぐる代理行為でもあるだろう。だが、この〈耳〉自体からは、「母親を弄んでいると」の思いも受けており、二重性をはらむ。

浩志は、対話において何度も「沈黙」し「目を閉じる」ターナーの悪循環を断ち切るために、〈耳〉を盗む。ここには少年の善意があらわれている。だが、戦争から受けた心的な外傷により深くえぐられたターナーの内面には到達しえなかった。浩志にとって〈耳〉はターナーの心的外傷を再生し続けるだけのものであり、ターナーと〈耳〉が可能性として示す〈共苦〉への到達はやはり不可能であった。

したがって、少年が見て感じた米兵ターナーの存在と、ターナー自身の生存と自己同一性にかかわる自覚存在には乖離があり、そこでの対話は不可能であった。ここに、満太郎による米兵の利用、子分からの搾取という物語が重なることで、少年浩志は自己行動を決定し、ターナーを危機に追いやってしまったのであった。

五、おわりに

本論では、又吉栄喜のこだわる「原風景」としての浦添を確認し、そこで体験した「原体験」の記憶にも言及した。そのうえで、強い米兵をとりあげるのではなく、「ジョージが射殺した猪」のジョージのような、弱い米兵を描く作品として「ターナーの耳」をとらえた。

本作では戦場における射殺をめぐるPTSDに苦しむ体躯の大きな米兵ターナーが描かれていた。その米兵を少年の目がとらえていく。だが、少年にとっての〈正しさ〉はあるかもしれないが、それがターナーの救済にはならなかった点を考えた。ターナーは死者から切断した〈耳〉を通して、死者とともに在り続けることで、死者と自らの存在の意味を問うていたのではないだろうか。だが、「沈黙」し「目を閉じる」ことの多いターナーから、その点を浩志は読み取れない。ここに、「ブロークン英語」を通してのコミュニケーションや対話の可能性が開けながら、〈共苦〉への誘いの可能性は閉じられていた。したがって、浩志と満太郎の理論によって、〈耳〉と「アメリカひまわり」は奪われなければならなかった。

ターナーがゲートボックスで聞いた銃声は、ターナーの内面において戦場を再生させたのだろうか。目の前にいる米人や隣町出身のガードは、ターナーに敵を再現させたのだろうか。自らの死の可能性よりも、〈耳〉に声／言葉を届けることが不可能になることがターナーにとっては苦しいことだったのだろう。

〔註〕

1　「豚の報い」（『文學界』一九九五・一一）

2　「又吉栄喜ワールドーアメリカの影と沖縄の基層」（『EDGE』一九九六・二）

3　前掲2書、四〇～四一頁

4　ここで又吉は、「自分にとっての原風景を想像力で膨らませて小説にしている」とも述べる（「小説題材　半径2キロに／又吉栄喜さん講演／出身地の浦添で語る」『沖縄タイムス』二〇一五・一〇・五）。さらに、近年では「キャンプキンザーの西側に湾岸道路（と長いカーミージー橋）が数年前に完成し、私は生誕七十年目に浦添の海を見ました。戦後すぐ海辺の集落の人たちは山の方に移住させられ、キャンプキンザーが造られたのです。私の小説の原風景の海「カーミージー（亀岩）」（処女作の舞台）はこの海の北の方にはずれにあります」（「巻頭言」『なぜ書くか、何を書くか』インパクト出版会、二〇二二三・五、五頁）と述べ、「原風景」の重要性を確認している。

5 『すべては浦添からはじまった―又吉栄喜文庫開設記念トークショー』（二〇一八・九）

6 前掲（2）書、四三～四四頁

7 本作は、『すばる』（二〇〇七・八）に発表後、『文学2008』（日本文芸家協会編、講談社、二〇〇八・四）に取り上げられ、『又吉栄喜小説コレクション2』（コールサック社、二〇二二・五）に所収されている。本論の引用には『又吉栄喜小説コレクション2』を用いた。

8 大城貞俊「文学の力・人間への挑戦」（『又吉栄喜小説コレクション2　ターナーの耳』コールサック社、二〇二二・五、三八六頁）

9 前掲（5）書には、又吉が書いた浦添〈半径二キロ〉の地図と作品の相関図の頁がある。ここで「ターナーの耳」の舞台はキャンプ・キンザーの近く、外国人住宅と関わる場所にメモ書きされている。

10 又吉栄喜「小説の風土」（『時空超えた沖縄』燦葉出版社、二〇一五・二／初出『群像』一九九八・一〇）

11 厚生労働省のＨＰ・ｅ―ヘルスネット（https://www.e-healthnet.mhlw.go.jp/information/heart/k-06-001.html、二〇二三年九月二三日閲覧）

12 秋丸知貴「ジークムント・フロイトの「喪の仕事」概念について―その問題点と可能性」（『グリーフケア』二〇二一・三、七六頁）

13 前掲（12）書、七八頁

14 平敷武蕉「ほのかな光はあるか」（『文学批評の音域と思想』出版舎Ｍｕｇｅｎ、二〇一五・四、四三〇頁）

15 本作四五頁からは、「不良米人」によるターナーの噂が記される。この噂という情報についてもターナーという存在の本質を迂回していると思われ、考察する必要もあるが別稿に譲りたい。

『亀岩奇談』論
――「原風景」は「沖縄の今」としてどのように小説化されるか――

小嶋洋輔

一

又吉栄喜に関する研究は二〇〇〇年代に入って、「帝国主義や植民地主義、冷戦体制の構図を見いだして批判的に検証」するような試みが増えてきた。[1] こうした「構図」で論じられている作品に「ジョージが射殺した猪」(『九州芸術祭文学賞作品集一九七七(八)』一九七八・二)「ギンネム屋敷」(『すばる』一九八〇・一二)がある。[2] また第一一四回芥川賞受賞作である「豚の報い」(『文學界』一九九五・一一)の研究は現在まで継続的に成されており、こちらは「沖縄固有の基層的な世界観」[3] が作品にどう描かれているのかを見るものが多いように思う。

だが、そうした「構図」を又吉の小説から見いだそうとする際にほとんどすべての論者が問題にするのが、又吉の小説が「わかりにくい作品」[4] であるということだ。そして、この「わかりにくさ」はもしかしたら、「豚の報い」の芥川賞受賞時の選評にあった、たとえば丸谷才一の言説と結びつけることができるかもしれない。[5]「前半は非常によかつたが、後半は崩れてゐる。生命力の奔騰を描いて読者を刺戟し、さあこれからどうなるのかと期待させて置きながら、決着がうまくついてゐない。」というものである。丸谷は、「豚の報い」の後半部が読者の期待するストーリーから外れて「崩れ」てしまったという。多様な要素を盛り込むが「決着が上手くついてゐない」というのである。ここで幾分乱暴な仮説を述べるならば、読者の期待の地平、図式化して読み解くようなことを拒否するのが又吉の小説の特徴なのだといえないだろうか。ここで丸谷が問題にしたのはストーリーの問題であるが、それは寓意の読み解きに関してもいえるかもしれない。[6]寓意を含んだような描写が、必ずしも読者が求めるような答えに接続しない小説といいかえてもよい。

本論では、その帯に「沖縄の今を寓話化」と記された、『亀岩奇談』[7]を対象とし「わかりにくさ」の内実にいくらかでも迫ることができればと考えている。『亀岩奇談』が刊行されたのは二〇二一年であるが、又吉は二〇一五年に自身初のエッセイ集『時空を超えた沖縄』（燦葉出版）を刊行して以来、自作への言及を増加させているといえる。つまり「寓話」の謎を解きほぐす材料となる作者からの言説が増加しているのである。さらにこれはあとで詳述するが、『亀岩奇談』という単行本の構成自体が、作者からのアプローチを写すものになっているといえる。

そしてまた、『亀岩奇談』を対象とすることには、もうひとつ意図がある。先に概括したように又吉栄喜の研究は、「ジョージが射殺した猪」や「ギンネム屋敷」といった初期作品を中心に成されている。これは、まだ又吉作品にある「わかりにくさ」の度合いが低く、日本近代文学研究的といえる文脈に落とし込みやすい作品だからなのかもしれない。だが、又吉は「豚の報い」以降、より「わかりにくい」小説を発表している。つまり、又吉の近作である『亀岩奇談』を読み解くことで、又吉栄喜の「今」、そして「沖縄の今」を論じるという意図が本論にはある。それが、沖縄県の大学で日本近代文学研究者としてあるところの私、つまり「沖縄の今」に関わっている私が論じるべきことのように思う。

二

単行本『亀岩奇談』はいわゆる文芸書の一般からは外れる構成を有している。「一般」とは語弊があるかもしれないが、書き下ろしや中長篇小説を収める文芸書は、小説のみで構成されるものが多い。短篇集のような形式であれば、著者による「あとがき」が付されることが多いが、原則として著者による文章のみで構成される。それに対して『亀岩奇談』の構成は、次のようになる。目次を引用する。

目次

『亀岩奇談』を開くとまず、「カーミージー」と思われる場所で岩に腰掛ける著者又吉の写真[8]があり、次いで又吉自身の手による「まえがき」が置かれる。ここで興味深いのは「まえがき」からページがふられていて、今引用した目次にも7ページとふられている点である。そして巻末の大城貞俊による解説にも通しでページがふられている。「まえがき」も本書の著者ではない大城の文章である解説も、中編小説「亀岩奇談」や短編小説「追憶」と同じレベルに置かれているのである。これはあたかも『亀岩奇談』が書を全体で論じるべきテクストであることを示しているようである。本論では、まず「まえがき」と解説の考察からはじめたいと思う。

「まえがき」は次のようにはじまる。

> 友人の名桜大学前学長の山里勝己さんから「古希を過ぎたから自伝小説を書いたら?」と勧められた。アメリカ大統領は引退後回顧録を出し、数千万円の収入を得ているという。金額に心が浮き立ったわけではないが、ゆっくりと自分の誕生から古希までの時間の流れを振り返ってみようと思った。　（一頁）

つまり、友人から「自伝小説」の執筆を勧められ、著者「私」はそれを試みようとしているわけである。「私」は、この助言を真摯に受けとめ、「自伝小説」に書く内容として、「旧満州に赴任した経歴」のある父と、先祖が首里士族で「琉球処分」の歴史に翻弄された、「時代を背負う」「私の父母の話」をまず上げている。そして「私」は、自分の人生を「幼年期、少年期、思春期、青年期に区分し、一つずつ徐々に掘り起こそう」と試みる。だが、その作業のなかで「私」に残ったのは、「少年期の精神世界」すなわち「公民館と珊瑚礁の海」であったという。それを「私」は「小説を書くとき、全沖縄（琉球）を小さい場に凝縮しようと常に考えているが、公民館と珊瑚礁の海と選挙風景が一つの小説の場となる」といいかえている。そして「自伝小説の執筆は中止し、このような小説を書こうと決心した」というのである。

「まえがき」にあるのは、小説の当初のプラン＝自伝小説の失敗と新たなテーマの発見である。と同時に「私」又吉栄喜の小説執筆の方法を説明するものともなっている。つまりそれは、自分の人生を「掘り起こ」し、その作業で見いだしたイメージを拡大するというものであった。

だが、今回「私」は、「珊瑚礁の海」に小学生の頃感じた「感覚」をすぐに表現できないかったという。そこで「私」が向うのが「カーミージー」と「亀岩」である。

ほどなく私は一人、昔集落の祈り、遊び、収穫の場だったというカーミージー（亀岩）に出かけた。／小学一年生の時、集落対抗学年別バトンリレーのスタートをきった私は褒美なのか従兄弟にゴジラの映画に連れていってもらった。水爆実験がよみがえらせたゴジラはありとあらゆる人工物を破壊した。／カーミージーにもゴジラのような自然の守護神がいるようにも思えた。／少年のころから何度も遊んでいるが、全く知らない新天地のような妙な感覚が生じた。／亀岩は肺結核が治癒したばかりの二十代の私に少年の感性を呼び起させたが、今は古希の私に二十代の感性を呼び起こそうとしている。／ようやく筆が動き出し、しだいに勢いを増した。（四 - 五頁）

ここで又吉は、「カーミージー」、「亀岩」に新たなイメージを見る。「カーミージーにもゴジラのような自然の守護神がいるようにも思えた」というのである。そしてこれもまた、自らの人生を「掘り起こ」す作業で見いだしたイメージである。又吉は近年、自身のこうした執筆方法について繰返し発言しているように見える。たとえば、『ジョージが射殺した猪』（燦葉出版社、二〇一九）の「まえがき」で又吉は次のように述べている。

私が育った小さい浦添の原風景に、何かの拍子にひょこっと顔を出す千年間の人々の「精神世界」が詰まっていると考えています。特に初期の三作（の由縁はあとがきに記しますが）は原風景にショックや感動を受け、いわば即興的に書いたと自分では思います。私に想像癖があるからというより、原風景が私に想像を促す（想像さえ許さない過酷な現実が眼前に迫ってはいたのですが）何かがあるように思えるのです。

これは作家として立ったころを思い返しての発言であるが、エッセイ集『時空を超えた沖縄』の「まえがき」でも、「「迷った時は原点にかえれ」という言葉がありますが、私は不条理な現実を切り開く小説を書く時、必ず原風景を引っ張り出します」と書いている。自身が育った浦添の風景を「原風景」として、小説執筆の基にしているというのであるが、これが二〇二〇年刊行の『亀岩奇談』でも変わらないことがわかる。又吉は、「原風景」を「掘り起こ」し、そのイメージを普遍的なものとして具現化することで小説を書いているのである。『亀岩奇談』の「まえがき」は、この単行本に収載された「亀岩奇談」、「追憶」の事前解説のように機能しているといえよう。

そしてさらにこの「まえがき」には、山里勝己と大城貞俊という又吉の友人が登場する。[9]山里勝己は先の引用にあるように、「友人の名桜大学前学長の山里勝己さんから「古希を過ぎたから自伝小説を書いたら?」と勧められた」とその一文目で登場する。さらにもう一箇所、「「大統領の回顧録もありのままではなく、取捨選択し、美しく表現されている」と山里さんは言っていた」と、こちらも山里のセリフが付されるかたちで登場している。大城貞俊は、「著名な作家、詩人、評論家の大城貞俊さんの素晴らしい解説は心底私に感銘を与えた」と、謝辞のかたちで「まえがき」に登場している。

名桜大学前学長で、友人の山里勝己とは、カリフォルニア大学デービス校英米文学専攻博士課程修了した英米文学研究者であり、G・スナイダーの研究者として『場所を生きる——ゲーリー・スナイダーの世界』(山と溪谷社、二〇〇六)を残している。同時に山里には、琉球大学設立の歴史を詳細にまとめ、沖縄戦後史に新たな視点を供給した『琉大物語 1947―1972』(琉球新報社、二〇一〇)もあり、いわゆる沖縄の知識人として活躍している人物といえる。

又吉との関連でいうと、又吉が一九四七年生、山里が一九四九年生ということで、ほぼ同世代であり、同じ時期に琉球大学で過ごしている。だがそうした関連よりも大きいのが、山里が小説家という側面も有していたということであろう。山里は中原晋の筆名で「銀のオートバイ」を書き、それにより一九七七年琉球新報短編小説賞を受賞している。又吉が同賞を「カーニバル闘牛大会」で受賞したのが一九七六年であるから、同時期に沖縄で小説を書いていた同志ということができる。又吉が山里を同志として見ていたことは、「大城立裕追悼記念シンポジウム」における又吉の基調報告のタイトルが「「辺野古遠望」と「銀のオートバイ」」であり、大城立裕の晩年の作と山里=中原の処女作からイメージされるものを語ったことからもわかる。[10]

また、本論の目的とするところとは遠くなるため、紹介程度にとどめるが、この両者を考える際に重要なのが、「二月の会」という文学グループの存在である。我如古修二、崎山多美、玉木一兵、又吉、山里からなるこの「二月の会」では、発表前の小説の合評会などが行われ、同世代の小説家が研鑽を積む場として機能していた。「二月の会」の詳細については、管見に入る限りほとんど資料が残ってはいない。だが、又吉が「豚の報い」で芥川賞を受賞した際の、一九九六年一月二五日『沖縄タイムス』紙上で行われた「芥川賞受賞記念座談会」を読むことでその概略を知ることができる。[11]「二月の会」は一九八二年に発足し、この座談会の段階で一四年続いているとされる。つまり、又吉、山里が三〇代から四〇代の間続いた会といえる。こうした場が存在したことに関しては今後調査、検討が必要であろう。ただ、この座談会の時点で又吉はすでに、自身には「原風景が少年時代に強く焼き付き、潜在意識の奥底まで沈んでいる」、「原風景は精神的に影響を与えるもので、それが表現の核となることは不自然ではない」と述べていることは興味深い。

次に大城貞俊である。大城は沖縄県内の高等学校で教員を続けながら、評論家として『沖縄戦後詩史』で一九八九年、第二九回沖縄タイムス芸術選奨文学部門奨励賞を、小説家として「椎の川」で一九九二年、具志川市文学賞[12]を、詩人として『或いは取るに足りない小さな物語』（なんよう文庫）で二〇〇四年、山之口貘賞を受賞した人物である。大城も山里と同じ一九四九年生であり、又吉、山里、大城の三者は、学科は異なるが琉球大学で同時期に過ごしていた。そしてその関係は二〇二一年『亀岩奇談』刊行時も変わっていない。先に示した「大城立裕追悼記念シンポジウム」は、この三者と崎浜慎が中心となり企画された。そして、二〇二二年にはこの四名が編者として、『大城立裕追悼論集　沖縄を求めて沖縄を生きる』が刊行されている。

では大城は「解説」、「又吉文学の魅力と魔力」で何を語っているのだろうか。大城が指摘するのも又吉の小説が有する「わかりにくさ」である。だがその「作品を読む楽しさの一つは、デフォルメされた物語や人物をどのように把握するかということにある」とし、「亀岩奇談」で「展開される物語も人物も、現在の寓喩であり、辛辣な批評である」と述べる。つまり大城は、「わかりにくい」又吉作品を読み解く方法を提示しているのである。そして、大城は又吉が自身の「原風景」と創作方法について語ったインタビュー「又吉栄喜の原風景」（『うらそえ文藝』、二〇一七）を引用する。ここで又吉が語っているのは、自身の周囲に存在した「原風景」を掘ることで、「深いもの」を見いだし、そしてその「深いもの」が「世界やアジア」＝普遍的なものに「広げたい」ということである．それを受けて大城は「又吉文学に登場する人物は不可解な言動をとる。しかし、矛盾を抱いた予測不可能な人物の言動にこそ希望を求める多くの可能性が秘められている」とし、それこそが「作者の意図」だとまとめている。そしてこの大城の「解説」で示された読み方で、本単行本に収められた「亀岩奇談」、「追憶」は読まれることになる。さらにいえば、「亀岩奇談」、「追憶」を具体例にして、これまでの、そしてまた以降の、又吉文学の読み方マニュアルとして大城の「解説」は機能しているように思う。

この書き下ろしの単行本である『亀岩奇談』に付された「まえがき」と「解説」は、又吉と山里と大城を中心として形成された空間が二〇二一年の沖縄に存在していたことを、まず示している。この三者の関係性についてはさらに検討が必要であろう。今後の課題としたい。だが、『亀岩奇談』という単行本がこうした空間のなかで形成され、書かれたことを前提として把握しておく必要がある。少なくとも「まえがき」と、大城による「解説」の存在は、「亀岩奇談」、「追憶」の読み方の方向性を示すものとして機能しているのである。

三

ここからは小説「亀岩奇談」を読み解く作業を行う。『亀岩奇談』の帯文に記されたあらすじは、一言で難解である。「舞台は赤嶺島の自治会長選挙。生きる意味を見失った主人公和真（軍用地主）が、島の人々に翻弄されながら故郷亀岩の精へと…。選挙戦、政治とカネ、聖なるものと俗なるもの等複雑に絡む世界がシンプルかつ滑稽に描き出される」というものである。もう少し補足するならば、主人公宮里和真は浦添市で育った二一歳、父母の死により軍用地主となり、それを契機に母の生まれ島である赤嶺島に移住を決意する。赤嶺島は「本島から六十二キロ南の海に」あるとされるが、架空の島である。また、和真を亀岩の精とするのは、認知症を疑われる「耳たぶの長い老女」であり、和真は「海の擁護者」、「亀岩の精」を自認してゆくことで、埋め立て推進派である自身の保守的な選挙陣営から疎んじられることになる。

以上のように「亀岩奇談」は、現実離れした「わかりにくい」ストーリーの上に成立しているのだが、それに反するように作中に具体的に書き込まれるのが「日付」といえる。和真の父母の命日をはじめ、とかく「日付」が強調して示される小説なのである。「あらすじ」を補うために、この日付をもとに小説の展開を時系列で表示してみよう。

日付	出来事	章	補足
平成二十六年のある日	母から亀の精の話を聞く	九	「中学二年のある日」と記述
平成二十七年夏休みのある日	ボスが浦添へ	五	「中学三年の夏休みのある日」と記述
平成二十七年夏休みのある日	和真の母、赤嶺島の知人の法事	十一	
平成三十年	和真の短歌、新聞に掲載	五	「一昨年、十九歳の時」と記述
令和元年二月四日	和真の父、墓を改築	二	
令和元年二月五日	和真の父、事故死	二	「翌日」と記述
令和元年十月十日	和真の母の死	二	
令和元年十月十二日	和真の母の葬儀	二	
令和元年十月十四日	相続の手続き	二	「二日後」と記述
令和元年十二月	現在米軍基地内の仕事が人気という説明	三	
令和二年一月十五日	和真二一歳の誕生日	三	
令和二年一月二十日前後	軍用地主の会、和真訪問	三	
令和二年二月五日	和真の父の一周忌	四	
令和二年三月十五日	赤嶺島に移住	一	
令和二年三月十六日	外を出歩く	一	「翌日」と記述
令和二年三月十八日	和真、海へ	九	「初来島の三日後」と記述
令和二年三月十九日	和真、海へ	九	「初来島の四日後」と記述
令和二年四月	咲子と海へ	一	「四月のある大潮の昼間」と記述
令和二年五月一日	にわか雨、家の描写	一	
令和二年五月二日	夜中二時半、海へ	一	
令和二年五月二十四日	自治会長選挙通知	五	
令和二年五月二十七日	和真、自治会長選挙へ	五	水曜日の午後と曜日も記述

日付	出来事	章	補足
令和二年五月二十八日	ボスへ選挙資金を渡す	五	「翌日」と記述
令和二年六月三日	「立候補予定者説明会」「励ます会」	六	
令和二年六月七日	自治会長選挙告示日	七	日曜日と曜日も記述
令和二年六月八日	「耳たぶの長い老女」と邂逅	八	「二日目の選挙運動」と記述
令和二年六月九日	早朝、海へ	九	「選挙運動三日目」と記述
令和二年六月十日	「耳たぶの長い老女」が和真を「亀の精」と吹聴	十、十一	「選挙運動四日目」と記述
令和二年六月十一日	革新派の青年と対話　ボスとの対話	十一、十二	「選挙運動五日目」と記述
令和二年六月十二日	和真の内面描写が主	十三	「選挙運動六日目」と記述
令和二年六月十三日	和真、家に閉じこもり、自らの「亀の精」としての役割を受け入れる	十四	「選挙運動最終日の七日目」と記述
令和二年六月十四日	自治会長選挙当日、和真、海へ	十四	「夜明け前」と記述

小説のストーリーの主となるのは、和真が赤嶺島に移住した「令和二年三月十五日」以降であり、なかでもとくに和真が自治会長選挙に立候補することになる「令和二年五月二十七日」から、選挙の投票日である「令和二年六月十四日」までの二〇日弱の期間である。その期間中、和真は過去の出来事を思い起こす。和真の意識の流れは、「平成二十六年」から「令和二年六月十四日」までの間を行き来している。思い起こすのは母との記憶であり、海と「亀岩」、そして「亀の精」のものといえる。

そして、ここでやはり興味深いのは、「令和」という元号表記を繰り返すことである。平成二九年に特例法が制定され、第一二五代天皇明仁が退位し上皇となり、皇太子徳仁が第一二六代天皇として皇位を継承したことで元号が平成から令和に改元されたのが、令和元（二〇一九）年五月一日午前〇時である。「亀岩奇談」がこの元号表記を強調することで、二〇二一年、すなわち令和三年刊行の「亀岩奇談」を読む、われわれ読者の側の時間と作中の時間が同時代として接続するように感じる。

だが、「亀岩奇談」が記す年月日には、存在しない年月日があることも忘れてはならない。存在しない年月日とは、和真の父が墓を改築した「令和元年二月四日」である。平成から令和への改元は令和元年五月一日であり、二月四日は平成三一年になる。この記述によって、「亀岩奇談」という小説が、虚構の世界の出来事であることに読者は気づかされる。舞台となる島、赤嶺島がそもそも架空の島であるので、「亀岩奇談」が虚構であることは当然のことなのであるが、繰り返される「令和」という元号を冠した年月日表記は、今見たように「亀岩奇談」の世界が現実と連続した空間であることを強調しているともいえる。そのため、この「令和元年二月四日」表記の存在は違和を感じるのである。もしかしたらこれもまた、現実と接続させて読むという読み方への小説からの拒絶をあらわしているのかもしれない。

そうした拒絶を意識しながらも、「亀岩奇談」を読むためには、いわゆる普天間基地移設問題という現実を把握しておく必要がある。普天間海兵隊飛行場の移設先として名護市辺野古の米軍キャンプ・シュワブの中に拡張する案が問題となったのは、二〇一三年、平成二五年、仲井眞弘多知事が国の埋め立てを承認したことに始まる。「亀岩奇談」の作中時間は和真の回想の始まりが「平成二十六年」ということであり、この期間内の出来事であることがわかる。和真の父母が亡くなる「令和元年」＝二〇一九年の前年であり、和真の短歌が新聞に載った平成三〇年（二〇一八年）は、移設反対を訴え知事となった翁長雄志知事が亡くなった年である。その遺志を継いだ玉木デニー知事の当選（九月）、それを無視するように土砂搬入の開始（十二月）もまたこの年の出来事である。そして平成三一年二月二四日（「亀岩奇談」内では「令和元年二月二十四日」となるだろう）、「辺野古米軍基地建設のための埋立ての賛否を問う県民投票」が実施され、投票率が52．48パーセントのなか、反対が七割を超える結果となった[13]。だが、このいわゆる「沖縄県民投票」は「亀岩奇談」で描かれることはない。そして、二〇一九年＝平成三一年／令和元年、二〇二〇年＝令和二年は、沖縄県の訴えを政府、そして司法がはねのけ続けた期間ということができよう。その現実を小説家又吉は見続けながら、その具体的な事象を同時代の沖縄を描いた作中に取り込むことはない。自らの中で形成したいわゆる「辺野古のイメージ」として、「亀岩奇談」に描出してゆくのである。

新聞に載っていた辺野古の写真の断片が思い浮かんだ。ゲート前の大型ダンプカー、沖合の運搬用台船、護岸周辺に張り巡らされたオイルフェンス、威圧感のある海上保安官や警備員が乗ったボート。

（九二 - 九三頁）

この引用に代表される「亀岩奇談」の「辺野古のイメージ」は、まさしく「新聞に載っていた辺野古の写真の断片」から形成されたものといえるかもしれない。こうした現実から距離を取ったイメージが原因なのだろうか、和真は「辺野古は動いている」ため「止められない。もう絶望だ」とすら感じている。それに対して赤嶺島で何ができるかを和真は考えてゆくのである。

四

なぜ「わかりにくい」のかという観点で「亀岩奇談」を読んでいくと、主人公和真の意識の描写にも「わかりにくさ」に関わる問題があるように思う。「亀岩奇談」の語り手は主人公宮里和真を、「和真は」、「和真が」と三人称で語る語り手である。だがこの語り手は和真の内面を描写しつつも、和真のことを理解しない存在のように見える。

耳たぶの長い老女はあの世の母の使者では？　和真は一瞬奇想天外な想像をした。しかし、ともかく僕の名前を知っているくらいだから、間違いなく生前の母とも知り合いだっただろう。／亀の精は海の守護神なんだ。耳たぶの長い老女が「和真は亀の精だ」と誰彼となく吹聴しても僕の名誉にはなっても汚辱にはならないんだ。／他力本願的な「軍用地主」しか背負っていなかった僕だが、ようやく、主体的なものを獲得した。

（傍線引用者　一一二 - 一一三頁）

傍線で示したように、同じ地の文でありながら、三人称で語る語り手と、一人称「僕」で語る語り手が混在していることがわかる。「和真は」と三人称で語る語り手は、和真の内面を「一瞬奇想天外な想像をした」と語るが、その「想像」の内実に関しては、「僕」の語りに任せているように見える。だが、「僕」の語りは、和真の混乱した内面をそのまま示すだけのものであり、三人称の語り手はそれに説明や解釈を加えようとはしない。こうした語り手の混在を多く有した小説として「亀岩奇談」を特徴づけることができる。次の引用も同種のものとして例示できる。

亀岩を破壊したら海の守護神の亀の精はこの世から消えてしまうと思った瞬間、和真は珊瑚礁の海をどこまでも駆け回りたい衝動にかられた。和真は「僕は亀の精、僕は亀の精」と声を殺し、自分に言い聞かせたのだが、突然「和真は亀の精、和真は亀の精」と連呼してしまった。／僕は亀岩に尽くすんだ。自分自身に尽くすんだ。亀岩をかばうのは自分自身をかばっているんだ。僕は亀の精になり、僕の高額な軍用地料や固定資産税……まだ歳入にはなっていないかもしれないが……を村から引き上げる。

（傍線引用者　一四三 - 一四四頁）

ここでも、まず「和真は」と三人称で語る語り手が和真の様子を描写し、その内面を写そうとすると「僕」にその役割が移っていることがわかる。興味深いのは、和真は「声を殺し」、その内面に「言い聞かせ」るために「僕は亀の精、僕は亀の精」とつぶやいていたのが、「和真は亀の精、和真は亀の精」と「突然」「連呼」してしまうことになる点である。この和真自身の人称の錯綜は、「亀岩奇談」が主観と客観を混在、錯綜させる意図をもったテクストであることを示している。そしてやはりここでも、和真の行動、内面を説明、解釈すべき三人称で語る語り手はその作業を放棄しているように見える。さらに和真自身である一人称「僕」もまた、二つの三点リーダーで括られた「まだ歳入にはなっていないかもしれないが」が示すように、自身の内面の混乱をそのまま写すことしかできていないのである。

「亀岩奇談」はいわゆる解釈を、拒否するテクストということができるのかもしれない。それは、「神託」を授けに来たような「耳たぶの長い老女」との出会いの際の会話が全くのディスコミュニケーションに陥ったことを見ても了解される。

「亀の精はおまえだ」／語調とは裏腹に耳たぶの長い老女は穏やかな目をしている。／「僕は多額の選挙資金を出したから亀の精になったんですか？　この島では亀の精になるのも金がものをいうんですか？」／和真はなぜかとんまな質問をした。／「馬鹿者。亀の精は自然を守るんだ。金は自然を破滅に追いやる」／「自治会長は誰でもなれるから、僕は誰もがなれない亀の精になるのですか？」／和真は自分が何を言っているのか、わからなくなった。／「自治会長に当選し、五穀豊穣、大漁などを推し進めるようにと咲子という人が僕に言っていたが、もしかするとこのような仕事は亀の精が担うのでは？　僕が亀の精？　僕には何か神通力でもあるんですか？」／「うちは玄関で転んで、弁慶の泣き所を打って、那覇の病院に行ったんだよ。骨は折れていなかったけど、三日間個室に入ったんだよ」／耳たぶの長い老女は話題を変えた。

（九七 - 九八頁）

この引用で理解できるように、和真と「耳たぶの長い老女」の会話は噛み合っていない。和真の問いに老女は何も説明を返していないのである。老女の最後の答えが、自身が玄関で転んで、那覇の病院に三日間入院したことを話すというように、「話題を変えた」ことがそれを明示している。そして和真の問い自体、語り手がいうように「とんまな質問」で、「自分が何を言っているのか、わからなくな」るものであるという。巻末に向けて、先に見たように和真は自身を「亀岩」の洞穴に住む「海の守護神」、「亀の精」と認めるようになり、「耳たぶの長い老女」も和真にとって「俗っぽい政治を超越した聖なる存在」と化すのであるが、その根拠となるようなものは、「耳たぶの長い老女」の断定以外どこにもなかった。だが、それが提示された「耳たぶの長い老女」との会話からは、その理由や、内実に迫ることができないのである。

それどころか「海の守護神」、「亀の精」の内実について、決してたどり着けないように仕組まれているのが、この「亀岩奇談」という小説なのではないかとさえ思う。和真は母から生前、「亀の精」を「海を守る、正義の味方」と聞いてきたが、「亀の精の姿かたちは大昔からいまだに誰もわからない」という。その詳細を、和真のナビゲーター的な役割を担う咲子は「神の世界から落ちこぼれた」のち「海の守護神になった」ものが「亀の精」だというのが「村人の共通理解」だという。そして咲子は二十一、二歳のころ、「亀の精」を見たとも述べる。

「間違いなく亀の精よ。あの日、なぜか見渡す限り海岸を珊瑚の死骸の白いかけらが覆いつくしているように思えたの。いつの間にか埋め尽くされた戦争中の白い人骨に、うちは戦争を知らないし、赤嶺島では戦闘らしい戦闘もなかったけど、夏の太陽の光が照り付けていたの。うちは歩き疲れたのか、激しいめまいがしたの。気を失う寸前、目の前に現れた亀の精は七色の珊瑚の色や青い海水にカムフラージュしていたわ」／恐ろしい話なのだが、咲子は変にロマンチックな乙女のような言葉遣いをする。「形は？」／「形はなかったわ」（一〇九頁）

咲子が見た「亀の精」に付随しているのは戦争と白骨のイメージである。そしてその「亀の精」に「形はなかった」と咲子はいう。「どう言っていいのか、自分でもわからないのよ」とも語っている。咲子が目撃したこの「亀の精」には、「海の守護神」という肩書からイメージされるポジティブなものが感じられない。また、「形」をもたないということが重要のように思う。[14] つまり「亀岩奇談」は、「亀の精」の「形」を一つに固定して描くのではなく、それぞれで異なるものとして描いているのである。

そうした「亀岩奇談」の意図は、「投票日」の早朝を描く巻末の和真の描写を見ても理解される。和真は海に向かい、「赤嶺島の人は古から誰一人はっきりと亀の精を見ていないが、今、僕の前に現れる」、「気配が漂っている」という。そして忘れていた「母から習った亀の精に呼びかける歌」を思い出す。その歌を和真が歌うと「淡い七色にも見える不思議な色が出現」する。物語は、埋め立てを反対する和真を「海の守護神」、「亀の精」に出会わせその行動を肯定し、和真自身を「亀の精」とするポジティブな結末を志向しているように見える。

だが、この場面を読み返してみると、まず和真が「亀の精」を見ることができていないことがわかる。また和真は、「ああ、母も生きている間にどんなにか亀岩に上りたかっただろうか」というのだが、自身も亀岩には上っていない。「必ず亀岩に上り、僕は亀の精だと天下に表明する」とこの先の目標として述べていることからそれがわかる。和真が「亀の精」を発見し、亀岩にたどり着いていたなら、そこから和真の成長やある種の「答え」を読み解くことが可能であろう。だが、和真は何も達していないのである。

和真は耳たぶの長い老女の顔を思い浮かべ、つぶやいた。／「おばあさん、あなたはどこに行くのですか？」

赤嶺島の西の海に亀の子を取りに行くのですか？」／しだいに耳たぶの長い老女の顔の輪郭が薄れた。ついに和真は耳たぶの長い老女の顔を、長い耳たぶさえ、思い出せなくなった。（一五一 - 一五二頁）

これは小説の最後の数行であるが、この描写からも和真がどこにも達していないことがわかる。和真は、「おばあさん」と「耳たぶの長い老女」にやさしく語りかけ、答えを求めるのだが、老女の「顔の輪郭が薄れ」、「ついに」は「耳たぶの長い老女」足らしめた「長い耳たぶさえ、思い出せなくな」るのである。

五

「亀岩奇談」は、又吉の作品の有する「わかりにくさ」をあえて強めて提示する小説としてあった。令和という元号を強調しながら、存在しない「令和元年二月四日」を記すことからは、現実と接続させて読むという図式への小説からの拒絶と考えられた。人称が混在する地の文もまた「わかりにくさ」を強調していた。三人称で主人公を語る語り手は主人公に寄り添わず、一人称「僕」の混乱した語りと混在することで、主人公和真の混乱をただ読者は共有されることになる。和真が出会う人々との会話もズレてゆき、会話は会話ではなく、どこにもたどり着かない独り言になってしまう。そして、「亀の精」という「海の守護神」のイメージも「形」がなくそれぞれで、和真がそこを目指したところで「答え」としては機能しないものだった。

こうした「亀岩奇談」を、『亀岩奇談』収載のひとつの作品として読むと、「まえがき」の「私」＝又吉栄喜が「原風景」を掘ることで見出した、多種多様なイメージ＝「深いもの」を、そのまま落とし込んだ小説ということができるかもしれない。イメージを重ね合わせることで何かのメッセージにたどりつくような小説ではなく、そうした解釈、読みそのものを否定するような小説といってもよいのではないだろうか。又吉の「原風景」である浦添の「亀岩」と海から掘られたイメージは、赤嶺島の「亀岩」のイメージを加え多数化し、それがそのまま並置されてゆくのである。

そして、それぞれのイメージが増え、並置され、そしてどこにもたどり着かないこの「亀岩奇談」こそが、「沖縄の今」を、さらにいえば「沖縄の政治の今」を描いているといえないだろうか。

では、もう一つの収載作品、「追憶」には何が書かれたのだろうか。結論に代えて、「追憶」を論じることで、本論を終えたいと思う。「追憶」は九〇代後半の光一郎が主人公の、四百字詰原稿用紙で二〇枚強程度の短編小説である。

薄れゆく記憶の中で光一郎が思い出すのは、戦争で失われた景子との「思春期の思い出」と「カーミージー」、そして「亀岩」の風景である。光一郎は「毎日のように景子とカーミージーの亀の形をした大岩に登」り、「僕はふと目を閉じ、永久に景子と一緒にこの美しい亀岩に上れますようにと天に祈った」という。光一郎の生の中で起こったほかの出来事が薄れゆくのに対し、景子との時間は「至福の時間」であり、「介護士の女」に誘われることで明確に浮かび上がってきている。現在の光一郎が「私」と語るのに対し、景子との思い出を語るのは「僕」であるというこの書き分けも、景子との思い出を浮かび上がらせる効果を上げている。つまり「追憶」は「亀岩奇談」とは逆に、「亀岩」から掘られた美しいイメージを一つ取り出し、それを醸成してゆくような小説といえる。

　いつもと違う高いびきが続いていた私は車椅子に座ったまま、小さく首をかしげた。永久に静かになったが、私は楽しい夢を見ているのか、笑みがまだ口元に漂っている。頬にほんのりと赤みが差し、目の縁はきれいな若々しい色になっている。夏の砂浜を覆った、珍しい白い大気の中から亀の形をした大岩が姿を現した。（一七〇頁）

この引用は、巻末の場面であるが、「私」の視点がその体を離れてゆきつつあることがわかる。そこで「私」が見るのは、「笑み」を浮かべた、「若々し」くなった自分の姿と、「白い大気」に覆われ見えなくなっていた「亀岩」の顕現である。「永久に静かになった」光一郎が、「亀岩」の前で景子と再会するだろうことがわかるポジティブな結末になっている。記憶を失いつつある老人が、一つの「原風景」に帰着してゆくこの巻末は救いに満ちているといえる。

「まえがき」と大城貞俊による「解説」を含めた『亀岩奇談』は、又吉栄喜が「亀岩」という「原風景」をどのように小説化するかが描かれた単行本であった。又吉の小説の読み方のマニュアル的な役割を担うものとしても機能するといえる。収載された小説「亀岩奇談」では、「亀岩」から掘り起こされた複数のイメージが、一つの「答え」として集約することなく並置され、「追憶」では「亀岩」からのイメージが掘り下げられ、薄れゆく老人の記憶のなかで美しさを失わない強固なものとして提示されていた。つまり、「亀岩」という「原風景」を小説化する二つの事例としてこの二作品は置かれているのである。「まえがき」の内容にここで戻るならば、又吉が小説家としてその小説作法を語ったという意味で、『亀岩奇談』はその単行本全体で「自伝小説」ということができる。

では、以降の又吉はどこに向かうのだろうか。又吉は二〇二三年、「沖縄戦幻想小説集」と冠した『夢幻王国』（インパクト出版会）から刊行している。[15] ここに収められた短篇小説の検討が今後の大きな課題となる。

〔注〕

1　この引用は、村上陽子「〈亡霊〉は誰にたたるか―

又吉栄喜「ギンネム屋敷」論」(『地域研究』、二〇一四『出来事の残響―原爆文学と沖縄文学』インパクト出版会、二〇一五に収載)からのものである。こうした流れは、岡本恵徳、花田俊典、大野隆之、そして新城郁夫の研究から始まる。とくに花田俊典『沖縄はゴジラか―〈反〉オリエンタリズム/南島/ヤポネシア』(花書院、二〇〇六)、新城郁夫『沖縄文学という企て―葛藤する言語・身体・記憶』(インパクト出版会 二〇〇三)、新城郁夫『到来する沖縄―沖縄表象批判論』(インパクト出版会、二〇〇七)の存在は大きい。

2 「ジョージが射殺した猪」論としては近年、柳井貴士「又吉栄喜「ジョージが射殺した猪」論―占領時空間の暴力をめぐって」(『沖縄文化研究』、二〇一六)、栗山雄佑「眼前のフェンスを〈攪乱〉するために―又吉栄喜「ジョージが射殺した猪」論」(『昭和文学研究』、二〇二〇)、柳井貴士「又吉栄喜「ジョージが射殺した猪」論―〈模倣〉と〈承認〉による「米兵」化をめぐって」(『文学・語学』、二〇二〇)などがある。また近年の「ギンネム屋敷」論として仲井眞健一「又吉栄喜「ギンネム屋敷」論―「悲鳴」としての「握りこぶし」」(『立教大学日本文学』、二〇一五)、尾西康允「又吉栄喜「ギンネム屋敷」論―沖縄戦をめぐる民族とジェンダー」(『民主文学』、二〇一六)、栗山雄佑「補塡された欲望・裂け目からの〈叫び〉―又吉栄喜「ギンネム屋敷」論」(『立命館言語文化研究』、二〇二〇)などがある。

3 この引用は、柳井貴士「又吉栄喜「豚の報い」論―物語基点としての〈豚〉と変容する〈御嶽〉―」(『昭和文学研究』、二〇二二)からのものである。「豚の報い」論としては、伊野波優美「又吉栄喜『豚の報い』にみる「沖縄文学」のカーニバル化」(『地域文化論叢』、二〇一二)、松本海「又吉栄喜「豚の報い」における〈食〉―循環を生み出す「豚」を中心に」(『国文学研究』、二〇二三)などがある。

4 前注1、村上陽子論より引用。村上は『又吉栄喜小説コレクション3　歌う人』(コールサック社、二〇二二)の巻末解説「死者たちがもたらす豊穣」でも「時に支離滅裂で、時に不可解な小説の展開」と又吉の小説を評している。

5 『文藝春秋』(一九九六・三)

6 鈴木智之は、「骨を探して―又吉栄喜『人骨展示館』(2022年)の物語構造と現実感覚」(『法政大学多摩論集』、二〇一九)で、一九九〇年代の後半から二〇〇〇年代の前半の又吉の小説では「相同的な物語が書き継がれていった」として、この時期の又吉の作品を読む際に必要な作業として以下のように語っている。「主人公や女たちの行動には、それぞれの作品ごとに、それなりの動機づけが与えられている。しかし、本当のところそれをうながしているものが何なのか（中略）、それは表向きの言葉のなかには語られていないように感じられる。その分、物語は寓話的な気配をまとい、私たち（読者）は、作中の事物や出来事を何ごとかの代理的形象として読むことをうながされる」。これは、「寓話」という言葉で形容されることが多い「豚の報い」以降の又吉作品すべてに適応できる作業といえる。また、本論で取り上げる「亀岩奇談」は、鈴木が「相同的な物語」と述べるその物語展開の枠組みを用いた小説に一見見える。

7　又吉栄喜『亀岩奇談』（燦葉出版社、二〇二一）。

8　この写真は二〇一九年に刊行された『ジョージが射殺した猪』（燦葉出版社）の扉にも使用されている。

9　「まえがき」には他にも、カバー画を担当した故高島彦志、燦葉出版社社長白井隆之の名前も登場している。本論では「沖縄の今」を論じるということで、山里、大城の二名について解説を加えたい。

10　又吉栄喜・山里勝己・大城貞俊。崎浜慎編『大城立裕追悼論集　沖縄を求めて沖縄を生きる』（インパクト出版会、二〇二二）。

11　この座談会で、崎山多美が又吉の「豚の報い」の何を認めて、何を認めなかったかを見ることは、今後重要である。

12　具志川市文学賞は、竹下登内閣が発案したふるさと創生事業を活用して、具志川市（現うるま市）が全国公募した一千万円懸賞小説賞である。審査員も大城立裕、井上ひさし、吉村昭であり、全国規模の文学賞であった。

13　「沖縄県民投票」の結果は、「普天間飛行場の代替施設として国が名護市辺野古に計画している米軍基地建設のための埋立てに対する賛否についての県民による投票の結果」（県民投票推進課）https://www.pref.okinawa.lg.jp/kenkouhou/H31/3gatsu/190301gogai6.pdf（二〇二四・一・一一確認）ほかを参照した。

14　この「亀の精」についてわれわれ『亀岩奇談』の読者は、「まえがき」で「私」＝又吉栄喜から「ゴジラのような守護神」というイメージが既に与えられているのだが、それとも離れているように思う。

15　この短編集の「巻末解説」も大城貞俊が書いている。

【謝辞】本論で指摘した「二月の会」については、考察を加える対象ともなった山里勝己氏に教示いただいた情報によるところが大きい。ここに感謝を申し述べたい。名桜大学で山里氏の研究室が私の研究室の向かいであり、文学に関してお話しする機会を持てたことは、この上ない幸運であった。

闘争する「原風景」
——又吉栄喜の米軍関連作品を中心に

郭 炯徳

Ⅰ．一九七五年、又吉文学の原点から

又吉栄喜が沖縄文学の次世代作家として登場したのは、日本復帰から三年、米軍のベトナム撤退からは二年後の一九七五年だった。又吉は、第一回新沖縄文学賞（佳作）を受賞したデビュー作「海は蒼く」（『新沖縄文学』、一九七五年十一月）以来、数十年間に亘って旺盛な作品活動を続けている。特に又吉は米軍基地が沖縄に及ぼした影響を扱う米軍関連作品[1]を数多く書いて来た。又吉が沖縄文学界に登場した日本復帰の直後の沖縄文学は伝統的な生活、風俗、習慣、言語などと関わる「沖縄的なもの」を前近代的な産物と見なしながら、日本文壇を追随した過去から脱して地域の独自性を追求する方向に進んでいた[2]。

又吉が沖縄文学界にデビューした一九七五年という年は、日本復帰以前から展開されていた「沖縄的なもの」と「土着」や「流民」をめぐる議論が日本本土との関わりなどを含めて活発に議論されていた年でもあった。この時期に提起された土着に関する言説は、日本復帰を前後として振興／開発言説に対する批判として提起されたものでもあった。代表的な反復帰論者である新川明は薩摩の侵略以来、沖縄人は亡国の民であるとしながら、外勢の干渉から抜け出ない限り土着というのは幻想であるとしている[3]。なお新川は、日本復帰は沖縄人の流民化を加速させるものだとし、近代以来の沖縄が直面している「土着民から流民」[4]への転移を鋭く捉えている。そのような沖縄人の流民としての特質を新川は「「土着」にして流民であり、流民にして「土着」である」[3]としながら「流民としてなお「土着」の志を失わ

ない」[6]こと、要するに安易に定着に流されないことの重要性を説く。新川の議論は日本との関わりに焦点を当てているためアメリカとの関わりは具体的に論じられてないが、アメリカ軍の基地こそ沖縄戦以来、沖縄人を流民化した最大な原因であることは言うまでもないだろう。岡本恵徳は戦後の沖縄の特徴を「米国という「異質」の文化と接触することに日本の思想や文化を対象化[7]」できたことだと捉えているが、それはまさに戦後の沖縄文学がアメリカという鏡を通して新たに映し出した見慣れない日本像でもある。

又吉は日本復帰前後、沖縄で提起された復帰論や反復帰論などの言説をそのまま受け取っているわけではないが、その過程で意図したにせよしなかったにせよアメリカと沖縄人の関わりを強く意識した作品を世に送り出した。それは沖縄の「土着」が米軍（基地）によって変貌し、沖縄人が流民化する過程で生じた米兵と沖縄人の交渉に焦点を当てたものである。又吉は土着が本土との関係性の中で本格的に思惟されはじめた時期に故郷、浦添を中心に半径二㎞の「原風景」を描きながら登場した。又吉文学に現れている「原風景」は沖縄の土着的なものであると同時に、米軍基地に囲まれている風景でもあるが故、流民的なものでもある。したがって広大な基地の周辺に住まざるを得ない沖縄の住民は米兵や基地と「交渉」しながら日常生活を送るしかなかった。子どもの頃から又吉が体験した「原風景」は沖縄の美しい自然や伝統そのものではなく、米軍基地と常に闘争しながら共存を余儀なくされていた人々の生活の場でもあった。

又吉栄喜は沖縄の土着的な世界を描いてきた作家としての評価を受けてきたが[8]、その土着の内実は簡単に説明できるものではない。又吉文学において土着と関わる原風景は流民化される過程で切り裂かれた沖縄の共同体の破綻を含んでいるからだ。なお、又吉文学の原風景は沖縄の美しい自然風景に対するノスタルジアだけを意味するものでもない。又吉の原風景である海や浦添グスク、闘牛場、カーミージーなどは米軍基地や施設と「共存」せねばならないものである。したがって又吉文学における原風景とは沖縄人と米軍の間の交渉を抜きにしては語れない。本稿は又吉文学の中で米兵や基地と関わるテクストを中心に米兵との交渉に焦点を当てることで、「伝統」と「基地」が闘争する又吉文学の「原風景」が持つ意味を明らかにしたい。

Ⅱ．米兵との交渉と利益の行方

又吉文学における沖縄人と米軍の関わりは、異民族間の闘争よりも日常的な交渉を中心にして共同体内部の亀裂と葛藤へと繋がる。又吉は作品において沖縄人だけではなく、米軍および混血児の内面を描くことで両者の間で起こる事件の複雑性を読者に想像させている。その例としては柔弱な米兵であるジョージを視点人物にした「ジョージが射殺した猪」（『文學界』、一九七八年三月）と混血児女性と米軍との愛を描いた「アーチスト上等兵」（『すばる』、一九八一年九月）などがあげられる。又吉文学において「共同体」は他者との関わりや交渉で得られる利益をめぐって分裂／葛藤し破綻していく。その交渉は少年／少女やAサインバーで働くホステスたちによって主に行われるが、彼／彼女らは沖縄戦のトラウマに喘ぐというよりは米軍との交渉によって利益を得ようとする傾向を見せる。

「もしかしたら、もらえるかもしれんろ」

ヤッチーは今までに米兵からもらった品々の名を得意げに公表した。僕は耳までおおうことのできる帽子が欲しい。確かにあのパラシュート兵はかぶっていた。たぶん革製だ、柔らかい、牛の。（中略）僕は爆発音の大きいほど、爆発の数が多いほど、爆発の場所が近いほど胸騒ぎがする。今日はかなり破片が拾えるはずだ。飛行機群は遠くの蒼さに吸い込まれ、消えた。空いっぱいに反響していた飛行機音も消えた。急に蝉の声がきこえた。今さっきまでの爆発音は嘘のようだ。[9]

「パラシュート兵のプレゼント」（『沖縄タイムス』、一九七八年六月）に登場する少年たちは、パラシュートで降下する訓練中に軌道を離脱した米兵チェンバーズを部隊まで見送ってあげた補償として米兵に不発弾や砲弾の破片を要求する。少年たちは利益を得るためには友だちであるマサコーの肉体さえも米兵に売ろうとする。彼らの犯罪に似た行動は、沖縄で基地経済に依存する大人たちの生活方式をそのまま再現／真似したものでもある。女性の身体こそ基地経済で金儲けをする大人たちが米軍のドルと交換できる最上の「商品」であることを少年たちは大人たちから見習ったのである。

マサコーはすでに大人なんだ。僕は知っている。アメリカーが若い女を抱きたがっているのを。お前はまだガキだな。内心で僕は行雄を笑ってやった。マサコーは目も唇もきれいだ。乳もふくらんでいる。一度、桟橋でみたハーニーとは比べものにならない。あのハーニーは色黒で頬骨が出、油ぎった目玉が飛び出し、体つきも痩せた小柄の男みたいにゴツゴツしていたんだ。（中略）それより、水浴びしているマサコーをそっと米兵に教えたら何かもらえるだろうな。大きなスクラップがびっくりするほどもらえるかもしれない。[10]

「私」はマサコーが水浴びしている池をチェンバーズに知らせた補償としてスクラップを貰おうとするが、彼女を独り占めしようとするヤッチーに止められる。しかし、マサコーは少年たちと米軍の間で交換価値を持つ「もの」として扱われているが、テクストの中で自らは発話しない存在である。言い換えれば、少年たちはマサコーを単に利益をあげる対象としてしか見ておらず、彼女側からの発話は許されていない。又吉は「パラシュート兵のプレゼント」から三十年が経った後も、日本復帰以前の沖縄人と米兵の間の交渉および決裂を「金網の穴」（二〇〇七年）、「ターナーの耳」（二〇〇七年）などを通して描いている。これらの小説は「パラシュート兵のプレゼント」とは違って米軍との交渉がさらに暴力を伴うものになっている。「金網の穴」では、少年たちが米軍基地の金網を切り取って米軍ハウスに侵入していくという果敢な行動を取る。しかし、主人公の啓介（小学五年生）は、米人ハウス周辺に張られた金網の傍を通る際、破れた金網の穴から出た米軍の軍用犬に足を噛まれ重傷を負ってしまう。その穴は美津男が窃盗をしようと切り取ってきたものであるが、村の大人たちはその事件を知ると米軍から補償金をたっぷり取ろうとする。


「……犬を殺して、薬代を取りたいと思いますが」

啓介は言いながら犬を殺すのは残酷だと思った。

「馬鹿者。犬を殺したら米人は一セントも出さんよ。第一、あんな道を通るから噛まれるんだ」

（中略）「どうもこうもないよ。交渉する」[11]

この作品で村人たちが米人に向かって発する「交渉」や「親善」という言葉は、あたかも共同体のために行う行為であるかのように偽装されているが、実際には米軍から金を取るためのレトリックに過ぎない。虚偽に満ちた「交渉」と「親善」は米軍基地で働く龍郎の密告で美津男が米軍憲兵隊に逮捕され連行された後、沖縄人同士の葛藤として破綻を迎える。一方、「ターナーの耳」は中学三年生になった浩志が米兵ターナーの車にひかれる事件から物語が始まる。ターナーはベトナム戦争に参戦した後、ＰＴＳＤ症状で苦しみながら異常な行動を取る米兵である。先輩の満太郎は車の事故を利用してターナーから金をたっぷり取ろうとし、後輩の浩志は個人的な恨みからターナーが大事に保管しているベトナム兵士の「赤黒い耳」を盗もうとするなど、米兵は何かを「される側」に回されている。

「ターナーは耳を、なぜ切り取ったのか、なぜ保管しているのか、不良米人は話さなかった？」

殺した人を忘れないために、とターナーは言っていたが、浩志はまた聞いた。

「ちゃんと聞きだしたよ」

切り取った耳は殺した事実を忘れないために身近に置いていているという。（中略）一瞬、ターナーが大事にしている赤黒い耳が、耳の聞こえない母親を嘲笑っているように錯覚した。母親を弄んでいると思った。[12]

この引用は又吉が「パラシュート兵のプレゼント」から三十年ぶりに、沖縄戦とベトナム戦争を重ねている場面である。又吉文学において少年と米兵の関係は物の贈与をめぐる交渉で成り立っている。その交渉は「金網の穴」では鉄網に穴を開けたかどで逮捕される形で、「ターナーの耳」で耳を盗まれたターナーが発狂することで破局に至る。

「ターナーの耳」における破局は浩志が沖縄戦で聴力を失った母親と、ターナーが保管しているベトナム兵士の耳を重ね合わせることで起こっている。

「ターナーの耳」がベトナム戦争に参戦した後、ＰＴＳＤ症状に苦しむ米兵の姿を描いた作品だとしたら、「背中の夾竹桃[13]」は参戦する直前に脱走するという内容である。この小説は白人兵士と沖縄の女性の間で生まれたアメラジアン女性、ミチコ（高校生）とアメリカ兵ジャッキー（十九歳）との恋を描いており、「ターナーの耳」などで見られるように沖縄人と米兵の交渉はあまり描かれていない。その代わりに、この小説では米軍基地の金網を挟んで誰が外側にいるのかについて興味深い会話が行われている。

ミチコは夾竹桃の花をスケッチしていた。夾竹桃は嘉手納エアベースの穴網をおおい隠すように茂っていた。

（中略）「どっちが外側？」

ミチコはガード兵にいたずらっぽくきいた。「この金網の外は、あなた？　私？」

「彼の外側は君がいるとこさ」

ジャッキーが言った。

「じゃあ、私の外側はあなたがいるとこ？」

ミチコはなおガード兵に聞いた。ガード兵は不審そうにミチコを見詰める。

「そうさ」

ジャッキーが言った。

「そうじゃないのよ、私は内側にいるのよ」

ミチコは急にジャッキーの方を振り向いた。ジャッキーは一瞬たじろいだようだった。

「俺たちも同じさ、囲まれているんだ」

「じゃあ」

ミチコはまたガード兵の方を向いた。「そのカービン銃は外に出る人を撃つの？　中に入ってくる人を撃つの？」[14]

引用がやや長くなったが、この小説は嘉手納空軍基地の金網をスケッチしていたミチコが金網を挟んでジャッキーと出会う場面から始まっている。誰が金網の外側と内側に立っているのかを問いただすミチコの質問はジャッキーとガード兵を困惑させている。自分たちが金網の内側に立っていると信じ込んでいた米兵にとってミチコの唐突な問いは「囲まれている」のが沖縄人ではなくアメリカ人かも知れないという疑問を抱かせている。このような金網を挟んでの反転は、沖縄を武力によって囲んでいるのが米軍基地であるという前提を揺るがしている。

一方、「ギンネム屋敷」（一九八〇）は他者との交渉という面では「ターナーの耳」と類似しているが、沖縄人が加害者側として「朝鮮人」を抑圧する内容の小説である。この小説では不良の勇吉が「朝鮮人」との交渉を通して金を取ろうとする。勇吉は知的障害を持っているヨシコーに「朝鮮人」がセクハラしたというデマをまき散らし、「朝鮮人」から慰謝料をもらい、ヨシコーのお爺さんと分け合う。明らかなように「ギンネム屋敷」は「パラシュート兵のプレゼント」と違って「朝鮮人」を単に利益を得るための他者としてだけ扱ってはない。「ギンネム屋敷」における「朝鮮人」は沖縄人の加害者性および偽善を強く喚起する存在として描かれているのである。「パラシュート兵のプレゼント」において少年たちと米軍の間では接触と交渉が絶えず行われているものの、両者の間において共感はなく断絶だけが目立つ。しかし「ギンネム屋敷」では、戦前と戦後を繋ぐ戦争の記憶を媒介する宮城富雄が朝鮮人の告白を聞くが、自殺した彼から財産を贈与されるなどとして、結果的に沖縄人の過去と現在の罪意識が際立たせられる。それは戦前に「朝鮮人」を死から救った「私」（宮城富夫）さえ、彼から金を奪い取るため勇吉が創り上げた「芝居」に協力するという恥として表れている。両者の間には「私」が一時期、朝鮮人の命を救ったものの、彼を自殺に追いやったという罪悪感を伴う交わりがある。又吉は沖縄人が米軍を相手にする際は「交渉」と「親善」を掲げたが、朝鮮人には罪悪感を持ちながらも脅迫と迫害を加えたことを「ギンネム屋敷」で鮮やかに描いている。このように又吉は沖縄人と米軍、そして「朝鮮人」との交渉や破裂を通じて、被害者でありながら加害者でもあった沖縄の過去と現在を描いた数多くの作品を書いてきた。殊に又吉は、悲劇的に遭遇／接触した他者から利益をあげようとしている醜い沖縄人の姿を描き、自己省察を強く要求してる。その他者とは集団としては加害者であるが、個人としてはジョージのように哀れな存在でもある。

Ⅲ．重層的な他者像の創出へ

日本のプロレタリア文学は他者（階級）を固定された一面的なものと捉えることが多かった。例えば小林多喜二は「我々の同志は工場にいたときは資本家に搾られ、戦場へ行っては、敵弾の犠牲となっている。だが、この我々の同志を守るものは我々しかない」[15]と書きながら資本家とプロレタリアの対立構図を明確に分けている。黒島伝治も「橇」（『文藝戦線』、一九二七年七月）などの「シベリア戦争物」の中で資本家と民衆、出兵した将校と兵士を極端とも言えるほど異なる存在として描いているように、図式化はプロレタリア文学の典型的な構成でもあった。このように沖縄文学においても沖縄人と米人、あるいは大和人との関係を一面的に設定することは容易いことかもしれない。しかし、又吉は沖縄人だけではなく、米人を描く時も人物の典型化を意識的に避けている。又吉文学においては集団と個人は関わりを持ちながらも異なる存在なのである。

又吉文学における人物及び民族に対する描写は、民族や村の共同体の内部で起きた葛藤や分裂を抜きにしては語れない。「テント集落奇譚」は女性を主人公にした小説で、沖縄戦が終わり廃墟となった浦添のテント村を背景にしている。貧しくて物が足りないテント村に美しい女性（「私」）が住んでいて、彼女は美人である故、米軍から特別な扱いをされている。自分たちとは違って米軍から色んな品々をもらっている彼女に村人たちは露骨に反感を示し、やがてその反感は彼女を死に追いやる。この作品において「私」は米軍よりも「村」の同族に迫害を受け、共同体内部の分裂は異端者の排除によって修復される。

私が怒られていると勘違いしたのか、駆け寄ってきた門番老人に、集落長は「あんたのお姫さまはテント集落の人の和を割いている。鬼畜米英と字の人のどっちが大事なんだ。裏切り者だ」と捨て台詞を残し、荒々しく立ち去りました。（中略）私が死んだのは八月中旬のまだ夜が明けきらない時分でした。体はまちがいなく衰弱していましたが、病死ではありません。ガソリンタンクに手を加えた水溜めには水がいっぱい入っていました。後ろから頭を押さえつけられ、頭をつっこまれました。[16]

「私」が死んだのは米兵から受け取った装身具を含む品々を村人のために使わなかったからである。沖縄戦直後の占領状態を時代背景としている「テント集落奇譚」における対立構図は沖縄人対米兵ではなく、村人対「私」である。言い換えれば、葛藤の原因は贈与を決定する米兵にあるものの、色々な品々を持つ「美しい私」は、持たざる「村人」の攻撃の対象になってしまう。このような葛藤の構造は「パラシュート兵のプレゼント」においてはチェンバーズからの利益を英語能力を利用して独占しようとするヤッチーと「私」の葛藤として、「ターナーの耳」においては浩志と満太郎の葛藤と酷似している。それは「ギンネム屋敷」において「私」が「朝鮮人」の遺産をすべて相続されることになるや不満を持った勇吉とお爺さんが沖縄人であるという同質性を強調しながら葛藤する箇所でも確認することができる。要するに、又吉文学で浮き彫りになる共同体内部の分裂と葛藤は、概ね米軍との交渉を通じて得られる利益を誰かが独り占めしようとしたため生じたものである。

又吉文学における米兵は集団と個人をある程度、切り離してから描くという特徴を示す。それは戦前に形成された米軍に対するプロパガンダなどの集団記憶として形成された歴史的記憶を想起させる記述と、米軍を集団と個人に徹底的に分離して眺める記述として分けられる。まず、集団記憶として形成された歴史的記憶としての米軍像は、米兵に対する恐怖心から来る戦前の精神論が戦後においてもそれほど変わってないことを示す。「金網の穴」において米兵は、「学校の成績が悪く、しょっちゅう先生に叱られている同級生」たちには「自分の名前も書けない馬鹿者がいる」と笑われ、「おちつきのない隣の組の生徒」には、米兵は一発の銃声がしたら、あっという間に隠れ、めくらめっぽうに機関銃をうちまくる。とても臆病だ」（初出、一九九頁）という風に言われている。それは「パラシュート兵のプレゼント」においては、さらに誇張された形で現れる。


「どうして逃げるか?」

ヤッチーが僕ら一人一人を見まわす。

「やつらは弱虫ろ、お父らからもきいたら、まえの戦争でもおくびょうだったとよ、あきれはてるやあ」

「だが、ピストルもってるろ」

秀光が言った。

「やつらがはうちきれんさあ」

ヤッチーは秀光をにらみつける。

「なぜよお?」

僕はきいた。

「おくびょうだからろ[17]」


引用文で表現されている米兵に対する歴史的記憶は戦前に流布されたものだが、戦後の沖縄では米軍に対する恐怖を相殺している。しかし、又吉文学における米兵は、沖縄人が想像したイメージとは違って集団としての米軍とは異なる個性を持った存在である。個人としての米兵はベトナム戦争で人を殺す集団としての米軍に拒否感を抱いていたり、戦争への恐怖から発狂しそうな弱い存在として又吉文学の中に点在している。なお、又吉文学はステレオタイプの米兵像とはかけ離れている個人としての米兵の不安定な精神や苦痛を具体的に表現している。


堤防に飛びあがった小太りのプエルトリコ系の米兵はミュージックにあわせて、体をゆすりながら、ふちを片足で歩いて、おどける。

「敵?」

米兵は顔をあげた。「俺はもう誰を殺していいか、わからんよ。ベトコンだって、俺に何もしてないんだよ……俺はベトナムでは敵が殺せないから、沖縄人を殺そうとするのかもしれない。……俺は君たちの店がある街中に毒ガスをまいてみな殺しにしたい衝動に何度もかられたよ[18]」


白人兵士とホステスの間で生まれた稔を視点人物とする「シェーカーを振る男」に登場するプエルトリコ系の米兵は、「ベトコン」を敵として見なすことができず、戦争で死ぬかもしれないという恐怖心から沖縄人を大量殺傷したい衝動に駆られている。又吉文学において「シェーカーを振る男」より、はるかに深刻な話は、ベトナム戦争へ行けば戦死するかも知れないという恐怖に震えている内向的性格のジョージを視点人物に掲げた「ジョージが射殺した猪」（一九七八）である。ジョージは「俺はベトナムでは敵が殺せないから、沖縄人を殺そうとするのかもしれない」と言ったプエルトリコ系兵士の台詞を実践するかのように、スクラップを拾いに来た沖縄の老人を猪だと思い込んで銃殺してしまう。

又吉文学において米兵に関する記述は、概ね前述した通り二つに分けられる。その中でも後者の「米軍を集団と個人に徹底的に分離して眺める記述」は、米兵の個人的な悲劇を民族的な偏見から離れて中立的に描く方法でもある。それはベトナム戦争に参戦しなければならなかった米兵が沖縄青年より悲劇的である可能性があることを表わしたものでもある。このように米兵個人の視点や心境を小説に取り入れることで、集団記憶として形成された歴史的記憶としての米軍像だけでは捉えきれない弱い内面を持った米兵の存在が浮かび上がる。それは集団としての米軍が振るってきた暴力を隠すというよりは、大きな「加害者」という塊の中で隠蔽されている一人の人間としての個人に加えられた暴力さえも捉えなおす描き方である。

Ⅳ．まとめ

小田実は「ベトナムに平和を！　市民連合」主催の「反戦と変革に関する国際会議」（一九六八年八月十一・十三日、京都）において自分たちが「被害者であると同時に加害者」であることについて演説した。[19] 小田によるとベトナム戦争に協力を強要されているという意味で「私たち」は被害者だが、ベトナム人にとっては加害者であると力強く強調した。それは戦争を遂行する国家および社会構造に否応なしに組み込まれていく、「私たち」の責任を追及したものでもあった。要するに、「私たち」は抵抗しないかぎり、ベトナム戦争に日本や沖縄が後方基地として機能していることを容認していることになる。小田実の「被害者であると同時に加害者」であるという定義は、そのような黙認の構造を問題視したものでもあった。しかしながら、「私たち」個人はそのような黙認の構造を形成していると同時に、それから離脱して抵抗できる主体とであり連帯の対象でもある。それを自覚して行動する者は被害者でもなく、加害者にもならなくなる存在になることができる。ベ平連運動の広がりは、そのような罪意識から離脱しようとした「私たち」の意志の塊のようなものだったかも知れない。

べ平連が提起した「被害者であると同時に加害者」という認識は、又吉文学の中でベトナム戦争と関連した作品を理解する上で重要なキーワードともいえる。ただ、小田が言った「私たち」という単一の修辞は、日本復帰以前の沖縄人を「同胞」として設定しているが故、復帰が現実化しつつあった時期において日本本土と沖縄で高揚していた連帯の感情を象徴的に表している言葉でもある。ベトナム戦争における加害者＝沖縄人という認識は、又吉にアジア太平洋戦争期の沖縄人と朝鮮人の関係を新たに認識するきっかけになったのかもしれない。しかし、「被害者であると同時に加害者」という認識は民族間の非対称な関わりや暴力の問題を深く考察しなければ、ややともすればあいまいな構造をつくり上げる危険性もある。又吉が視点人物として沖縄人だけでなく、米軍および混血を設定したのも、民族間の非対称な関わりを前提にしながら加害と被害の複雑性を表現するためではなかろうか。沖縄人だけを視点人物として設定する場合、彼／彼女らの一面的な姿しか見えないからだ。

大城立裕の代表作である「カクテル・パーティー」は「沖縄人主体の姿勢」[20]を問うている小説である。大城は日本内のマイノリティーとしての悲哀ではなく、沖縄人主体の姿勢を一段階引き上げた作品として知念正真の『人類館』（一九七六年）と又吉の『ジョージが射殺した猪』（一九七八年）をあげている。[21]要するに、「他者への抵抗から自己を認識すること」に沖縄文学が移ったのをこの二つの作品が証明したという評価である。又吉は初期の大城文学が提起した問題意識の継承者として、「沖縄人主体の姿勢」を沖縄人と米兵の間の交渉様相に注目し長い年月をかけて書き続けている。又吉は地域共同体と米軍基地との関わり方を世界のどの作家より多く書いた作家でもあるが、それは原風景である浦添を中心として「沖縄民族共同体」の過去と現在に対する問いのようでもある。その「原風景」は、米軍基地に囲まれている故、穏やかに存在するものではなく、常に闘争している「場」でもある。それ故、又吉が米兵との交渉様相を書けば書くほど明らかになるのは、戦争を遂行する「基地の島」沖縄の現実である。それは作家の意図を超えた領域で語りだされ、共有されてきた沖縄の原風景をめぐる現在進行中の物語でもある。

〔註〕

1　又吉は本稿で扱っている作品以外にも数多くの米軍

関連作品を書き綴ってきた。その中で闘牛を通して米軍との関わりを扱った「島袋君の闘牛」、「憲兵闖入事件」、「カーニバル闘牛大会」（以上の三つの小説は『パラシュート兵のプレゼント』に所収されている）、「牛をみないハーニー」（『青春と読書』、集英社、一九八二年十一月）、「闘牛場のハーニー」（『沖縄公論』、一九八三年六月）などは本稿では扱わなかった。それはこれらの作品が米兵との交渉から利益を得るという物語の構造ではなく、強大な力を持つ米兵との葛藤を主に扱っているためである。

2 岡本恵徳、「沖縄の戦後の文学」『沖縄文学全集第20巻 評論1』国書刊行会、一九九一年、二六〇‐二八七頁参照。もちろん、このような方向性は米占領軍の「琉球文化」奨励政策と沖縄をめぐる地政学的変化などを通じて、そして文化的には『琉大文学』や『新日本文学』の関係及び『新沖縄文学』の展開過程などを通じて説明できる。

3 新川明、「土着と流亡—沖縄流民考」『現代の眼』、現代評論社、一九七三年三月号、参照。

4 同右、一〇四頁。

5 同右、一一二頁。

6 同右、一一二頁。

7 岡本恵徳、「戦後沖縄の文学」『沖縄文学全集第17巻 評論1』、国書刊行会、一九九二年、四二頁。

8 新城郁夫、『到来する沖縄—沖縄表象批判論』、インパクト出版会、二〇〇七年、一〇〇頁参照。

9 又吉栄喜、「パラシュート兵のプレゼント」『パラシュート兵のプレゼント』、海風社、一九八八年、一二八‐一四〇頁。

10 同右、一四八‐一五〇頁。

11 又吉栄喜、「金網の穴」『群像』、二〇〇七年十二月、二〇三頁。

12 又吉栄喜、「ターナーの耳」『又吉栄喜小説コレクション2 ターナーの耳』、コールサック社、二〇二二年、四五‐四七頁。

13 この作品は「アーチスト上等兵」（『すばる』、一九八一年九月）を改題し加筆修正したものである。

14 又吉栄喜、『豚の報い』、文藝春秋、一九九九年、一二七‐一三一頁。

15 小林多喜二、「党生活者」『蟹工船・党生活者』、新潮文庫、一九八三年、一八五頁。

16 又吉栄喜、「テント集落奇譚」、『文學界』、二〇〇九年二月、一四二‐一四九頁。

17 前掲書、「パラシュート兵のプレゼント」、一二七頁。

18 又吉栄喜、「シェーカーを振る男」『パラシュート兵のプレゼント』、海風社、一九八八年、五一頁。(初出は『沖縄タイムス』、一九八〇年六月)

19 大野光明、『沖縄闘争の時代1960／70―分断を乗り越える思想と実践』、人文書院、二〇一四年、七四頁。

20 大城立裕、「復帰二十年 沖縄現代文学の状況」『琉球の季節に』、読売新聞社、一九九三年、九八頁。

21 同右、九八頁。

22 同右、九九頁。

V

エッセイ

エッセイ2題

玉木一兵

1　栄喜さんと『二月の会』のこと

一九八二年頃、私は初めて栄喜さんと会いました。那覇市桜坂の飲み屋街の一角の居酒屋の二階でした。今夜と同じ柄の人物で、どちらかというと、耳をそばだてて、人の話を聞いているという寡黙の印象が焼き付いています。その印象は、その後付き合いを深めてからもずっと持続しました。その前年に「ギンネム屋敷」で「第四回すばる文学賞」を貰っていましたし、颯爽としたその登場には眩しいものがありました。居酒屋での会合は、審美会という画家の仲間がジャンルの違う表現者たちと一戦を交えながら、沖縄の地でどのように物を創造していくかといった、熱い議論が交わされていました。喜久村徳男、屋富祖盛美、大浜栄治、我如古彰一、川平恵造らがいました。

何回か参加するうちに、その熱い息吹に刺激されて、小説を書く仲間でもっと徹底的に批評し合える会をつくろうかということになり、栄喜さんの仲間と私の仲間がよりあつまったのが『二月の会』の発足でした。中原晋、我如古修二、江場秀志、崎山多美がそのメンバーでした。

二月の会は、十二年ほど続きました。メンバーはそれぞれに、自力で新報かタイムスの文学賞をとっていましたので、勢いめざしたのは、本土の文学賞でした。その意味では、栄喜さんは『すばる』で先行していましたし、みんな彼に一目置きながら、なんとか自分の表現を見つけようと切磋琢磨してきた気がします。バーを握っていたのは栄喜さんだったのです。

会合の場所は、転々として、浦添市屋富祖の58号線に面した『よしみ』という店に落ち着きました。値段の安い良心的な食事メニューを揃えていました。千円の中華定食が好評でした。喧々諤々議論をしているときに、丁度それをかき消すように、大型トラックの車輪の音が流れていきました。すると、『よしみ』の八畳間の床が、ガタガタと振動してやみませんでした。私たちは、その振動を子守歌のようにして、一文にもならない小説のことを誰に頼まれたのでもないというのに、延々と批評しあっていたのでした。

振り返ってみると、一番貪欲だったのが栄喜さんで、そのバーの高さを、ひそかに芥川賞にあわせていたことを思いあわせると、その志の高さと持続力をあらためて感じます。『二月の会』はこれで徒党を組むことなく、その役割を終えていけそうです。

栄喜さん、芥川賞おめでとう。

（芥川賞受賞記念パーティーのための祝辞として　一九九六年）

2　又吉栄喜作「豚の報い」を巡って

ここ数年沈黙していた又吉栄喜氏が久々に表題の中編を書き下ろし、文学界十一月号（一九九五年）に発表している。読み終えて、小説作品としてのある感想と沖縄の土着シャーマニズムについての雑感を抱いた。

それらを整理して読者とともに考えてみたいと思う。とりあえず梗概を紹介することから始めよう。

主人公、琉球大学一年生の正吉が、ある夜街のいきつけのスナックで飲んでいると、たまたま開いていたドアから豚が闖入してきて大騒ぎになり、ひとりのホステスが、魂を落とす。正吉は興味があって（後に風葬された父の亡骸の後始末というモチーフが明かされるが）、幾分知識を持っていたために、ママや女たちに、自分の島に行ってウガンして、日頃ためこんでいる罪を告白したら、落ちた魂がこめられると進言してしまう。からかい半分の提言だったが、いつしか女たちもその気になって、後へはひけなくなった正吉は、女たちを出自の島、真謝島（本島中部勝連半島から三十分の距離にある離島と想定された架空の島）へ同行する。

その夜泊まった民宿の女将も加わって女たちは、ひさしぶりの解放感も手伝って車座になって酒を飲み始める。そこで興が乗るにつれて女たちは銘々のままならぬ半生を吐露し、若い正吉への歓心を互いに刺激し合い競い合う。そんな中で女将が二階の座敷の窓から誤って転落してしまう。正吉が女将を背負って近くの診療所に連れていく。翌日、女将の夫が、お礼にといって豚肉をさしいれる。女たちはそれを料理してたらふく食べるのであるが、ひどい食あたりに見舞われる。

診療所から薬を貰ってきて女たちに飲ませたあくる朝、

ママの様態がおかしいのに気づき、今度はママをおぶって診療所に行く羽目になる。女たちも正吉もしだいに、豚の祟りか因縁がこんな事態をひきおこしているのではないかと思いはじめる。

一方正吉はその間、女たちに約束した罪をあがなう告白と、魂をこめるためのウガンの場所、即ちウタキ探しを思案しはじめる。古老に教えられた海岸の一角に父の風葬の地を捜し出して、はじめて父の亡骸に対面する。亡骸をみつめ、亡骸が晒されてきた年月とその置かれている天然の造形に思いをはせている中に、正吉は唐突にこの場所を新しいウタキに仕立てたいという欲望にとらわれ、それにある確信をもつようになる。正吉は憑かれたようになってウタキの設営をはじめる。

やがて、食あたりから回復した女たちも、正吉から訳を聞いてその気になり、新造のウタキに拝みに行こうということになり、女将もそれに同調して、皆連れだって歩き出す、というもの。

まず作品の出来（完成度）を見てみたい。祖先崇拝を擁するウチナーンチュのビリーフシステムをその基底に置いて成立せしめている土着シャーマニズムの観念が、作品世界を内側から構築していることがうなずける。その内的必然性に根拠づけられて、豚の祟りを巡るドラマが成立し、ウタキの創設が可能になったといえる。

作者の意図した構図は、聖と俗の衝突する日常の現場を沖縄的モチーフを使って普遍的に表現して見せることであった。その動因として、街の女たちの采配する俗の告白（虚々実々）の場としてあるスナックへの豚の闖入劇を設定したことは、意表を衝くものであり、それなりの効果をあげているように思える。共食儀式の生贄に供されるシンボル的な俗の生き物が豚なのだから、豚が管理域からドロップアウトしてきて、あらぬ空間に現れるということは、それだけで十分、ドラマの発端と顚末を暗示している。豚は体のあらゆる部分を人間の食に供される生き物として、その被虐性において、聖なる存在に転換する。つまり、土着の習俗において豚は、一面カミとしてたてまつられる生き物でもあるのだから。

作者は、俗から聖への媒介体としての豚の存在性を作品世界の暗喩として作品の中心にすえたかったものと思われる。豚は食するものであると同時に、祟《たた》るものであり、人間からカミへの通路を用意してくれるものなのである。

民宿で酒を酌み交わし豚肉を食う女たちの饗宴は、誰しもがうちに蔵している猥雑さゆえに、憎めない来歴をもつ女たちの、暫しのストレス解消の場であり、その女たちの守り役でありながら同時に、束の間の歓心と興味の対象でもある視点人物正吉の眼には、愛すべき哀しいものとして映じている。

作品では饗宴と転落や食あたり等のトラブルがかなり執拗に描かれるのであるが、豚の祟りをひきだすまでのエロスの交歓と錯綜がかなり冗長で、読者を飽きさせる。帰結としてのウタキの創設を準備するためとはいえ、もっと象徴的なプロットを鮮明に描ききって、明暗を際立たせる創意が必要ではなかったかと思う。

クライマックスは作品の最終部分、主人公が父の亡骸《なきがら》を探す道行、洞窟に入っていってその亡骸と対面する光景、モノローグ調で語られるウタキ創設の霊感めいた確信、などがおとずれる瞬間の体験の描写に力点がおかれている。作者の勁《つよ》い簡潔な行動的な文体が息づいているプロットである。

風葬に遭ったものの骨は、時を経て、拾われて一族の墓に収められるという島の習俗が排され、作者の意図するように、弔うものの意志で、新しいウタキとして虚構されていくことが、果たして作品のリアリティを獲得しえているかどうかは、読者の判断にゆだねられているように思う。筆者には、このようにウタキ創設の現場が、個人のモチーフが契機となって描き出されたことは、個人幻想として成立している気がする。沖縄の人々が無意識のうちに畏怖しているウタキ創設の神話を読み解く糸口がそこにあると思う。

以下に作品に触れながら、若干の雑感を述べてみたい。すでに見てきたように、作品の背後に横たわっている沖縄の人々に固有の癒《いや》しの観念とその構造と仕組みといったものを考えてみよう。一般に沖縄の人々にとって位牌を安置してあるトートーメーは、ある種の告白の装置としても機能しているところがあることは周知のことであろう。近代的思考を得意とするかなり懐疑的な人々も、トートーメーの奥にみえかくれしている父祖のカミ的現像をたぐりよせることによって、百年単位の時間軸を手もとにひきつけることが出来ると思う。盆正月、シーミー（清明祭）を介してこの世を息づかせている前提の時空意識である。

この時空意識は、この世での個人の悩みや葛藤の度合いに応じて、墓域へと遡《さかのぼ》り、カミンチュ・ユタ・シャーマンを介して時空軸を延ばし、ウタキに至りつくという構造になっているのである。古流球に確立された王権が民衆から略奪してその精神的支柱にした斎場御嶽《せーふぁーうたき》も同じ時間軸によって貫かれているといえよう。作品に登場した女たちの魂込《まぶいご》めの希求、そして告白と癒しの場への誘いが、作者によって、ウタキへのウガンに結びつけられ仕組まれた必然性がここにあると思う。

この仕組みはまた、猥雑なエロスにまみれて日常を生きていかねばならない凡庸な人々にとっては、かけがえのない救済の道具建てにもなっている。小さな苦労の種を幾つもひきずりながら呻吟している人々にとっては、ユタを介して、厄災《やくさい》や不幸の原因が父祖の時間軸で解読され、現実を受け入れるように指南されるとき、ある種のカタルシス効果が期待できることはうなずけることである。

個人では背負いきれない不幸の連鎖を、父祖の時間軸に上昇させることによって、その痛みから解放されると観念する習俗が、非力な個人に癒しをもたらすことはシャーマニズムの恩恵であるが、反面、個人の内省と洞察と責任による葛藤の解決を回避する傾向を助長することも否定できない事実であろう。

戦後五十年、文化的立県を誇示しその求心的な展開を追求してやまない沖縄の人々の心の底には、絶えずこの二律背反のジレンマの小川が流れている。この自覚を超克してはじめて、様々なジャンルの芸術表現が「沖縄を題材にして沖縄をこえる」普遍性を獲得することができるのであろう。小説もまた、例外ではない。

又吉栄喜の今回の作品「豚の報い」はその一つの実験といえると思う。見えざる中心に向かって書くという、原点の衝動を燃やし続けることが大切なことはいうまでもない。

（芥川賞受賞前の執筆）

【注記】

本書に収載された「エッセイ2題」は、玉木一兵エッセイ集『人には人の物語――「六畳の森」から』（２０１７年10月20日、出版社Ｍｕｇｅｎ）が初出である。

戦後の沖縄社会の底辺で

——又吉栄喜「ギンネム屋敷」論

高良　勉

何年かぶりに、又吉栄喜の出世作「ギンネム屋敷」を読む。最初にこの小説を読んだのは、一九八〇年のことだ。「桜の樹の下には屍体が埋まっている！」は、有名な梶井基次郎の「桜の樹の下には」の書き出しだが、私は「ギンネム屋敷」を読んで、まず「赤いカンナの花の下には」というイメージが焼き付いて今日まで残っている。

私はこれまで、何篇か又吉の小説作品を論評してきた。まず、「オキナワから世界へ——評論・又吉栄喜の文学」（『西日本新聞』一九九六年一月二四日）。これは、後に『言振り——琉球弧からの詩・文学論』（未來社、二〇一五年）に収載されたエッセイで、芥川賞を受賞した「豚の報い」を論じた。

また、二〇二二年十月十三日には小説「ジョージが射殺した猪」の小論を『琉球新報』紙に発表した。一方、一九九六年には『木登り豚』（カルチュア出版）の書評を書いた事もある。

しかし、不思議と今まで「ギンネム屋敷」を論じたことは無かった。そこで、今回は久し振りこの小説を読み返し、真正面から批評してみようと思う。幸い、手元には著者から贈呈された集英社の『ギンネム屋敷』（一九八一年）初版本がある。

中編小説「ギンネム屋敷」の主人公は、米軍の軍属エンジニアをしている在日朝鮮人と、「私は」とストーリーテラーの役割をする宮城富夫と言っていいだろう。話しの展開は、大きく三段に分かれている。

前段は、私と安里のおじいと高嶺勇吉の三人で、沖縄のギンネム屋敷に住む朝鮮人から、一万五千円（当時の通貨B円で）の「賠償金」を巻き上げる顛末を描いている。朝鮮人が、おじいの孫娘で〈知恵遅れ〉のヨシコーを乱暴するのを、勇吉が目撃したという。それで、三名でギンネム屋敷へ談判に行ったのである。朝鮮人は、思いがけず自ら高額の返事をして、抵抗なく支払った。

中段は、朝鮮人が私一人を呼び寄せる。このギンネム屋敷は、「幽霊屋敷」とも呼ばれている。朝鮮人は、「二個のアメリカ製罐ビールをテーブルに置き」（一七六頁）飲みながら過去から現在までを語る。

朝鮮人は、戦争中「日本軍にかりだされ、読谷で沖縄人や台湾人と一緒に飛行場建設の強制労働をさせられていた」（一八〇頁）。その時、「軍用トラックから隊長と連れだって降りた女」江小莉《コーシャーリー》を見た。小莉は、朝鮮で結婚の口約束までした恋人であった。しかし、「小莉は看護婦として徴用され」、「従軍看護婦なんてみんな慰安婦」（一八一頁）にされてしまった。

日本軍「本隊は小莉を連れて、南部の方に移動」した。朝鮮人は、小莉を追って、逃走を図るが失敗した。そして、米軍の捕虜になり敗戦を迎えた。戦後八年間、小莉を捜したが見つけることはできなかった。やっと二ヵ月ほど前に、「ポンピキの子供に連れていかれた暗い部屋で発見した」。

彼は、「金をつんで小莉をひきとりました」。「この家に小莉を連れ込みました」。しかし、朝鮮人は江小莉ともみ合っている内に殺してしまった。そして、黙って竹藪の下、カンナが伸びてきている場所へ屍体を埋めた。

後段では、アメリカーと二世がジープで来て宮城をギンネム屋敷へ連れて行く。朝鮮人が自殺をして、「あなたに財産をやると遺書に書いてある」という。「遺言状は簡単な内容だった。私の全財産を浦添村字当山八班の宮城富夫氏に贈与しますと日本文字と英語で書かれていた。それぞれに押印とサインがしてあった」（二〇五頁）。

なぜ、朝鮮人が富夫に全財産を贈与したのか。作品の中で、その理由は明確には書かれていない。戦争中に、富夫が朝鮮人をいろいろと助けたからだとは、断片的にほのめかされている。それとも、江小莉を殺し、竹藪のカンナの下に埋めた秘密を、聞いてくれたからか。あいまいなママだ。

また、朝鮮人がなぜ毒を飲んで自殺をしたのか。その理由も書いてない。小莉《シャーリー》を殺して埋めた事を宮城に話して、何かが吹っ切れたのか。「わけのわからん」」、「あいまいな話し」が進んでいく。勇吉に言わすと、朝鮮人はヨシコーをレイプしてなかった。「どうみても気違いの顔」で「ヨシコーの首に抱きついたり」したという。すると、朝鮮人は小莉を殺した後、狂気をかかえて生きていたのか。

様々な「わけのわからん」謎を残したママ、宮城は全財産をもらって、小説は終わる。高嶺勇吉と安里のおじいが、欲望に駆られ、狂言回しのようにあがきながら生きていく。

女性で存在感を示しているのは、カシガー（麻袋）をしょって、空き瓶買いをして生きている、宮城の前妻のツルだ。

さて、第四回すばる文学賞を受賞した「ギンネム屋敷」を読み返して、まず全体的に強く印象に残るのは、戦中から戦後の沖縄・日本において、米軍のエンジニアになった朝鮮人と、その恋人であった江小莉の苛烈な人生の悲劇である。そして小莉らしき女性は殺され、赤いカンナの下に埋められる。

この小説は、人間の欲望や「人間性の弱さ」のドタバタ劇に見せながら、又吉はすでにあの時点で沖縄・日本における朝鮮人軍夫や「慰安婦」の強制連行問題を作品にしている。この一点から視ても、「ギンネム屋敷」はアジアの、世界の普遍的な文学になりえている。本作品が、韓国でも翻訳され、広く読まれ研究されているというのは、むべなるかなである。

一方、本作品を読んでみても、又吉は米軍基地内外の人々の生活と風俗を書くのに優れた眼の位置と思想性を持っていたことが分かる。私たちは、又吉の初期作品の「ジョージが射殺した猪」（「文学界」一九七八年）、「窓に黒い虫が」（同）を読んでも、その基地内外の生活の描写力が優れていることが、強く印象に残るだろう。

そして、その描写力は芥川賞受賞作の「豚の報い」等まで引き継がれていく。又吉の全小説を読んでも、米軍基地内外の社会的底辺の飲み屋等の女性の描写力に感心する。大城立裕が、どちらかと言うと沖縄社会の中、上層階級の人々を描くのが多いのに対し、又吉は社会的底辺の女性たちを物語の中心にしていく特徴があると思う。「ギンネム屋敷」では、ヨシコーやツル、春子である。

又吉の文体も、独特で検討に値する。すぐ分かることだが、センテンスが極めて短い。「二世が言った。くどい。」（一〇八頁）という具合である。この方法が成功するときは、説明を簡潔にしたスピード感溢れる文章になり、リズムも良い。ただし、たまには説明不足の不満が残るときもある。大江健三郎の、長いセンテンスのまわりくどい文章と比較すれば、栄喜の文体はやはり特異だろう。

ところで、私は最近栗山雄祐（立命館大学）の『〈怒り〉の文学化　近現代日本文学から〈沖縄〉を考える』（春風社、二〇二三年）で、直近の「ギンネム屋敷」論を読む機会があった。それは、すばらしい研究論文である。その全体的な「書評」は『琉球新報』（二三年七月十六日）に発表した。「補塡された欲望／裂け目からの〈叫び〉——又吉栄喜「ギンネム屋敷」論」という論文で栗山は、以上、本章では性暴力を中心にした戦時記憶を扱った「ギンネム屋敷」について、その言語表象が困難な〈朝鮮人〉のエンジニアに内包された重層的な加害——被害の記憶の存在、それを伝達するために行使されたはずの金銭の譲渡によってなされた自己表象の可能性と、その表象による紐帯が脆弱性をもつこと、さらにはそれが再び女性の参画を排除し後景化する力学を働かせてもいることを明らかにした。(『〈怒り〉の文学化』六〇頁)

と言う。栗山の長い論述では、「性暴力」、「戦時記憶」、「重層的な加害——被害の記憶の存在」、「金銭の譲渡」、「自己表象」、「女性の参画を排除」のキーワードが印象に残る。

ただし、私には本小説は「戦時記憶」よりは、戦時と地続きの「戦後無き沖縄のB円時代・一九五三年前後」にうごめく人間の欲望を描く事が中心軸であると思える。

また、「金銭の譲渡」もうまくいっていない。勇吉と安里のおじいは、渡された金銭に不満を持っている。そして、宮城を裏切る。宮城も、全財産をもらえる理由に納得していない。エンジニアは自殺する。「金銭の譲渡によってなされた自己表象の可能性」は成功していないのである。

この小説に、「再び女性の参画を排除し後景化する力学」を問うことは、何を意味するだろうか。もっと、小莉やヨシコー、ツル、春子の内外の描写をするように、という事か。「女性の参画」がどのように描けるのか、栗山の論述はアイマイではないかと思う。

ともあれ、「ギンネム屋敷」をめぐっては国内外で学術的研究や評論が展開されている事は、嬉しく意義深いことである。浦添村の「ギンネム屋敷」をめぐる舞台が、世界に飛翔しているのだ。

◎付記

又吉の「ギンネム屋敷」には、忘れられない思い出がある。本小説が「すばる文学賞」を受賞した一九八〇年前の七八年ごろから、私たちは当時琉球大学の米文学者・山里勝己を中心に又吉栄喜、前田政一の四名で「どろろん会」という文学研究会をやっていた。『どろろん会』は、山里研究室での勉強会が終わった後、夕方から大城立裕氏のご自宅へおじゃまし、酒を飲みながらあれこれとインフォーマルに懇談した会の名称」(山里勝己・Eメール)であった。時々は、琉球大学教授で大城氏の教え子でもあった米須興文先生も参加した。ちなみに、「どろろん」とは大城立裕の小説「亀甲墓」から取ったオノマトペである。

一方、山里、又吉と私は当時首里にあった琉大キャンパスから那覇市の巷に下りて、牧志の国際通り裏側にあったスナック「フラワーパンチ」へ行って語り合う事もあった。そこは、山里の親戚が経営している店だった。ある日、私たちは又吉から「ギンネム屋敷」の生原稿を見せられ、感想を求められた。

その頃、私は生意気にも「いい小説は、最初の十枚ぐらいまで読めば分かる」と思っていた。酒を飲みながら読んだ「ギンネム屋敷」は、「これはいけるぞ」と感じ、又吉を褒めた。

栄喜は、文学賞に応募するため、「女子をアルバイトに雇って原稿を清書してもらっている」と話していた。約百五十枚ぐらいの原稿であったという。当時は、パソコンはおろか、ワープロも無かった。栄喜は、腱鞘炎か何かで手が不自由であったため、清書アルバイトを雇ったそうだ。「さすがに、文学賞応募者はちがうなあ」と感心した。

又吉の作品は、みごと受賞した。そのお祝い酒を飲めたかどうか、記憶はアイマイになっている。又吉にとって、「ギンネム屋敷」は全国的な文学賞を受賞した、最初の小説であった。

それから、「豚の報い」で第一一四回芥川龍之介賞を受賞した一九九六年までに、十六年かかった。その間、書き続ける情熱と自信を支えたのは、「すばる文学賞受賞」であったのではないか。又吉栄喜は、派手ではないが粘り強く表現し続けて作品を蓄積してきた、堅実で優れた作家である。

又吉栄喜の世界に触れて

長嶺幸子

私が又吉栄喜にお目にかかり、お話を伺う機会に恵まれたのは、『又吉栄喜小説コレクション全４巻』の刊行からまもなくの二〇二二年七月二日のことでした。

ジュンク堂書店那覇店で「文学への希望～又吉栄喜文学の魅力に迫る」と題したトークイベントが開かれた際、大城貞俊氏が又吉栄喜への質問者としての席を私にも用意してくださったのです。芥川賞作家でもある又吉栄喜は、私にとって雲の上の存在ですから、そのようなイベントの席でご一緒できることは夢のようであり、一方で、私にそんな大役が務まるだろうかと戸惑ってもおりました。

トークイベントは、又吉栄喜の未刊行の作品四十四編を、小説コレクションとして収録した全四巻の刊行を機に、「又吉栄喜文学の世界と作家像について親しく理解する」ことを目指して行われました。会場には、又吉栄喜ファンや文学を志す多くの人々が集いました。幸い、もう一人の質問者である富山陽子さんの練達な進行により、又吉栄喜の小説作法など、彼の文学世界や人間的魅力が浮き上がってきました。

数多くの作品を世に出している又吉栄喜にお訊きしたいことは何点かありました。

ひとつは、一九七五年に「海は蒼く」で新沖縄文学賞佳作を受賞後、精力的に多くの作品を発表している又吉栄喜の、書くことの原動力とか根源はなんだろうか、ということです。そのことをまず質問させていただきました。

「二十代半ば頃に肺結核で療養所に入院し、『二十年前だったら天国に行ってましたよ』と、医師に言われたことが、きっかけだった。入院中に、ヤドカリや小鳥や植物など命あるものがすべて愛おしくなり、周りで働く炊事のおばさんや掃除のおじさんにも命の愛しさを感ずるようになった。自分の周りには「世界」があり、侘しさや美しさがあり、それらを書き残したいという気持ちになった」。

又吉栄喜の答えはそのようなものでした。

又吉栄喜年譜によると、二十六歳で浦添市役所に採用されてほどなく、五月に、肺結核を患い琉球政府立金武療養所に入院となっています。このことは当時、希望を打ち砕かれるような出来事だったのではないかと推量されます。

私もその十一年前に父を同じ病で喪いました。病気になったときの父や母の哀しみを少女ながら目にしていたことから、多少なりとも又吉栄喜の気持ちが理解できるように思います。

又吉栄喜はそのことがきっかけで、周りに「在る」ものに目を向けることになり、書くことにつながったといいます。

そうしてみると、又吉栄喜が青年期に肺結核という、過去には幾多の人々を死においやった病に罹ったことと、その後、文学の聖域で生き続けていることとは無関係ではなく、運命的であるようにも私には思われます。戦後の少年期に米軍政下で過ごしたこと、その時に見た米軍基地やAサインバーや闘牛大会や、集落の祭りや向こうに広がる海などの原風景、併せて、豊かな感受性や想像力の持ち主であったことなどが深い因果関係でつながり、それらは網の目のように繋がって、数々の名作が生み出されたのではないでしょうか。

もうひとつの質問は、半径二キロ以内の世界を小説の舞台にしているという又吉栄喜の、多彩な作品やストーリーはどのように生まれるのか、ということでした。

私が初めて又吉栄喜の作品に触れたのは、集英社の初版本『ギンネム屋敷』でした。

ページを捲ると、「ギンネム【銀合歓】（中略）終戦後、破壊のあとをカムフラージュするため、米軍は沖縄全土にこの木の種を撒いた」と、あります。

かつて少女の夢をかりたてた、あの可憐な白い花。故郷の道沿いや畑などのいたるところに枝を繁らせ、繁殖し、林を成していたあのギンネムの木は、米軍がその種を飛行機で撒いていたのだと、そのことを私はこの作品を通して知りました。沖縄タイムス刊の『沖縄の証言』などで、戦中戦後の悲惨的なこの島の荒廃を目にしていましたので、冒頭のそれはとても衝撃的でした。「ギンネム屋敷」は、まさにそのギンネムを物語の象徴として展開していきます。

終戦からさほど年数の経っていない米統治下の沖縄。ギンネムの生い茂る屋敷に住む朝鮮人の米軍エンジニアの男性が、ヨシコーという沖縄女性に暴行を働いたとして、ヨシコーの「おじい」と、うさんくさい「勇吉」、そして「私」の三人でその朝鮮人から賠償金をとることを画策し、彼を訪ねるところから始まります。物語は、戦争中の人種差別や、朝鮮人男性の過去の過ち、そして「私」の妻でまだ離婚の成立していないツルや、同棲中の若い春子のことなど様々なディテールが語られ展開されます。登場人物それぞれの過去や現状、欲望や苦悩などが織りこまれ、重層的な人間模様が徐々に炙りだされてゆきます。米軍によって焦土をカムフラージュしたギンネムが、作品のいろいろな場面で象徴的に出現し、ストーリーが紡がれます。

主人公を、決して善人として描いてはいませんが、共感する場面が多々あります。登場人物たちの行動やセリフが、当時の集落の人々の人間関係を彷彿させているのも、妙に懐かしく感じられます。読者を釘付けにするストーリーや見事な場面設定、普遍的な人間の心理を浮き上がらせる卓越した展開に、読後しばらくは茫然としたことを覚えています。

『ギンネム屋敷』に同時収録されている「ジョージが射殺した猪」「窓に黒い虫が」もそうですが、私が住んでいた集落の田園風景とは違い、基地の街に住んでいた又吉栄喜の作品世界は、新鮮さと驚きに満ちていました。「ジョージが射殺した猪」では、性暴力や、残虐な表現など、耐えられず思わず頁を閉じたこともありますが、それも又吉栄喜の美学なのだと思われます。

又吉栄喜は、これらのストーリーの紡ぎ方や作品への向き合い方など、細やかに丁寧に、惜しみなく語ってくれました。

書き始める前に場面描写を徹底的に練って、十分筋道を立て、体系立ててから書き始めるのだと言います。「作品を書き始めると、主人公や登場人物が、自ら生命力を持ち、自発的に行動していく」のだと。

又吉栄喜は、頭に浮かんだディテール（場面）を捕まえて、それをもとにストーリーを構築するのだそうです。これほど多くの作品を、断片的な場面から紡ぎだしてゆく又吉栄喜は、やはり天才的な感性の持ち主であり、まさにストーリーの魔術師だと思います。私など、ある捨てがたい場面が思い浮かび、そこから物語を紡ぎだそうとしても、なかなかうまくいきません。すぐに真似のできることではありませんが、大きな示唆をいただきました。

又吉栄喜作品が外国語に翻訳されていることも嬉しいことの一つです。

「ギンネム屋敷」の他、「果報は海から」「憲兵闖入事件」「人骨展示館」などが、フランス、イタリア、アメリカ、中国、韓国、ポーランドなどで翻訳されているようです。さまざまな沖縄の姿や、人間の本質に迫って表現してきた又吉栄喜は、トークイベントで、「人間の普遍的な問題と世界の問題を、沖縄から普遍できる可能性がある」と言いました。終戦後の米軍政下の沖縄で、「千差万別の体験を見聞きした沖縄人」が書いた、「沖縄が舞台」の小説が、世界で読まれる。なんと素晴らしいことでしょう。

二時間ほどのトークイベントでしたが、又吉栄喜の人柄にも触れることができました。要点を覚え書に詳細に記録し、丁寧に細やかに一生懸命に語る姿から、沖縄への深い思いと、文学を志す後進たちへの期待と愛情も伺い知ることができました。又吉栄喜の熱量に、会場を埋めた多くの聴衆もひきこまれるように聴きいっていた姿が印象的です。

静かな口調と穏やかな佇まいは、文学界の大御所でありながら、あたたかく悠然として人間的な魅力に満ちています。

私はトークイベントの間中、独特の不思議なオーラを遺憾なく発し続ける又吉栄喜を、間近で見届ける幸せを得たのでした。

さて、「小説コレクション全4巻」を読み進めるうち、その作品の多さだけではなく、やはり千変万化のストーリーに魅されます。奇想天外の発想に驚いたりもします。なによりも、多彩な登場人物の心理描写、目には見えない心の中を、セリフや地の文で顕わにし、そこから人間の真実や普遍性に迫っていく作法に、知らず知らず引きこまれます。自分も書いてみたい、と思わせてくれますから不思議です。

「日も暮れよ鐘も鳴れ」は今回のコレクションで、唯一の長編ですが、パリを舞台にしたこの作品に、私は心を奪われました。

フランスに短期間滞在しただけで、あれだけのパリの街の描写、文化や、歴史の詰まったパリでの物語を紡ぎだしたのは、イマジネーションの世界を巧みに操って、真実を掬いだす又吉栄喜の英才だと感じました。

主人公の朋子を中心に展開する物語は、日々のなにげない営みにも、普遍性を感じさせる作品です。是非、多くの方々に手に取って読んでいただきたい一冊です。

「ある程度いい歳になると仙人のような境地を楽しみたく

もなって……」というような又吉栄喜の言葉を聞きました。

長きにわたり、公務員の仕事との二刀流で作品を発表し続け、さらに文学賞選考や講演などなど、多忙を極めたであろう又吉栄喜のその言葉に、とても重みを感じました。又吉栄喜のいう仙人の境地とは、どのようなものだろうと興味を抱きましたが、すでに仙人のような独特の趣や風情を具えておられるようにも感じます。又吉栄喜が新境地で書いた作品も読んでみたいものです。

『又吉栄喜の未発表作品見つかる』

数十年後、そんな大見出しが、全国紙や地元紙のトップを飾る。熱烈な一ファンとして、そんなことを夢見たりしております。

「闘牛小説」を読む

仲程昌徳

1

又吉栄喜には、「カーニバル闘牛大会」（一九七六年）、「憲兵闖入事件」（一九八一年）、「島袋君の闘牛」（一九八二年）、「闘牛を見ないハーニー」（一九八二年）、「闘牛場のハーニー」（一九八三年）、「少年と闘牛」（一九八四年）といった一連の「闘牛」を素材にした小説がある。

又吉が、一九七〇年代末から一九八〇年代初期にかけて書いた一群の作品を、今かりに「闘牛小説」と呼んでおくと、又吉の「闘牛小説」には三つの系列が認められる。一は、闘牛場で起こった「外人」による事件を扱った作品系。二は、闘牛場に「ハーニー」が登場する作品系。そして三は、牛の「飼い主」たちを取り上げた作品系である。作品の発表は、「島袋君の闘牛」を別にすれば、ほぼ一、二、三の順になっている。

又吉の「闘牛小説」について、ここでは作品の発表順に、系列の一から見ていくことにしたい。

又吉栄喜が、最初に発表した「闘牛小説」は、「カーニバル闘牛大会」であった。同作品は、「第四回琉球新報短編小説賞」を受賞。作品が、紙上に掲載されたのは一九七六年十一月七日。作品が掲載される前の十月六日の朝刊一面には「又吉氏の『カーニバル闘牛大会』が入選　新報短編小説賞」、三面「時の人」欄には、「今後も沖縄舞台に」の見出しで、又吉の紹介記事が出され、十月十九日には「入賞作品の選評」が、十月二十一日には「文学を志す人たちへ　第4回琉球新報短編小説選考会から」と題した関連記事が掲載された。

「琉球新報短編小説」の選考委員は永井龍男、霜多正次、大城立裕。三者の評を見ていくと、「闘牛大会場の入口で、牛に傷つけられた米人が怒ってわめき散らすのを、人びとがとりまいて対峙するという、たぶん二、三十分にすぎない単純な出来事を、最後までおもしろく読ませる筆力をもっている、文章の幼さが気になるが、それがかえってユニークな魅力にもなっている。」（霜多正次）、「『カーニバル闘牛大会』の少年の眼と姿勢とは、魅力的である。文章に稚拙さはあるが、それでいて少年らしさの出た印象的描写も多く、一見黙ってばかりいる少年の体内に、なんと多くの微笑ましい叫びがあることか、二十枚で書けないものでもないとは思うが、四十枚になって無駄が出たわけでもない」（大城立裕）、「文章が読みにくいので、注意が短いセンテンスに集注され、懐中電灯を点けて部分部分を点検するような苦労をさせられたが、それが却って広い進駐軍用地や人だかりやマンスヒールド《ママ》さんを、時折り大きく見渡す効果を生んだ。」（永井龍男）といった評が見られた。三者ともに「文章」の幼稚さ、稚拙さ、「文章修練」の浅さを指摘しながら、それが「ユニークな魅力にもなっている」と評していた。

三者の作品評は簡潔、分明である。説明の必要があるとすれば、大城の「二十枚で書けないものでもないとは思うが、四十枚になって」という点であろう。

琉球新報短編小説賞が創設されたのは、一九七三年。当初は原稿用紙二十枚であったのが、第四回から四十枚になっていく。大城立裕が「二十枚で書けないものでもないとは思うが、四十枚になって無駄が出たわけでもない」というのは、そのことに関しての発言であった。岡本恵徳によれば、二十枚から四十枚になったことで、「すぐれた作品が登場するようになり、沖縄の小説の水準を高める」（「受賞作解説」『沖縄短編小説――「琉球新報短編小説賞」受賞作品――』）ことになったという。

又吉の作品は、その枚数を倍にした最初に登場した作品であった。そしてそれは、これまで小説の素材として取り上げられることのほとんどなかったといっていい「闘牛」を取り上げたものとなっていただけでなく、「闘牛」が、基地と深く関わっていることに目を向けた作品となっていた。

作品は、「米軍カーニバルには万遍無く全島に巣くっている米軍基地の重い幾十ものゲイトが沖縄の住民に開放される」とはじまる。そして「この年、西暦一九五八年は北中城村在の瑞慶覧体育館横で特別に闘牛大会が催された。」と明記していた。

カーニバル闘牛について、謝花勝一は「一九六六年から七二年まで米軍キャンプ瑞慶覧内で年一～二回開かれた闘牛大会。最後の大会は復帰の日から（五・一五）二カ月後の七月九日。大会は時の施政権下の最高権力者、高等弁務官が姿を見せた」（『ウシ国沖縄・闘牛物語』ひるぎ社　一九八九年五月十五日）と紹介していた。比嘉良憲も「沖縄闘牛考〜その様式の変遷〜」で「一九六六年から復帰までの短い期間ではあるが、世上の一大ブームに支えられて、米軍基地内においてもカーニバル闘牛大会が開催されるようになった」(『あまみや』沖縄市立郷土博物館紀要第一七号、二〇〇九年二月一〇日)と記していた。

『琉球新報』は、一九六六年六月三十日「闘牛も初参加きょうから琉米親善カーニバル」の見出しで、「この三十日から来月四日までの五日間、北中城瑞慶覧で恒例の琉米親善カーニバルが開催されるが、ことしはカーニバルの呼びもののひとつとして闘牛大会が初参加する。」と報じていた。新聞をはじめ謝花や比嘉が書いている通り、「カーニバル闘牛」は、一九六六年にはじまったことがわかるが、又吉は、それを「一九五八年」にしていたのである。

ちなみに一九五八年の新聞をめくっていくと、八月一日に「八月中旬にカーニバル　カデナ基地」の記事がでている。八月十五日には「きょうから空軍カーニバル　米琉親善で楽しく　多彩なプロで三日間」の見出しで「琉米合同による空軍カーニバルは、きょうから三日間嘉手納空軍基地フットボール競技場で花々しく催される」とあり、「十五日よるの花火をはじめ、空中パレードと空中ショウ、琉・米カーニバル女王を選ぶ美人コンテストや一万ドルの宝くじなど多彩な催しものがある」(『琉球新報』)と報じているが、そこには「闘牛」の文字は見当たらない。

また八月三十一日には「旧盆エイサー　各地で賑やかに」の見出しで「旧十三日から十五日まで各地でにぎやかなエイサーが催された」(『沖縄タイムス』)と旧盆の行事をふり返っているが、そこにも「闘牛」に関する記事は見当たらない。

「一九五八年」にはまだ「カーニバル闘牛大会」は開催されていなかったのである。また次のような小話が出てくるのも六〇年代になってからである。

「カーニバル闘牛大会」には、「外国車」を傷つけられた「チビ外人」の他に、あと一人「『沖縄人』とはけたがちがいすぎ」る男が登場する。そしてそこで起こった騒動を彼が治めてしまうのであるが、彼のモデルになったのではないかと思われる人物の小話である。

いつも白面の顔にチョビ髭を生やし巨体をひっさげて闘牛場に現れるが、ダグラスさんは闘牛ファン歴がもう十二年になる。彼は本国で高校を卒業して間もなく軍隊を志願し、海兵隊に入隊してしばらくして沖縄へ渡ってきたという。一九六一年(昭和三十六年)のある日曜日に、退屈しのぎに不図みた闘牛がよほど気に入ったとみえて、以来こんにちまで足しげく闘牛場がよいしている。現在ズケランの陸軍病院に勤めているる軍曹で、沖縄人を妻として読谷の喜名に居を移しているが、ベビーはひとり。アメリカ人でも、とくに大柄で身長二メートルぐらい、体重も百五十キロは優にあるプロレスラー並みのデッカイ男だ。

前宮清好の『沖縄の闘牛』（琉球新報社　昭和四十七年十二月二十日）に見られる小話である。

又吉は、「チビ外人」の前にあらわれた「『沖縄人』とはけたがちがいすぎ」る男について「身の丈百九十五センチ、体重百三十キロの巨体が」と書いていた。又吉が、作品の登場人物として、前宮が紹介していた男をモデルにしたに違いないことは、そこから推測できるのだが、その男が、闘牛場に顔を見せるようになるのは「一九六一年」からであった。

そのような一挿話からも見えてくるのだが、又吉は、年代を違えて作品の時代をあえて「一九五八年」に設定していたのである。

又吉の「カーニバル闘牛大会」の粗筋は次のとおりである。

闘牛大会場に乗り込んできた「外国車」を、牛に傷つけられたことで激怒している「チビ外人」に対し、牛の鼻綱を持っている男をはじめ、闘牛大会を見に来た人々は、ただひたすらに「チビ外人」の剣幕に耐えている。そのとき、いつの間にか現れた闘牛好きの「『沖縄人』とはけたがちがいすぎ」る男が仲介に入り、何やら話し合うなかでもめ事を解消してしまうというものである。

「外国車」の損傷をめぐる問題が、「チビ外人」と鼻綱持ちの男との間ではなく、そこに現れた「『沖縄人』とはけたがちがいすぎ」る男との応答で解決してしまうというかたちになっているのである。「カーニバル闘牛大会」が浮かびあげた大切な問題のひとつである。

「カーニバル闘牛大会」について論じたのに岡本恵徳がいる。岡本は、「チビ外人」に「対して、ただ外人だということだけでもって何も出来ない沖縄人の姿の向こうに、米軍統治下の沖縄人の姿を連想するのは深読みだとは言えない」とし、少年の心理を追った箇所である「少年が考えるように人々は傍観しているわけではない」以下の文章を引用し、少年のこの「内面の描き方は、事件の大きさや性格からすれば大仰な説明である。しかし、これが米軍統治下の沖縄の状況の暗喩だとすれば十分に納得がいくのである」と書いていた。

岡本はさらにあと一歩すすめ、又吉の作品は、「『劣等で非力にみえ』る人間達と対比して、表面はおだやかだが闘うべきときには敢然と闘う秘めた闘志を持つ牛を美しいと見る少年を描いたところに、当時の沖縄の現実に対する批判をみることも出来る」とした。そして、注目すべき点として「沖縄の人たちとの間のトラブルを解決する人物として『マンスフィールドさん』を登場させていること」だといい、闘牛好きで少年たちの人気者を登場させ、「そういう人物によってトラブルが穏やかに解決されるという描き方に、この作品の特色をみることができる」とした。

要点の一つは、この「トラブルが穏やかに解決される」といった点にあった。約言すれば、「外人」対「沖縄人」との事件が、「外人」対「外人」の話し合いで終息する。そのようなあり方は、問題の解決において、「沖縄人」を必要としないということを示しているともとれるのである。難題になればなるほど、沖縄の頭越しに討議が行われ、それがどのように決着したか不明、といったかたちになっているということである。岡本にならって言えば、それは沖縄問題についての諷喩であるととれないわけでもないのである。問題の解決が沖縄側を抜きにしたものになっている点でもそうだが、作品が独自なのは、被害者が沖縄側ではなく外人側であるという点にもあった。

少なくとも、一般的には沖縄側は被害者、統治者側は加害者という構図が出来上がっていたといっていいが、それを逆転させていたのである。とはいえ、問題の解決が、沖縄を抜きにしたかたちになっていた点は見逃すことができないはずである。作品の時代を、五〇年代に設定した理由の一つはそこにあったのではないかと思う。

沖縄の問題が、沖縄とアメリカとの間で討議されて解決されるというかたちより、アメリカ側だけで討議されて、沖縄側はただ傍観しているだけといった状況が、六〇年代に比べて五〇年代はより歴然としていて、それが、五〇年代を選択させたのではないかということである。さらにまた、作品を生き生きとしたものにしているといっていい「マンスフィールドさん」が、とりわけ少年たちのねだる菓子を、列を作らせて配る光景も、六〇年代より五〇年代によりふさわしいといったことがあったのではないか。

作品内に取り込まれているエピソード、例えば「女の足元に古いアルミニウム製のタライが置かれていた。中に十数本のコーラが浸されていた」といった実況や「軍用地料の一括払いを米民政府から受け取って」といった説明もそうだが、登場人物たちの風体、例えば「素足より二文は大きいであろうアメリカ製の革靴をはいて」といった服装に関わる表現も、いかにも五〇年代風になっていた。そしてあと一つは、「一九六〇年代になると沖縄闘牛は爆発的なブームを迎える」（比嘉良憲「沖縄闘牛考〜その様式の変遷〜」『あまみや』第一七号　二〇〇九年二月十日）といわれているが、闘牛ブームを迎える時代の前の、というよりも、まだテレビ等にかじりつくようになる前の少年たちが闘牛場を跳ねまわっていた時代を描き出したかったことによる時代設定であったのではないかと思う。中村政則編著『昭和時代年表』（岩波ジュニア新書　一九八六年六月二〇日）の一九五八年の項をみると「テレビ局の設置した街頭テレビ、食堂や理髪店や電機屋が客集めのため店頭に置いたものが、いまや家庭に入りこんでいった」とある。沖縄が『テレビ時代』に入るのは、遅れて六〇年代に入ってからである。

「カーニバル闘牛大会」についてはあと一つ付け加えておきたいことがあった。又吉は、同作を『パラシュート兵のプレゼント』（海風社　一九八八年）に収録する際、語句を改めていた。例えば「自動車」を「外国車」にといったように、単語をはじめ、その他数か所の語句を改めていた。その後、同作品は『沖縄短編小説集――「琉球新報短編小説賞」受賞作品――』（琉球新報社　一九九三年九月十日）に収録されるが、それは、発表当時のままになっている。その理由は「初出のまま」ということによるのであろうが、本文引用の際、テキストについての注記が必要になるかと思う。

2

「闘牛小説」の二作目である「憲兵闖入事件」は、題名そのものが語っている様に、「闘牛の入場口に八人のアメリカ憲兵が現われ」闘牛を中止させた事件を扱ったものである。前作に引き続き、闘牛場におけるトラブルを扱ったもので、「日米の戦争が終わって十五年にもならない。弾丸で親や兄弟や子供を殺された事実がまだ生々しい」頃のこととなっていて、やはり作品の時代設定を五十年代末ごろにしていた。

作品に触れていく前に、まずその時代設定についてみておきたい。謝花勝一はその著『うし国沖縄・闘牛物語』（一九八九年）で、闘牛の「戦後開始は一九四七年旧暦四月十五日の石川東恩納大会。八組の対戦で、下から三番目（シーの六番戦）のとき、米軍憲兵隊がピストルをかざして場内に入り込み、大会の中止を強制。その理由は『動物虐待』『琉球人の集団行動禁止』ということだった」と書いていた。戦後の闘牛の開始に関しては、謝花の記述が集約しているといっていいが、ここで、煩を厭わず、その部分に関する記述がみられる幾つかの資料を紹介しておきたい。

① 昭和二十二（一九四七）年七月、何とか十六頭の牛を集め、沖縄本島中部の恩納村で戦後初の闘牛大会の開催にこぎつけた。

三千人を超えるウチナーンチュが集まり、ウシオーラセー再開の喜びに満ち、雰囲気もよかったが、四番目の取組中に銃声が闘牛場に響き、観衆は騒然とした。米軍の憲兵隊五十人あまりが、ピストルをかざして場内に入り込んで来たのである。憲兵隊は主催者に、「琉球人の集団行動をわれわれは固く禁じているのは承知のはずだ。この集まりはなんだ！」

「牛と牛を闘わせるのは動物虐待だッ！」

こう大声で注意して、大会の即刻中止を命じた。

ピストルを携えている米軍には逆らえず、大会はその場で中止となった。（小林照幸『闘牛』二〇一一年三月二十日）

② そして再開は戦後になるが、場所は石川市（現うるま市）東恩納（今帰仁村呉我山という説あり）、時期も一九四六年（昭和二一年）から四八年（昭和二十三年）として定かではない。（中略）

また、再開もスムーズだったわけではない。当時の沖縄は米国占領下にあった。そのため、やっと再開を果たした闘牛会場に憲兵が現れ、動物虐待や「牛をけしかけて暴動を起こさんとしている」という理由により、即時中止の命令を下されたという。（比嘉良憲「沖縄闘牛考～その様式の変遷～」二〇〇九年『あまみや』沖縄市立郷土博物館紀要第一七号）

③ 一九四六年（昭和二一年）四月十五日春風吹き渡るアブシバレー（畦払い）の日、ここ石川市東恩納闘牛場で戦後初の闘牛が開かれた。戦塵さめやらぬ中、約三千人の観衆も、久しぶりに明るい表情、静かに闘牛の始まるのを待った。（中略）地元の有志、平良哲夫、伊波栄可、大城曾孝、松下盛一の各氏が集まって闘牛をやることに決めた。

四人は早速、米軍政府のスキーズ法務部長に会いに玉城村の親慶原へ行き事情を説明した。ところが「ここではない。参謀本部へ行け」と断られ、今度は北中城村の屋宜原へ足を延ばし、やっと米軍の了解を取り付けてきた。

闘牛のふれ込みがさっそく石川の街を回った。牛は全島各地の戦争の生き残り十六頭をかり集めた。そんな訳でいよいよその日。朝から闘牛が始まり既に二組が終わってリングでは、いま、シーの六番が熱戦たけなわ。が突然米軍憲兵隊十人近くが拳銃を振りかざして場内に躍り込んできた。たちまち試合は中止となった。（中略）。

あとで憲兵隊にことの理由をただしたところ、米軍の言い訳がふるっている。牛をけしかけて暴動を起こさんとする沖縄人め。戦後の混乱期の話である。（前宮清好「闘牛余話①」『琉球新報』一九八九年十一月四日）。

④ 一九四七年春に、ようやく八組を狩り集めて石川市の東恩納で始められたが、試合半ばに米憲兵隊の横槍がはいり、『動物虐待』の文句をつけられて解散させられた。（前宮清好著『沖縄の闘牛』琉球新報社昭和四十七年十二月二十日）。

⑤ 一九四八年といえば終戦三年目で衣食住はもとよりあらゆるものが欠乏していた時代である。（中略）
その年の夏、石川市東恩納で戦後初の闘牛大会が催された。出場牛はケンカのやり方もわからないようなチャチな牛ばかり五組だったが、長い間中断されていたことと娯楽がなかっただけに数千の人が集まった。（中略）。

ところがこの大会は、観衆の中に一人の米兵が入り込んでいたため中断されてしまったのだ。当時MP隊が米兵と沖縄人が接触するのを好まなかったかどうかは知らないが、とにかく観衆の中に入り込んだ米兵をMP二人が連れ出そうとしたが、人ゴミの中を逃げかくれするものだから連れ出せない。怒ったMPはまだ二組終わったばかりの闘牛を中断させてしまったのである。このため数千の観衆が怒りだしワイワイ騒いで一波乱おきそうな気配だったという。（中略）。

当時は社会不安が残っていて、人心も動揺していたときだけに闘牛大会のたびに万余の人たちがゾクゾクつめかけるのを暴動とまちがわれ、米兵に警戒されるというエピソードもあったが、これも今では語り草となってしまった。（富川盛博「闘牛夜話（10）」『琉球新報』一九六三年二月十一日）

①から⑤までの引用から明らかなのは、戦後最初に行われた闘牛大会が憲兵隊によって中止、解散させられたということである。その時期、場所および人数等についてはいくつかの異なった説があるとはいえ、戦後最初の闘牛大会がおもわぬ事態で中止、解散させられたといった点につい

ては一致していた。

又吉の「憲兵闖入事件」が発表されたのは、一九八一年。①から③までは、又吉が「憲兵闖入事件」の発表後に出たものであることからして、又吉の目に入ることのなかったもので、彼が参考にしたのがあるとすれば、④と⑤ということになる。

又吉が、前宮清好著『沖縄の闘牛』を参考にしたのは間違いない。しかし、それは「試合半ばに米憲兵隊の横槍がはいり、『動物虐待』の文句をつけられて解散させられた。」といった箇所であり、「一九四七年春に、ようやく八組を狩り集めて石川市の東恩納で始められた」という「一九四七年春」については、前宮の書によることはなかった。参照しなかっただけでなく、又吉は、その事件を一九五〇年末頃に起こったものとしていたのである。

「憲兵闖入事件」の粗筋はつぎのとおりである。

アメリカ憲兵隊の八人が、突然闘牛場へ闖入してきて、角突き合わせている牛を引き分けさせる。闘牛連合会会長の蒲助が、憲兵隊の上官に近づいてくると、上官も歩み寄り、何か話し始める。蒲助はそれに「沖縄方言」で応じる。「蒲助と上官の会話は〈ちんぷんかんぷん〉」であったが、そこへ「牧港の米軍第二兵站部隊に勤めている」男が通訳をかってでる。そして二人の会話が通訳を通して始まっていくが、上官の言葉は、すぐに闘牛をやめさせるようにというもので、それに対し蒲助の言葉は、許可は取ってあるというものであった。二人のやりとりではらちがあかぬと思った上官は、通訳を通し、闘牛士たちに牛をつれてすぐ引き上げさせるようにと命じる。闘牛士たちは蒲助に相談する。蒲助の返事は、許可はとってあるのだから、そんな話がきけるか、というのである。上官がわめきだし、闘牛士が慌てるのをみて、蒲助は、許可証をとりに家にむかう。場内が一段と騒々しくなり、上官が発砲。度肝をぬかれたアナウンサーが早く引上げるようにと放送すると、場内はいよいよ騒然となる。やがて人々は闘牛場から外へあふれ出し、憲兵たちもジープに乗り込み去って行く、というものである。

憲兵隊が、闘牛場に「闖入」し、中止を命じたのは、闘牛の歴史を書いた諸種の本に見られるように、「動物虐待」や「暴動」の事前防止のためであった。

「動物虐待」を禁止した布令や布告、あるいは命令に関する文書を探し出すことはできなかったが、あと一つの「集団行動」に関しては、「米国海軍軍政府布告第八号」があった。「一般警察及安全に関する規定」として出された「第八号」の第四条第二項「軍政府士官の集会解散権」をみると「許可証を発給せられたる如何なる集合と雖も我軍政府の士官は如何なる集会、興行、集合及行列に対しても之に中止又は停止を命じ総ての出席者に解散を要求する事を得、此の場合総ての出席者は直ちに其の命令に服従すべき」だとうたわれていた。

憲兵隊が闘牛場に「闖入」し、闘牛の中止、参加者への解散を命じたのは、第八号第四条第二項によっていたわけであり、上官は、それを守ったということであった。蒲助が、いかに許可は得ていると主張しても、それが、聞き入れられることなどなかったのである。

作品は、昔から民衆娯楽として親しまれてきた催事であっても、軍の禁止命令には背くことができなかった、ということをよく示すものとなっていたが、「憲兵闖入事件」は、その中で、よく軍に立ち向かったものがいたということを描いたものとなっていた。そしてそれは、先に発表された「カーニバル闘牛大会」には見られないものであった。前作は、誰ひとりまともに「チビ外人」と応答する沖縄人がいなかった。黙って耐え、やりすごそうとする態度が顕著であったのにたいして、二作目では、真っ向から立ち向かおうとしたのがいたことを書いていたのである。

それは「憲兵」の命令に、「許可証」をたてにしてであったとはいえ、権利を主張することのできる者が、出て来ていたことを示すものであった。敗戦直後では考えられなかったことで、五〇年代末になるまでまたなければならなかったことと関わっての変更であったかと思う。

そしてここが大切な点だと思われるのだが、蒲助は、上官の言葉に、他でもなく「沖縄の言葉」で対抗していた。これほど、生き生きと「沖縄の言葉」が輝いている場はなかった。

「憲兵闖入事件」のその応答に関して、次のような評があった。

闘牛を動物を虐待するものであるという理由でストップさせようと闘牛場に雪崩れ込み、今すぐやめろと「ハリーアップ」をくりかえす憲兵と、主催者のウチナーグチでの応答は、いわくいいがたいが笑いと風刺の味わいがある。緊迫したシチュエーションがちぐはぐな会話によってゆるみ、ずれる。その対話なき対話は、ウチナーアメリカグチの組み合わせの原型的な光景のようにも思える。(「第38章　アメリカ世の言葉」『庶民のつづる沖縄戦後生活史』沖縄タイムス社刊　一九九八年三月三〇日)。

作品は、右の評に見られる通り、「対話なき対話」の妙が際立ったものであった。

又吉は、伝統的な村落行事をとりあげて、異なる二つの物語を書いていた。そしてそれらの作品を、それぞれに五〇年代の物語にしていた。そのことについては、先にも触れたが、又吉は、「カーニバル闘牛大会」について、「『カーニバル闘牛大会』というファイル（作品）は幼少の頃に見たウシモー（闘牛場。今の浦添ショッピングセンターのあたり）と屋冨祖の米軍基地の米国独立記念日が結びついたものである」（「想像の浦添」『時空を超えた沖縄』燦葉出版社　二〇一五年二月二〇日）と書いていた。「憲兵闖入事件」も、事件を借りただけで、実年代は問うところではなかったのである。

又吉が、実年代によらず、作品の舞台を五〇年代末に設定したことについて、あと少し付け加えておくとすれば、五〇年代が、作者にとってもっとも手ざわりの強く感じられる時代であったということであろう。そしてそれは、二の系列に鮮明に表れていた。

3

「牛を見ないハーニー」（一九八二年）、「闘牛場のハーニー」（一九八三年）は、五〇年代を背景にした、いわゆる連作である。連作が、五〇年代を舞台にしているのは、「白人兵や黒人兵がこの島に入ってきてまだ十三年にしかならない」（「闘牛場のハーニー」）と記しているところからわかる。そしてそれは、「ちょうど少年が生まれた年」であったこともわかる。

連作は、五〇年代を生きた少年たちの物語といえるものであるが、その一つ「牛を見ないハーニー」は、筋らしい筋のあるものではない。いわゆるコラージュ的な手法になるといっていい作品で、照り付ける日ざし、松の木の枝に坐っている少年たち、クロフォードさんの振る舞い、観客たちのようす、ヨシコについて、対戦意欲を欠いた牛たち、四十数日前の巨牛と小兵の死闘、泣いているヨシコをかばうクリフォードさん、クリフォードさんに食べ物をねだる少年たち、といった場面が、随意に配置され貼り付けられているといったかたちになっていた。

あたかも無作為のようにみえるのだが、それは闘牛場内を満遍なく描き出していく方法になっていた。その方法が浮かびあげたのは三点、一つは、闘牛場内の牛たちの様子、二つには、闘牛場にやってきた外人とそのハーニーの様子、三つには、ギブミーといい食べ物をねだる少年たちの様子である。

その中でも大切だと思われるのが、二つ目の、題名にも見られるハーニーの登場である。闘牛場とハーニーの組み合わせは、普通だと思いつかない。

　闘牛の開始はいつも午後一時だ。三時間も前から、少年は松の周りで仲間たちと戯れていた。十二時過ぎから急に増えた。巨大なクロフォードさんも小柄な痩せたヨシコと手をつないで現れた。ヨシコは化学繊維の黄色いワンピースを着ていた。体にぴったりとくっついてはいないが、大きな下着が透けて見える。最近の流行だが、ヨシコには似合わない。特にスカートの部分は腫《ママ》れあがっているので、頬骨や顎骨がでた顔と二本の細長い腕が目立つ。黒人兵との混血ではないだろうか。

　ハーニーの衣服が「似合わない」ように、ハーニーは、闘牛場にも「似合わない」。ハーニーのヨシコは、「似合わない」服を着て、「似合わない」場所に登場して来る。

　ヨシコは勿論「混血」などではない。れっきとした「沖縄人」である。ヨシコについてはさらに、「ヨシコの顔色は病人のような土色にもみえる。一見、三十二、三にみえる。」といったような描写が続く。

　少年の眼に映ったヨシコはそのようにいかにも貧相である。それだけに、少年はまた「クロフォードさんがいろいろなものを買い与えているんだから、もっと太って、もっと顔色が良くなってあたりまえなんだが」と思うのである。

　ヨシコは、少年たちが想像する一般的なハーニー像とはあまりにも異なっている。それは、「四十数日前の闘牛試合の時」に示した彼女の態度によく表れていた。

　その対戦は、闘う以前からその結果が分かるほどのもので、予想通り、無惨な結末をむかえる。ヨシコは、その時「あぬ、ぐなうせー、はじめから、おーらんどーそーたしが（あの小さい牛は初めから戦わんよう、といって）」といって泣いたのである。

　それは、ヨシコが、小さい牛に自分を重ねていたに違いないともとれるが、それよりもハーニーの身寄りのなさをよく示すものとなっていた。そして、ヨシコが、弱いものに対してひとなみ以上に感応しやすいやさしいこころの持ち主であることがわかるものとなっていた。

　ハーニーにしては貧相だとはいえ、ヨシコが決してすれっからしになんかなってないことがわかるのだが、少年は、ヨシコが、クリフォードさんの膝にのり、熱い胸に顔をうめるといった、そのあとの一連の動作を見て「ヨシコの人情味は、やはりみせかけだ」と思うのである。

　少年の反応は複雑である。少年は、なぜヨシコの「人情味」が、クリフォードさんの膝に乗り、顔を埋めたことで、

「みせかけ」に見えたのだろうか。少年は、そこに、ハーニーのある種の手管を見たと思ったに違いないともいえるが、悲しみをそのように解消してしまうことに違和感を覚えたのである。さらにいえば、占領者の庇護に甘えようとする姿をみたのである。

少年のハーニーに対するアンビバレントな心情は、いうなれば、一般のハーニーに対する反応でもあったといえる。そのようなアンビバレントな心情をあらわすのに適切な方法として選ばれたのが、筋らしい筋のないコラージュ的な方法であったように思う。

一方「牛を見ないハーニー」は、それと異なっていた。それは筋のしっかりした小説というだけでなく、まっ正面からハーニーに焦点をあてた作品になっていた。

作品は、二人の少年が、闘牛場にハーニーを連れてきたクロフォードさんから、何かもらってくることが出来るかどうかで口論になり、出来るといって出かけた少年が、なにももらえず戻ってきた、といったたったそれだけの筋になるものである。筋は単純だが、そこには、ハーニーが世間からどう見られていたか、少年二人の眼を通してしっかり描き出されていた。

クロフォードさんから何ももらえなかった「光雄」少年の、ハーニーに対する減らず口や少年の母や祖母のハーニーに対する評言は、ことごとくハーニーを貶めるものであるが、ハーニーに「秀坊」と呼ばれる少年には、納得がいかない。

ハーニーが、常識的すぎるほど常識的であるのは、「秀坊」に、「学校は毎日いっているね」と聞き、「学問は大切だよ」という言葉が語っていたし、ハーニーが、親を見捨てているのでないことは、少年に「ずっと元気かね」とそれとなく母親の近況を尋ねているところに現れていた。

少年二人の対話は、ハーニーに対する批難と擁護といったかたちで続く。「光雄」の批難がましい言い方に「秀坊」は何とか言葉をかえしていく。そして「光雄」が、「お前はハーニーヨシコの加勢してるんだな」というのにたいし「そうだ。加勢しているんだ」と、思う。それは「秀坊」がハーニーと遠縁にあたるということだけによるものではなかった。

少年は八、九歳の頃、ヨシコと遊んだ。ヨシコは中学生だった。溝のような小さい川で鮒をすくった。水の中の土壁の穴に手をつっ込むと必ず感じる鮒の躍動感、水草もろともすくいあげた鮒、鮒を入れた錆びた空き缶。おかっぱ頭のヨシコ。短いしわくちゃのスカートからヨシコのパンツが覗いていた。だぶだぶだった。黄色っぽい土色に汚れていた。目を見開いていた。笑わなかった。頬骨がでた浅黒い顔。黙って懸命に鮒を追っていた。

かつて遊んだなつかしい記憶、その無心で「懸命に鮒」を追いかけていた時間がハーニーにもあったのである。それがなんと遠い時代のものになってしまったのか、それが今では全く信じがたいものになってしまったのはなにゆえか、「牛を見ないハーニー」は、それとなくそのようなことを問うものとなっていたのである。

そしてそれは、まぎれもなく五〇年代後半の沖縄に重なるものとなっていた。

「牛を見ないハーニー」の時代設定は、明らかではないが、連作の「闘牛場のハーニー」とほぼ重なるものであることからの推定で、「一九五八年」が想定されていると考えられる。

一九五八年といえば、これまで流通していたB円がドルに切り替えられた時で「通貨のドル切替えは、アメリカの沖縄完全領有の意志を政治的に誇示するのみならず、経済的にもそれを裏づける政策であった」といわれ、「ドル切替え以後の沖縄は、一般に〝繁栄〟と〝安定〟のムードをただよわせている」(中野好夫　新崎盛暉『沖縄問題二十年』岩波新書　一九七〇年七月三〇日第八刷)とされた。それはのち「ドル切替えを主軸とする一連の経済政策は、沖縄の経済開発と住民の生活向上をたてまえとしながら、実際には、沖縄経済を完全にドル経済圏にとりこむと同時に、沖縄内部の支配層、いいかえれば米軍支配下の受益者層とでもいうべき層を積極的に育成しつつ、経済的繁栄の幻想によって政治的矛盾をおおいかくそうというものであった」(中野好夫　新崎盛暉『沖縄戦後史』岩波新書　一九七六年十月二〇日)と厳しい指摘がなされていくが、いずれにせよ、沖縄の社会がアメリカに飲み込まれていった時代であった。

ヨシコもそういうなかで、「少女」から「大人」へと大きくかわってしまうのである。「五〇年代」が選ばれたのは、経済的な変動とそれにともなう社会の変化が著しく、それが少年、少女の世界に、端的に表れていたと見たからであろう。

4

又吉の「闘牛小説」の第三の系列ともいえる「島袋君の闘牛」が発表されたのは、一九八二年、「少年の闘牛」が一九八四年である。

「島袋君の闘牛」は、闘う牛の激しさとその決着後の様子、島袋君の牛と彼の過去、島袋君の手綱さばき、そして島袋君と牛との関係に触れながら、島袋君のことではなく、「闘う明瞭な」相手がいる「今の今だけでせいいっぱい」である牛の立派さを知っていくというものである。そこで私は「私の闘いは何か」と問わざるをえなくなるが、私には、闘うものが何一つなく「会社」を往復しているだけであること、叔父が私を闘牛場に連れて来たのは、私が「病気にならないかきにかけて」いるからにちがいないことを知ると同時に、「私も無意識にしろ一つ一つなにもかもに生きがいを探していた」ことに気づく、というものである。

簡単にいうと、「島袋君の闘牛」は、「私」にとって「闘牛」はどういう意味を持つのか、といった「闘牛」を見に行くことの意味を問い正そうとしたものであった。又吉は、そこで「闘牛小説」の締めくくりをしようとしたようにも思える。

そのあと発表された「少年の闘牛」は、闘牛前夜の牛番の話、少年の家に飼われている牛の来歴、闘牛主の家庭生活等が取り上げられていて、いわゆる華やかな闘牛の裏面を描いたものであったといっていい。そしてそこには、あと一つ隠された意図が見える。

少年は、彼の家に離島から牛が運ばれてくる際、フェアバンクスさんの世話になったことを知っていた。そしてその「史上最大、最強の牛」と「フェアバンクスさんと誰が、力が強いか」と考える。「私」は「牛が強い」と思うが、「この牛よりフェアバンクスさんに勝てない」し、「人情味はフェアバンクスさんがやさしい」と思う。だから「マサコねえねえもハーニーになったんだ」と思う。

牛を、船で運ぶのにフェアバンクスさんの世話になったといったこと、彼が「いいアメリカ兵だ」ということは話の筋道として必要であったにしても、マサコねえねえが、彼のハーニー(オンリー)になったということは、まったく別な話であったし、特に必要のない、突飛な話といっていいものであった。

又吉が、あえてそのような話の筋に必要のないことを挿入したのは、「第二の系列の作品」である「闘牛場のハーニー」や「牛を見ないハーニー」とのつながりを意図してのことではなかったか、と思う。「闘牛小説」の最後を飾るだけに、落としてはおけないこととして、書き入れたのではなかろうか。

又吉の作品には、あまり筋にこだわらない方法になるのが見られる。というよりも、幾重にも眼前および胸中をよぎっていく光景を、筋の流れに沿うことなくそのままに書き留めていくことで、「闘牛」を前面に出しながら、短編というよりも掌編と言っていいようなわずかな枚数で、時代とかかわりの深い問題や、個人的な問題を随所に点綴していくことができたように思う。

又吉の「闘牛小説」が照らし出した問題のひとつは、沖縄に駐留する米軍人たちのふるまい方であった。そしてあとの一つは、どうすれば「闘牛」のように、当面、向かい合っている対象と必死に闘うことができるかという問題であった。

「闘牛」は、過酷な状況になればなるほど、必死になっていくことを、よく示すものであった。又吉が「闘牛小説」にのめり込むように、数年を過したのは、その必死さに心を奪われたからであろうし、そのような環境に身を置く覚悟をかためたことによるのではなかったかと思える。

おわりに

大城貞俊

又吉栄喜は魅力的な作家だ。沖縄に生まれ、沖縄を書き、作品の多彩さと深さで沖縄を突き抜け、普遍の世界へ到達している。過渡的な状況を常に呈した沖縄で、文学の力を信じ、土地の歴史や文化を援用しながら、希望の光明を見い出し、自立を模索している。

又吉栄喜の作品世界は、人間を描いて人間の可能性を示唆し、過去や現在を描いて未来を投影する。又吉栄喜の文学は絶望を歌わず、ユーモアに富み、温かな志に満ちている。そんな文学世界に触れ、魅力に取り憑かれたのは、同時代を生きる私にとって僥倖であった。

又吉栄喜に留まらず、私は沖縄の地における多くの表現者の営為を高く評価し尊敬している。苦難の中で紡がれる彼らの作品を読むと、沖縄で生まれ沖縄に生きることに誇りをさえ覚える。

ところが、沖縄の地で一隅を照らす表現者の営為は、中央の文芸誌やマスコミにまではなかなか届かない。私は、困難な状況の中でも、希望の灯を絶やさずに表現活動を続けている人々へスポットを当て、県内外の人々へ紹介することを、私自身の課題として長く担ってきた。ささやかな決意と小さな試みであったが、思いを持続してきた。

まず詩人の紹介から始め、『沖縄戦後詩史』（一九八九年）、『沖縄戦後詩人論』（一九八九年）、『憂鬱なる系譜―沖縄戦後詩史増補』（一九九四年）を上梓した。さらに『抗いと創造―沖縄文学の内部風景』（二〇一九年）を刊行し、『多様性と再生力―沖縄戦後小説の現在と可能性』（二〇二一年）では小説家たちを紹介した。

その思いは今日までも変わらない。『大城立裕追悼論集―沖縄を求めて沖縄を生きる』（二〇二二年）を編集し、『なぜ書くか、何を書くか―沖縄文学は何を表現してきたか』（二〇二三年）を編集した。後者は仲間たちの協力を得て、沖縄の地で活動している表現者たちを、ジャンルを網羅して紹介したものだ。沖縄の地から、沖縄の表現者たち自らが発信する企画を画策したのである。

又吉栄喜には、芥川賞受賞作『豚の報い』(一九九六年)をはじめ、『ギンネム屋敷』(一九八一年)、『ジョージが射殺した猪』(二〇一九年)など、多くの作品の出版がある。又吉栄喜の知遇を得て私の関心は作品のみならず、研究者諸氏の言説にまで広がった。私と同じ関心を有する読者諸氏も多いであろう。幸いにも二〇二二年には『又吉栄喜小説コレクション』全四巻が刊行された。さらに全四巻の出版元のコールサック社から続いて本書の出版の示唆もあった。又吉栄喜に関する論稿を集めて出版する時機は熟していたのだ。

※

ところが、私一人の編集では荷が重すぎることが予測された。共同編集者の人選へ思いを巡らすと、すぐに村上陽子(沖縄国際大学教授)が浮かんできた。

私は文学や創作にも関心を有しているが、国語教育が専門分野である。県内外の沖縄文学研究会や学会の動向に疎かった。それに比して村上陽子は日本近現代文学や沖縄文学研究が専門だ。村上陽子の知見は、執筆者の人選や編集作業に大いに協力が得られると目論んだ。私には村上陽子に対する絶大な信頼があった。

今回の編集作業にも、私の要請を快く引き受け新進気鋭の沖縄文学研究者の論稿を集めてくれた。それは国外の又吉文学研究者にも及んだ。若い研究者の論稿には、一つひとつ丁寧に読み、細やかな示唆をさえ与えていた。沖縄文学に関する造詣の深さからの鋭い指摘は、傍らにいて私にも学ぶことが多かった。

※

本書は重厚な論稿とエッセイで構成されている。多彩な執筆者たちの多彩な玉稿が集まった。初期の作品「海は蒼く」「カーニバル闘牛大会」「ジョージが射殺した猪」から、芥川賞受賞作品「豚の報い」を経て、最新作「夢幻王国」まで、論者の関心は広がっている。またエッセイの執筆者たちも、又吉栄喜の人柄や文学的営為を独自の視点で言及してくれた。又吉栄喜文学の研究者や読書を愛する人々にとっては魅力ある一冊が上梓できたと自負している。

本書を読むと、又吉栄喜の新たな魅力に刮目させられる。又吉栄喜は、私の予想をはるかに超える作家であった。沖縄という土地の持つ歴史や文化に着目し、そこを拠点に作品を紡ぐ。文学と思想の可能性を示唆し、沖縄を新たに発見させ、沖縄で生きる作家の姿を発見させた。人間を愛し人間を信じる。希有な才能を有した作家の躍動する姿が、興味深く描かれているのである。

又吉栄喜の作品が持つ特質は、沖縄文学の特質のみならず、普遍的な文学の営為を象徴しているようにも思われる。沖縄という土地は特異な文化や歴史を有している。ここから紡がれる作品は国境を越え、国籍を越え、人間をもボーダーレスにして公平に捉える力を示している。

又吉栄喜は戦後間もない一九四七年に生まれた。出生の地は沖縄県浦添市で、浦添城址前に米軍が作ったテント幕舎だったという。

又吉栄喜は、少年期に体験したことや見聞したことを「原風景」と呼び、その記憶を取り出して作品化している。又吉栄喜が見た戦後の風景とは、沖縄戦で犠牲になった人々の遺骨が散乱し、防空壕やトーチカの残骸が残り、米軍基地が建設され、土地が収奪され、基地の街へ変貌していく村の姿だ。

このような原風景が生み出した作品に「カーニバル闘牛大会」「ジョージが射殺した猪」「ギンネム屋敷」などがあり「豚の報い」があったことは容易に肯われる。

さらに沖縄には、死者を粗末にしない、死者と共に生きる文化が根強く継承されている。このような文化を援用した作品の例として「松明綱引き」「招魂登山」「兵の踊り」などがすぐに思い浮かぶ。

「松明綱引き」は死者が綱引きをして村人を慰める。「招魂登山」は、死者の魂を招き呼び寄せて慰める。「兵の踊り」はエイサーを踊る死者たちが登場する。死者と共に生きる沖縄の土着信仰を援用した作品と言うことができるだろう。

なお、沖縄の表現者たちには、沖縄の土地の言葉を、日本語の標準語で表現する日本文学にどのように取り込んでいくかの挑戦が顕著である。沖縄文学は自明とされる日本文学の概念をも揺さぶっているのだ。

本書の編集には出版元であるコールサック社の鈴木比佐雄氏が加わり、より多くの人々に読まれる工夫と編集がなされた。本書によって又吉栄喜と沖縄文学への関心と研究はますます広がっていくであろう。このことへの期待も大きい。

本書は多くの人々の思いと協力の詰まった書であることを最後に述べて、感謝の意を伝えたい。有り難う。

執筆者プロフィール（五十音順）

呉世宗（お　せじょん）

一九七四年、青森県生まれ。琉球大学人文社会学部教授。在日朝鮮人文学研究。著書に『リズムと抒情の詩学――金時鐘と「短歌的抒情の否定」』（生活書院、二〇一〇年）など。

大城貞俊（おおしろ　さだとし）

一九四九年沖縄県大宜味村生まれ。元琉球大学教育学部教授、作家。主な受賞歴に沖縄タイムス芸術選賞（小説部門）大賞、具志川市文学賞、沖縄市戯曲大賞、文の京文芸賞最優秀賞、山之口貘賞、さきがけ文学賞最高賞など。近著に評論『多様性と再生力――沖縄戦後小説の現在と可能性』（二〇二一年）、『大城貞俊未発表作品集全四巻』（二〇二三年）などがある。

岡本勝人（おかもと　かつひと）

一九五四年生まれ。詩人、文芸評論家。主な評論集に『ノスタルジック・ポエジー――戦後の詩人たち』（二〇〇〇年）、『「生きよ」という声　鮎川信夫のモダニズム』（二〇一七年）など、詩集に『シャーロック・ホームズという名のお店』（一九九〇年）、『ナポリの春』（二〇〇五年）など、編著・執筆に『立原道造詩集』解説など多数の著書、編著書の出版がある。近著に『海への巡礼――文学が生まれる場所』（二〇二三年）がある。

郭炯徳（かく　ひょんどく）

一九七八年、韓国軍浦生まれ。翻訳家・日本語文学研究。主な著書：研究書『金史良と日本帝国主義末の植民地文学』（韓国語、二〇一七年）など。

関立丹（かん　りったん）

一九六七年、中国吉林省四平市生まれ、長春市育ち。博士（文学）。北京語言大学外国語学部教授。中国日本文学研究会理事。沖縄文学研究。著書に『武士道と日本近現代文学――乃木希典と宮本武蔵を中心に』（二〇〇九年）、『司馬遼太郎研究――東亜歴史題材創作』（二〇二〇年）など。論文に「和平街上不和平――目取真俊《行走在和平街上》」（『世界文学』二〇二一年第五期）、「琉球処分をめぐる沖縄青年群像――大城立裕『小説　琉球処分』『恩讐の日本』を中心に」（『大城立裕追悼論集　沖縄を求めて沖縄を生きる』インパクト出版会、二〇二二年）など。

栗山雄佑（くりやま　ゆうすけ）

一九九〇年、大阪府生まれ。佐世保工業高等専門学校講師・近現代沖縄文学研究、ジェンダー、クィア・スタディーズ。主な著書『〈怒り〉の文学（テクスト）化　近現代日本文学から〈沖縄〉を考える』（春風社、二〇二三年）、「〈聞き受け〉つつも〈再生〉できない声——目取真俊「マーの見た空」論」中川成美・西成彦編『旅する日本語　方法としての外地巡礼』（松籟社、二〇二二年）など。

小嶋洋輔（こじま　ようすけ）

一九七六年生まれ。日本近現代文学研究。博士（文学）。名桜大学国際学群教授。主な著書に『遠藤周作論——「救い」の位置』（双文社出版、二〇一二年）、論文に「遠藤周作と中間小説誌の時代——『小説セブン』との関わりを中心に」（『遠藤周作研究』一三号、二〇二〇年）、「吉行淳之介の『私』——昭和三〇年代の吉行淳之介」（『昭和文学研究』七二集、二〇一六年）などがある。

鈴木比佐雄（すずき　ひさお）

一九五四年、東京都荒川区生まれ。法政大学文学部哲学科卒。㈱コールサック社代表、「コールサック」（石炭袋）編集者、詩人、評論家。企画・編集『原爆詩一八一人集』（日本語版・英語版）（宮沢賢治学会イーハトーブセンター「第18回イーハトーブ賞奨励賞」）、『沖縄詩歌集～琉球・奄美の風～』。主な著書に詩集『日の跡』・『東アジアの疼き』・『千年後のあなたへ』。近著に評論集『沖縄・福島・東北の先駆的構想力——詩的反復力Ⅵ（2016‐2022）』（二〇二三年）など。

玉木一兵（たまき　いっぺい）

一九四四年、那覇市二中前生まれ（本部町浦崎出身）。上智大学文学部哲学科卒。精神衛生福祉士、作家（小説、戯曲、詩）。主著にエッセイ・評論集『人には人の物語』（出版社Mugen、二〇一七年）、短編小説集『私の来歴』（沖縄タイムス社、二〇一九年）、『敗者の空——沖縄の精神医療の現場から』（コールサック社、二〇二二年）、詩集『帰還まで』（あすら舎、二〇二一年）など。受賞歴に琉球新報短編小説賞、新沖縄文学賞、沖縄タイムス芸術選奨賞。

高良勉（たから　べん）

一九四九年、琉球弧南城市（旧玉城村）生まれ。詩人・批評家・琉球文化研究。主な著書に第10詩集『群島から』（思潮社、二〇二〇年）、第4評論集『魂振り――琉球文化・芸術論』（未來社、二〇一一年）、評伝『僕は文明を悲しんだ――沖縄詩人山之口貘の世界』（彌生書房、一九九七年）他多数。

高柴三聞（たかしば　さんもん）

一九七四年、沖縄県宜野座村生まれ。詩人・小説家。「コールサック」「KANA」各所属。受賞歴に「おきなわ文学賞」二〇二三年詩部門第一席、俳句部門第二席。著書に詩集『ガジュマルの木から降って来た』（コールサック社、二〇二二年）。

ドリアン助川（どりあん　すけがわ）

一九六二年、東京生まれ。作家、歌手、明治学院大学国際学部教授。早稲田大学第一文学部哲学科卒。一九九〇年、バンド「叫ぶ詩人の会」でデビュー。小説『あん』は世界22言語に翻訳され、フランスでは「DOMITYS文学賞」「読者による文庫本大賞」など4つの文学賞を得る。『線量計と奥の細道』（幻戯書房／集英社、日本エッセイストクラブ賞）、『水辺のブッダ』（小学館）、『動物哲学物語』（集英社インターナショナル）など著書多数。

仲井眞建一（なかいま　けんいち）

一九九〇年、沖縄県浦添市沢岻生まれ。非常勤講師。主な論文に「目取真俊「面影と連れて」論――「光」の記憶を〈聴く〉」（『日本近代文学』一〇〇集、二〇一九年五月）、「崎山多美「水上往還」論：「島」を読む〈私〉」（『立教大学日本文学』一二七号、二〇二二年三月）など。

仲程昌徳（なかほど　まさのり）

一九四三年、テニアン島カロリナス生まれ。元琉球大学教授。沖縄文学研究。第四〇回沖縄タイムス出版文化賞受賞（二〇二〇年）。主な著書に『沖縄近代詩史研究』（新泉社、一九八六年）、『新青年たちの文学』（ニライ社、一九九四年）、『沖縄文学の魅力　沖縄の作家とその作品を読む』（ボーダーインク、二〇二一年）など。

長嶺幸子（ながみね　さちこ）
一九五〇年、沖縄県糸満市生まれ。作家・詩人。主な著書に小説『父の手作りの小箱』（タイムス叢書二〇一六年／第41回新沖縄文学賞）、詩集『Ａサインバー』（二〇二一年／第43回山之口貘賞）がある。

村上陽子（むらかみ　ようこ）
一九八一年、広島県三原市生まれ。沖縄国際大学総合文化学部教授。沖縄文学・原爆文学研究。著書に『出来事の残響——原爆文学と沖縄文学』（インパクト出版会、二〇一五年）など。

八重洋一郎（やえ　よういちろう）
一九四二年、石垣市生まれ。東京都立大学哲学科卒業。一九八四年『孛彗』で第九回山之口貘賞、二〇〇一年『夕方村』で第三回小野十三郎賞、沖縄タイムス芸術選賞大賞（二〇〇一年）の受賞歴がある。エッセイ集に『記憶とさざ波』など、詩論集に『太陽帆走』など。その他詩集に多数出版あるが、近著詩集『日毒』・『血債の言葉は何度でも甦る』・『転変・全方位クライシス』（コールサック社）の三部作。

柳井貴士（やない　たかし）
一九七五年、栃木県栃木市生まれ。大学教員。沖縄近現代文学・映像。主な著作「大城立裕の文学形成と『琉大文学』の作用——一九五〇年代の〈沖縄〉文学をめぐって」（『沖縄文化研究』二〇一九年三月）、「資料紹介　大城立裕と上海——沖縄県立図書館蔵大城立裕未発表原稿「月の夜がたり」」（『昭和文学研究』七九集、二〇一九年九月）、「ゴジラが沖縄をめざすとき——円谷英二を遠く離れて」（『ユリイカ』二〇二一年一〇月）。

山西将矢（やまにし　まさや）
一九九八年、埼玉県生まれ。早稲田大学大学院文学研究科博士後期課程在学中。戦後文学研究。主な論文に「安部公房『燃えつきた地図』論——新しい小説のために」（『国文学研究』二〇二三年六月、「安部公房の言語論的転回——パヴロフ的言語からクレオールへ」（『早稲田大学大学院文学研究科紀要』二〇二四年三月）。

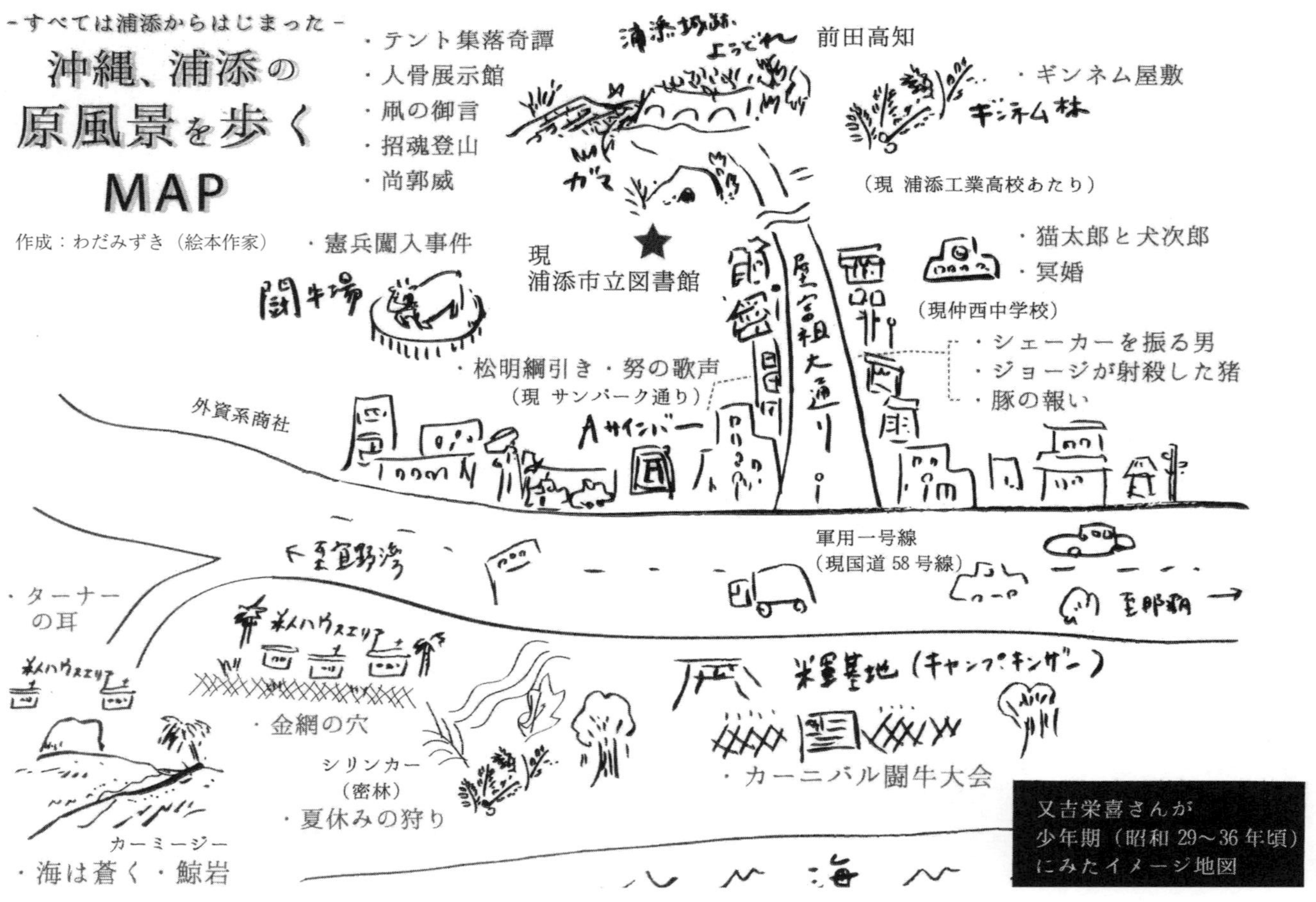
ーすべては浦添からはじまったー
沖縄、浦添の原風景を歩くMAP
作成：わだみずき（絵本作家）
・テント集落奇譚
・人骨展示館
・凧の御言
・招魂登山
・尚郭威
・憲兵闖入事件
浦添城跡
ようどれ
前田高知
・ギンネム屋敷
ギンネム林
（現 浦添工業高校あたり）
ガマ
現
浦添市立図書館
闘牛場
屋富祖大通り
・猫太郎と犬次郎
・冥婚
（現仲西中学校）
・シェーカーを振る男
・ジョージが射殺した猪
・豚の報い
・松明綱引き・努の歌声
（現 サンパーク通り）
外資系商社
Aサインバー
至宜野湾
軍用一号線
（現国道 58 号線）
至那覇
・ターナーの耳
米人ハウスエリア
米軍基地（キャンプキンザー）
・金網の穴
シリンカー
（密林）
・夏休みの狩り
・カーニバル闘牛大会
カーミージー
・海は蒼く・鯨岩
海
又吉栄喜さんが
少年期（昭和 29～36 年頃）
にみたイメージ地図

◆付録
又吉栄喜年譜

◇作成に当たっては『又吉栄喜小説コレクション1　日も暮れよ鐘も鳴れ』（コールサック社）収載の「又吉栄喜年譜」、並びに浦添市立図書館提供の「又吉栄喜年譜」を基底に編集委員会で追加補塡して作成した。

1947年（昭和22年）　0歳
沖縄県中頭郡浦添市字城間出身。戦争中、各地に避難していた浦添市出身者を一時的に収容した仲間（浦添城址近く）のテント幕舎で7月15日に生まれる。父仁栄は警察官、母光子は幼稚園教諭。幼いころの「遊び場」は半径2キロメートル以内にあった浦添グスクや防空壕、ガマ、カーミージー（亀岩）、闘牛場など。これらを舞台にした作品がのちに描かれる。

1960年（昭和35年）　13歳
4月、仲西中学校に入学。バレーボール部に入部。（首里高校でも継続）。

1963年（昭和38年）　16歳
4月、首里高等学校に入学。

1966年（昭和41年）　19歳
3月、弟の努が病没。
4月、琉球大学法文学部史学科に入学。大学時代は、沖縄本島北部や離島に頻繁に旅行。

1970年（昭和45年）　23歳
3月、琉球大学を卒業。

1973年（昭和48年）　26歳
4月、浦添市役所に採用。以後、福祉事務所、文化課、市中央公民館、市民課、市立図書館、国際交流課、市美術館等に勤務する。
5月、肺結核を患い、琉球政府立金武療養所に入院（約1年間）。入院中、小説の習作を始める。

1975年（昭和50年）　28歳
11月、「海は蒼く」で第1回新沖縄文学賞佳作を受賞。『新沖縄文学』30号に掲載される。

1976年（昭和51年）　29歳
11月、「カーニバル闘牛大会」で第4回琉球新報短編小説賞を受賞、『琉球新報』に掲載される。

1978年（昭和53年）　31歳
1月、「ジョージが射殺した猪」で第8回九州芸術祭文学賞最優秀賞を受賞。
2月、同作品が『九州芸術祭文学賞作品集8号』と『文學界』に掲載される。
同月、第13回沖縄タイムス芸術選賞奨励賞を受賞。
6月、「パラシュート兵のプレゼント」を『沖縄タイムス』に連載。
7月、「窓に黒い虫が」を『文學界』に発表。

1980年（昭和55年）　33歳
6月、「シェーカーを振る男」を沖縄タイムスに連載。
8月、「シェーカーを振る男」の原画展がクラフト国吉ギャラリーで開催される。
10月、「ギンネム屋敷」で第4回すばる文学賞を受賞。『すばる』12月号に掲載される。

1981年（昭和56年）　34歳
1月、『ギンネム屋敷』を集英社から刊行。
2月、演劇「ギンネム屋敷」沖縄公演。

4月、「拾骨」を『すばる』に発表。「憲兵闖入事件」を『沖縄公論』に発表。

8月、「アーチスト上等兵」を『すばる』に発表。

12月、「ジョージが射殺した猪」をロックバンド（コンディショングリーン）が上演。

1982年（昭和57年）　35歳

1月、「船上パーティー」を『すばる』に発表。

5月、演劇「ギンネム屋敷」京都、大阪、東京公演。

9月、知念栄子と結婚。

10月、「牛を見ないハーニー」を『青春と読書』に発表。

11月、「島袋君の闘牛」を『青い海』に発表。

12月、「凧」を『沖縄パシフィックプレス』に発表。

1983年（昭和58年）　36歳

2月、「潮干狩り」を『沖縄パシフィックプレス』に発表。

3月、「崖の上のハウス」を『すばる』に発表。「盗まれたタクシー」を『青い海』に発表。「春の悪戯」を『沖縄パシフィックプレス』に発表。

5月、「闘牛場のハーニー」を『沖縄公論』に発表。

6月、「冬のオレンジ」を『沖縄パシフィックプレス』に発表。

8月、「経塚橋奇談」を『琉球新報』に発表。

10月、「大阪病」を『青い海』に発表。

12月、フランスのバルザック文学館訪問、バルザック像（ロダン作）を見学。

1984年（昭和59年）　37歳

6月、父仁栄が病没。「告げ口」を『青い海』に発表。

10月、「日も暮れよ鐘も鳴れ」を『琉球新報』に連載。同月、「少年の闘牛」を『沖縄パシフィックプレス』に発表。

１９８５年（昭和60年）　38歳
8月、ロシア訪問、レニングラードで「ドストエフスキーの肖像画」を見学。

１９８６年（昭和61年）　39歳
4月、「水棲動物」を『季刊おきなわ』に発表。同月、「軍用犬」を『沖縄タイムス』に連載。
10月、「訪問販売」を『新沖縄文学』秋季号に発表。

１９８８年（昭和63年）　41歳
1月、短編小説集『パラシュート兵のプレゼント』を海風社より刊行。「白日」を『月刊カルチュア』に発表。
6月、「黒い赤ん坊」を『プレス沖縄』に発表。「青い女神」を『月刊カルチュア』に発表。
12月、「陳列」を『読売新聞』に発表。

１９８９年（昭和64年・平成元年）　42歳
1月、オランダ訪問、アンネ（隠れ家）資料館を見学。
7月、「陳列」が『掌編小説集ｐａｒｔ２』（創思社出版）に収録される。
8月、「Ｘマスの夜の電話」を『すばる』に発表。

１９９０年（平成2年）　43歳
1月、祖母ウタ没。
5～6月、「尚郭威」を『琉球新報』に連載。
8月、「カーニバル闘牛大会」「ジョージが射殺した猪」が『沖縄文学全集』（国書刊行会）に収録される。

１９９１年（平成3年）　44歳
4月、浦添市立図書館に異動。以降、１９９７年3月まで、資料担当主査・沖縄学研究室主査として勤務。

１９９３年（平成5年）　46歳
9月、「カーニバル闘牛大会」が『沖縄短編小説集』（琉球新報社）に収録される。

1994年（平成6年）　47歳
9月、「ジョージが射殺した猪」が『ふるさと文学館』第54巻（ぎょうせい）に収録される。

1995年（平成7年）　48歳
10月、「豚の報い」を『文學界』に発表。

1996年（平成8年）　49歳
1月、「豚の報い」で第114回芥川賞を受賞。
2月、第30回沖縄タイムス芸術選賞大賞を受賞。
3月、対談「土地の輝き、霊の力」（又吉栄喜・池澤夏樹）が『文學界』に収録される。小説「ボート釣り」を同雑誌に発表。
3月、『豚の報い』を文藝春秋から刊行。
6月、『木登り豚』をカルチュア出版から刊行。

1997年（平成9年）　50歳
1月、「果報は海から」を『文學界』に発表。
4月、浦添市役所国際交流課に異動。
4月、沖縄タイムス紙上にて鼎談「復帰25年の文学状況」（大城貞俊、崎山多美と）
7月、エッセイ「豚の底力が『エッセイ'97 待ち遠しい春』（日本文藝家協会編）に収録される。エッセイ「インドの境界」が'97年版ベスト・エッセイ集『司馬サンの大阪弁』（日本エッセイスト・クラブ編）に収録される。
10月、「士族の集落」を『文學界』に発表。

1998年（平成10年）　51歳
2月、『果報は海から』を文藝春秋社から刊行。
3月、宮本亜門監督「BEAT」に出演。同月、崔洋一監督一行と沖縄の離島をロケハンティングに。
4月、浦添市美術館に異動。「果報は海から」が『文学1998』（日本文藝家協会編）に収録される。「見合い相手」を

『うらそえ文藝』に発表。

6月、「亜熱帯の海」を『しんぶん赤旗』に連載。

7月、エッセイ「小説の風土」が『エッセイ'98 夜となく昼となく』（日本文藝家協会編）に収録される。

7月、崔洋一監督一行と浦添市、知念村を表敬訪問。浦添市民会館で映画「豚の報い」のオーディションの審査。

8月、『波の上のマリア』を角川書店から刊行（書き下ろし。宮本亜門監督作品映画「BEAT」の原作、2月～3月、糸満市、那覇市、宜野湾市、勝連町、名護市辺野古など県内各地でロケが行われた。映画公開は9月。）

9月、浦添市美術館で映画「豚の報い」制作発表会。崔洋一監督一行とロケ現場の浦添市、久高島などに。

1999年（平成11年）　52歳

2月、文庫版『豚の報い』を文藝春秋から刊行。映画「豚の報い」完成試写会。「土地泥棒」を『群像』に発表。太宰治文学館を見学。

3月、浦添市役所を退職。

5月、シルクロードのトルファンで「西遊記」の舞台を見学。

7月、崔洋一監督作品映画「豚の報い」公開（清明祭のシーンに出演）。

8月、「二千人の救助者」を『毎日新聞』に発表。

9月、「運転」を『中日新聞』に発表。

2000年（平成12年）　53歳

1月、「ガニ（蟹）オバー」を『明日の友』に発表。

6月、『海の微睡み』を光文社から刊行（書き下ろし）。『陸蟹たちの行進』を新潮社から刊行。

2001年（平成13年）　54歳

3月、「巡査の首」のイメージ形成のために講談社の編集者と与那国島に飛ぶが着陸できず断念。

4月、サウジアラビアの歴史資料館見学。

5月、文芸評論家の与那覇恵子氏、4人のドイツ人文学研究者と文学論を語り合った。

7月、上江洲書店文化講演会で講演。読売新聞記者を「豚の報い」の舞台の浦添市、久高島に案内。

6月、エッセイ「マングース売り」が『ベストエッセイ集2001年度版　新茶とアカシア』（日本文藝家協会編）に収録される。「落し子」を『すばる』に発表。

9月、「ギンネム屋敷」をうらそえ演劇ワークショップが公演（演出・加藤直）。

12月、エッセイ「インドの境界」が小学校統一学力テストに出題される。同月、ベトナムを訪ね戦争資料館を見学。

2002年（平成14年）　55歳

2月、「案内人」を「明日の友」に発表。エッセイ「時のかたち」を『朝日新聞』に連載。

3月、中国訪問、漢詩ゆかりの中国・黄鶴楼に登る。

5月、「ヤシ蟹酒」を『うらそえ文藝』に発表。

6月、『人骨展示館』を文藝春秋から刊行。エッセイ「基地と海綿――復帰三〇年の沖縄」を『世界』に発表。「i feel : 読書風景」に「緑色のバトン」を発表。

9月、「巡査の首」を『群像』に発表。同月、旧満州の映画資料館で「李香蘭」を見学。同月、すばる文学賞（集英社）選考会。

12月、エッセイ「満州と軍歌」を『すばる』に発表。

2003年（平成15年）　56歳

1月、宮沢賢治文学館を見学。

2月、『鯨岩』を光文社から刊行。

3月、「『巡査の首』のモデル」を雑誌『本』に発表。エッセイ「寒緋桜」を『文藝春秋』に発表。

4月、東京新聞記者を「豚の報い」の舞台浦添市と久高島に案内。

5月、鼎談「沖縄文学の現在と課題―独自性を求めて」（又吉栄喜・新城郁夫・星雅彦）が『うらそえ文藝』に収録される。

7月、インド・ブッダガヤの釈迦悟りの菩提樹を見学（後に「仏陀の小石」の舞台に）。

8月、「士族の集落」が舞台公演（照屋京子氏演出）。

9月、「野草採り　上」を『明日の友』に発表。

10月、エッセイ「遊びの中の方言」を城間字誌第3巻『城間の方言』に発表。

11月、エッセイ「ガジュマルと菩提樹」を『沖縄タイムス』に、エッセイ「シュガートレイン」を『日本経済新聞』に発表。

12月、「野草採り　中」を『明日の友』に発表。

2004年（平成16年）　57歳

1月、エッセイ「言葉を生きる」を『読売新聞』に連載。

3月、エッセイ「雑草の花」を『沖縄タイムス』に発表。「野草採り　下」を『明日の友』に発表。「窯の絵」を『一枚の繪』に発表。

4月、「アブ殺人事件」を『すばる』に発表。「コイン」を『野生時代』に発表。

5月、エッセイ「砂糖黍と旧正」を『うらそえ文藝』に発表。

9月、「宝箱」を『世界』に発表。

12月、コラム「賞味期限切れサンマ」を『群像』に発表。

2005年（平成17年）　58歳

3月、「村長と娘」を『文化の窓』（沖縄市文化協会）に発表。

5月、エッセイ「海の家」を『うらそえ文藝』に発表。

7月、エッセイ「夏の釣り」を『ラメール』（海と船の雑誌）に発表。

8月、文庫版『鯨岩』を光文社から刊行。

10月、南新物産文化講演会で講演。

11月、フランス文学研究者パトリック氏の取材を受ける。

2006年（平成18年）　59歳

5月、エッセイ「処女作の舞台」を『うらそえ文藝』に発表。

7月、「海浜の風景 第2話 ケミボタル」を『ラメール』に発表。

9月、「海浜の風景 第3話 塩煮」を『ラメール』に発表。

11月、「海浜の風景 第4話 毒草」を『ラメール』に発表。『人骨展示館』がフランス語で翻訳出版される。

2007年（平成19年） 60歳

1月、エッセイ「海浜の風景　第5話　文字」を『ラメール』に発表。エッセイ「空手」が『手をめぐる四百字』に収録される。

2月、エッセイ「遊び場と自作」を『すばる』に発表。

3月、エッセイ「海浜の風景 第6話 正月の釣り」を『ラメール』に発表。『夏休みの狩り』を光文社から刊行。

4月、エッセイ「月遅れ号」を雑誌『本の旅人』に発表。エッセイ「マーンカイガ」が『私が好きなお国ことば』（小学館）に収録される。

5月、エッセイ「ムーチーガーサ」を『うらそえ文藝』に発表。エッセイ「ギンネムと珊瑚礁」を「新刊展望」に発表。

6月、エッセイ「消えた海岸」が『ベストエッセイ2007 老いたるいたち』に収録される。

8月、「ターナーの耳」を『すばる』に発表。

12月、文藝春秋の記者をようどれ等「私の原風景」に案内。

2008年（平成20年） 61歳

2月、記事「わが街・私の味（62）那覇・浦添」を『文藝春秋』に発表。『呼び寄せる島』を光文社から刊行。

3月、仲西中学校60周年の録画、撮影、サイン等を受ける。

4月、エッセイ「消えた集落」を『新刊ニュース』に発表。「ターナーの耳」が『文学二〇〇八』（日本文芸協会）に収録される。同月、琉球大学入試課のインタビューを受ける。

5月、エッセイ「英祖王の巨像」を『うらそえ文藝』に発表。

11月、「司会業」（第1回）を『明日の友』に発表。同月、琉球新報記者と石川闘牛場に。インタビューを受ける。『豚の報い』がイタリア語で翻訳出版される。

２００９年（平成21年）　62歳
1月、「司会業」（第2回）を『明日の友』に発表。

2月、「テント集落奇譚」を『文學界』に発表。

3月、「司会業」（第3回）を『明日の友』に発表。

5月、琉球大学アメリカ文学学会で講演。同月、エッセイ「薩摩芋」を『うらそえ文藝』に発表。

7月、ＮＨＫ（東京）番組に出演。「沖縄の文学」をスピーチ。

9月、「凧の御言」を『すばる』に発表。

10月、エッセイ「ふたつの灯り」を『かまくら春秋』に発表。

11月、「コイン」が『ひと粒の宇宙』に収録される。

12月、「夜の海」を『潮』に発表。

２０１０年（平成22年）　63歳
5月、エッセイ「競い合い」を『うらそえ文藝』に発表。
11月、エッセイ「三十年前、コーヒー屋を開くといった先輩への手紙」が『作家の手紙』に収録される。

２０１１年（平成23年）　64歳
1月、エッセイ「新春エッセイ丘」を『すばる』に発表。
5月、エッセイ「砂浜の宝」を『うらそえ文藝』に発表。

２０１２年（平成24年）　65歳
3月、「サンニンの苔」を『文化の窓』に発表。

5月、エッセイ「火」を『うらそえ文藝』に発表。

7月、沖縄県立芸術大学で文学の講演。琉球大学ワークショップで講演。同月、エッセイ「私の黎明の王」を『本郷』に発表。

8月、ドイツ人文学者オリバー氏の取材をうける。

12月、エッセイ「冒険物」を『詩とファンタジー』に発表。

2013年（平成25年）　66歳

2月、エッセイ「思い出　浦添グスク・浦添ようどれ・為朝岩」を『うらそえよりみち帖』に発表。エッセイ「広大な集落」を『文學界』に発表。

4月、九州文化協会「文学カフェ」で角田光代氏と対談。同月、エッセイ「嵐が丘」を『星座―歌とことば』に発表。

5月、那覇文芸講演会で講演。同月、エッセイ「映画のリアリティー」を『うらそえ文藝』に発表。

8月、ドイツ人文学者オリバー氏のインタビューを受ける。同月、韓国の文学者郭氏と対談。9月、「招魂登山」を『すばる』に発表。

2014年（平成26年）　67歳

3月、「猫太郎と犬次郎」を『江古田文学』に、「松明綱引き」を『文學界』に発表。

5月、名桜大学文化講演会で講演。

6月、エッセイ「処女作」を『うらそえ文藝』に発表。

10月、韓国チェジュ大学で「沖縄文学」を講演。『ギンネム屋敷』が韓国語で翻訳出版される。

2015年（平成27年）　68歳

1月、琉球大学でソウル大学教授・学生に「沖縄文学」を講演。

2月、「文学カフェ鹿児島」「文学カフェ熊本」で中江有里氏（女優・小説家）と対談。

2月、初のエッセー集『時空超えた沖縄』を燦葉出版から刊行。

3月、鹿児島で公開小説選考会。同月、「へんしんの術」を『詩とファンタジー』に発表。

4月、琉球放送ラジオに出演。ジュンク堂で講話とサイン会。東京新聞記者を「原風景」の浦添グスク、カーミージ等に案内。うらそえ文芸講演会で講演。「松明綱引き」が『文学二〇一五』（日本文芸協会）に収録される。

5月、那覇文芸講演会で「エッセイの書き方」を講演。エッセイ「沖縄戦極限状況を追体験する」を『週刊文春』に発表。エッセイ「韓国語版ギンネム屋敷」を『うらそえ文藝』に発表。

6月、琉球新報記者が「原風景」のようどれ、カーミージー等を取材。日本経済新聞記者が「原風景」を取材。

7月、韓国の文学者・郭氏他数人を「原風景」に案内。

8月、「冥婚」を『すばる』に発表。

11月、エッセイ「戦死者の声」を『神奈川大学評論』に発表。

12月、「慰霊の日記念マラソン」を『越境広場』に発表。「憲兵闖入事件」が韓国語で翻訳出版される。

2016年（平成28年）69歳

1月、退職女性校長会で講演。同月、「エッセイへの誘い」を講演、『那覇文芸　あやもどろ』に収録される。

4月、エッセイ「ゆうな」を「星座—歌とことば」に発表。「努の歌声」を『季刊文科』に発表。翻訳出版される。

2017年（平成29年）70歳

1月、韓国人学者・大学生15人を「原風景」の浦添グスク、カーミージー等に案内。

4月、琉球新報で「仏陀の小石」が連載スタート。『ジョージが射殺した猪』が韓国語で翻訳出版される。

7月、九州文化協会スタッフを「原風景」に案内。同月、韓国の研究者郭氏、高氏ら数人を「原風景」に案内。

9月、日本ペンクラブ大会主催者と沖縄県庁で記者会見。

9月9日、「文学カフェ」（浦添市てだこホール）で講演。

9月30日、浦添市立図書館に又吉栄喜文庫が開設される。

2018年（平成30年）71歳

1月、九州芸術祭文学賞選考会（東京）。

2月、沖縄県知事訪問（日本ペンクラブ一行と）。

3月、南日本文学賞選考会（鹿児島県）。母光子死去。

4月、沖縄国際大学で文学講演。

5月、北京大学で「私の小説」を講演。日本ペンクラブ「平和の日の集い」シンポで発言。中国の文学研究者・関氏を「原風景」に案内。

6月、宮森小学校米軍ジェット機墜落事故慰霊祭に参列。

8月、浦添市立図書館「又吉栄喜文庫」担当者三人が「原風景」を取材。

9月、那覇市の船員会館で韓国の文学研究者十数人に文学講演。

10月、「YA文芸賞」（浦添市立図書館主催）選考会。

11月、「原風景」が沖縄テレビで放映。NHK「日本人のお名前」の撮影が自宅で。後日全国放映。新沖縄文学賞選考会。

12月、琉球新報短編小説賞選考会（東京）。


2019年（平成31年・令和元年）　72歳

2月、琉球新報社、沖縄タイムス社、南日本新聞社から「県民投票」についてインタビューを受ける。同月、琉球大学で郭氏、他数人の韓国人文学研究者に文学講演。

3月、『仏陀の小石』をコールサック社から刊行。

5月、琉球放送ラジオ出演。浦添市立図書館で文学講演。ジュンク堂で『仏陀の小石』のサイン会、佐藤モニカ氏と対談。

6月、短編小説集『ジョージが射殺した猪』を燦葉出版社から刊行。

8月、琉球放送ラジオ出演。ジュンク堂で文学講演。

10月、フランス人映画監督ジェルバール氏のインタビューを受ける。

11月、ジェルバール氏が「私の原風景」を取材、撮影。上江洲書店主催「私の原風景を歩く」で二十数人を案内。

12月、城間寿大学で文学講演。

2020年（令和2年）　73歳

2月、金在湧氏他数人の韓国文学研究者と那覇市で文学談義。沖縄の文学研究者一行と渡嘉敷島の戦跡調査。

6月、国立劇場おきなわの取材を受ける。

２０２１年（令和３年）　74歳

6月、『亀岩奇談』を燦葉出版社から刊行。

7月、『亀岩奇談』出版記念対談「書くこと・読むことの楽しさ―沖縄文学の可能性を求めて」（作家・大城貞俊氏と／於・ジュンク堂書店）。

10月、大城立裕追悼記念シンポジウム「大城立裕の文学と遺産」実行委員会として参加。（於・県立博物館美術館講堂）

２０２２年（令和４年）　75歳

1月、九州芸術祭文学賞選考会（この回を最後に委員を辞任）。

3月、読売新聞記者の取材を受ける。記者とカメラマンが「原風景」を取材。南日本文学賞選考会（この回を最後に委員を辞任）

4月、共同通信記者の取材を受ける。

5月、『大城立裕追悼論集―沖縄を求めて沖縄を生きる』刊行（インパクト出版会）編集委員として参加。『又吉栄喜小説コレクション 全4巻』をコールサック社から刊行。エッセイ「サバニと進貢船」（かまくら春秋社）

7月、『又吉栄喜小説コレクション』刊行記念トークイベント参加（長嶺幸子、富山陽子と）、於・ジュンク堂書店。

8月、中国の文学研究者 劉《リユウ》盈《エ》貝《カイ》氏、大城貞俊氏と文学談義。

9月、劉盈貝氏を「原風景」に案内。

10月、中国北京語言大学オンライン講座参加（大城貞俊と）、演題「自作を語る」。中国の文芸誌「世界文学」に「ジョージが射殺した猪」と「カーニバル闘牛大会」が収録される。

11月、中国の文学研究者郭会彩氏、大城貞俊氏と文学談義。劉盈貝氏、郭会彩氏を「原風景」に案内。崔洋一監督死去でＯＴＶ放送に出演。

12月、エッセイ「創作の本道」（うらそえ文藝）。韓国の文学研究者郭炯徳氏と文学談義。

２０２３年（令和５年）　76歳

2月、琉球新報短編小説賞創設50周年記念鼎談「沖縄を（で）書くこと」出演（大城貞俊、八重瀬けいと）新報ホール。

5月、『なぜ書くか、何を書くか—沖縄文学は何を表現してきたか』刊行（インパクト出版会）編集委員として参加。

6月、『沖縄戦幻想小説集　夢幻王国』刊行（インパクト出版会）

7月、沖縄タイムス紙上にて『沖縄戦幻想小説集　夢幻王国』刊行取材記事掲載される。

8月、エッセイ「小説と原風景」（季刊文科）

9月、浦添市立図書館で「又吉栄喜小説の原風景」展。西日本新聞社が『沖縄戦幻想小説集　夢幻王国』を取材。中国の文学研究者程天虹氏と文学談義。

10月、『夢幻王国』の書評（村上陽子）が図書新聞に載る。東京琉球館が「又吉栄喜著『沖縄戦幻想小説集　夢幻王国』を語る　そして、「沖縄戦」を語る」開催。

11月、新沖縄文学賞選考会。

12月、うらそえYA文芸賞選考会。韓国の文学研究者郭炯徳氏と文学談義。琉球新報短編小説賞選考会。「亀岩奇談」をエーシーオー沖縄が舞台公演。韓国の文学研究者金閶愛氏、大城貞俊氏と文学談義。

石炭袋

又吉栄喜の文学世界　大城貞俊・村上陽子・鈴木比佐雄 編

2024 年 4 月 23 日初版発行
編　者　大城貞俊　村上陽子　鈴木比佐雄
発行者　鈴木比佐雄
発行所　株式会社 コールサック社
〒 173-0004　東京都板橋区板橋 2-63-4-209
電話 03-5944-3258　FAX 03-5944-3238
suzuki@coal-sack.com　http://www.coal-sack.com
郵便振替　00180-4-741802
印刷管理　（株）コールサック社　制作部

装幀　松本菜央

落丁本・乱丁本はお取り替えいたします。
ISBN978-4-86435-610-7　C0095　￥2000E